신이 깃든 산 이야기

神坐す山の物語

浅田 次郎

옮긴이 이규원

한국외국어대학교에서 일본어를 전공했다. 문학, 인문, 역사, 과학 등 여러 분야의 책을 기획하고 번역했으며 현재 전문 번역가로 활동중이다. 옮긴 책으로 미야베 미유키의 『이유』, 『얼간이』, 『하루살이』, 『미인』, 『진상』, 『피리술사』, 『괴수전』, 『신이 없는 달』, 『기타기타 사건부』, 『인내상자』, 『아기를 부르는 그림』, 『구름에 달 가리운 방금 전까지 인간이었다』, 마쓰모토 세이초의 『마쓰모토 세이초 걸작 단편 컬렉션』, 『10만 분의 1의 우연』, 사이조 나카의 『마음을 조종하는 고양이』, 하타케나카 메구미의 『요괴를 빌려드립니다』, 기리노 나쓰오의 『일몰의 저편』, 하라다 마하의 『총리의 남편』, 안도 유스케의 『책의 엔딩 크레딧』, 고이케 마리코의 『이형의 것들』, 오타니 아키라의 『바바야가의 밤』, 미치오 슈스케의 『N』, 신카와 호타테의 『공정의 파수꾼』, 아라키 아카네의 『세상 끝의 살인』, 『끊어진 사슬과 빛의 조각』, 신조 고의 『도쿄 사기꾼들』, 이마무라 쇼고의 『새왕의 방패』, 덴도 아라타의 『젠더 크라임』 등이 있다.

KANPON KAMI IMASU YAMA NO MONOGATARI
©Jirou Asada 2024
All rights reserved.
First published in Japan in 2024 by Futabasha Publishers Ltd., Tokyo.
Korean translation rights arranged with Futabasha Publishers Ltd.
through JM Contents Agency Co.

이 책의 한국어판 저작권은 Futabasha Publishers Ltd.와 JM Contents Agency Co.를 통san
Jirou Asada와의 독점계약으로 도서출판 북스피어에 있습니다.
저작권법에 의해 한국 내에서 보호를 받는 저작물이므로 무단전재와 무단복제를 금합니다.

아사다 지로

신이 깃든 산 이야기

浅田 次郎

神坐す山の物語

이규원 옮김

북스토

차례

1장 · 붉은 끈 ——————— 007
2장 · 여우귀신 이야기 ——————— 041
3장 · 귀천하신 외숙 ——————— 083
4장 · 병사들의 숙영 ——————— 119
5장 · 친구의 신부 ——————— 157
6장 · 수도자 ——————— 191
7장 · 낯선 소년 ——————— 235
8장 · 마쓰리 전야의 손님 ——————— 265
9장 · 천장 위의 하루코 ——————— 299
10장 · 산이 흔들리다 ——————— 337
11장 · 긴 후기 혹은 하늘로
　　　　돌아가신 여러 사람의 이야기 - 381

편집자 후기 ——————— 415

일러두기
*작게 표시된 본문의 주는 옮긴이 주입니다.
*괄호로 표시된 주는 원저자의 주입니다.

1장

붉은 끈

그 남녀 손님은 서로 부둥켜안고 달도 없는 한겨울 산길을 걸어서 여기까지 올라왔단다, 라고 이모는 말했다.

베개를 나란히 하고 귀를 기울이던 아이들은 첫머리만 듣고도 지레 겁을 먹고 비명을 지르며 이불 속에 숨었다.

조용히 듣지 않으면 그만둔다, 라고 지토세 이모는 청아한 목소리로 엄하게 말했다.

우리는 서로 부둥켜안고 까만 비단 이불깃 밖으로 얼굴을 내밀었다.

이모는 8첩 객실에 빼곡하게 깔린 이부자리 베개맡에 무덤덤한 얼굴로 앉아 있었다. 등 뒤의 유리창에 성에가 끼었는데도 이모는 하오리조차 걸치지 않은 채 명주옷 하나만 입고 있었다. 우리 어머니하고는 모녀지간으로 보일 만큼 나이 차이가 많은 이모였다.

"안녕하세요, 라는 소리에 내가 나가봤지. 그때 내 나이가 아홉 살이었는지 열 살이었는지 꼭 너희만 할 때였는데, 설마 그런 깊은 밤에 손님이 도착했으리라고는 생각하지 않았으니까."

나는 이모 어깨 너머로 펼쳐진 밤하늘을 보았다. 표고 3천 척의 뛰어난 전망을 가진 산꼭대기 숙소다. 삼나무 거목이 떠받치고 있는 듯한 한겨울 별 하늘이었다.

"밤늦게 죄송합니다만, 방이 있습니까, 하고 남자가 물었어. 첫눈에도 심상치 않았지. 케이블카도 없던 시절에 한겨울 밤길을 올라왔다는 것도 의아했지만, 두 사람의 손목이 여자의 오비 끈에 묶여서 연결되어 있었거든맺어질 운명을 타고난 남녀는 태어날 때부터 눈에 보이지 않는 붉은 실로 새끼손가락이 연결되어 있다는 속설 때문에, 현세에 사랑을 이루지 못한 남녀가 내세에서 맺어지기를 바라며 붉은 실로 서로의 몸을 연결하고 동반자살하는 사건이 가끔 일어난다. 그 새빨간 끈 색깔이 지금도 또렷하게 기억이 난단다. 나는 무서워서 할아버지를 부르러 안으로 들어갔지."

할아버지가 나의 조부를 말하는 것인지 증조부를 말하는 것인지는 알 수 없었다. 어쨌거나 산꼭대기 신사에서 신관으로 있던 고인이 현관 시키다이땅을 밟지 않고 가마에 타고 내릴 수 있도록 현관마루보다 조금 낮게 설치한 받침대에 나가 한밤중의 손님을 맞았다. 여관 간판을 걸고 있지만 본래는 신도회 사람들의 단체 투숙을 위한 숙방宿坊 승려나 참배객을 위한 숙소이었으므로 손님을 맞을 때 당주는 반드시 하오리에 하카마를 차려입는 것이 관례였다.

"남자는 학생복에 각모를 쓰고 감색 외투를 걸쳤지만, 여자는 평범한 사람처럼 보이지 않았어. 밤길에 서로 떨어질까 봐 이렇게, 라고 말하며 여자가 손목을 묶은 오비 끈을 얼른 풀어서 미치 유키외투 역할을 하는 전통복 소매에 감추었지. 남자나 여자나 얼굴이 곱상했어."

대체 언제 적 이야기일까, 하고 나는 생각했다. 메이지 43년생인 이모가 소녀 시절이었다면 다이쇼 연간의 일일 테고 그렇다면 우리 어머니는 아직 태어나지도 않았을 때이다. 그럼 현관 시키다이에 정좌하고 손님을 맞은 사람은 흰 수염을 가슴에 닿도록 기른 증조부일 거라고 나는 생각했다.

"흰 수염 할아버지로군요."

내가 확인하려고 하자 이모는 입술 앞에 검지를 세웠다.

"말하기 없기. 졸린 아이는 알아서 먼저 자면 돼."

이모는 자지 않고 시끄럽게 떠드는 아이들을 재우기 위해 잠자리에서 옛날이야기를 들려주고 있는 중이다. 그래서 마디마디 뜸을 들이고 말투도 느렸다. 그러나 느린 속도가 오히려 상상력을 자극해서 졸음을 느낄 계제가 아니었다. 아이들은 서로 부둥켜안은 채 귀를 기울이고 있었다.

이모는 젊을 때 이혼하고 친정으로 돌아와 있었다. 얼굴은 우리 어머니와 닮았지만, 화사한 어머니에 비하면 차분한 인상을 풍겼다. 그 세대 이모들은 모두 도쿄의 황족이나 화족 저택에 신부수업을 받으러 들어가 예의범절을 배웠다고 하므로 어머니와 다른 조신함은 그 교육 때문이 틀림없다고 나는 생각했다. 메이지 태생인 이모는 마쓰카타 공작메이지 초기인 1891년, 1896년 두 차례 내각총리대신을 역임한 마쓰카타 마사요시 저택에 들어갔고, 쇼와 초기에 태어난 우리 어머니는 여학교에 들어갔다.

이모는 앉은 태나 일어선 태나 하나같이 그림에서 오려낸 것처럼 반듯한 사람이었다.

"사연이 있는 손님 같지만 밤이 깊었으니 내칠 수도 없었어. 우리가 거절해서 다른 숙소를 번거롭게 하느니 우리가 감당하자고 할아버지는 마음먹으셨겠지. 그래서 여기 5번 객실로 안내했단다."

아이들이 다시 비명을 지르며 이불 속으로 숨었다. 1층에는 신도회가 단체로 묵는 대형 객실이 있고 2층에는 복도를 가운데 두고 양쪽에 객실이 나란히 있었다. 5번 객실은 계단을 올라오면 바로 만나는 남향 방이었다.

"다른 객실들은 맹장지 하나로 옆 객실과 붙어 있지만 이 5번 객실만은 그렇지 않으니까. 게다가 무슨 일이 생기면 아래층 다실에서 소리를 들을 수 있을 테고."

정월 첫 참배를 위해 투숙한 손님들이 돌아가면 산꼭대기 숙방에 묵으러 오는 손님은 없었다. 아마 그즈음이었을 거라고 나는 짐작해 보았다.

이모는 감정 없는 고아한 목소리로 이야기를 계속했다.

남자와 여자는 오차즈케로 야식을 먹고 욕탕을 오래 사용했다. 목욕을 마치고 나온 여자의 얼굴이 의외다 싶을 만큼 어려서 이모와 몇 살 차이 안 나는 소녀처럼 보였다. 틀림없이 유녀일 거야, 라고 하녀들이 수군거렸다. 유녀가 어떤 직업인지 알지 못했지만 어렴풋이 짐작할 수는 있었다. 당시 대학생은 엘리트가 분명했으니, 걸맞지 않는 신분으로 떳떳지 못한 사랑에 빠져 서로 손목을 빨간 끈으로 묶고 외딴 산꼭대기 숙방까지 흘러왔으리라는 상황 정도는 추측할 수 있었다.

남자보다 먼저 욕탕을 나온 여자는 계단에 앉아 오자미놀이를 시작했다. 꽃무늬가 홀치기로 염색된 빨강 보라 노랑의 색색가지 선명한 오자미가 유카타의 가슴께로 날아오르는 모습을 이모는 자매들과 함께 손뼉 치며 구경했다. 여자의 노랫소리는 청아했다.

마침내 남자가 욕탕에서 나오자 여자는 세 소녀에게 오자미를 하나씩 나눠주었다. 이모가 받은 주머니는 잉걸불처럼 붉은색이었다.

이튿날 아침 두 사람은 별 탈 없이 조식을 마치고 산책을 하러 나갔다. 산길에 서리가 녹아 걷기가 힘들 거라며 증조부가 고무장화와 몸뻬 바지를 빌려주었다. 증조부는 산속 어디선가 목을 맬지도 모르는 두 사람에게 친절을 베풀어 어두운 마음을 버리게 해야겠다고 결심한 것이 틀림없었다. 동반자살할 생각일랑 하지도 말라고 말릴 수도 없고 그런 각오를 확인한 것도 아닌지라 어디까지나 만일의 사태를 추측하고 신중하게 명소를 가르쳐주고 문 앞까지 배웅했다. 남녀는 손을 잡고 삼나무 숲 오솔길을 올라갔다.

무사시미타케 신사武蔵御嶽神社는 태곳적 숲에 둘러싸인 산꼭대기에 자리 잡고 있다. 야마토타케루노미코토日本武尊 12대 천황의 황자로 태어나 규슈 남부와 간토 지역의 야만족을 정벌했다는 영웅적인 인물를 모신 신사 뒤로는 다이보사쓰 언덕을 넘어 고슈까지 이어지는 깊은 산악지대가 펼쳐진다. 계곡물을 따라 암석원岩石園이 있는데, 폭포가 많은 그 근방은 투신하든 목을 매든 자살하는 데 알맞은 깊은 계곡이다. 실제로 신직신사에서 사무나 의례를 담당하는 일과 임업과 여관업을 겸업하는 그 지역 남자들은 해마다 자살과 조난으로 죽은 사체를 뒤처리해야 했다.

증조부가 신사에 올라갔다가 일을 마치고 집에 돌아올 때까지도 남녀는 돌아오지 않았다. 겨울 해가 서쪽 봉우리로 기울어 식솔들이 안절부절못하기 시작할 때가 돼서야 두 사람은 몹시 지친 모습으로 나타났다. 이모 눈에는 차마 죽지도 못하고 돌아온 사람들처럼 보였다고 한다.

그날 저녁 증조부는 두 사람을 대형 객실의 신단 앞에 앉히고 축문을 외운 다음 두 사람의 상황을 물었다. 어떤 사정인지 몰라도 두 사람의 인연은 천조대신 앞에서 맺어진 것이니 행여 내세 따위에 의지할 생각일랑 버리라고 증조부는 간곡히 설득했다.

두 사람의 이야기에 따르면 남자는 제국대학 학생이고 부모는 유명한 재계 인사였다. 방탕한 친구를 따라 요시와라 유곽에 갔다가 유녀와 사랑에 빠졌는데, 애초에 부모의 허락을 받을 수 없는 연애였다. 여자는 나이는 어려도 유곽의 간판급 유녀여서 거듭 만나다 보니 용돈으로 감당하기 힘들어진 남자가 부모에게 자꾸 돈을 조르다가 관계가 발각되고 말았다. 그러자 차라리 이참에 유곽을 탈출하여 도망칠 수 있을 만큼 도망 다니다가 돈이 떨어지면 같이 죽기로 했단다. 어디를 어떻게 도망 다녔는지는 모르지만, 돈이 떨어진 곳이 이곳 오쿠타마의 영산 자락이었다는 것이다.

"갸륵하기는 하나 옛적에나 있을 법한 이야기로군."

증조부는 웃으면서 두 사람을 타일렀다. 오래전 메이지 시대라면 몰라도 두 사람 마음이 그토록 간절하다면 부모도 납득할 터. 주제넘지만 나도 도와줄 테니까 내일이라도 부모님께 이리로 와주십사 청해보는 게 어떻겠습니까. 혹시 이제 와서 부모님께 전화 드리기가 힘들다면 내가 연락해 드리리다——.

증조부는 궁지에 몰린 두 사람을 간신히 설득해서, 좋은 일일수록 서두르라는 옛말대로 남자의 집에 전화를 걸었다. 그즈음 유일하게 신사 사무소에 전화가 가설되어 있었다.

예전에 관폐대사官幣大社였던 신사의 궁사는 그 권위가 상당한 듯했다. 그도 그럴 것이 궁내성에서 폐백을 받아 천황이나 황가의 선조를 모시는 소임을 맡은 것이 관폐사인데, 그 중에서도 격이 가장 높은 대사大社의 궁사는 그 사회적 권위가 화족에 버금가는 것이었다.

그런 증조부가 여차저차 사정을 설명하자 남자의 부모도 황송했는지 일단 이튿날 첫 기차를 타고 찾아뵙겠다고 대답했다.

"그날 저녁 할아버지는 훌륭하셨다. 이런 산중에 나고 자라셔서 세상의 굴레 따위는 전혀 모르실 텐데도 두 사람을 달래고 꾸짖으며 열심히 설득하셨단다. 그런 일은 스님이나 목사라면 어려웠을 게야. 신주니까 가능한 기개일 테지."

이모는 곰곰이 말했다. 이야기를 듣는 아이들은 모두 신주의 아들이거나 손자이므로 신도니 신주니 하는 말은 너무 친근해서 오히려 잘 알지 못했다. 그러므로 '신주의 기개'라는 말도 무심코 흘려듣는 수밖에 없었다.

우리 어머니도 그 저택에서 태어난 신주의 딸이다. 열세 명이나 되는 자식 중에 이모가 둘째이고 어머니는 밑에서 두 번째여서 열일곱 살이나 차이 난다. 신직을 승계할 아들만 남고 나머지 자식들은 모두 산을 내려가야 했으므로, 학교가 방학에 들어가면 엄청나게 많은 종형제들이 부모의 고향인 산꼭대기의 저택으로 모여들었다. 그해 겨울밤 내 또래 아이들이 5번 객실에 베개를 나란히 두고 누웠던 데는 그런 배경이 있었다. 이모는 자식을 시집에 두고 돌아왔기 때문인지 우리들을 몹시 예뻐해 주었다.

실은 당시 우리 부모님도 이혼한 상태였다. 성격이 강한 어머니는 친정으로 돌아가지 않고 '물장사'를 하며 나를 키웠다. 도쿄의 여학교를 졸업하고 신분에 맞지 않는 남자와 도피하다시피 살림을 차렸던 탓에 언니처럼 친정으로 돌아갈 수 없었던 것이다.

나와 어머니는 하수구 냄새가 나는 변두리 낡은 연립주택에 살았다. 어머니는 늘 번화가에서 30분이나 걸어서 귀가했다. 항상 정신이 혼미할 만큼 취해 있었지만, 귀가 시간인 자정을 넘기는 일은 거의 없었다.

나는 그 시간까지 책을 읽으며 기다렸다. 그러다가 계단 밟는 조리 소리가 들리면 전기스탠드를 끄고 잠자는 척했다.

어머니는 문을 열면 작은 소리로 "다녀왔습니다"라고 말하고 내 볼에 술 냄새 나는 뽀뽀를 했다. 나는 "다녀오셨어요"라고 답했다. 그러면 어머니는 비틀비틀 오비를 풀고 기모노를 횃대에 걸고 경대 앞에 앉아 화장을 꼼꼼하게 지웠다.

속곳차림으로 이불 속으로 미끄러져 들어오는 어머니의 몸은 겨울이면 얼음장처럼 차가웠다. 부르르 진저리치며 뒤에서 내 몸을 꼭 안았고 나도 다리를 얽어 엄마 몸을 데워주었다. 그렇게 몸을 이리저리 비비는 가운데 함께 잠이 들었다.

어느 날 밤 어머니가 귓가에 속삭였다.

"겨울방학 되면 산에 가 있어."

산이란 어머니의 친정을 말한다. 전에는 방학의 태반을 보냈던 어머니 고향집도 두 분이 이혼한 뒤로는 소원해져 있었다.

"같이 가."

"엄마는 됐어."

어머니에게 친정의 문지방이 높다는 것은 알고 있었지만, 내가 밤마다 몸을 데워주지 않으면 어머니는 추워서 잠들지 못할 거라고 생각했다.

"정말 내가 가 있어도 괜찮아?"

"응, 괜찮아. 아이들이랑 놀고 있어."

이름뿐인 정월을 쇠고 나서 나는 몇 년 만에 산꼭대기의 저택으로 귀향했다. 어머니가 준 세뱃돈으로 중고 전기난로를 사서 벽장의 이불 틈새에 숨겨두고 집을 나섰다.

야마노테선을 타고 신주쿠에서 주오선으로 갈아타고, 다치카와에서 다시 오우메선으로 갈아탔다. 계곡이 보이는 산간 미타케역에서 내려 본네트 버스와 케이블카를 갈아타고, 산길을 30분이나 걸어서 마침내 삼나무 숲 여기저기에 신관 저택이 자리 잡고 있는 산꼭대기 마을에 도착했다. 한나절이나 걸리는 여행이었다. 정월을 부모 고향집에서 쇤 또래 종형제들이 나를 크게 반겨주었다.

도쿄는 올림픽을 코앞에 두고 눈부시게 변하고 있었지만 같은 도쿄의 서쪽 끝에 있는 이 산골은 어디 하나 변한 곳이 없었다. 오히려 바깥세상의 고도성장과는 딴판으로 태곳적부터 신을 모셔온 이 산꼭대기 마을은 옛 관폐대사의 훌륭한 가람과 거기서 일하는 신관들의 저택만 허울처럼 남겨둔 채 몰락해버린 듯한 느낌이었다.

신사의 기원은 아득한 신대神代까지 거슬러 올라가지만 내 선조가 이 산에 들어온 것은 그리 오래된 일은 아니다. 전승에 따르면 이에야스가 간토에 영지를 받아 이동할 때 구마노의 슈겐고대 산악신앙에 불교와 도교가 결합된 신앙 수도승이던 나의 선조가 이에야스 일행을 안내하여 그 공으로 궁사에 봉해졌다고 한다. 관동을 수호한다는 영적인 임무 외에 고슈가도의 오쿠타마 구역을 지키는 역할도 맡았는지 창고에는 많은 무기와 갑옷이 보관되어 있었다.

신직은 본래 그런 임무를 적잖이 짊어지고 있었는지 모른다. 그렇다면 이모가 말한 '신주의 기개'라는 말도 이해가 갈 것 같았다.

이야기를 들으면서 나는 문득문득 어머니의 차디찬 살갗을 떠올렸다.

이야기가 평온한 결말을 보여줄 리는 없었다. 아이들이 이모에게 '무서운 이야기'를 졸라서 이모가 기꺼이 베개맡에 앉았던 거니까.

아니나 다를까 사건은 그날 밤에 벌어졌다. 부모가 도착하기를 얌전히 기다릴 줄 알았던 두 사람이 독을 마신 것이다.

심상치 않은 소리에 하녀가 조심조심 계단을 올라가 보니 여자의 한쪽 다리가 장지를 뚫고 복도로 튀어나와 있었다. 계단을 굴러 떨어진 하녀가 큰소리로 사람들을 불렀다.

증조부와 조부를 비롯한 남자들이 뛰어올라가 보니 남자는 학생복을 반듯하게 입은 채 도코노마를 베고 쓰러져 있고 여자는 찢어진 장지에 한쪽 다리를 걸친 채 몸부림치고 있었다. 흐트러진 이불 위에 쥐약 깡통이 나뒹굴었다. 당시는 누구나 쉽게 구하던 '네코이라즈'직역하면 '고양이는 필요 없어'라는 극독이었다.

증조부와 조부가 두 사람에게 냉수와 간장을 먹여서 독을 게워내는 동안 하녀와 다른 남자들이 역할을 분담하여 근처 숙소들로 뛰어갔다. 의원은 산기슭 마을까지 멀리 내려가야 하므로, 당장 믿을 구석은 산중에 흩어져 있는 숙방들 가운데 어느 한 곳에 투숙해 있을지도 모르는 의사를 찾아내는 것뿐이었다.

때마침 저택에서 조금 내려간 곳에 신도회 사람들이 단체로 숙박 중인 숙방이 있었는데, 손님들 중에 늙은 의사가 있었다. 의사는 잠옷 위에 도테라를 걸치고 하인들이 메는 가마를 타고 왔다.

의사가 도착했을 때 남자는 이미 숨이 끊어져 있었다. 의사는 맥을 짚으며 가슴에 귀를 대고 동공을 확인한 뒤, "이쪽은 틀렸군" 하고 말했다. 그 선고를 듣자 여자가 제 목을 쥐어뜯으며, "죽여주세요, 죽여주세요" 하고 애원했다.

데굴데굴 몸부림치는 여자를 남자들이 제압하는 동안 의사가 입에 물을 머금고 여자에게 먹이려고 했다. 그 치료를 받으면 죽지 못한다고 생각했는지 여자가 계속 거부했다.

여자와 씨름하던 의사가 비명을 질렀다. 여자가 뱉은 독이 의사의 입술을 해치고 만 것이다.

"이 사람은 가망이 없겠어. 황린계 독물은 기도는 물론이고 위까지 태워버리거든. 이래서는 죽도록 괴로울 거야."

의사는 입술을 도테라 소매로 누른 채 안경을 벗고 살충제 깡통의 성분 설명을 읽었다.

가마에 태워 내려 보내자고 누군가 말했지만 의사는 받아들이지 않았다. 이렇게 많은 양을 마셨으니 손쓸 길이 없다는 이유에서였다. 기도가 타는 통증으로 사레가 들려 얼마간 게워낸 덕분에 여자가 간신히 살아 있지만, 오히려 불행한 일이라고 의사는 말했다.

저택은 온통 우왕좌왕 야단이었다. 동반자살은 당시 세상을 들썩거리게 하는 사건 중에서도 으뜸이었으므로 이모가 보기에 사람들은 놀라서 당황하는 게 아니라 오히려 흥분한 것처럼 보였다. 한밤중인데도 많은 구경꾼이 모여들었고 아낙들은 현관이나 통용문 밖으로 쫓겨났다.

그 와중에 이모는 두 살 차이 나는 손위 이모와 부둥켜안은 채 폭이 반 칸인 복도를 사이에 두고 5번 객실과 마주하고 있는 1번 객실에서 상황을 내내 지켜보고 있었다. 장지에 구멍을 내고 어른들 세계의 막다른 풍경을 들여다보는 자매가 있다는 사실을 아무도 알아채지 못했다.

실은 살릴 수 있는 목숨이었는지도 모르지만, 하며 이모는 나지막한 목소리로 말했다. 어린 이모가 그때 그렇게 생각했다면 또래 아이들도 이해하지 못할 리 없다.

죽도록 사랑하던 남녀가 말 그대로 죽기로 작정했고 그 결과 한 명이 죽고 한 명이 살아남았다는 비극은 아이들이라도 알 수 있으리라. 그 비극에 감히 가담해야 할 합리적 이유는 아무도 갖고 있지 않았다. 사람 목숨을 살리는 사명을 지닌 의사조차 자신의 일에 불합리를 느꼈을 터였다. 몸부림치며 "죽여주세요, 죽여주세요"라고 외치는 여자의 애원은 살리려는 사람들의 의지보다 명백히 정당성이 있었다. 그 도리를 알기에 의사는 포기했던 것이다.

"가이샤쿠_{할복한 자의 고통을 줄여주기 위해 옆에서 목을 쳐주는 것}를 합시다."

증조부의 말을 이모는 분명히 기억하고 있었다. 당연히 그렇게 해야 한다고 어린 마음에도 생각했다고 한다.

증조부는 에도 시대에 태어나 검술 면장_{어느 유파의 검술 수련 과정을 수료했음을 증명하는 서류}이 있는 무인이기도 했으므로 그 세대의 상식으로 보나 이른바 무사의 정으로 보나 지극히 자연스럽게 그런 생각을 했을 것이다.

"아니, 그래서는 선생이 살인죄를 지게 됩니다."

하고 의사가 거부했다.

"남은 네코이라즈를 마시게 하면 되겠지요. 그건 살인죄가 되지 않을 거요."

증조부의 말에 여자는 하얀 손을 허공에 들더니 "주세요, 주세요" 하고 헛소리처럼 소리쳤다.

5번 객실은 전등이 어두웠고 남쪽으로 펼쳐진 삼나무 숲의 별밤이 푸르스름하게 잘 보였다. 사람들 목소리가 끊긴 순간 띠 지붕에 서리 내리는 소리가 들렸다.

쥐약 깡통을 쥔 증조부의 팔을 의사의 손이 지그시 눌렀다.

"그건 안 됩니다."

"어째서요. 나는 살인을 하고자 하는 게 아니라 살리고자 하는 거요."

"아니, 살인입니다."

"본인에게 넘겨주는 것뿐인데 어찌 살인이 됩니까."

"아니, 그것도 명백한 살인입니다."

실랑이를 하다가 증조부가 물러섰다. "이제 신령님께 맡기는 수밖에 없겠군요" 하는 의사의 말을 받아들인 듯했다. 증조부는 일개 인간이나 무사이기 전에 역시 신관이었다.

처참한 의식이 시작되었다. 여전히 몸부림치는 여자 옆에서 5번 객실을 청소하고 담요 두 채에 풀 먹인 시트가 씌워졌다. 먼저 제국대학 학생복을 입은 남자의 사체를 똑바로 뉘어놓고 그 옆에 여자를 곁잠 자는 모습으로 옮겼다. 두 사람의 손목이 빨간 오비끈으로 연결되었다.

의사는 거기까지 지켜보다가 숙소로 돌아갔다. 증조부는 남자의 부모에게 연락하기 위해 산꼭대기 신사 사무소로 가고, 조부는 증조부의 지시대로 하얀 예복에 옥색 하카마를 입고 두 사람 베갯맡에 앉았다. 그리고 두 사람이 함께 죽은 것으로 간주하고 승령昇靈 축사를 외웠다.

신기하게도 조부의 축사를 듣자 여자는 점점 진정되어 가는 듯했다. 고통이 한계를 넘어 신경을 마비시켰는지 얇은 눈꺼풀을 닫은 채 희미한 숨을 잇기 시작했던 것이다.

그런 상태 그대로 여자는 계속 목숨이 붙어 있었다.

마더 콤플렉스라는 말은 듣기만 해도 역겹다.

무엇이든 표현하기 힘들다 싶으면 이것저것 싸잡아 외래어 하나로 뭉뚱그려 표현하는 게 비인간적이라고 생각하기 때문이다. 성서에 나오듯이 언어는 신성한 것이지만 결코 인간 자체는 아니다. 즉 인간은 언어의 힘을 빌려 표현해야 하며, 만약 언어가 인간 존재를 규정해버리면 인간의 존엄은 즉시 사라지고 만다.

마더 콤플렉스라는 외설스럽기 짝이 없는 외래어로 규정될 만큼 어머니와 아들의 관계는 단순하지 않다.

나는 어머니를 진심으로 사랑했다. 그 감정은 훗날 경험한 연애와 다르지 않았고, 그 무엇보다 우월하다고까지는 말하지 않겠지만 연애를 하는 데 있어 감정의 기준이었다. 거기에는 Complex의 주요 의미인 '복잡함' 따위는 없으며, 하물며 일본어적 해석의 주요 의미인 병적이라는 의미도 있을 수 없다.

내가 어머니를 사랑했기에 어머니를 때리는 아버지가 미웠다. 어머니와 함께하는 생활은 가난한 나름대로 행복했고, 어머니의 연인에게는 격렬한 질투를 느꼈다. 만약 당시 어머니가 살기가 너무 힘들어 동반자살을 결심했다면 나는 그녀의 지배 아래 있는 자식으로서가 아니라 그녀를 사랑하는 한 남성으로서 그 뜻을 받아들였을 것이다.

어머니가 귀가하기를 기다리는 동안 설레는 마음으로 책을 읽는 척하던 나는 훗날 마찬가지로 연인의 발소리를 기다리던 나와 전혀 다르지 않았다. 어둠 속에서 어머니가 오비를 풀고 화장을 지우는 동안 내가 느끼던 설렘도 그랬다. 오히려 성적으로 성숙하지 않았던 만큼 그 연애 감정은 순수했다고 생각한다.

공자가 말하는 '효' 덕목의 핵심도 실은 이것일 것이다. 공자는 아마 고대국가 형태에 어울리는 개인의 마음가짐을 귀납적으로 혹은 편의적으로 이론화했겠지만, 많은 덕목 가운데 '효'만은 아무리 생각해봐도 정치적 보편성을 결여한 것으로 보이기 때문이다. 그의 천재적 두뇌는 모든 인간적 감정을 국가를 위해 쓰도록 하는 데 성공했지만, 지난날 모친에게 느끼던 연애 감정만은 제대로 귀납시킬 수 없었다. 그렇게 무리하게 이론화된 '효'만이 시대를 넘어 오늘도 여전히 불변의 덕목이라는 것은 참으로 공교롭다.

어머니는 아버지와 이혼하고 두 번이나 자살을 시도하였으나 이루지 못했다. 그리고 곁에 남은 내가 삶의 버팀목이 되었다. 같이 살기 시작하고부터는 나를 키우는 데 열중했다.

그런데 지토세 이모가 나이도 어린 조카에게 들려준 이 잠자리 옛날이야기는 교육적 견지에서 보자면 매우 부적절했다. 무서운 이야기임에는 틀림없지만, 그 무서움의 정체는 남녀의 업이기 때문이다.

혹시 이모가 다른 아이들은 의중에 없이 나 한 명에게 이 이야기를 들려주었던 것은 아닐까. 이불 속에 웅크리고 귀 기울이던 아이들 중에 이야기 내용을 성실하게 받아들일 수 있었던 아이는 어머니를 통해 어른의 세계를 들여다보고 있던 나뿐이었을 테니까.

어쨌든 나는 이모의 이야기를 들으며 머릿속 한켠에서 어머니만 생각하고 있었다.

내가 없는 밤을 추위에 떨며 지내고 있지는 않을까. 혹은 내가 없는 틈을 이용해서 다른 남자와 자는 것은 아닐까── 등등.

이모는 별빛이 비치는 창을 등지고 그림 같은 모습으로 앉아 정사情死 사건의 전말을 계속 이야기했다.

다른 아이들은 대개 잠들어 버렸지만 나는 두 손바닥을 볼 밑에 괴고 이모의 윤곽을 응시하고 있었다.

"이튿날 아침 일찍 남자의 가족이 산에 올라왔단다. 첫 기차를 타고 오는 손님보다 훨씬 빨랐던 것으로 보아 아마 도쿄에서 차를 타고 달려왔겠지. 정장을 입은 부친과 역시 제국대학 각모를 쓴 형. 그리고 집사인지 비서인지 모를 남자가 두 명. 모친은 오지 않았어."

부친이라는 사람은 멋진 수염을 기른 풍채 좋은 신사였다. 형은 죽은 동생과 무서울 정도로 닮았다고 한다.

잔혹한 일이지만 그들이 도착했을 때도 여자는 여전히 연인의 시신 옆에서 살아 있었다. 이제 고통을 호소할 기력도 없었지만 의식은 또렷했다.

증조부를 비롯한 저택의 가족들은 애초에 선의의 제삼자였다. 염치없는 정사 때문에 크나큰 고초를 겪고 있을 뿐이었다. 그러나 이때 선의가 감당해야 할 역할이 참으로 어려웠다. 즉 이 상황을 어떤 형태로 유족에게 보여주어야 하는가를 고민하느라 식솔들은 한숨도 못 자고 마음을 졸였던 것이다.

결론은 있는 그대로 보여준다는 것이었다. 즉 두 사람이 정돈된 객실의 한 이불 속에서 차분하고 깨끗한 상태로 남자는 음독하여 먼저 죽었으나 여자는 여전히 죽지 못하고 곁에 누워 있다는 이상적인 형상을——약간의 허식이 있을지언정 제시해야 한다고 판단했던 것이다. 있는 그대로를, 이라기보다 정확하게 말하면 정사한 두 사람이라면 응당 보여줄 법한, 있는 그대로를. 아무런 다른 뜻이 없는 순수한 선의를 가진 제삼자로서 그 밖의 연출은 불가능했다.

두 사람이 이튿날 부모와의 대화를 기다리지 않고 정사를 감행한 것은 부모의 이해를 바라기에는 이미 틀렸다고 생각했기 때문이겠고, 그렇다면 남녀의 본의는 찾아오는 부모에게 그 결말을 보여주는 것이다. 돌이킬 수 없는 현실을 목도한 유족이 후회의 눈물을 흘린다면 정사는 그나마 최선의 결말이리라.

그러나 이 대단원에는 연극에서는 도저히 있을 수 없는 부조화가 있었다. 유족이 현관 시키다이에 올라 증조부의 안내를 받으며 긴 복도를 걸어 계단을 오르고 5번 객실의 말짱하게 끼워진 장지를 열었을 때 정사의 상대자인 여자가 아직 살아 있었던 것이다.

저택 사람들은 제삼자로서 여자를 죽었다고 간주하고 장면을 바라보는 수밖에 없었다.

남자의 형인 대학생은 종잇장처럼 하얀 얼굴로 몸을 떨었다. 동반한 신사들도 모두 낯이 파랗게 질려 아무 말도 못했다.

그러나 자못 메이지의 거물 같은 인상을 풍기는 부친은 달랐다.

"이런 바보자식. 유녀 따위에 넘어가다니."

하고 한탄하는 정도가 아니라 침이라도 뱉듯이 죽은 자식을 비난했다. 그리고 베개맡에 쪼그리고 앉아, 흰자위를 드러낸 채 가는 숨을 잇고 있는 여자의 얼굴을 들여다보았다.

"너는 왜 죽지 않느냐. 아들이 불쌍하지 않느냐. 어서 죽어."

여자는 타버린 목을 쥐어짜 뭐라고 말했지만 그 목소리는 손톱으로 유리를 긁는 듯한 소리밖에 되지 못했다. 대신 여자는 작고 하얀 손바닥을 어렵게 가슴 앞에 모으고 부친에게 사죄하는 몸짓을 했다. 이때도 한쪽 손목에 빨간 끈이 묶여 있는 것을 이모는 똑똑히 보았다.

부친은 용서하지 않았다. "어서 죽어"라고 다시 한 번 낮은 소리로 질타했다. 그러더니 아무 감개도 없는 듯이 몸을 획 돌려 증조부에게 허리 숙여 공손하게 인사했다.

"귀 가문의 여러분께 제 자식이 있어서는 아니되는 폐를 끼쳤습니다. 그리고 야마토타케루노미코토가 계시는 산을 더럽힌 것을 부디 용서하시기 바랍니다."

부친은 다다미에 벗어둔 외투의 안주머니를 뒤져 미리 준비해 온 듯한 봉투를 증조부의 하카마 무릎 앞에 밀어두었다.

"소소합니다만 기부를 허락해주십시오."

입막음 뒷돈이라면 받을 수 없지만 기부라고 하니 거절할 도리가 없었다. 증조부는 잠시 주저하다가 "그럼 정중히 받겠습니다"라고 대답했다.

이후 아래층 다실에서 증조부가 경위를 설명했고 사람들은 고타쓰에 몸을 녹이며 데운 술을 마셨다. 조부는 5번 객실에서 승령 축사를 외고 있었다.

그때만 해도 젊었던 조부는 산기슭 센닌도신千人同心 막부가 있는 에도의 서쪽을 방위하고자 조직된 약 1천 명의 무사집단. 평소 농사에 종사하고 비상시 전투에 임했으며, 막부 직속 가신단이라는 자부심이 높았다 가문에서 들인 데릴사위로, 증조부의 지시라면 가신처럼 따르는 얌전한 사람이었다.

이모는 눈에 보이지 않는 요정처럼 계단을 오르내리며 아이로서는 납득이 안 가는 그 광경을 관찰하고 있었다. 납득할 수 없었던 것은 살아 있는 여자를 망자로 대하고 있다는 점이었다.

"아버지."

이모는 살아 있는 사람을 조문하는 부친의 등을 향해 말했다.

증조부나 조부가 의식을 치를 때 말을 건네는 것은 금기였지만, 그 정도로 납득할 수 없었다.

"아버지. 저 언니가 불쌍해요. 의사를 부르세요."

조부는 비쭈기나무 가지를 쳐든 채 고개만 돌려 저리 가라고 턱짓을 했다. 이모는 아래층 부엌으로 가서 조모의 소매를 잡아당겼다.

"할머니. 저 언니 아직 살아 있어요. 정말이에요."

조모는 곤혹스런 표정으로, "이미 죽었단다"라고 대답했다.

납득하지 못한 이모는 아이 방으로 가서 두 살 위 언니에게 물었다. 그러자 사려 깊은 언니는 잠시 생각하고 나서 "아버지와 할머니가 그리 말씀하셨다면 틀림없이 그런 거야"라고 말했다.

정사를 시도한 당사자를 포함한 사람들의 총의는 진실로 간주되었다.

이러저러는 사이에 산기슭의 주재소 순사와 옆 마을 개업의가 함께 찾아왔다. 두 사람 모두 낯익은 얼굴이었다. 늙은 순사는 매달 한 번 산꼭대기의 신관 저택을 방문했고 의사는 종종 왕진을 왔다. 다만 두 사람이 함께 산에 올라오는 경우는 자살자의 사체를 검시할 때뿐이었다.

사정청취와 검시는 매우 싱겁게 끝났다. 아이들은 검시 현장을 들여다볼 수 없었지만, 순사와 의사는 5분이 채 못 되어 계단을 내려왔다.

"어제 진찰한 의사 선생을 만나시겠습니까?"

하고 증조부가 의사에게 물었다.
"아뇨, 그럴 필요는 없습니다. 더 폐를 끼치는 것도 민망하니까요."
그 대화에서 어떻게든 빨리 일을 마무리하겠다는 의도를 감지한 이모는 어린 마음에도 불쾌한 기분을 느꼈다고 한다.
순사와 의사는 차도 마시지 않고 돌아갔다. 이모는 두 사람을 몰래 따라가 삼나무 숲 언덕 중간쯤에서 불러 세웠다.
"선생님."
"오, 잘 있었니."
자손이 많은 저택을 왕진하는 탓인지 중년의 의사는 아이 다루는 데 능했다. 도리이 앞 광장에서 산꼭대기 마을 아이들과 스모를 하기도 했다.
이모는 평소 친근감을 느끼던 의사에게 호소하려고 했다. 사람들의 총의가 왜곡한 진실을 직접 호소하고 싶었다. 검시가 너무나 싱겁게 끝난 것을 보면 아마 숨이 붙어 있는 여자를 다른 방에 숨겨 놓았을 거라고 이모는 의심하고 있었다.
남자는 죽었지만 여자는 아직 살아 있다. 살려주세요, 라고 이모는 몸을 떨며 말했다.
그때 순사와 의사의 당황하는 모습을 이모는 오랜 앨범에 있는 한 장의 사진처럼 기억하고 있었다.
정오선을 넘은 겨울 해가 신령한 상록수 가지 사이로 비껴들어 의사의 하얀 가운을 빛나게 하고 있었다. 그 거룩한 모습은 흡사 산중에 길을 잃은 야마토타케루노미코토처럼 보이기도 했다. 제복에 지카다비왜버선 형태에 고무바닥을 댄 작업화를 신은 노순사는 충실한 종자처럼 보였다.

자신의 고백 때문에 가족이 벌을 받는 일이 벌어져도 하는 수 없다고 이모는 마음을 단단히 먹었다.

"아, 저 여자는 이미 죽어 있었다."

이모는 낙담했다. 검시 전에 죽었는지 의사가 모종의 처치를 했는지는 모르지만, 거짓은 참이 되고 말았다.

문득 자기 손에 붉은 오자미가 쥐어져 있음을 깨달았다. 이제는 유품이 되어버린 그 오자미가 이모에게 직소할 용기를 일으킨 것이 분명했다.

"이거, 그 언니한테 받은 거예요."

이모는 울상을 지으며 그렇게 말해서 어색한 틈을 메웠다. 순사는 증거품이라도 살펴보듯 그 물건을 찬찬히 보았다.

"기모노를 해체해서 만든 것 같은데, 과연 이름난 유녀답군."

빨강이나 보라, 혹은 노랑의 선명한 우치카케를 입은 여인의 모습을 이모는 생생하게 떠올렸다.

"어린아이에게 그런 꼴을 보이다니, 민폐를 끼쳐도 정도가 있지."

의사와 순사는 귀엣말을 나누며 삼나무 숲의 급한 비탈길을 내려갔다.

이모는 저택으로 뛰어서 돌아왔다. 마침 계단으로 옮겨진 남자의 사체가 문짝 들것에 실리는 참이었다. 사체는 얼굴까지 완전히 이불에 덮여 있었다. 저택의 일꾼들이 문짝의 네 귀퉁이를 들어올렸다. 증조부와 조부가 툇마루에서 햇볕을 받으며 정좌해 있고 남자의 부친이 마당에 서서 긴 인사를 했다.

떠나는 장례 행렬에서 그다지 슬픈 기색이 느껴지지 않았다. 해는 높아도 남자들이 토해내는 입김이 연기처럼 피어오르는 추운 날이었다. 장례 행렬이 문 앞에서 사라지자 저택에는 테가 풀려버린 듯 이완이 찾아왔다.

조부가 툇마루에 앉아 "아아——" 하는 소리를 내며 기지개를 켰다. 증조부는 그 실례를 꾸짖기는커녕 덩달아 "아아——" 하며 두 팔을 들어올렸다. 두 신주는 한동안 아무 말도 나누지 않고 나란히 앉아 있었다.

이모는 툇마루에 올라가 뒷간에 가는 척 뒤쪽 계단을 통해 2층으로 올라갔다. 저택은 회랑이 빙 두르고 있고 크고 작은 계단이 여러 개 있었다.

인기척이 사라진 2층 복도를 발소리 죽여 걸었다.

마침내 두 사람은 떨어지고 말았다. 여자의 사체를 버리고 제 아들의 사체만 인수하여 떠난 부모가 이모는 미워서 견딜 수 없었다. 남녀관계 같은 것은 하나도 모르는 소녀지만 인정이 뭔지는 알고 있었다. 너무한 일이라고 생각했다.

복도에 앉아 5번 객실의 맹장지를 열었다. 그 순간 이모는 무엇이 어떻게 된 일인지 머릿속이 뒤죽박죽 되었다.

여자가 여전히 살아 있었다.

"물, 줘."

여자가 모기만 한 소리로 말했다. 덮고 있던 이불은 발에 채여 밀려나 있고 온몸을 격하게 떨고 있었다.

"물, 줘."

이모가 기겁해서 주저앉았다. 산 사람이 죽는 것보다 죽은 사람이 살아나는 것이 훨씬 더 무섭게 마련이다. 하지만 이내 정신을 가다듬었다. 여자는 살아난 게 아니라 애초에 죽지 않았던 것이다.

의사도 순사도 여자를 망자로 치부했다. 그걸 깨닫자 쉼 없이 밀려드는 파도처럼 다른 공포가 이모를 엄습했다.

"물, 줘."

여자는 목을 쥐어뜯으며 다시 말했다.

"잠깐 기다려요, 바로 가져올 테니까."

엉금엉금 복도를 기어가는 이모 앞을 할머니가 날카로운 표정으로 막아섰다.

"안 돼."

"왜요?"

"이제 아무도 관여해서는 안 돼."

그것이 정사를 실행한 상대방에 대한 올바른 예의이고 인정임을 이모는 그제야 알았다.

"여자는 이틀 밤낮을 살아 있었다."

이모는 아이들이 조용히 잠든 5번 객실에서 나 하나를 향해 말했다.

"네가 누운 그 언저리에서. 빨간 오비 끈이 손목에 묶여 있었지. 내내 남자 이름을 부르다가 사흘째 아침에야 숨이 멎더라."

아무도 데리러 오지 않았다고 이모는 쓸쓸히 덧붙였다. 여자의 사체는 신관과 그 가족이 묻힌 산꼭대기의 무덤에 묻히지 않고 산기슭마을의 사찰에 무연고자로 보내졌다.

"유녀였으니 어쩔 수 없었지."

사건의 불가해한 부분은 이모의 한 마디로 명료해졌다. 아마 어린 이모도 누군가 말한 그 한 마디로 사태를 납득했을 것이다.

돈에 팔리는 여자는 인간이기보다 물건이고 노예였다. 돈에 팔릴 때 부모와의 인연은 끊긴다. 탈주를 통해 주인과의 인연도 스스로 끊어냈다. 마지막으로 남았던 빨간 끈도 남자의 죽음으로 끊기고 말았다. 사건에 관련된 사람들은 비정했던 것이 아니라 여자와의 인연을 아무도 가지고 있지 않았을 뿐이다.

이모는 등뼈가 부러진 듯 몸을 기울이며 한숨을 지었다. 그리고 가만히 고개를 돌려 아이들의 잠든 얼굴을 살펴보며 중얼거렸다.

"너는, 어머니 곁에 있어 드리렴. 남들이 뭐라고 해도, 좋아하는 여자가 생겨도, 엄마 손을 놓아서는 안 돼."

나는 어둠 속에서 고개를 끄덕였다. 시댁에 아들을 빼앗긴 이모의 말은 뼈가 지끈거리는 소리가 느껴질 만큼 절실했다.
역시 이모는 나 하나에게 들려주려고 이야기를 시작했구나, 라고 생각했다.
다이쇼 시절에 이 5번 객실에서 쓸쓸하게 죽어간 여자가 어머니 모습과 겹쳐졌다. 어머니의 목숨을 보증하는, 혹은 인간이게 하는 끈은 내 손목에 감긴 한 가닥이 전부인 게 틀림없었다. 그즈음 어머니는 이야기 속의 여자처럼 아름답고 앳돼 보였다.
이모는 죽지 않는 거죠, 하고 나는 주저주저 물었다.
"글쎄, 어떨 것 같니?"
아마도 본심에서가 아니라 나에게 기운을 북돋아줄 생각으로 이모는 그렇게 말했으리라.

5번 객실은 그 후 오랫동안 봉인되었다. 그런 내력을 전혀 모르는 숙박객이 종종 이상한 체험을 했기 때문이다.
어느 손님은 밤중에 목이 몹시 마르다며 부엌으로 물을 먹으러 왔다. 또 어떤 손님은 밤새 고열에 시달렸다.
특히 한밤중에 무엇인가가 이불 속으로 숨어들어와 등 뒤에서 가만히 안았다는 일이 결정적이었다.
다행히 증조부는 신통력이 있어서 가문에 내려오는 비법으로 그 영귀를 다스렸는데, 어쨌거나 그 방은 불길하다고 해서 손님을 들이지 않게 되었다. 봉인이 해제된 것은 종전 직후 조부도 타계하고 삼촌이 신관을 물려받은 뒤였다. 이모는 사건을 기억하고 있었지만 남동생인 당주는 전해들은 이야기가 전부여서, 이제는 괜찮겠지, 하고 생각한 듯했다.

이혼하고 돌아왔다가 5번 객실이 사용되고 있음을 알았을 때 이모만은 예전 기억을 돌이키며 언짢아했다고 한다. 그러나 그 뒤 아무 일도 일어나지 않았고 5번 객실은 방학 때마다 모이는 조카들의 침실로 사용되었다. 중앙계단 바로 앞에 있는 객실이어서 손님에게는 그다지 좋은 조건이 아니지만 잠꾸러기 아이들을 아래층에서 불러서 깨우는 데는 맞춤이었다.

"자, 그만 자거라."

이모는 어머니를 꼭 닮은 높고 탄력 있는 목소리로 말하고 내 이불자락을 매만져 주었다. 그러다가 잠든 아이들이 깨지 않도록 발소리를 죽이고 물러나 장지를 조용히 열고 방을 나갔다.

별을 헤아리는 데도 지쳐 눈을 감자 이내 빨간 끈의 환상이 어둠 속에 춤추었다. 이 저택에서 태어나 각별한 사랑을 받으며 자란 어머니는 강하고 굵은 끈으로 보호받고 있었을 것이다.

순혈을 지키려는 것은 유력한 가문의 관례여서, 자녀의 배필은 혈연이 닿는 자로 정했다. 유전학적으로는 바람직하지 않은 관습이지만, 그래서인지 이 일족에는 신기할 만큼 미모가 많았다. 특히 그 관습의 마지막을 장식하는 이모나 어머니의 자매들이 한자리에 모여 찍은 사진을 보면 다들 영화배우 같았다.

그런 환경에서 태어난 어머니는 때마침 부모 슬하를 떠나 도쿄의 여학교에 진학했고, 흔히 드는 비유를 빌리면 '어디서 굴러먹던 말 뼈다귀인 줄도 모를' 아버지와 부부가 되었다. 어머니와 약혼자가 혼인 예물을 건네는 자리에 아버지가 단도를 들고 뛰어들었다는 진위가 확실치 않은 전설 같은 이야기도 있다. 그 결과 아버지와 어머니는 도망치다시피 해서 부부가 되었고, 어머니와 연결되어 있던 많은 끈이 아버지의 칼에 끊기고 말았을 것이다.

훗날 아버지는 큰 재산을 쌓아 어머니의 친정과 신사에 막대한 기부를 했다. 신도 모임의 발기인이 되고 참배도 거르지 않았다. 하지만 그렇게 해서 다시 이어진 끈도 아버지의 파산과 이혼으로 다시 끊겨버렸던 것이다.

어머니는 삼십대 초반부터 유흥업소에 나가기 시작했다. 내가 꿈결에 본 모습은 어머니 몸에서 하나씩 풀려나 떨어지며 어둠 속에 춤추는 빨간 끈의 환상이었다. 밤의 밑바닥으로 떨어져가는 어머니의 손목에는 간신히 한 가닥의 오비 끈이 묶여 있고, 나는 어딘지 높은 곳에 매달려 그 끈을 필사적으로 쥐고 있었다.

환상은 마침내 비단에 휘감기고 나는 깊은 잠에 빠졌다.

그러다가 목이 타서 잠에서 깨어났다. 지붕에 서리 내리는 소리가 들리는 깊은 밤이었다. 나는 이내 이모 이야기의 후일담을 떠올리며 열심히 침을 삼켜서 갈증을 견디려고 했다. 곧 손발이 따뜻해졌다. 손가락 끝에 느껴지기 시작한 열이 차차 기어오르듯 무릎과 팔꿈치를 데우기 시작했다.

이것은 필시 착각일 터이니 손발을 밖에 내놓으면 금세 살갗이 틀 거라 생각하고 참았다.

그러다가 곧 그 감각이 특수한 상황은 아님을 깨달았다. 어머니와 내가 사는 연립주택은 화장실이 복도 끝에 있어서 나는 저녁이면 수분 섭취를 최대한 피하려고 했다. 갈증 때문에 잠을 깨는 일은 늘상 겪었다. 잠들려고 할 때 몸이 더워지는 것도 아이에게는 당연한 현상이지만, 나는 언 몸으로 돌아올 어머니를 위해 손발을 따뜻하게 해두어야 했다.

중앙계단이 비명을 질렀다. 나는 잠든 것도 깨어 있는 것도 아닌 상태에서 한밤중에 조심스레 울리는 그 소리를 어머니의 발소리로 들었다.

한 발 한 발 조심스레 딛는 발소리가 계단을 다 올라와 복도로 다가섰다. 장지가 열리고 편백 냄새 나는 밤공기가 흘러들어왔다.

나는 눈꺼풀을 살짝 들고 속눈썹 사이로 겨울 하늘의 별들을 바라보았다. 3천 척 산꼭대기에 펼쳐진 밤하늘은 눈이 부실 만큼 별빛으로 충만해 있었다. 오래전에 모든 끈을 잃은 채 꼼짝도 못하고 죽어가던 여인이 이승에서 마지막으로 본 경치임에 틀림없었다.

꿈인지 생시인지 분간하지 못한 채 나는 "어서 오세요"라고 중얼거렸다.

뭔가가 나의 등에 바짝 몸을 붙였다. 얼음처럼 차디찬 손이 목덜미로 미끄러져 들어오고 다른 한 손이 내 가슴을 끌어안았다. 나는 충분히 데워둔 손바닥으로 그 양손을 감싸주었다. 차가운

맨발에 나의 발바닥을 대주었다.
 떨림이 잦아들자 귓가에 숨죽여 흐느끼는 소리가 들렸다. 그 슬픔을 달래줄 것은, 뜨겁지는 못해도 이 몸의 온기밖에 없음을 나는 알고 있었다. 나는 최대한 틈이 생기지 않도록 몸을 솜으로 만들고, 무력하지만 만능이 분명한 나의 체온을 여자의 몸에 나누어 주었다.
 이제는 그 몸의 주인이 어머니인지 이모인지 죽은 여자인지는 아무 상관이 없었다.

2장

여우귀신 이야기

한낮이었지만 정말이지 달빛을 쐬는 듯 백설처럼 하얀 여자애였다고 지토세 이모는 말했다.

피부만 하얀 게 아니라 얼굴이면 얼굴, 앉으면 앉은 태, 일어서면 일어선 태까지 하나하나가 고귀한 인형처럼 보였다고 한다.

이모의 십팔번인 여우귀신 이야기는 늘 그런 말로 시작되었다. 그 이야기만은 말아 달라고 애원하는 아이도 있지만 본인이 귀를 막고 이불 속에 숨는 수밖에 없었다. 이야기가 시작될 때 벌어지는 이런 소동은 말하자면 이 괴담의 정해진 순서 같은 것이어서,

울상 짓는 아이를 여러 아이들이 함께 달래다 보면 피학적 흥분은 대번에 증폭되고 마침내 방 안은 쥐죽은 듯 조용해졌다.

"신단 앞에서 떠들면 안 돼."

개막을 고하는 딱따기 소리일본의 전통 무대극에서 장면 전환 때 딱따기를 한 번 울린다처럼 이모가 말하자 아이들은 이불 속에서 숨을 죽이고 모든 동작을 멈추었다.

100첩짜리 방다다미 1첩은 0.5평이므로 100첩은 50평은 '안채'라 불렸다. 보통 무가저택에서 안채라고 하면 가족이 기거하는 곳을 말하는데, 현관에서도 가깝고 신도회가 단체로 숙박하는 대형 객실을 왜 그렇게 불렀는지 알 수 없다.

여름방학 때처럼 친척 아이들이 특별히 많이 모일 때는 대형 객실에 담요를 나란히 깔고 재웠다. 그 100첩 방 동쪽에는 족자와 매 박제를 장식한 커다란 도코노마가 있고 서쪽에는 유리문을 단 훌륭한 신단이 설치되어 있다. 그리고 남쪽과 북쪽에는 수많은 순백색 장지 너머로 큰 회랑이 있었다.

영산으로 알려진 미타케산 꼭대기에 있는 어머니의 고향집은 그런 저택이었다.

대형 객실을 '안채'라고 부른 까닭을 굳이 추측해 보자면 이렇지 않을까.

우리 어머니와 모녀지간처럼 나이 차이가 많이 나는 지토세 이모는 마쓰카타 공작 저택에 들어가 예의범절을 익혔다. 어머니 자매 중에 도쿄의 여학교를 졸업한 사람은 쇼와 2년생인 어머니가 처음이라고 하니 그 전에는 모두 이모처럼 귀족 저택에 들어가 예의범절과 교양을 익혔을 것이다.

그렇다면 더 이전에 이 집안 딸들은 에도의 다이묘 번저에 시녀로 들어갔을 것이고, 개중에는 에도성 내궁에 입궁한 딸도 있었을지 모른다. 그런 딸들이 기한이 되어 고향에 돌아와, 귀빈을 모시거나 신단이 있는 대형 객실을 저택 안에서도 신성하고 신비한 장소라는 의미에서 '안채'라고 부르기 시작한 것은 아닐까.

여하튼 이 영산의 신관으로 임명된 선조의 20대손에 해당하는 아이들은 100첩 방의 어둠 속 한복판에 베개를 나란히 놓고 이모가 준비한 괴담——여우귀신 이야기를 들었다.

한여름이지만 울창한 삼나무 숲에 둘러싸인 산꼭대기의 저택은 솜이불을 덮어야 할 만큼 쌀쌀했다.

"여우귀신에 씐 사람들이 할아버지의 신통력을 믿고 종종 찾아왔단다. 그때는 전차도 버스도 케이블카도 없었지. 여우귀신에 씐 사람은 너희 또래의 어여쁜 여자애였어."

베개맡에 앉은 이모의 항라 기모노는 하얀 속곳이 목깃부터 비쳐보였다. 저택은 신앙과 무관한 손님도 받았지만 본래는 신도회 사람들을 위한 숙방이므로 이곳 남자 식솔은 늘 하카마를 차려입고 여자는 여름이면 검은 무지 항라 기모노, 겨울에는 겹옷 기모노를 입는 것이 관례였다.

"그 신통력이라는 것도 흰 수염 할아버지 대까지만 있었고 너희 할아버지는 맹탕이었어. 우리 조상님은 본래 구마노 슈겐일본 고대에서 비롯된 전통 산악신앙과 불교가 결합한 '슈겐도' 수도자. 와카야마 현 남부와 미에 현 남부로 이루어진 구마노 지역은 슈겐 신앙에서 가장 신령스러운 도장으로 알려졌다이어서 우리 집안에는 대대로 신통력이 내려왔거든. 옛날 동조대권현 공東照大權現 에도 막부를 세운 도쿠가와 이에야스가 죽은 뒤 그를 신격화하여 부르는 이름의 명으로 이 산에 오르신 뒤로 우리 조상님들은 여느 신관들과는 다른 소임을 받으셨어. 구마노 신의 신통력으로 쇼군님과 에도 성시를 이곳에서 수호하셨지. 그러니 그 신통력이라면 오이나리 님풍요의 신 이나리 신을 모신 신사에는 이나리 신의 사자로 흔히 여우상을 모시는데, 이에 여우를 오이나리 님이라 부르기도 한다의 장난쯤은 쉽게 물리칠 수 있었단다."

그 여자애는 꼭 프랑스인형 같았다고 이모는 말했다.

천년의 숲에서 쓰르라미가 울어대는 한여름 저녁 무렵, 현관 목탁이 울렸다. 증조부는 귀인의 가마를 위한 넓은 시키다이에 정좌한 채 인사도 없이 그 여자애를 응시하고 있었다. 어린 이모는 증조부 뒤 칸막이에 숨어 초대하지 않은 손님을 엿보았다.

열 살쯤 된 여자애는 레이스 장식이 많이 달린 연보랏빛 양장을 입고 조화를 장식한 챙 넓은 모자를 쓰고 있었다. 양쪽의 두 어른과 손을 잡고 있다기보다 양쪽에 손을 붙들린 채 증조부에게 희미한 미소를 보여주고 있었다.

동반인들이 소녀의 부모가 아니라는 점은 쉽게 눈치챘다. 리넨 양복에 나비넥타이 차림으로 파나마모자를 가슴에 대고 있는 남자는 집사일 것이고 소녀의 반대편 손을 꼭 쥐고 있는 중년 여성은 유모이거나 하녀장 같은 사람일 것이다. 두 사람은 가운데 둔 소녀를 정중한 몸짓으로 챙기고 있었다.

증조부는 집사가 내민 소개장을 읽은 뒤 돋보기안경을 품에 집어넣으며, 기꺼이 도와드리리다, 라고 말했다. 그 순간 동반인들이 온몸에 힘을 빼며 후우, 하고 숨을 토했다.

"다만 한 가지는 알아 두셔야겠소."

증조부는 정좌한 채 근엄하게 말했다. 관폐대사官幣大社 천황이나 황족, 혹은 조정의 폐백을 받아 제사를 지내는 신사이며 신사 중에 가장 격이 높다. 이렇게 격이 높은 신사의 우두머리를 '궁사'라 한다의 궁사가 깎듯이 겸양하는 상대는 황족이나 칙사, 최소한 화족의 당주 정도뿐이다.

"여기까지 오신 것은 그동안 몹시 시달리다가 더는 견딜 수 없었기 때문이겠지요, 그런데 이곳의 거친 치료를 감당하지 못해서 탈이 나는 경우가 가끔 있었다오. 그래도 괜찮겠소?"

주인 내외분도 이미 각오가 되어 있습니다, 라고 집사가 대답했다.

어른들의 심상치 않은 대화에 소녀는 겁을 먹었다. "집에 갈래" 하며 뒷걸음치는 소녀를 집사와 하녀장이 거침없이 붙잡았다. 두 사람에게는 어린 주인을 배려할 만한 여력이 이미 남아 있지 않은 듯했다.

그러자 증조부는 느티나무 통판으로 만든 시키다이 위에서 무릎을 앞으로 밀고 레이스 장식이 달린 양 소매를 잡아 가슴 쪽으로 힘껏 끌어당겼다.

"아기씨는 이름이 뭐지?"

소녀는 대답하지 않았다.

"정신 똑바로 차려야지. 부모가 지어준 이름을 말해봐."

저항하며 몸부림치는 소녀의 목덜미에는 마치 마쓰리 가면을 뒤쪽을 향해 쓴 것처럼 또 하나의 얼굴이 있는 듯했다. 목이 빙글빙글 돌고 아파하는 소녀의 얼굴과 무서운 짐승 얼굴이 번갈아 나타났다. 그래서 이모는 소녀가 여우병에 걸렸음을 알았다.

"가나, 예요."

뭔가 다른 이름을 말하게 하려는 맹렬한 힘을 밀어내는 것처럼 애쓰며 소녀가 낮은 소리로 말했다.

그래, 하며 소녀의 머리를 쓰다듬으려고 하던 증조부가 문득 손길을 멈추었다.

"혹시, 아기씨는 시월생인가?"

"네. 어떻게 아세요?"

증조부의 신통력은 아니었다. 소녀는 '가나'라고 제 이름을 댔지만 '간나'라고 들리기도 했기 때문이다. 만약 서양 꽃 이름이 아니라면 시월의 옛말 '간나'에서 따온 이름일 거라고 생각했던 것이다.

'야요이'가 삼월생이고 '사쓰키'가 오월생이라면 '간나'는 시월생이 틀림없다. 그러나 야요이弥生나 사쓰키皐月라면 몰라도 '간나神無'는 한자가 매우 언짢아 히라가나로 '간나' 혹은 '가나'라고 불렀을 것이다. 아무튼 증조부의 짐작은 정곡을 찔렀다.

신이 없다는 이름을 가진 아이에게 여우귀신이 씌었다. 어지간히 불쌍했는지 증조부는 소녀를 꼭 끌어안고 흰 수염이 난 뺨을 얼굴에 비볐다.
"내가 고쳐주마. 조금 힘든 치료가 되겠지만 꾹 참아라."
증조부는 뭔가에 씐 소녀의 몸을 양손으로 어루만져주며 그렇게 말했다.

"여자애를 데려온 아저씨와 아주머니는 2층 객실에 묵었단다. 하지만 소녀는 큰 객실의 신단 앞에 담요를 깔고 잤지. 맹장지를 닫고 세 끼 식사도 그곳으로 가져다주었어."
이모의 손가락 끝을 따라 아이들은 어둠 속 한 곳을 응시했다.
큰 객실의 신단은 뒤뜰 쪽으로 돌출하듯 만들어져 있었고, 다키이네이삭 맺힌 벼줄기 하나 혹은 두 개를 서로 마주보게 놓고 둥글게 감아 놓은 무늬 가문家紋이 장식된 대형 유리 앞에는 새하얀 막을 쳐 두었다.
신단이라 불리는 그 방은 큰 객실의 일부임은 틀림없지만 담요를 깔고 자거나 밥을 먹거나 해서는 안 되는 성역이었다. 신도회 단체 손님이나 임간학교 학생들이 숙박할 때는 그곳에만 맹장지를 끼워 분리하므로 큰 객실은 갈고리 형태로 바뀐다.
당주는 매일 아침 일찍 목욕재계하고 신단 앞에서 축문을 외웠다. 산꼭대기에 흩어져 있는 신관의 저택들에서 일제히 북소리가 울렸다. 신앙과 무관한 손님이 묵고 있거나 옆방에 아이들이 자고 있어도 신관들이 울리는 북소리는 채 동이 트지 않은 산꼭대기의 대기를 흔들었다.

그렇게 아침 의식을 마치면 신관들은 각자의 저택을 나와, 보기에도 위태로운 아사구쓰얇은 오동나무 판에 종이를 여러 겹 발라 형태를 만들고 검은 옻칠로 반질반질 광택을 낸 일본의 전통 구두. 율령시대에는 고관들이 예복을 입을 때 신었고 요즘은 신사의 신관들이 예복을 입을 때 신는다를 신고 예복을 차려입고 신사로 향했다.

"어느 집안 따님인지는 몰라도 행실이 참 바른 아이였단다. 흰 수염 할아버지가 축문을 외기 전에 이불을 반듯하게 개어놓고 옷도 갈아입고 신단 옆에 얌전히 앉아서 기다렸대."

이모에 따르면 옆에서 챙겨주기 전까지 아무것도 못하는 것들은 졸부의 아들딸이고, 유서 깊은 고귀한 가문의 자손은 자기 일은 스스로 하고 남의 손을 번거롭게 하지 않았다고 한다.

이제부터 가나를 한자로는 香奈로 쓰기로 하자.

그 가나라는 소녀는 최소한 무가 다이묘나 조정 고관의 따님, 아니 어쩌면 궁호흠루 방계 황족 가문에 주어지는 호칭으로, '~미야宮'로 끝난다 정도는 갖고 있는 매우 고귀한 가문인지도 모른다고 이모는 말했다. 나중에 아자부 센다이자카의 마쓰카타 공작 저택에 들어가 예의 범절을 배우게 되는 이모가 자기 경험에 비춰 추측한 것이니 틀림없으리라.

이모는 이야기 중에 우리 아이들 귀에도 익숙한 축문을 낭랑한 목소리로 외웠다. '하늘에 계신 남신 여신의 명을 받자와'로 시작되어 '저희 소망에 부디 귀를 기울여주소서'로 끝나는 축사였다.

우리 집은 친할머니도 제사를 게을리하지 않았고 며느리인 어머니도 무녀였으므로 매일 아침 귀에 못이 박이도록 축문을 들었다. 다들 신관의 아들이나 손주였던 우리들은 이불을 뒤집어쓴 채 작은 소리로 이모와 함께 축문을 외웠다. 이 축문은 불교의 반야심경이나 기독교의 '주님의 말씀' 같은 것이 아닐까. 신도의 의식은 이 짧은 축문으로 시작하게 마련이다.

증조부는 가나를 옆에 앉히고 아침 의식을 올리며 북을 친 뒤 관동평야가 한눈에 내려다보이는 뒤쪽 복도에 서서 '호흡 수행'유교나 불교 등 외래 사상의 영향을 받기 이전의 신도에서 전해 내려온다는 호흡법을 했다.

아침해를 향하여 양손을 허리에 대고 서서 몸을 좌우로 틀며 천천히 숨을 들이마신다. 그리고 서광을 정면으로 받으며 깊고 길게 호흡한다. 손바닥을 배꼽 위에 포개고 고개를 조금 숙이고 잠시 눈을 감는다.

증조부에게 배웠는지 아니면 전부터 알고 있었는지, 가나도 순순히 이 수행을 했다.

그 모습을 엿보며, 역시 아기씨는 대단하구나, 하고 이모는 생각했다. 또래 아이들은 의식이니 수행이니 하는 것이 싫어서 피해 다니게 마련인데 가나는 순순히 증조부 말에 따랐고 동작도 매끄러워 보였다.

저택에 찾아오고 이튿날 아침, 가나는 홀치기염색 무늬가 기품 있는 기모노를 입었다. 이들 일행은 빈손으로 왔으나 뒤를 쫓듯이 철도 수하물이 배달되었기 때문이다. 그것도 저택에서 인편을 보내 가져온 게 아니라 어느 역의 빨간 모자역에서 수하물을 나르는 짐꾼가 커다란 고리짝 두 개를 멜대 양쪽에 매달고 산꼭대기까지 올라왔다.

그 빨간 모자가 잠시 통용문 안 마루턱에 앉아 땀을 닦으며 담뱃대를 물고 있는 모습을 이모는 유난히 또렷하게 기억하고 있었다.

산기슭 기차역에는 빨간 모자가 없으니 그 고리짝은 사실 수하물이 아니고 도쿄 어느 기차역에서부터 짐꾼이 직접 가져온 거라고 봐야 했다. 하지만 왠지 그 고리짝은 정식 수하물처럼 삼끈이 거북무늬 꼴로 묶여 있고 전표까지 달려 있었다.

아기씨의 착란 증세는 극비에 부쳐졌을 터이니 이목을 저어하여 그런 식으로 짐꾼을 고용했을 거라고, 두 살 차이 나는 이모와 손위 이모는 소곤거렸다.

빨간 모자가 신기했던 두 소녀는 돌아가는 짐꾼을 잠시 따라갔다. 그러자 짐꾼은 무슨 오해를 했는지 삼나무 숲의 어두운 그늘에 멈춰 서서 쯧쯧 혀를 차더니 십전짜리 백동전을 하나씩 쥐어주었다. 짐꾼은 어린 자매가 용돈을 바라고 뒤따라온다고 오해한 모양인데, 애초에 그럴 마음도 없고 생판 타인에게 용돈 받아본 적도 없는 신관의 딸들은 뜻밖에 받은 십전짜리 동전에서 뭔지 모를 꺼림칙함, 이를테면 입막음을 위한 용돈 같은 타락을 느꼈다.

이모가 짐꾼의 모습을 또렷이 기억하는 이유는 마음에도 없이 푼돈을 받음으로써 어떤 은밀하고 사악한 구렁텅이에 빠질 듯이 느꼈기 때문이리라.

"고민 끝에 신사로 올라가 새전함에 넣어 버리자고 생각했지만, 그것도 왠지 마음에 걸려서 결국 각자 주머니에 넣어두게 된 거란다. 너희도 엉뚱한 사람한테 함부로 돈을 받으면 안 돼."

그 십전짜리 동전에 무슨 다른 뜻은 없었다. 하지만 돈을 거부했거나 적어도 신사 새전함에 넣기라도 했다면 이모는 나중에 일어난 무서운 사건을 보지 않을 수도 있었을 거라고 믿는 듯했다.

고리짝 안에는 가나의 옷가지가 가득했다. 대개는 색색가지 기모노와 오비와 방물 종류였는데, 조모는 그것들을 꺼내 바람을 쐬며 한숨 섞인 목소리로 말했다.

"우리도 너희를 부족하지 않게 키웠지만, 하이고, 정말이지 위에는 또 위가 있구나."

횃대에 나란히 걸린 기모노는 청정하기만 할 뿐 화려함이 없는 신관 저택의 객실을 잠시 궁전의 현란함으로 물들였다.

증조부를 따라 호흡 수행을 할 때 가나는 그 가운데 한 벌을 입고 있었다. 보기에도 화사한 기모노를 하루 종일 입었고, 그것도 하루 한 번은 다른 기모노로 갈아입었다.

긴 머리는 허리 밑에서 묶었을 뿐이지만 살짝 곱슬머리 기운이 있어 어깨 위로 퍼지는 머리모양은 자못 귀인의 오스베라카시*목덜미 쪽에서 머리를 한데 묶고 머리끝을 허리 아래까지 길게 늘어뜨리는 모양으로, 예전에 신분 높은 여성들의 머리모양* 처럼 보였다. 그리고 그 풍성함이 가나의 하얀 얼굴을 더욱 하얗고 작아 보이게 했다.

저택에 도착할 때만 해도 프랑스인형이었던 소녀는 하룻밤 지나고 보니 히나인형어린 딸의 무병과 행복을 빌며 3월 3일의 모모노셋쿠라는 명절에 장식해 두는 남녀 인형 한 쌍으로, 여자인형은 귀족의 화려한 예복 차림이다으로 변해 있었지만 그 변화도 전혀 이상하게 느껴지지 않았다. 어릴 때부터 귀한 혈통이 어떤 것인지 알고 있던 이모도, 역시 귀인은 다르구나, 하며 실감했다고 한다.

그런데 이상하다면 참으로 이상한 일이 있었다.

현관 시키다이에서 처음 보았을 때 여우귀신에 씐 것이 분명했던 인상이 이튿날 아침에는 거짓말처럼 사라졌던 것이다. 도착한 그날 밤의 일은 이모도 기억이 없었다. 아마 여우병이 무서워 감히 들여다볼 엄두를 내지 못해서이리라. 그러나 동이 트고 이모가 목도한 가나는 전혀 이상하게 느껴지지 않는 어여쁘고 사랑스럽기만 한 소녀였다.

증조부가 신사에 올라간 뒤 이모와 손위 이모는 누가 시킨 것도 아닌데 가나를 꾀어 오자미 놀이를 하거나 넓은 저택을 안내해주었다고 하니 과연 두려움을 느끼게 할 정도의 부자연스러움은 전혀 없었던 모양이다.

뒤쪽 복도에서 앞마당으로 시원한 바람이 지나가는 큰 객실에 앉아 세 소녀는 간식을 먹었다.

프랑스인 제빵사가 구웠다는 서양과자는 기가 막히게 맛있었다. 당시에는 이 저택에도 조리장과 요리사가 기숙하며 일했지만 프랑스인 제빵사까지는 없었으므로, 역시 아기씨의 생활은 다르구나, 하고 이모는 몹시 부러워했다. 과자를 먹어도 무릎 위로 부스러기를 전혀 흘리지 않는 가나의 동작을 어떻게든 흉내 내보려고 했지만 생각처럼 되지 않았다.

가나는 비스킷을 조금 깨물 때마다 손바닥에 휴지를 얹어 가슴 높이에 받쳤다. 그 동작이 참으로 음전하여, 손바닥을 턱밑에 바짝 대지도 않았고 목은 반듯이 세운 채 움직이지 않았다. 하나를 다 먹으면 휴지를 삼각형으로 접어 가슴께 옷깃 속에 끼워두었다.

그때부터 이모와 손위 이모는 극히 자연스럽게 '가나 님'이라고 부르게 되었다. 귀인의 아드님이나 따님이 참배나 등산을 위해 방문하는 일은 종종 있었고, 그럴 때는 미리 '님'자를 붙이라고 언질을 받지만, 이때는 누가 시키지 않아도 '가나 님'이라고 불렀다.

한편 가나는 아이들 이름을 묻지도 않고 이모와 손위 이모를 싸잡아 '스즈키'라고 편하게 불렀다.

"스즈키는 서양과자를 잘 모르네."

라는 식이다.

스즈키는 이 집안, 즉 내 외가의 성인데, 세상에 널리 퍼져 있는 스즈키와는 발음이 달랐다. 첫 음절 '스'에 강세를 주는 '스즈키'인데, 이는 신관에 많은 그 성이 특별히 그렇게 발음되는 것인지 아니면 옛날 구마노 슈겐이던 우리 집안에서만 간사이 식으로 그렇게 발음하는 것인지는 모르겠지만, 아무튼 항간의 '스즈키'와는 다른 '스즈키'였다.

이모는 우리 집안사람들을 싸잡아 성으로 부르는 위화감보다 가나가 어떻게 처음부터 스즈키의 제대로 된 발음을 알고 있었는지 모르겠다며 두고두고 고개를 갸웃거렸다고 한다.

"나는 하나면 충분하니까 나머지는 스즈키가 먹어."

자못 아랫것들에게 하사하듯 가나는 말했다.

간식이 제 시간에 나왔다고 치면, 그 뒤 셋이서 구슬치기를 하고, 노는 데도 싫증이 나서 저택 주변을 돌아다닐 즈음에는 여름 해가 삼나무 숲 너머로 기울고 있었을 것이다.

신목에 덮인 산꼭대기는 해가 일찍 진다. 해발 천 미터에 가까운 그 근방은 여름 초입부터 하루 종일 쓰르라미가 울어대서 저녁매미라는 별칭을 무색케 한다.

대신 저녁이 되면 깊은 산의 밑바닥에서 다양한 새와 짐승의 소리가 들려온다. 이모도 꿩과 여우 소리는 알고 있었지만, 그 밖의 조류나 짐승 소리도 서로 번갈아가며 섞인다.

이모는 멀리서 들리는 그런 소리를 두려워한 적이 없었다. 꿩도 여우도 곰도 원숭이도 어치도 아니고 신사의 유래에 등장하는 흰색과 검은색의 이누가미狗神가 온갖 새나 짐승의 소리를 흉내 내고 있는 거라고 배웠기 때문이다.

옛날 야마토타케루일본 신화에 등장하는 영웅가 동국을 정벌하러 왔다가 길을 잃고 헤맬 때 흰색과 검은색의 산개 두 마리가 나타나 길을 안내했다고 전해지는데, 그 신화가 이 신사의 기원이라고 한다. 신도회를 통해 전국에 유포된 부적에도 이누가미 그림이 그려져 있었다.

문간방좌우 양쪽이 살림집으로 되어 있는 규모가 큰 대문에서 그리 멀지 않은 숲에서 그 소리를 듣는 순간 가나의 표정이 확 달라졌다.

이모와 손위 이모는 열심히 가나를 달랬다.

"무서워할 거 없어요, 가나 님. 저건 이누가미가 짐승 소리를 흉내 내고 있는 것뿐이니까."

"그래요, 가나 님. 신령님이 그만 집으로 돌아가라고 말씀해주시는 거예요."

숲속에는 나뭇잎 사이로 비껴드는 연분홍빛 그늘이 무수한 빛의 띠를 허공에서 흩뿌리고 있었다. 가나는 그런 빛을 올려다보고 또 속을 알 수 없는 숲의 끝을 힐끔힐끔 살펴본 끝에 그녀의 것이 아닌 갈라진 목소리로 한 마디 말했다.

"개는 싫어."

그러고는 조릿대 덤불로 깡충 뛰어든다 싶더니 홀치기염색 기모노의 옷자락도 걷어 올리지 않은 채 깡충깡충 뛰어다니기 시작했다. 흡사 적을 찾아다니는 것 같기도 하고 만나고 싶지 않은 상대를 피해 다니는 것처럼 보이기도 했다.

그때까지만 해도 이모는 특별히 공포를 느끼지는 않았고 다만 가나가 장난을 친다고만 생각했다. 그래서 폴짝거리는 가나의 장단에 맞추어 언니와 함께 손뼉을 쳤다.

대체 얼마나 그러고 있었을까, 아무래도 이상하네, 라고 생각하기 시작할 즈음, 저택 쪽에서 두 사람의 이름을 크게 부르는 소리가 들렸다. 이내 증조부와 당시는 젊었던 조부가 신사에서 나온 신관 복장 그대로 삼나무 숲 계단을 앞 다투듯이 뛰어서 내려왔다.

조부가 두 딸을 안아 올렸다.

"괜찮니? 무슨 일 없었어?"

대체 무슨 일이 일어나고 있는지 알지 못하던 이모 자매는 그저 당황하며 아버지 가슴에 매달렸다.

증조부는 옥색 하카마 차림으로 조릿대 덤불을 밟고 서서 전에 들어본 적 없는 주문을 외우고 본 적 없는 결인을 했다. 그러자 주위를 물들이던 연분홍색 빛의 띠가 마치 바짝 말라비틀어지듯 허공으로 빨려 들어갔다. 이모가 그 신령스러운 광경에서 지상으로 눈길을 돌리니 가나가 조릿대 덤불 가장자리에 마치 하늘에서 떨어진 것처럼 힘없이 쓰러져 있었다. 증조부가 뛰어가 안아 일으켰다.

당장 살풀이를 해야겠다고 증조부가 말하자 두 딸을 안고 있던 조부는, 아무리 아버님이라도 겨우 하루 만에 준비를 마치실 수는 없습니다, 라고 대답했다.

"준비나마나 이 모습을 보니 당장 하지 않으면 안 되겠다. 아기씨 목숨이 위험해."

그 말에 이모는 소스라치게 놀랐다. 그제야 지금 일어나는 일이 여우귀신의 짓임을 깨달았다.

살풀이를 준비하는 데는 상당한 시간이 필요한 듯했다. 증조부와 조부는 잠시 갑론을박했지만 결국 조부도 동의했다. 데릴사위로 들어온 조부는 총명한 사람이었지만 핏줄이 닿지 않는 사람인 만큼 신통력이 없는 듯했고, 특히 이런 도법을 놓고 증조부에 맞설 수는 없었다.

가나는 혼절한 채 증조부에게 업혀서 저택으로 돌아왔다. 변고를 알아차린 집사와 하녀장이 넓은 툇마루에서 맨발로 뛰어내려와 울부짖으며 가나를 안아들었다.

이모가 여우귀신에 씌었다는 소녀를 처음 보는 것은 아니었다. 하지만 해마다 여러 명 찾아오는 그런 소녀들은 보통사람과 하나도 다르지 않았다. 그 소녀들은 짧으면 열흘, 길어도 한 달이면 여우귀신을 퇴치하고 하산했다.

이모에 따르면 신의 영역인 산에 올라온 순간부터 악귀는 이미 체념한다고 한다. 말하자면 여우귀신에 씐 사람은 산에 들어선 순간부터 신의 온탕에 몸을 담그는 것과 마찬가지여서, 증조부는 이미 온수에 때를 불린 몸을 말끔히 씻어줄 뿐이라는 것이다.

그러므로 신의 욕조에 들어온 상태에서 정체를 드러내고 난동을 피우는 여우귀신은 본 적이 없었다.

그렇다면——가나에게 씐 여우귀신은 감히 신도 두려워하지 않는 천년의 연륜을 쌓은 막강한 여우귀신이라고 봐야 한다.

그날 밤 증조부는 그 강력한 여우귀신과 대결했다.

산 위는 수없이 많은 신들로 가득했다.

소름을 돋게 하고 콧속을 시큰하게 하는 냉기는 신의 숨결이고, 대낮에도 어둑한 숲속의 나무들 자체가 신이다. 깎아지른 절벽을 두르고 있는 큰 바위가 신이며, 짐승도 초목도 돌멩이까지도 신의 것이었다.

아침저녁으로 어김없이 여러 산봉우리에서 안개가 내려왔다. 그것은 신들이 끄는 순백색 옷자락처럼 산꼭대기의 붉은 사원을 감싸서 감추고, 이끼 낀 수백 단의 돌계단을 핥으며 내려와 수신문隨身門 사찰의 산문처럼 좌우에 수호신을 안치한 신사의 문과 도리이를 삼키고 신관 저택을 사람 눈에는 보이지 않을 정도로 금세 감쌌다.

안개가 내리닫기 전에 저택 식솔들이 모두 나서서 회랑의 빈지문을 닫았다. 일손이 모자라 때를 놓치면 안개가 저택 안으로 가차 없이 흘러들어 다다미고 이불이고 할 것 없이 물을 끼얹은 것처럼 축축해지기 때문이다.

이윽고 밤이 찾아왔다.

여우귀신을 퇴치하는 살풀이는 악귀를 다스릴 신관의 몸을 정화하는 준비 의식을 거쳐야 한다. 쉽게 말하면 신이 내리는 사람, 즉 증조부가 신이 강림하는 데 알맞은 매체를 자기 육신 속에 갖추는 의식이다.

베개맡에 앉은 이모는 숨을 쉴 때마다 밤눈에도 꺼매 보이는 항라 기모노 어깨를 살짝 들썩이며 명료한 목소리로 말했다.

"원래는 일곱 밤 일곱 날을 정화해야 돼. 하지만 이미 의사도 포기했고 주변 시선이 두려워 집안에 틀어박혀 지낸 소녀의 몸은 완전히 여우귀신에 씌어 있었지. 흰 수염 할아버지는 소녀가 당장이라도 죽을 수 있는 위험한 상태라 진단하고 그날 밤 중으로 가능한 최선의 정화 의식을 했단다."

아이들은 이해할 수 없는 말이 나와도 감히 이모에게 캐물으려 하지 않았다. 옛날이야기를 들려주는 이모는 아이들에게 인간이 아닌 무언가였다.

나는 산꼭대기 신사의 풍경을 문득 떠올렸다. 평소에는 커다란 본전밖에 볼 수 없지만 제례 때면 그 본전을 크게 에워싼 많은 신전과 사당이 공개되었다. 규모도 형태도 제각각이지만 모두 신성하고 고풍스러웠고 각 건물마다 곤겐샤權現社 부처나 보살이 중생을 구제하기 위해 다른 모습을 빌어 나타나는 것을 '곤겐權現'이라 한다. 일본의 토착신들도 본시 부처의 다른 모습이라는 의미에서 이름이 '곤겐샤'로 끝나는 신사가 많았다. 천황신도를 강화하고 불교를 탄압하던 메이지 시대에 '곤겐샤'란 이름이 많이 줄었다나 아키하샤秋葉社 화재를 막아주는 아키하다이곤겐을 받드는 아키하 신사 계열에 속하는 신사, 사당, 사찰, 혹은 난해한 한자를 늘어놓은 신령스러운 현판이 걸려 있었다.

일곱 밤 일곱 날의 정화 의식을 마치면 수많은 큰 신이 강림하지만 그 기간을 채우지 못하면 그만큼 작은 신밖에 강림하지 않는 것은 아닐까 나는 생각했다. 신이 강림하는 매체는 이를테면 사람 모습을 한 그릇 같은 것이므로 정화 의식을 제대로 치른 커다란 그릇에는 큰 신이 강림하고 작은 그릇밖에 준비하지 못하면 그에 맞는 작은 신이 강림하는 것은 아닐까, 하고.

이모가 말한 '그날 밤 중으로 가능한 최선의 정화 의식'은 그런 의미일 거라고 생각했다.

"말은 그렇게 했지만 졸지에 결정한 터라 폭포수 밑에 앉을 수도 없고, 오쿠노인신령을 모시는 사당으로 본전 뒤쪽에 위치한다에 올라갈 수도 없었지. 할아버지는 욕실에서 목욕재계하고 부엌의 불과 물을 정화하는 정도밖에 할 수 없었단다."

증조부는 욕탕에 오랫동안 들어가 있다가 나온 뒤 살풀이 때만 입는 새하얀 옷을 입었다. 흰 버선에 하얀 하카마, 하얀 가리기누신관의 기본 복장에 하얀 에보시머리 위로 길게 올라가는 까맣고 뾰족한 모자로, 종이로 만들고 옻칠을 하여 굳혔다라는 평소 의식에서는 입지 않는 특이한 복장이었다.

의관이 갖추어지자 비쭈기나무를 받들고 부엌으로 갔다. 백 명이나 되는 신도회가 숙박하기도 하는 저택인지라 부엌은 넓었다. 신사 뒤 폭포에서 끌어온 맑은 물이 쉼 없이 커다란 물독에서 넘치고 있었고, 그 옆에는 저택보다 오래되었다는 화덕이 세 개나 나란히 있었다.

불과 물을 정화하는 것이 이 상황에서 할 수 있는, 그리고 제한된 시간 안에 마칠 수 있는 정화 의식이었다.

증조부는 화덕 앞에 서서 허리를 곱자처럼 숙이고 비쭈기나무 가지를 바삐 휘두르며 주문을 외웠다.

"이 불을 아마노카구야마天香久山 이와무라磐村의 깨끗한 불처럼 번성케 하소서."

그러고는 비쭈기나무 가지에 재를 떠서 마룻바닥을 가만가만 걸어 물독 앞에서 다시 허리를 숙였다.

"이 물을 아마노오시하天之忍石 나가이長井의 청정한 물처럼 번성케 하소서"

다음으로 비쭈기나무에 묻은 재를 물로 씻었다.

이모는 특별히 애쓰지 않고도 이 의식을 이해했다. 일상생활에 가장 소중한 불과 물을 정화함으로써 저택을 정화하고 동시에 비쭈기나무에 깃든 저택의 불과 물을 인간의 것이 아닌 신의 것으로 바꾸는 과정이다. 참으로 지금과 같은 위급한 상황에서 '가능한 최선의' 의식이었다.

신통력이 없는 조부는 마찬가지로 하얀 예복을 입고 증조부를 거들었다. 부엌을 나서자 두 사람은 접객용 하코젠식기 수납함을 겸하는 상자형 일인용 밥상이 천장에 닿도록 쌓여 있는 어둑한 마루에 서서 뭐라고 소곤거렸다.

"위험한 일은 없겠지요?"

조부가 속된 표정으로 묻자 증조부는 "그런 일 없어"라고 단언했다.

대체 무슨 이야기일까, 하고 아이들이 의아해하는데 조부가 불안한 얼굴로 이모에게 이리 오라고 손짓했다.

"네가 도와줘야겠다. 먼저 옷을 갈아입자."

이모는 겁먹은 얼굴로 왜 언니가 아니라 나냐고 항의했다.

"할아버지나 내가 정한 게 아니다. 신령님이 너를 선택하셨다."

그때 저택에는 언니와 이모 자매 외에 어린 남동생 두 명도 있었다. 여름방학이어서 친척 아이들도 몇 명 있었다. 이모는 여우 귀신 퇴치하는 의례에 참여한다는 공포에서 어떻게든 빠져나가고 싶은 일념으로 곁에 있던 아이들의 이름을 한 명 한 명 대며 손가락으로 가리켰다.

그러나 증조부도 조부도 들어주지 않았다.

"당연히 무섭겠지만 신령님 말씀을 거역하면 더 무서운 일이 일어난단다."

특정한 사람이 아니라 눈에 보이지 않는 신령님의 결정이라는 조부의 말에 이모는 눈물을 머금고 따르지 않을 수 없었다.

이모가 빨간 하카마에 하얀 겉옷으로 갈아입자 조부는 이모의 머리를 지노종이끈로 묶어주었다. 신관의 딸은 적절한 나이가 되면 누구나 한번은 무녀로 신사에 오르게 되는데, 어린 마음에 동경해오던 그 예복을 설마 이런 상황에서 졸지에 입게 될 줄은 생각도 못했으리라.

"할아버지, 저는 뭘 하게 되죠?"

막상 옷을 갈아입고 보니 어찌된 일인지 화사하게 차려입은 자기 모습에 불안감이 달아났다.

"아무것도 할 거 없다. 무녀신도에서 무녀는 신이 강림하는 '그릇' 역할을 하는 이를 뜻한다는 아무것도 하지 않고 가만히 앉아 있기만 하면 돼."

증조부는 비쭈기나무를 받들고 조부는 삼보접시굽이 높은 의식용 접시를 받들고 이모는 그저 몸을 긴장한 채 어둡고 긴 회랑을 걸었다. 가족의 전송은 큰 계단 밑에까지만 허용되었다.

불과 물을 정화한 것만으로도 그날 밤 저택의 공기는 평소와 전혀 다르게, 쨍하게 맑은 기운으로 변해 있었다.

공포와 불안이 의연함으로 변한 것도 무녀의 예복 탓이 아니라 신령님이 무녀에 빙의했기 때문이었다.

회랑을 돌아 복도 끝의 장지를 열자 여우에 씐 소녀가 신단 앞에 방석을 세 장이나 겹쳐놓고 의젓하게 책상다리를 한 채 앉아 있었다. 흐트러진 화사한 기모노 자락이 벌어져 하얀 허벅지가 드러나 있었다.

가나의 육신에 깃든 요사스러운 여우는 조금도 동요하지 않고 신령님의 사자들을 노려보며 굵고 갈라진 목소리로 다만 한 마디.

"왔구나아아."

라고 말했다.

"그 후에 벌어진 일은 전혀 기억이 나질 않아. 그곳 신단 앞에서 흰 수염 할아버지와 여우귀신이 마주앉고 아버지가 돌피리돌맞조개가 무른 바위나 돌에 구멍을 뚫으면 신사에서 악기로 쓴다. 인공을 가하지 않은 도구의 소리인 만큼 영험이 있다거나 신을 부르는 소리라는 설이 있다를 불었단다. 나는 오도카니 앉아만 있었지. 기나긴 살풀이 주문을 듣다가 졸음이 몰려와서 잠든 것도 아니고 깨어 있는 것도 아닌 채 상체를 꾸벅꾸벅 흔들며 신령님과 여우귀신의 문답을 듣고 있었단다. 문답이라고 해도 언어가 아니라 개와 여우가 서로 울부짖어대는 소리였지만."

아이들은 이불 밖으로 눈만 내놓고 신단의 어둠을 응시했다.

어른보다 순결한 이모의 육신은 신이 강림하기 위한 매체로 사용되었을 것이다.

피리의 고수인 조부가 부는 고대의 음곡에 유인된 신은 이모의 청정한 살을 통과하여 증조부에게 빙의했다. 그러더니 개와 여우의 울부짖는 소리로만 들리는 문답이 시작되었다.

"불과 물을 정화한 것만으로는 큰 신을 모실 수 없었던 거야. 이누가미로는 힘이 부족했던 거지."

이모는 증조부가 긴 문답 끝에 뼈가 바스러지도록 깨물린 것처럼 비명을 지르는 소리를 들었다.

정신을 차리고 보니 똑바로 넘어진 증조부를 조부가 돌보고 있고 가나는 아무 일도 없었던 것처럼 방석 위에 몸을 웅크린 채 쌕쌕 숨소리를 내며 잠들어 있었다고 한다.

마침내 변고를 전해들은 마을의 신관들이 입고 있던 옷 그대로 달려왔다. 저마다 "선생님, 선생님!" 하며 혼절한 증조부를 끌어냈다. 그들도 모두 신관으로서 수행하고 있었지만 위대한 신통력을 가진 신관은 증조부 한 사람뿐이었다.

증조부는 곧 호흡을 찾았지만 그 뒤 한 달 가량을 당신 방에 누워 있어야 했고, 신사에도 올라갈 수 없을 정도로 초췌해졌다.

"신령님을 이긴 여우귀신이 얼마나 무서운지, 내가 아무리 느낀 그대로 말하려 해도 자기 눈으로 본 사람이 아니면 알 수 없단다."

 이모는 꼿꼿하던 등을 시드는 꽃처럼 늘어뜨리며 깊은 한숨을 지었다.

 도저히 말로 형용할 수 없다고 하며 들려주는 이야기도 이리 무서운데, 우리 나이에 그 모든 상황을 지켜 보아야 했던 이모의 공포는 어떠했을까.

 이튿날 아침에 본 가나는 전혀 달라진 곳이 없었다.

 집사와 하녀장을 옆에 세워두고 아침체조를 하고 가볍게 산책하고 난 뒤 아침 목욕을 했다. 악귀를 감당해야 하는 공포는 두 사람도 마찬가지일 텐데, 의사와 부모에게도 도움을 받지 못하고 끝내는 신령님의 힘도 구하지 못한 소녀를 가엾은 아기씨라고만 믿고 모셔야 하는 그들이 딱해보였다. 결판이 나버렸으니 저택 식솔들이야 힘이 미치지 못했다고 사과하면 그만이지만 두 사람은 결과 여하에 관계없이 가나를 계속 섬겨야 했다.

 그 시절에는 신분이 다른 주인과 종이 겸상을 하거나 같이 자는 일은 허용되지 않았던 것 같다. 가나는 신단 앞에서 아침을 먹고 집사와 하녀장은 말상대를 해주며 옆에 대기했다.

 곁에서 보기에는 아무 이상도 없었지만, 조식 밥상을 내가자마자 하녀장이 파랗게 질린 얼굴로 부엌으로 달려왔다.

 밥통을 다시 채워주실 수 있나요, 라고 하녀장은 몹시 말하기 힘들어하며 부탁했다.

 "아, 두 분이 드실 조반도 바로 가져다드리리다."

할머니는 당연하다는 듯이 대답했지만, 그 얼굴은 이내 하녀장보다 창백해지고 말았다. 할머니가 아니라 누구라도 두 사람이 가나의 권유로 밥을 같이 먹었다고만 생각했던 것이다. 하지만 다시 생각해 보니 두 사람에게는 밥상은커녕 공기와 젓가락도 내주지 않았다. 그러므로 가나 혼자 밥통 하나를 후딱 비웠다고밖에 생각할 수 없었다.

옻칠한 작은 나무밥통이기는 하지만 밥은 넉넉히 담아서 들여보냈었다.

"그래요. 뭐 밥을 잘 먹는 건 좋은 일이지. 어려워할 것 없어요."

할머니는 마음을 가다듬고 밥통에 다시 밥을 담아 하녀장에게 내주었다. 그런데 안으로 들어간 하녀장이 밥을 어디다 냉큼 던져버렸다고밖에 생각할 수 없을 만큼 눈 깜짝할 사이 빈 밥통을 안고 부엌에 다시 나타났다.

정말 죄송합니다. 밥을 더 주실 수 있나요? 하며 하녀장은 똑같은 부탁을 했다.

그렇게 퍼 나르기를 몇 차례 거듭하여 가나는 밥 한 되를 다 먹었다. 마침내 할머니가 정중하게 거절했다.

"밥은 얼마든지 있지만, 이러다가 아기씨가 배탈 나겠어요."

가나도 납득한 것 같았지만, 잠시 후 물린 밥상을 보고 저택 식솔들은 두 번 놀랐다.

계란말이나 채소절임에는 젓가락을 댄 흔적도 없었다. 가나는 밥 한 되와 된장국의 유부 건더기만 건져먹었던 것이다.여우가 유부초밥을 좋아한다는 속설이 있다.

그 뒤로 이모 자매는 아무래도 가나와 어울릴 엄두가 나지 않았다. 신단 앞을 떠나 2층 객실로 옮긴 가나는 내내 모습을 드러내지 않았다. 그리고 점심때는 밥을 또 한 되나 먹었다.

간식 시간에 이모가 다과를 가져다주었다. 손위 이모는 싫다고 도리질했지만 이모는 측은한 마음 절반 무서운 것을 직접 보고픈 호기심 절반으로 그 일을 맡았다.

큰 계단을 오를 때 짐승 냄새가 코를 찔렀다고 한다. 개나 고양이의 어중간한 냄새가 아니라 우리에 갇힌 야생 짐승이 풍기는 끈적끈적하고 낯선 냄새였다. 이모는 동물원 같은 곳에 가본 적이 없고 산꼭대기에는 마소도 키우지 않았지만, 사로잡힌 새끼 곰이 우리에서 내뿜는 냄새라면 익히 알고 있었다. 기숙하며 일하는 조리사가 비장의 서양요리를 만들기 위해 사나운 칠면조를 키운 적도 있었다. 계단에서 맡은 냄새가 바로 그랬다.

"안녕."

이모가 장지를 열자 가나는 인사하며 매우 평온한 웃음을 지었다. 이상한 모습이 전혀 없어서 이모는 가슴을 쓸어내렸다. 그러나 짐승 냄새가 방 안에 가득했다.

어제와는 다른, 파란 바탕에 흰색과 노란색의 국화무늬를 염색한 기모노를 입고 있었다. 그 꽃무늬 때문에 가나의 얼굴은 어제보다 한층 희고, 등 뒤 도코노마의 선반이 어긋난 부분은 마치 가는 목을 후리고 있는 듯 불안해 보였다.

물 잔을 조심스레 무릎 앞에 놓아주었다. 그러자 가나는 그때까지 하얀 김을 올리던 뜨거운 차를 냉수라도 들이켜듯 한입에 비워버렸다. 이모가 아, 하고 놀랐지만 가나는 사레도 들지 않고 잔기침도 없었다.

"과자는 스즈키가 먹어."

겁이 나서 얼른 물러나려고 했지만, 부드럽게 웃는 얼굴에 형형하게 빛나는 눈동자가 쳐다보고 있는 탓에 만두 세 개를 입이 미어지도록 집어넣는 수밖에 없었다.

가나는 창살이 가는 유리창 너머로 삼나무 숲과 그 너머로 펼쳐진 관동평야를 바라보고 있었다. 그리고 악귀 씐 몸에 얼마 남아 있지 않은 인간의 마음으로 중얼거렸다.

"내 옷은 전부 스즈키가 입어줘. 언니랑 사이좋게 나눠서 말이야."

가나는 눈물을 방울방울 흘렸다. 작은 턱에서 똑똑 떨어질 정도였지만 닦으려고 하지 않고 흐느끼지도 않았다. 이미 목청도 손도 제 뜻대로 움직이지 못하는 지경이라 인간의 양심은 그 눈물에만 깃들어 있는 것 같았다.

이모의 지극히 교묘한 표현을 빌리자면, 그 눈물은 겨울 아침 처마 끝에 달리는 고드름처럼 맑고 차분하게 흐르고 있었다.

해줄 수 있는 것이 아무것도 없다지만 적어도 그 얼굴이라도 꼭 안고 눈물을 닦아줄 용기가 없음을 이모는 진심으로 부끄러워했다.

눈물과 유언으로 마지막 저항을 한 뒤 가냘는 어여쁜 육신을 악귀에게 빼앗기고 말았다.

이튿날 아침 부엌 마루에 둔 네 말들이 술통이 한 방울도 남김없이 비어 있었다.

다른 저택에서 열릴 예정인 동네 신관들의 음복 잔치에 들고 갈 청주였다. 조부가 선물용 붉은 술통으로 옮겨 담으려고 네 말들이 술통의 마개를 열어 보니 혀로 싹싹 핥아 먹은 것처럼 한 방울도 남아 있지 않았다.

술통 어디에도 샌 흔적이 없고 사와노이소설의 무대인 미타케산 아랫자락 오우메시青梅市에 있는 1702년에 설립된 양조장 사환이 네 말들이 술통을 가마 메듯 메고서 산꼭대기까지 올라온 게 바로 며칠 전이었으니 술이 어디로 사라졌는지는 금방 짐작할 수 있었다.

그래서 조부는 당신 방에 누워 있던 증조부와 상의한 뒤 집사와 하녀장에게 부득이 쓴소리를 했다.

아시는 대로 아버님의 신통력으로도 퇴치하지 못하여 이런 일이 벌어졌습니다. 이곳은 신도회가 묵는 숙소를 운영하는 신관의 저택이어서 신도들이 참배 오는 것을 막을 수는 없는 처지이니, 가능하면 오늘내일 중으로 하산하셔서 적절한 병원을 찾아보는 것이 상책일 것 같습니다만, 어떻습니까——.

나의 조부, 즉 이모와 어머니의 부친에 해당하는 분은 증조부나 역대 당주와 달리 특별한 신통력을 갖고 있지는 않았지만 산 아래 센닌도신 집안에서 맞아들인 사위로서, 교양이 높고 무사의 기풍이 있는 사람이었다.

그렇게 말하자 집사는 어떤 지시를 받고 왔는지는 몰라도 몹시 곤혹스러운 얼굴로 산꼭대기 사무소에 올라와 어디론가 전화를 여러 통 했지만, 끝내 결론을 내지 못하고 "마님을 직접 뵙고 상의해야 할 것 같습니다"라고 말하더니 혼자 산을 내려가 버렸다.

하루 종일 울기만 하는 하녀장과, 화장실에도 가지 않고 허공한 점만 응시한 채 꼼짝도 않는 병아리처럼 되어 버린 가나만 남겨졌다.

성격이 온후한 조부가 노여움을 드러내는 것은 드문 일이었다.

비록 패하기는 했지만 아버님도 할 만큼 했소. 승패야 어찌 됐든 귀한 딸자식을 남의 집에 떠넘긴 채 나 몰라라 하는 것은 같은 부모로서 용서할 수 없는 일이오. 만약 데려가지 않겠다면 소개인을 닦달하는 수밖에. 그래도 응하지 않으면 내무성에든 궁내성에든 호소하겠소. 뭐 하는 사람인지는 모르겠지만, 아버님은 황공하게도 천황 폐하께 폐백을 받아 황조황종을 받드는 관폐대사의 궁사이시니 세간에 각하 소리를 듣는 어지간한 인사보다 처지는 위치는 아닐 터.

조부의 분노는 내 어린 마음에도 정당해 보였다. 이모는 여우귀신보다 가나를 버린 부모라는 사람이 미워서 견딜 수 없었다.

이모는 메이지 말년 태생이므로 다이쇼 중반의 이야기이다. 그렇나면 메이지유신에서 반세기 정도밖에 지나지 않았을 때이고, 신도가 국교 대우를 받고 있었지만 예전에 도쿠가와 쇼군 가의 비호를 받던 이 신사가 관폐대사 중에서도 다소 편견 어린 시선을 받고 있었으리라는 점은 상상하기 어렵지 않다메이지 정부는 도쿠가와 막부를 타도하고 들어섰다.

조부의 분노에는 그런 불만이 담겨 있었는지도 모른다. 하물며 조부는 도쿠가와의 직속 가신이라고 할 수도 있는 센닌도신 출신이었다.

이러저리는 사이 네 되들이 술을 비운 여우는 다음날 밤에는 큰 물독의 물을 다 마셨다.

깊은 밤에 "물 좀 주세요"라고 속삭이는 소리가 들려와 조모가 맹장지 너머로 "물이라면 알아서 마시게"라고 대답하자 잠시 후 큰 독으로 흘러드는 홈통의 물소리가 달라졌다.

혹시 또 뭔가 나쁜 짓을 하는 건 아닐까 걱정이 되어 나가보니 목욕물이라도 댈 수 있을 만큼 커다란 독이 텅 비어 있고 홈통의 물은 차락차락 바닥을 때리고 있었다.

조모가 당신도 모르게 비명을 질렀다. 인기척에 돌아다보니 기모노를 치렁치렁 입은 가나가 젖은 머리를 헝클어뜨리고 서 있었다.

"맛있었어요. 잘 마셨습니다."

조모는 다시 비명을 질렀고, 그 순간부터 아침까지의 기억을 잃고 말았다.

다시 이튿날 밤에는 더욱 괴이한 일이 일어났다. 더는 나쁜 짓을 못하게 하겠다고 식솔들이 거실과 부엌에 빗장을 지르고 이누가미 부적으로 봉인까지 한 참이었다.

한밤중에 이리저리 돌아다니는 발소리가 들렸지만, 빗장도 빗장이거니와 부적이 힘을 발휘했는지 가나가 문에 손을 대는 기미는 없었다.

그런데 아침이 되고 보니 놀랍게도 창고 자물쇠가 무지막지한 힘으로 부숴져 있고 안에 있던 한 말들이 참기름 통이 마치 누군가 단숨에 마시고 던져버린 것처럼 자빠져 있었다.

그러자 조부와 조모는 앞으로 무슨 일이 일어나도 이상할 게 없다는 불안에 휩싸여 몸도 제대로 가누지 못하는 증조부에게 의견을 물었다.

"돌려보내려 해도 어디로 보내야 할지 알 수 없고 나도 이렇게 되고 말았으니 손 쓸 길이 없구나. 아이가 가련하긴 하지만, 부적은 효과가 있는 듯하니 밤에 돌아다니지나 않게 해두는 것 말고는 방법이 없다. 저러다 저택에 불이라도 지르면 큰일이니까."

가련하게도 그날 밤부터 가나를 이누가미 봉인으로 방 안에 가두어 두었다. 뿐만 아니라 밧줄로 두 발과 무릎과 발목을 묶고 양손도 가슴 앞에서 결박하고 이불 위에는 부적을 늘어놓았다. 그야말로 움쭉달싹도 못하게 묶어놓은 것이다.

여우귀신은 가나의 몸에 깃든 채 꼼짝도 못하게 되었다. 하녀장은 거반 넋이 나가 역시 장지에 봉인을 한 옆방에서 내내 웅크린 채 울기만 했다.

바람이 잔잔해져 저택을 에워싼 삼나무 숲이 미동도 않는, 산 꼭대기에서는 보기 드물 만큼 후텁지근한 밤이었다면서 이모는 그림에서 오려낸 듯한 항라 기모노 어깨를 움츠리고 그날 밤 일을 사실 그대로 말하기 시작했다.

그것은 이미 잠자리 옛날이야기가 아니라 이제는 들어줄 상대도 없는 참회의 독백처럼 들렸다.

"예전에는 사람 목숨이 가벼웠어. 고약한 병도 많았고 전쟁도 치러야 해서 제명에 죽는 사람이 더 적었으니까. 특히 어린아이가 살아남기 힘들었지. 내 형제자매도 원래는 열세 명이나 됐지만 어른으로 큰 사람은 여덟 명뿐이야. 너희 엄마 아빠들이지. 그 아기씨에게도 아마 형제자매가 많았을 거야."

나는 어머니의 형제자매가 정확히 몇 사람인지 알지 못했다. 물을 때마다 인원이 달라졌기 때문이다. 물론 조부에게 서자가 있던 것은 아니고, 대답하는 사람이 요절한 형제를 인원에 넣었다 뺐다 했기 때문이다. 심지어 사산이나 유산으로 죽은 불행한 태아까지 넣기도 하고 제외하기도 했다. 게다가 여자들은 십대에서 사십대에 이르기까지 출산을 여러 번 하므로 같은 항렬이라도 연령대가 다양해서 가령 이모의 삼촌이 이모보다 어린 경우도 있었다. 이래서는 대체 누가 어머니의 형제자매인지를 아이 머리로는 파악하기가 어려웠다.

밤이 깊어갈수록 대형 객실을 에워싼 빈지문 너머로 정체 모를 짐승의 울부짖는 소리가 들려왔다.

"그땐 그랬어. 어린아이의 목숨은 가벼운 정도가 아니라 이제는 괜찮겠다 싶은 나이가 되기 전까지 온전한 인간으로 쳐주지 않았던 게 아닐까. 아기는 귀엽지만 언제 또 감기가 더치거나 배앓이가 심해져서 죽어버릴지 모르니까 개나 고양이 대하듯이 귀엽게 키운 게 아닐까 싶어. 안 그러면 잇달아 자식을 여읜 부모는 견딜 수 없을 테니까. 그러니까 너희는 아직 인간이 아닌 거지."

이모의 그 말을 듣는 순간 가나라는 박복한 소녀가 문득 남처럼 여겨지지 않았다. 그때까지 이야기를 들을 때는 공포의 실체일 뿐이었던 가나가 친근한 사람 정도가 아니라 아예 나 자신처럼 느껴졌다.

나의 혼은 장지의 손가락 구멍을 지나 이불에 꽁꽁 묶인 소녀의 몸 안에 깃들었다.

"여러 마리 키우던 개나 고양이 가운데 한 마리가 세상 사람들이 무서워하는 병에 걸렸다면, 그리고 의사마저 치료를 포기해버렸다면, 아랫사람을 시켜 깊은 산속에 내다버려서 처리하는 것을 꼭 비정하다고 단언할 수는 없겠지. 그러니 너희도 음식 투정이나 위험한 놀이 같은 것을 해서는 안 돼. 부모에게 병자보다도 다루기 힘든 못된 자식이 되어도 안 되고."

이모는 명석한 사람이었다. 괴담에 숨은 뜻을 그런 식으로 명료하게 끌어내어 아이들 가슴에 자성의 맹세를 일으키곤 했다.

"그 여름밤 일은 잊으려야 잊히질 않아."

이모의 이야기는 소름 돋는 결말로 향하고 있었다.

부적으로 봉인된 객실의 장지에 손가락 구멍을 내고 이모와 손위 이모는 그 처절한 모습을 똑똑히 보았다.

가나는 이불 속에서 꼼짝도 못한 채 낮은 으르렁거림으로 저주를 흘리고 있었다. 오비아게기모노의 폭 넓은 띠가 흘러내리지 않도록 둘러 매는 헝겊 끈로 손목이 칭칭 묶여 있는 양팔은 그나마 조금 꼼지락거릴 수 있었다. 이불에서 삐져나와 허공을 움켜쥔 하얀 손은 마치 큰 촛불이 어둠 속에 춤추는 마술을 보는 듯했다고 이모는 말했다.

그런 모습이 되기까지 어른들을 얼마나 애먹였는지 옷이 어깨까지 치켜져 올라가 있는데, 잠옷이 아니라 흰 바탕에 빨간 꽃무늬를 자잘하게 흩뿌려놓은 기모노 정장이었다. 그 긴 소맷자락은 위팔의 버둥거림에 관계없이 이불 양 옆으로 흘러나와 새 다다미 위에 꽃밭을 이루고 있었다. 혹은——가나의 몸속에서 한껏 커져버린 노회한 여우가 마침내 일곱 빛깔 무지갯빛 날개를 가진 것처럼 보이기도 했다.

불쌍하다고 생각했지만 소녀들이 해줄 수 있는 일은 없었다. 그래서 이모와 손위 이모는 무더위를 조금이라도 덜어주려고 다다미 깔린 복도의 유리창을 활짝 열어두었다.

삼나무 거목들에 에워싸인 탓에 밤하늘은 좁았다. 달빛은 삼나무 우듬지를 스칠 듯했고, 우물 바닥에서 올려다보는 듯한 옹색한 하늘에는 칠흑에 금분 은분을 뿌려놓은 양 별들이 반짝이고 있었다.

그 둥근 창 같은 밤하늘의 별빛만으로 대문의 지붕과 늦게 핀 철쭉 정원이 창백하게 떠올라 있었다.

이 밤 이 산 구석구석에 수많은 신이 계실 터인데 왜 여우 한 마리 물리치지 못할까 하고 이모는 생각했다.

이모는 남동생 여동생 여럿이 철들기 전에 혹은 햇빛도 보지 못하고 죽어간 것을 떠올리고 세상에 사악한 것은 수없이 많지만 인간이나 신이나 그것을 다스릴 힘이 실은 없는 것이 아닐까 하고 의심했다.

뒤돌아 장지 너머로 "가나 님, 힘내세요"라고 격려했지만, 돌아온 것은 이미 소녀의 목소리가 아니라 야수의 으르렁거림과 어금니 가는 소리뿐이었다.

무서울수록 확인하고 싶어지는 호기심에 장지 구멍에 한쪽 눈을 댔다. 순간 그 자리에 주저앉고 말았다.

가나가 묶인 양손의 손가락 끝으로 이불깃을 찢고 솜을 끄집어내 아구아구 먹고 있었다.

귀한 손님에게 내주는 하부타에_{씨실 한 가닥에 날실 두 가닥으로 짠 일본 고유의 견직물로 밀도가 높고 광택이 강하다} 이불은 비단 솜을 둔 물건이었다. 그 비단 솜이 어둠 속에서 사뿐사뿐 춤추며 객실을 때 아닌 눈 내리는 밤으로 바꾸고 있었다.

이모를 밀어내고 장지 구멍을 들여다 본 손위 이모는 대담하게도, 아니 오히려 크게 놀라며, "가나 님, 맛있어요?"라고 물었다.

솜을 문 낮은 목소리가 대답했다.
"맛이 있겠니? 더 맛난 걸 먹고 싶어. 맛난 것 좀 줘."
두 사람은 다다미 복도를 엉금엉금 기고 큰 계단을 구르듯이 내려와 무슨 일이냐고 묻는 부모에게 호소했다.
가나 님이 배가 너무 고프대요, 밥이든 유부든 갖다 줘야 해요.
조부는 딱하다는 듯이 대답했다. 주린 것은 사람이 아니라 여우란다. 사람에게 썩 여우는 사악한 악귀이니 아무리 무서워도 먹을 걸 주면 안 돼. 그런 짓을 했다가는 할아버지가 내일부터 신을 모실 면목이 없어진다.
"하지만 아버지, 그 신령님도 가나 님에게 아무것도 못하잖아요."
손위 이모가 대꾸하자 조부는 그녀의 볼을 철썩 때렸다. 평소 자식에게 한없이 너그러운 부친이었으므로 이모도 손위 이모도 놀라서 아무 말도 못했다.
"이것저것 다 신령님께 의지하려고 들면 안 돼. 인간이 못하는 일은 신령님도 못하신다."
신관으로서 해서는 안 될 말을 붙들고 더 캐묻지 않은 것은 이모나 손위 이모나 비록 나이는 어려도 부친의 곤경을 알고 있었기 때문이다. 어린 자식이 죽을 때마다 부친은 손수 애도하고 장사를 지내야 했다.
이름도 얻지 못하고 죽은 자식을 보낼 때면 부친은 이웃에도 알리지 않고 시신을 겨 주머니_{손바닥만 한 형겊 주머니에 쌀 속겨를 채운 것. 목욕}

할 때 피부를 마찰하는 데 쓴다라도 품듯이 안고서 능선으로 연결된 무덤에 매장하러 갔다. 함께 애도하고 뒤따르려는 자식들을 꾸짖어 떼어놓고 지친 머슴처럼 등을 웅크린 채 고갯길을 내려갔다.

신이 계시는 산에서 죽음이란 슬픈 일이라기보다 부정한 일이었으므로 신을 모시는 부친은 그 부정함을 홀로 감당해야 했다.

이모와 손위 이모는 부친의 마음을 생각해 방금 2층 객실에서 본 광경을 잊기로 했다.

이모는 잠자리에서 언니를 껴안고 눈을 붙여 보려고 했지만 잠이 오지 않았다. 봄 소풍의 추억이나 가끔 부모를 따라가는 다치카와나 오우메의 거리 풍경, 곧 찾아올 사촌 육촌들의 얼굴 등을 떠올리며 어떻게든 잠을 자보려고 했다. 손위 이모도 좀처럼 잠을 이루지 못하는지 내내 이리저리 뒤척였다.

가까스로 잠이 들려고 할 때 저택 안에 날카로운 목소리가 울려 퍼졌다. 야심한 시각인데도 누군가의 거침없는 발걸음이 베개를 흔들었다.

이모와 손위 이모는 발딱 일어나 침실을 뛰어나갔지만 식솔들은 아이들 따위는 안중에도 없이 혼란에 빠져 있었다.

두 사람은 복도를 뛰어가 뒷 계단을 통해 2층으로 올라갔다. 그런데 2층으로 달려 올라온 사람들은 뜻밖에도 다들 다다미 복도나 옆방에서 힘없이 조용히 서 있었다. 하녀장이 우는 소리만 억양 없는 피리소리처럼 구슬프게 울리고 있었다.

이모는 사람들 등 뒤에서 활짝 열린 객실을 들여다보았다.

이불솜을 먹던 가나는 결박된 자신의 두 손목까지 깨끗하게 먹어치운 모습이었다. 피바다 속에 똑바로 누워 있어서 죽었는지 살았는지 알 수 없었다.

증조부가 큰 계단을 올라왔다.

"보면 안 된다."

두 손녀를 잠옷이 감긴 허리로 꼭 끌어당기고 증조부는 말했다.

그리고 무슨 생각을 했는지 증조부는 두 손녀를 데리고 큰 계단을 내려와 복도 빈지문을 열고 별빛이 내리는 뜰로 나갔다.

뜰은 하얀 모래라도 깐 깃처럼 정석 속에 희끗희끗했고 키를 다투듯이 서 있는 천년 묵은 삼나무 너머에는 작은 별 하늘이 창을 열어두고 있었다.

증조부는 그저 두 손녀를 두 팔로 끌어안은 채 아무 말이 없었다. 새하얀 수염이 밤바람에 나부꼈다.

마침내 2층 창에서 밤눈에도 화려해 보이는 은색 빛 덩어리가 미끄러져 나와 우물 속 같은 어둠을 곧장 날아올라 갔다.

그 뒤에는 쓸쓸한 정적만 남았다.

"그 빛이 가나 님의 혼인지 여우귀신인지 나는 모른단다. 이야기는 이제 끝났다. 잘 자려무나."

아이들은 이불 속에서, 안녕히 주무세요, 라고 대답했다.

이모는 등을 곧게 펴고 기계장치처럼 일어나 고개만 조금 숙인 채 대형 객실에서 나갔다.

생각해보면 나는 이런 고향을 가진 덕분에 신을 공경하는 마음
은 있어도 요괴니 불가사의니 따위는 전혀 믿지 않는 재미없는 인
간이 되었다.

그러면서도 종종 타인의 행불행을 알아맞혀 사람들을 놀래키곤
하는데, 만약 그것이 피를 통해 물려받은 능력이라면 스스로도 기
분이 섬뜩해서 가능하면 언급을 회피해왔다.

그런 것보다 차라리 뜻도 모르고 들었던 축사나 기도문의 기억
이 소중하다. 이들은 아마도 태곳적 신비한 주문으로서 지금도 가
슴 깊은 곳에 가라앉아 있을 것이다.

가령 『일본서기』에 나오는 이 글귀를 떠올릴 때면 나는 그 언어
의 아름다움에 취하여, 참으로 오만무례한 생각이겠지만 내가 마
치 아마테라스 큰 신의 명을 받고 강림한 니니기 신아마테라스 여신의 직
계 손자로, 볍씨와 천황가의 상징인 3종의 신기를 가지고 지상으로 내려왔다고 한다이라도
된 기분에 휩싸인다.

풍요롭고 상서로운 저 땅은
내 자손이 주인 되어 다스릴 곳이니
자손들아, 가서 거두어라.
이제 출발하라. 옥좌의 번영은
천지와 함께 영원하리니——.

3장

귀천하신 외숙

내가 소학생일 때 외숙이 타계했다.

아버지와 이혼한 뒤 두 아들을 키우느라 고생하던 어머니가 믿고 의지하던 오빠였다.

외숙은 오쿠타마 산중에 있는 신사에서 신관으로 일했다. 즉 내 몸에는 아득한 옛날부터 신을 모셔온 선조의 피가 절반쯤 섞여 있다.

허름한 변두리 연립주택에 전보가 도착하기도 전에 나는 외숙의 죽음을 알았다. 추운 겨울, 아직 동이 트지도 않은 시각이었다.

내 이름을 부르는 목소리에 잠에서 깨어나 가만히 잠자리를 빠져나왔다.

휑뎅그렁한 넓은 복도 좌우에 쪽방 같은 문이 죽 늘어선 낡은 연립주택이었다.

속삭이는 목소리는 복도 중간쯤에 있는 내부계단 아래쪽에서 들려왔다. 어떻게 이런 새벽에 외숙이 오셨을까, 하고 생각했다. 만주사변 때부터 오랫동안 육군에 있다가 고향에 돌아와 신관을 물려받은 외숙은 병영의 훈련과 축문 낭독으로 단련된 덕분인지 보통사람들과는 사뭇 다른 크고 맑은 목소리를 가지고 있었다.

나는 난간 사이로 얼굴을 넣고 아래층을 내려다보았다. 연립주택 내부계단은 소학교의 계단처럼 넓고 층계참도 있었다.

"쉿. 아직 다들 자고 있거든요."

나는 어둑한 계단을 내려다보며 말했다. 하지만 외숙 목소리는 전혀 개의치 않고 어둠 밑바닥에서 다시 낭랑하게 내 이름을 불렀다.

계단에는 꼬마전구 상야등만 켜져 있어 어슴새벽의 희미한 빛은 한 줄기도 비껴들지 않았다.

기름얼룩이 거뭇거뭇 박힌 바닥을 삐거덕거리며 외숙이 올라왔다. 나는 이변을 알아차렸다.

외숙은 신관 옷을 입고 있었는데, 그 옷은 기색忌色 흉사를 치를 때 사용하거나 착용하는 색이라는 쥐색이었다. 게다가 양손으로 공손하게 받든 것은 비쭈기나무나 폐백이 아니라 하얀 천으로 싼 상자였다.

아사구쓰 굽 소리를 울리며 외숙은 계단을 한 단 또 한 단 반보씩 올라왔다. 그러더니 층계참에서 나를 향해 돌아서서 고개를 들고 빙긋이 웃었다.

외숙은 쉰 살이 넘은 장년이며 몸도 건강했다. 그래서 너무나 뜻밖이었지만 나는 그때 분명히 외숙의 죽음을 알았다. 나이 차이가 많이 나는 여동생이 마음에 길려 혼백으로나마 작별을 고하러 온 것이다.

"어머니를, 만나고 가세요."

나는 간절히 부탁했다. 외숙은 계단 위의 나를 올려다보며 가만히 고개를 저었다.

"왜요. 어렵게 여기까지 오셔놓고."

외숙은 말없이 미소를 지었다. 그러다가 다시 하얀 상자를 받들고 아사구쓰 굽 소리를 울리며 쥐색 옷의 서걱서걱 소리와 함께 계단을 내려갔다.

나는 알지 못했다. 왜 외숙의 혼백은 여기까지 와서 어머니를 만나려 하지 않고 두 조카 중에 나만 택해서 작별을 고했을까.

그 답은 몇 년 지나서 얻었다. 늘 그런 것은 아니지만 나는 종종 보이지 않는 것이 보이고 들리지 않는 목소리가 들린다는 사실을 알았다. 특히 사람의 생사에 관해서는 감이 온다는 것도.

외숙의 혼백은 그날 아침 영원한 작별을 고하고자 찾아왔지만, 어머니나 형을 만나도 소용이 없음을 알고 있었다.

그래서 보이지 않는 것을 보는 나 하나를 불러내어 무언의 대면을 했던 것이다.

외숙은 엄하고 잔소리만 많은 것이 아니라 맑은 사람이었다.

결코 헛것을 본 게 아니고 외숙이 타계했다고 확신한 나는 얼른 집으로 돌아가 이불 속에 숨었다. 잠을 전혀 이루지 못한 채 아침을 맞았고 식구들과 아침 밥상에 마주앉아도 입 밖에 내지 않았다. 어머니와 형은 침울해하는 나를 걱정해주었다.

이러저러는 사이 전보가 도착했다. 어머니는 혼란에 빠졌다.

"산에 있는 오라버니가 쓰러지셨단다. 당장 가봐야겠다."

산은 고향집을 말한다. 어머니의 고향집은 해발 1천 미터 산꼭대기여서 그렇게 부르는 것이 하나의 관례였다.

어머니는 전보를 쥐고 공중전화로 달려갔다. 장거리통화가 직통으로 연결되지 않던 시절이므로 근처에 사는 지인의 전화를 빌렸는지도 모른다.

"케이블 밑까지 구급차가 와서 오우메 병원에 입원했다고 하니까 괜찮단다. 너희는 학교에 가려무나. 엄마는 병문안을 다녀올 테니까."

집에 돌아오자 어머니가 그렇게 말했지만 나는 믿지 않았다. 외숙은 나에게 작별을 고했다. 고향집에서 희망적으로 해석하고 있거나 어머니가 우리를 안심시키려고 거짓말을 하고 있거나 둘 중의 하나라고 생각했다.

외숙은 이미 죽었다. 혹은 목숨을 부지하고 있는지 모르지만 혼백이 빠져나간 것이다. 동트기 전에 있었던 일이 목구멍까지 차올랐지만 간신히 삼켜버렸다.

"다행이네요. 생명에 지장이 없다니."

중학생 형이 말했다. 성적이 뛰어난 형이지만 나와 같은 감은 갖고 있지 못했다.

등교해서도 나는 내내 침울했다. 아침체조도 수업도 건성이었다.

외숙의 죽음도 슬펐지만 언제 교무실에 전화가 걸려올까 생각하니 안정이 되지 않았다. 지금은 어떤지 모르지만 혈족 관계가 긴밀했던 당시는 3촌 친척의 부고에도 장례 휴가가 당연했다.

속을 끓이다가 부고를 전달받은 때는 오후였다.

어머니가 전한 바에 따르면 내일 중으로 오우메 시내에서 시신을 화장하고 유골을 산으로 옮겨 모레 통야를 치르고 글피에 장례식을 치른다고 했다.

"그동안 건강이 좋지 못하셨나 보구나."

담임선생이 말했다. 그래서 내가 아침부터 내내 침울했던 거라고 생각하는 듯했다. 뭐, 그건 아니지만 완전히 틀린 말도 아니어서, 정확히 말하면 외숙의 건강을 걱정하던 것이 아니라 부고를 기다리고 있었던 것이다.

당시는 이혼 자체가 드물었고 하물며 여자 홀몸으로 자식들을 키워낼 수 있는 사회 환경이 아니었다. 그러므로 나는 특수한 아동이었다.

담임교사에게는 뭐든 상의할 수 있었지만 아무래도 동트기 전에 겪은 일은 차마 말할 수 없었다. 담임교사가 독실한 크리스천인지라 영혼의 존재를 믿을 거라고는 생각했지만.

내가 나이가 들수록 고립감이 깊어진 것은 가정사정 때문은 아니다. 남에게는 보이지 않는 것이 보임을 깨닫고, 그 힘이 점점 더 커져갈수록 사회와 올바른 관계를 유지할 수 없게 되었다.

해서 나는 지금도 그런 능력을 직업으로 삼은 사람들을 믿지 않는다. 획득한 것이든 타고난 것이든 본인은 못 견디게 두려울 터이기 때문이다.

가지고 있어야 할 것이 없는 삶은 불행하지만, 없어야 할 것을 가지고 있는 삶은 더욱 불행하다.

무사시미타케산武蔵御嶽山이라는 영산을 사람들은 얼마나 알고 있을지. 한자만 보면 대개는 '온타케'라고 읽고, 오키나와가 유명 관광지가 된 지금은 '우타키'라고 읽는 사람도 있을지 모른다.

본래는 영산 자체를 뜻하는 '미타케御嶽'라는 존칭만 있었겠지만, 아마도 기소 지방의 온타케御嶽와 혼동하지 않도록 '미타케'라고 읽고 여기에 '산'을 붙여서 구별하게 되었다. '무사시'라는 지방

명을 보탠 것도 마찬가지 이유 때문이리라.

애초에 기소의 온타케하고는 아무런 인연도 없다. 기다랗게 생긴 도쿄도의 서쪽 끝에 있는 오쿠타마 산중에는 태곳적부터 내려온 신사가 있는데, 어머니 고향집은 대대로 그 산꼭대기에서 신관으로 일하는 한편 숙방을 운영해왔다. 이곳도 도쿄도에 속한다고 해도 선뜻 믿기지 않을 만큼 청정한 풍경을 보여준다.

우리 선조는 도쿠가와 이에야스가 영지를 관동으로 옮길 때 안내를 맡았다는 구마노의 슈겐도 수도승으로 전해지며, 막부의 명으로 미타케산에 자리 잡은 뒤 외숙까지 19대를 헤아린다고 한다.

신사의 기록에 따르면 제12대 게이코景行 천황 시절, 야마토타케루가 동쪽을 정벌할 때 산 위에 무기를 보관한 데서 '무사시武蔵'라는 국호가 생기고 신사가 처음 지어졌다고 한다. 즉 신대神代까지 거슬러 올라가는 유구한 내력을 가지고 있으므로 나의 선조는 오히려 '신참'이라고 해야 할 것이다.

다만 이에야스를 안내할 정도이니 신통력은 분명히 있었을 테고, 그 능력을 이용한 진혼술이나 퇴마술 같은 비법이 집안에 대대로 전해 내려왔다. 나의 조부는 데릴사위이기 때문에 신통력이 없었지만, 증조부가 눈앞에서 다양한 비법을 시전하는 모습을 우리 어머니는 분명히 기억하고 있었다.

외숙의 부고를 받고 이튿날, 나와 형은 미타케산으로 향했다.

조부도 증조부도 장수했던 터라 외숙의 불행은 정말 뜻밖이었다. 대를 이을 아들은 아직 고쿠가쿠인國學院 대학 신도학과에서 공부하고 있었다.

다치카와 역 플랫폼에 주둔군 미군 병사가 눈에 띄던 시절이었다. 오우메선은 다마가와 계곡을 따라 달렸다. 산기슭의 미타케 역에서 내려 버스와 케이블카를 갈아타고 가다가 가파른 참도를 30분이나 걸어서 올라가야 하는 곳에 어머니의 고향집이 있었다.

전차 안에서 떠오른 생각이 있다.

외숙의 시신은 오우메 시내에서 화장되고 유골을 산꼭대기로 옮겨 장례를 치른다고 했다. 하지만 산에는 본래 화장 관습이 없었다. 선조들은 대대로 능선의 묘지에 매장되었고, 내가 철들 무렵 돌아가신 조부도 예외가 아니었다.

그러나 아무래도 쇼와 30년대 중후반쯤 되자 사람들이 산 아래 병원에서 임종하게 된 탓인지 아니면 무슨 법률이라도 생겼는지 외숙이 역대 당주 가운데 처음으로 화장을 하게 되었다.

훌륭한 신관 복장으로 이별을 고하러 온 외숙이 그 복장에 어울리는 비쭈기나무도 폐백도 없이 하얀 천으로 싼 상자를 들고 있었다는 사실이 떠올랐다. 외숙의 혼백은 일찍이 전례가 없는 유골함을 안고 나에게 작별을 고하러 왔던 것이다.

그날 미타케산은 유난히 추웠고 울창한 삼나무 숲은 꽁꽁 얼어 온통 성에가 끼어 있었다.

그런데 나는 외숙이 건강하던 시절에도 죽음의 전조를 본 일이 있다.

 그 한 해 전 여름이었다. 나는 저택의 앞쪽 복도에 별 생각 없이 앉아 있었다. 하늘에서는 해가 뉘엿거리고 삼나무 숲 여기저기에서는 쓰르라미가 뀌뀌뀌뀌 울고 있었다.

 옹색하고 바쁜 도시 생활에서는 어린이가 아무 생각 없이 멍하니 앉아 있는 일은 있을 수 없다. 하지만 방학 때 외가댁을 가면 나는 종종 넋을 놓고 있었다. 온 산에 그득한 심술궂은 신들이 그렇게 시키는 것 같았다.

 복도 앞 마당은 임간학교의 한 학급이 아침체조를 할 수 있을 정도로 넓었다. 그 너머에 다마의 호농이 기부했다는 훌륭한 문간방이 있고 무거운 문을 열면 신사로 이어지는 삼나무 숲길이 뻗어 있었다.

 나는 아무 생각 없이, 열린 대문 너머로 마치 영화 스크린처럼 또렷이 떠오르는 네모난 풍경을 보고 있었다.

 어쩌면 회사에서 퇴근해 돌아오는 아버지를 골목에서 기다리듯이 신사 일을 마치고 돌아오는 외숙을 기다리고 있었는지도 모른다. 아버지하고는 나이 차이도 많이 나고 비슷한 구석은 전혀 없었지만 근엄하고 아이를 끔찍이 아끼는 외숙은 나에게 이상적인 아버지였다.

 황혼이 드리워졌다. 외숙이 신사에서 돌아올 때까지는 저택을 빙 두르는 회랑의 빈지문을 닫아서는 안 되었다.

 문득 오솔길 저쪽에서 개 두 마리가 걸어왔다. 눈처럼 하얀 색,

그리고 밤처럼 까맣고 커다란 개였다.

'아, 이누사마狗様 마을 쫓고 도난을 막는 개 모습의 수호신시구나.'

나는 별반 놀라지도 않고 생각했다. 동쪽을 정벌하러 나섰다가 길을 잃은 야마토타케루를 검은색과 하얀색의 산개 두 마리가 길을 안내했다는 전설이 있고, 미타케산에는 지금도 '이누사마'의 목격담이 끊이지 않는다. 소문의 진위는 차치하고라도 나는 이누사마가 실재하는 동물이라고 믿고 있었으므로 사슴이나 원숭이를 보았을 때와 마찬가지로 희귀하다고는 생각했지만 괴이하다고 느끼지는 않았다.

관동 일대에 널리 알려진 미타케산의 부적은 '대구진신大口眞神'이라고 적힌 이누사마 부적인데, 운 좋게 그 그림의 모델과 마주쳤다고 생각했던 것이다.

이누사마는 문 앞에 나란히 멈춰 서서 잠시 나를 쳐다보았다. 그러다가 삼나무 숲에 있는 저택 뒤의 가파른 돌계단으로 폴짝 뛰어들듯이 사라졌다.

그러자 곧 하얀 옷에 옥색 하카마를 걸친 외숙이 신사에서 돌아왔다.

"외삼촌, 방금 이누사마를 봤어요."

나는 외숙이 걸어온 오솔길을 가리키며 말했다. 수염을 쓰다듬으며 외숙은 문을 돌아다보았다.

"외삼촌 오시기 바로 전에 걸어왔다고요.

그러자 외숙이 눈을 부릅떴다.

"네가 봤느냐?"

"예. 하얀 이누사마 까만 이누사마가 저기 돌계단 쪽으로 내려갔어요."

외숙이 다시 문 밖으로 나가서 황혼이 물든 숲을 살펴보다가 곧 누구에게랄 것도 없이 정중하게 허리 숙여 절했다. 삼촌이 치는 박수소리가 쓰르라미 소리 사이를 누비며 이 산 저 산에 메아리쳤다.

신의 사자인 이누사마가 불길한 존재일 리는 없다. 하지만 우리가 두려워하는 죽음을 '하늘로 돌아가는 길한 일'로 받아들인다면, 이누사마가 외숙을 바짝 붙어다닌 것도 납득이 간다.

앞쪽 복도에 나와 나란히 앉은 외숙은 목소리를 낮추어 말했다.

"방금 나눈 얘기는 아무한테도 말하지 마라."

"왜요?"

"이누사마를 보았다고 하면 벌 받아."

"본 사람들은 봤다고 말하던걸요?"

"사실 본 사람은 아무도 없단다. 허풍이라면 벌을 받을 일도 없겠지만 너는 진짜 보았잖니, 함부로 발설하면 무서운 일이 생긴다. 알겠지?"

아마 외숙은 그때 당신 운명을 깨달았을 것이다. 가족들이 상심하지 않도록 내 입을 봉해놓은 셈이다.

외숙이 집안에 대대로 내려오는 신통력을 가지고 있었는지 어떤지는 나도 알지 못한다. 때는 이미 진혼술이나 퇴마술이 통하는 시대가 아니었다. 하지만 데릴사위로 들어온 조부에게는 그런 능력이 없더라도 외숙은 노모의 피를 통해 그 능력을 물려받았을 거라고 생각하지 못할 것도 없었다. 물론 그런 논리로 말한다면 내 몸에도 어머니를 통해 그 피가 흐르고 있다고 해도 이상할 것은 없다.

외숙에게는 누나 두 명과 남녀 동생 다섯 명이 있었다. 그래서 그 시절에는 여름방학만 되면 많은 조카들이 부모를 따라 이 산꼭대기로 찾아와서 넓은 저택이 시끌시끌했다.

하지만 왠지 나에게는 외숙과 단 둘이 있었던 기억이 많다. 딱히 대화를 나눈 건 아니고 관동 평야가 한눈에 내려다보이는 동쪽 복도, 혹은 욕실로 가는 복도, 혹은 별이 쏟아지는 마당 같은 데서 단 둘이 그냥 멍하니 있었던 것 같다.

여하튼 내가 이누사마를 본 그해 겨울이 가기 전에 외숙은 한마디도 남기지 않고 마치 보이지 않는 힘이 낚아채기라도 하듯 타계하고 말았다.

나와 형이 저택에 도착한 날 저녁, 외숙은 뼛가루가 되어 돌아왔다. 아직 장례 준비도 마치지 못한 경황없는 와중이었다.

사람들이 크게 한탄하는 모습을 보이지 않았던 이유는 그 죽음이 너무나 갑작스러웠기 때문일까. 아니면 신도에서는 죽음이 적

멸도 상실도 아니며 하늘로 돌아가는 일일 뿐이기 때문일까.

다만 사람들은 시신이 화장되고 뼛가루가 되어 돌아온 것을 저마다 아쉬워했다.

문상하러 온 사람들은 현관 시키다이나 복도에 단정하게 앉아 장례 행렬이 도착하기를 기다렸다. 유선전화가 쉴 새 없이 울려 행렬이 지금 어디어디를 통과한다는 연락이 왔다. 식솔들이 복도를 뛰어다니며 온 저택 안에 그 소식을 전했다. 산꼭대기 마을에는 지명이 따로 없고 참도를 따라 늘어선 서른 몇 개에 이르는 신직 가문의 고상한 옥호가 좌표 역할을 했나. 그러므로 산에서 나고 자란 사람이나 오랫동안 지낸 사람이 아니면 장례 행렬의 현 위치를 알 수 없었다.

유골함이 가볍다고 해서 부지런히 올라와서는 안 된다. 장례 행렬은 관을 운구할 때와 동일한 시간을 두고 천천히 돌아왔다.

기다리다 지쳐버린 나는 뒷간에 들렀다가 나막신을 꿰신고 밖으로 나갔다. 저택은 새하얀 안개에 싸여 있었다.

참도를 '안개고개'라고 할 만큼 미타케산은 안개의 명소다. 등 뒤로 오오다케산이나 고젠야마가 우뚝 솟아 있고, 그 너머로도 구모토리야마나 다이보사쓰의 봉우리들로 이어지는 지형 탓인지 저녁이면 계절에 관계없이 하얀 비단처럼 농밀하고 광택 있는 안개가 번번이 산을 감쌌다.

나는 내리막길로 이어지는 뒷문 돌담에 쪼그리고 앉아 장례행렬을 기다리기로 했다. 이내 숲 아래쪽에서 안개 때문에 모습은 전혀 보이지 않지만 비쭈기나무 가지 흔드는 소리나 옷이 스치는 소리가 들렸다.

마침내 안개 속에 불쑥 등장한 생각지도 못한 장송 풍경에 나는 숨을 삼켰다.

신관들은 모두 검은 에보시 모자를 쓰고 기색忌色 예복을 입고 있었다. 그들은 비쭈기나무나 고헤이신도 제사에서 받드는 폐백의 일종으로 두 가닥의 시데를 대나무나 나무막대에 끼워 놓은 것, 혹은 홀을 들고 마치 안개 속에서 태어나듯 한 명씩 불쑥불쑥 나타나 내 눈앞을 지나갔다.

그것은 일찍이 내가 알던 장송 형식과는 너무나도 달랐다. 형식만 다른 것이 아니었다. 역시 신이 계시는 산에는 우리가 평소 생각하는 죽음이란 개념 자체가 존재하지 않았다. 외숙은 죽은 것이 아니라 신이 된 것이었다.

장례 행렬은 느리고 엄숙하게 안개에서 생겨나 다시 안개 속으로 사라져 갔다. 행렬에 여자는 한 명도 없었다.

활을 겨드랑이에 끼고 전동을 등에 맨 신관이 지나갔다. 그 뒤로 외숙의 유골함이 다가왔다.

유골함을 안고 있는 사람은 나도 얼굴을 아는 산꼭대기의 신직이었다. 옛날부터 우리 가문과 혼인 관계를 맺어와서 혈연이 닿는 저택의 당주였다. 본래는 젊은 신주들이 관을 메야 하지만 혼자서도 옮길 수 있는 유골함인지라 나름대로 가까운 사람이 맡아야 했을 것이다.

나에게 작별을 고하러 온 외숙과 꼭 닮은 체구를 가진 그 신관은 엄숙하게 유골함을 받들고 걸었다. 물론 유골함은 하얀 안개 속에서도 눈에 띄도록 새하얀 천에 싸여 있었다.

외숙은 뼈가 되어 돌아오는 이 모습을 나에게 미리 보여주었던 것이다. 하지만 그것을 알리는 게 무슨 의미가 있을까.

그 의미는 바로 알 수 있었다.

장례 행렬이 지나가자 곧 외숙이 나타났던 것이다. 다른 신관들과 똑같은 예복을 입고 있어서 금방 알아볼 수는 없었지만, 역시 산 사람과 영령은 몸에서 풍기는 공기부터가 달랐다.

장례 행렬의 신관들은 나를 쳐다보지도 않았다. 하지만 외숙은 홀을 들고 슬픈 눈으로 나를 바라보았다. 그래서 마음이 통했다. 어린 자식들을 두고 죽는 것이 원통하나 하늘로 돌아가는 것이니 불평할 수는 없다. 하지만 뼈가 되는 것은 비참하구나, 라고 외숙의 마음은 호소했다.

외숙은 결코 고루한 사람이 아니었다. 오히려 새로운 것을 좋아하는 사람이어서 시대에 어울리지 않는 매장 관습에 연연했을 리 없다.

다만 산에서 태어나 신을 받들며 살다가 흙으로 돌아가는 조상 대대로 거듭되어 온 관습이 자기 대에서 끊겨 외숙은 슬프고 부끄러웠으리라.

외숙의 혼은 유골함을 뒤따르듯이 현관으로 사라졌다. 당주의 귀환을 고하는 차분한 북소리가 낮은 소리로 두둥두둥 울렸다.

마침내 안개 속에서 여자들이 나타났다.

깊은 숲이 햇볕을 차단해주는 환경에서 자란 덕분에 여자들의 피부는 속이 비칠 것처럼 하얬다. 모두들 상복의 아랫단을 걷어쥐고 정강이를 드러낸 채 언덕을 올라왔다.

어머니가 뒷문 돌담 옆에서 나를 발견하고 엄하게 꾸짖었다. 나 나름대로 할 말은 있었지만, 아무리 그래도 외숙의 부름을 받고 맞으러 나온 거라고 말할 수는 없었다.

어느 집이나 둘째는 응석꾸러기잖아, 하고 이모 가운데 하나가 나를 감싸주었다.

저택은 매우 넓었다.

본래 신도회 사람들이 단체로 묵는 숙소여서 1층에 50평이 넘는 대형 객실이 있고 회랑이 그 객실을 빙 두르고 있으며, 여기저기 설치된 계단을 이용하여 2층에 올라가면 폭이 반 칸인 복도 좌우에 맹장지 칸막이로 구획된 많은 객실이 나란히 있었다.

여름방학에 친척 아이들이 모여도 저택 안에서 숨바꼭질을 하는 것만은 금기였다. 예전에 한 아이가 어딘가에 숨었다가 영영 나타나지 않은 일이 있었다고 한다. 천구의 소행이라는 말도 있지만 애초에 위험할 만큼 넓은 저택이었다.

대형 객실 서쪽 구석에 유리를 끼운 큰 문을 설치한 훌륭한 신단이 있어서 신전神前이라고 불렀다. 외숙은 매일 새벽마다 공양할 음식을 들고 신전에 나아가 엄숙한 의식을 올렸다.

그 신성한 객실의 큰 문 앞에 제단이 설치되었다.

통야는 이튿날 밤이었던 것 같다. 불편한 산꼭대기 마을인데다 신도회가 관동 일원에 널리 흩어져 있어서 장례를 하루이틀 만에 마칠 수도 없었다.

외숙의 유골이 저택에 돌아온 날은 밤늦은 시각까지 임시 케이블카를 운행하여 조문객을 산꼭대기로 날랐다. 통야 당일은 이른 아침부터 걸어서 올라오는 사람들도 있었다. 남쪽 이쓰카이치나 히노하라에서 찾아오자면 전차나 버스를 갈아타고 크게 우회하느니 요자와 계곡을 따라 험준한 산길을 걸어서 올라오는 것이 빠르다.

그리하여 참으로 많은 사람들이 모여들었다. 대형 객실을 비롯하여 여러 객실들은 상복을 입은 문상객들로 채워지고 자리가 부족해 복도와 큰 계단에 앉은 사람들도 있었다. 신도에서는 죽음을 슬퍼할 일만은 아니며 하늘로 돌아가는 축하할 일이라고 여기므로 문상객들은 음식을 먹고 마시며 명랑하게 이야기를 나누었다.

특별한 손님이 찾아온 때는 통야를 치르는 날 오후였다.

마침 겨울날이 흐려지고 가랑눈이 날리고 있을 때 실크햇을 쓴 정장 차림의 신사 두 사람이 수행원과 순사를 대동하고 찾아왔다. 저택의 잡다한 소음이 거짓말처럼 사라지고 모든 사람들이 복도를 향해 허리를 숙였다.

맨 앞에 선 사람은 궁내청에서 보낸 사자였다. 칙사라고 해야 하는지 어떤지는 모르겠으나, 예전에 관폐대사였던 신사의 궁사인 외숙에게 천황 폐하가 은잔을 하사한 모양이었다. 사자는 보라색 비단보를 들고 있었다.

그 뒤에 있는 사람은 상훈국 관리였다. 오랜 세월 민생위원으로 일한 공로에 대하여 훈위를 내렸다.

술에 취한 노인들이 소리 죽여 수군거렸다.

"선생은 지나사변에 출정해서 큰 공을 세우셨지."

"암. 금치金鵄 훈장도 받았다고 하더군."

"전쟁에 패했으니 이제 와서 그런 사실을 말할 수도 없고, 그러니 민생위원이었다는 점을 드는 거지."

"훈7등천황이 내리는 훈장 등급. 1등부터 8등까지 있었고, 패전 후 폐지되었다의 훈장이라면, 이봐, 군조중사에 상당하는 하사관가 소위로 특진한 거나 마찬가지 아닌가."

"그건 사실이지만, 전쟁이 끝나고 15년이나 지났으니 다른 이유를 대는 수밖에."

외숙이 오우메시 민생위원을 역임하기는 했지만, 오래전부터 똑같은 가문들만 살아온 산꼭대기 마을에 그런 임원이 필요했을 것 같지는 않다. 지난 전쟁 이야기를 외숙에게 몇 번인가 직접 들었던 나는 노인들이 무슨 이야기를 하는지 이해할 수 있었다.

신전 앞 제단에는 은잔과 포상의 내용을 기록한 문서, 그리고 내막을 밝히려는 듯 퇴색한 훈장 하나가 나란히 장식되었다.

금치 훈장은 무공이 뛰어난 군인에게 수여되던 훈장이었다. 그 명칭은 진무천황이 동쪽을 정벌할 때 활 끝에 내려앉았던 금빛

소리개에서 유래한다.

그러므로 생각해보면 외숙은 그만큼 많은 병사를 죽였다는 말이 되는데, 그런 이치를 알면서도 외숙의 존엄은 나의 내부에서 결코 흔들림이 없었다.

모든 윤리를 초월하여 외숙은 나의 영웅이어야 했다.

사자들은 엄숙한 소임을 마치자 바로 돌아갔다. 어쩌면 그들은 평소 칭송할 수 없는 영웅들의 죽음을 그렇게 조용히 조문하는 천황과 나라의 밀사였는지도 모른다.

겨울해가 지기를 기다려 통야가 치러졌다.

조모는 많은 자식을 낳아 기르다가 사십대에 일찍 타계했다. 조부는 내가 철들기 전에 타계했다. 그러므로 오늘도 계속되는 미타케산의 신비한 장송 의식을 내가 목격한 적은 그때가 처음이었다.

불교에서 장례는 종파에 따라 절차가 획일적으로 정해져 있다. 하지만 애초에 교의가 없는 신도는 불교 방식과 절충할 이유를 가지지 않는다. 즉 모든 제식은 아득한 역사에 의해 길러진 고유의 방법으로 집행된다.

장송 의식에 대하여 사전에 귀띔 받은 적이 없었다. 만약 조금이라도 마음의 준비가 되어 있었더라면 그토록 무서워하지 않았을 텐데, 하고 두고두고 아쉬워했다.

신의 산이 안개를 감고 어둠에 가라앉을 무렵 저택 회랑의 모든 빈지문이 닫혔다.

  사람들은 50평 남짓 되는 대형 객실에 바짝 붙어 앉았다. 마침내 제주 신관과 그 보좌역, 그리고 악사들이 똑같은 상복을 입고 등장했다. 제단 뒤에 놓은 큰북이 두둥두둥 울리고 있었다.

  주악은 생황이나 피리 외에 바람 소리가 나는 돌피리 여러 개로 구성되었다. 그 탓인지 조금도 고아하게 들리지는 않고, 자못 신성한 태곳적의 운율처럼 들렸다. 가령 눈이 펑펑 쏟아지는 소리나 안개가 솟구쳐 나오는 소리, 혹은 여러 산이 바람에 우는 소리처럼.

  한 차례 주악이 끝나자 제주가 축문을 낭랑하게 외고 망자의 삶을 교묘하게 담아낸 긴 제사를 노래하듯 가락을 붙여 낭독했다.

  언제 어디서 아무개의 아들로 태어나 이러저러한 학문과 수행을 쌓았다는 등의 이력이 시를 읽듯이 낭독되었다. 어찌된 일인지 나는 그 중에서도 "어느 날 대륙에서 전쟁이 일어나자 군으로 달려가 혁혁한 무공을 세우고——"라는 구절만을 똑똑히 기억하고 있다.

  군대에서 고향으로 돌아온 외숙은 신직으로 복귀했고 곧 조부가 타계하자 가독을 물려받았다. 하지만 그 뒤로 10년밖에 일하지 못하고 타계했다. 제사는 그 사실을 결코 비탄하지 않고 "그 인덕을 보시고 신이 불러올리시었다"라는 식으로 마무리 짓고 있었다.

한데 바로 그때.

"저두低頭!"

하고 보좌역 신관이 말하자 일동은 허리를 숙이며 거북처럼 조아렸다. 어머니가 내 머리를 눌러서 조아리게 했다. 존귀한 대상에게 그냥 허리를 숙이는 동작이 아니라 이마를 다다미에 댄 채로 눈을 감고 아무것도 봐서는 안 되는 것이었다.

잠시 시데번개 모양을 본따 종이를 오려서 길게 늘어뜨린 장식를 부스럭부스럭 흔드는 소리가 난 뒤 갑자기 온 저택의 조명이 전부 꺼졌다. 누가 뭐라고 말한 것도 아닌데 마치 갑자기 정전이 된 깃처럼 모든 것이 암흑으로 돌아간 것이다. 나는 겁에 질려 어머니 손을 잡고 끌어당겼다.

그러자 낮고 길게, 마치 땅속에서 새어나오는 듯한 "우워──" 하는 목소리가 들렸다. 사람도 짐승도 아닌 뭔가가 토하는 목소리처럼 들렸다.

신관이 제단 앞에 납작 엎드린 채 울부짖기 시작한 것이다. 그 무서운 목소리는 호흡도 끊이지 않고 낮고 굵게 이어졌다. 어두운 대형 객실은 기침소리 하나 없이 쥐죽은 듯 조용해졌다.

무서워, 하고 내가 중얼거렸다. 하지만 어머니는 대답해주지 않았다. 그래서 이 의식에서는 말을 해서도 몸을 꼼지락거려서도 안되는 규칙이 있음을 알았다.

"우워──"

제주는 계속 울부짖었다. 그러다가 보좌역 하나가 일어서는 기척이 났다. 이내 부드럽게 발소리를 내며 달리기 시작했다. 향내를 배게 한 옷이 펄럭이며 나의 바로 옆을 새카만 바람처럼 달려서 지나갔다.

내게는 그것이 신사의 의식이 아니라 뭔가 피치 못할 변고가 일어나는 것처럼 느껴졌다. 하지만 어두운 대형 객실은 여전히 쥐죽은 듯 조용하고 제주의 울부짖는 소리만 들리고 있었다.

"우워——"

발소리는 큰 계단을 퉁퉁퉁 울리며 뛰어올라 가고, 머리 위 천장을 격하게 울리며 2층 복도를 달려갔다. 칠흑 같은 어둠 속인데도 발소리에는 주저함이 없었다.

"우워——"

제주의 목소리는 한층 강해지고 거기에 호응하듯 발소리는 저택을 계속 뛰어다녔다. 동쪽으로 날개처럼 돌출된 복도를 왕복하고, 경사가 급한 뒤쪽 계단을 구르듯이 오르내리고 본채를 둘러싼 회랑을 달렸다. 백 년 고택이 비명을 지르며 삐거덕거렸다.

신관들이 망자의 영혼을 저택에서 몰아내고 있음을 깨달았다. 그걸 안 순간 외숙이 한없이 불쌍해졌다.

유골함과 함께 돌아오던 외숙의 슬픈 얼굴이 떠올랐기 때문이다. 모처럼 산으로 돌아왔는데 왜 나를 몰아내는 것이냐.

어머니는 내 옆에 엎드린 채 얼굴을 감싸고 울었다. 어머니의 울음 말고는 슬퍼하는 목소리가 없었다.

나는 어머니의 슬픔을 헤아릴 수 있었다. 부부가 대판 싸울 때마다 외숙이 산에서 내려와 아버지의 행동을 훈계하고 어머니의 성급한 생각을 꾸짖었다. 그런 내력이 있었기에 어머니는 그날 넋이 나간 얼굴로 "오라버니는 내가 죽인 거야"라고 중얼거리고는 친족들의 위로를 들었다.

오라버니는 내가 죽인 거야.

그 말의 의미를 이해하지 못한 나는 어머니가 정말로 외숙을 죽이지 않았을까 의심했다. 가령 약효가 느린 독약 같은 것을 명약이라 속이고 고향집에 부친 것은 아닌가, 하고.

그렇게 이런저런 상상을 왕성하게 굴리다 보니 외숙이 불쌍해서 견딜 수 없었다.

애도가 없는 의식도 참석자들의 명랑한 술자리도 천황의 은잔과 훈위도 모든 것들이 세상의 유일한 정의였던 외숙을 말살하기 위해 마련된 악의에 찬 연극처럼 느껴졌던 것이다.

나는 빈말로라도 존경한다고 말할 수 없는 아버지를 대신해줄 부성을 찾고 있었는지도 모른다. 이렇게 말하면 속된 이야기가 되고 말지만, 다만 한 가지 속되지 않은 것이 있다면 외숙과 내가 다른 친족 어느 누구도 개입할 수 없는 신비한 피를 공유하고 있었다는 사실이다.

나는 마침내 견디지 못하고 어머니 옆에서 기어 나왔다. 어머니는 제주의 울부짖음과 신관의 발소리에 귀를 막고 흐느껴 우느라 신전에서 벗어나는 나를 알아채지 못했다.

눈이 조금 어둠에 익숙해졌다. 나는 기둥과 맹장지를 따라 어두운 회랑을 걸었다.

오라버니는 내가 죽인 거야.

만약 어머니가 거듭되는 질책에 발끈하여 외숙을 해친 거라면 다른 친척 누군가가 가담했든 천황 폐하가 사면을 하든 적어도 나는 사죄를 해야 한다고 생각했다.

외숙은 합각지붕 아래 동쪽을 바라보는 현관 시키다이에 앉아 있었다.

안개는 완전히 개었지만 대신 눈이 소복소복 내려 뜰의 이끼를 가리고 있었다.

쥐색 예복의 등을 곧게 펴고 가슴 앞에 홀을 쳐든 모습은 신을 받들고 신의 뜻에 깨끗하게 복종하는 사람의 긍지를 느끼게 했다. 외숙은 눈 내리는 어둠을 똑바로 응시한 채 미동도 하지 않았다.

나는 차디찬 시키다이 위에 공손히 앉았다. 어떻게 말을 꺼내야 할지 몰라 잠시 외숙의 늠름한 옆얼굴을 응시했다. 내가 토하는 입김은 하얀데 슬프게도 외숙 입가에는 입김이 보이지 않았다.

산꼭대기의 눈은 가늘고 견고하여 외숙의 예모와 예복에 싸락싸락 소리를 냈다.

저택 안에서는 여전히 신관의 울부짖는 듯한 목소리와 뛰어다니는 발소리가 들려왔다. 외숙의 혼은 그런 소리에 쫓겨 다카마가하라_{일본 신화에서 신들이 산다는 하늘나라}인지 황천국인지로 여행을 떠나려 하고 있지만, 아무래도 석별의 정을 끊어내기 힘들어 현관 시키다이에 주저앉고 만 것이다.

외숙의 오십여 년 인생은 전부 신사와 군대라는 두 가지 색으로 칠해져 있다. 두 직업은 완전히 대조적으로 보이지만, 외숙의 내면에서는 아무 모순도 없이 조화를 이루고 있었다. 가령 칠기 그릇 안팎에 반들반들 비치는 붉은색과 까만색처럼.

나는 시키다이에 머리를 조아리고 "외삼촌, 죄송해요"라고 말했다.

어머니가 외숙을 죽였다는 망상에 사로잡혀 있었거나 부모의 이혼이 외숙의 수명을 줄이고 말았다고 믿고 있었을 것이다. 아니, 역시 내가 아이라는 무력한 작은 생물체임을 사죄했던 것 같다.

올이 굵고 작아서 자못 신주처럼 보이게 하는 콧수염을 잡아당기며 외숙은 미소를 지은 듯 보였다.

그때 문득 잔소리가 많았던 외숙의 훈계 하나가 떠올랐다.

'너의 좋지 못한 점은 나쁜 줄 알면서도 저지른다는 거야. 에도 아이들 특유의 고집은 이제 좀 자제해라.'

그래서 나는 내 마음을 모두 담아 처음으로 외숙에게 사죄했다. 하지만 외숙의 혼은 칭찬하지는 않고 웃음으로 받아넘겼다.

외숙의 마음이 전해졌다.

사죄하지 마라. 너는 하나도 잘못한 것이 없다. 잘못한 것이 없는데 고개를 숙여서는 안 돼.

평소 주위 사람들에게 불쌍하다 딱하다 하는 말들을 듣곤 했지만, 그런 말들은 수치스럽게 할 뿐 힘이 되는 말은 아니었다. 하지만 외숙의 마음은 나에게 힘을 주었다.

마침내 외숙은 시키다이를 조금 삐거덕거리며 전형적인 신관의 몸짓으로 가만히 일어섰다. 아사구쓰를 신고 가랑눈 내리는 마당에 내려선 모습은 내 시야를 가릴 만큼 거대했다. 악의와 불합리가 범벅이 되어 웅크리고 있는 나를 외숙이 홀로 버티고 서서 비호해주는 것처럼 느껴졌다.

"하지만, 그래도 역시 죄송합니다, 외삼촌."

내가 거의 오기를 부리듯이 그렇게 말하자 외숙은 상복 입은 몸을 조금 구부리며 웃었다. 그리고 숲속 높은 곳에 자리 잡은 가람 쪽을 향해 허리를 깊이 숙여 절하더니 묘지로 가는 산길을 뒤도 돌아보지 않고 걸어 내려갔다.

높다란 삼나무 가지에서 희뿌옇게 떨어지는 눈이 그 청렴한 사람의 뒷모습을 마침내 장막으로 감춰버리고 말았다.

외숙은 하늘로 돌아간 것이었다.

납골을 위해 묘지로 향한 것이 이튿날의 장례식 이후였는지 아니면 다른 날 치렀던 제사 때였는지는 기억나지 않는다. 하지만 역시 짙은 잿빛의 암울한 하늘에서 가랑눈이 날리는 추운 날이었다.

그 의식에도 신비한 관습이 있었다. 장례 행렬 선두에는 신관이 공손하게 쳐든 고헤이가 섰다. 그 시대 다발에 영혼이 깃들어 있다는 이야기를 나는 믿지 않았다. 외숙의 혼은 통야의 밤에 이미 스스로 묘지로 향했다.

고헤이 뒤로 신관들이 따르고, 본래대로라면 그 뒤에 관이 운구되지만 이때는 장남 가슴에 안긴 유골함이 따랐다.

저렇게 아들 품에 안겨서 가니 뼛가루로 변하는 것도 나쁘지는 않네, 라고 누군가 말하자 사람들이 저마다 동의를 표했고, 나쁘거나 말거나 우리 모두도 이제 곧 불에 타서 뼛가루가 될 텐데 뭘, 이라고 어느 노파가 얼마간 체념한 듯이 말했다.

유골함 뒤에는 활을 옆구리에 끼고 전동을 멘 두 신관이 따랐다. 두 사람 모두 젊고 늠름했고, 상복에 멜빵을 두르고 하카마 양쪽에 터놓은 곳을 높이 다잡아 두었다. 주문객들은 그 뒤로 긴 행렬을 지었다.

나와 어머니는 손을 잡고 걸었다. 진창에 빠질까봐 어머니가 내 손을 잡아준 것이 아니라 한없이 초췌해진 어머니를 내가 부축한 것이었다. 형이 행렬 뒤쪽에서 또래 종형제들과 함께 걸어오고 있었다.

장례 행렬은 눈이 살짝 쌓인 산길을 내려가 동쪽 능선에 있는 묘지로 향했다. 무성한 대나무숲을 지나자 오솔길은 신사에서 내려가는 능선과 직각으로 만났다. 왼쪽은 바닥을 알 수 없는 깊은 계곡이었으므로 앞뒤의 장례 행렬을 전부 살펴볼 수 있었다.

그곳은 재넘이가 지나는 바람길이기도 했다. 다이보사쓰에서 와서 관동 평야로 내려가는 바람이 폐백을 수평으로 나부끼게 하고 사람들의 옷을 누더기처럼 뒤집어놓았다.

그때 나는 문득 슬픔에 빠진 어머니가 이 재넘이를 핑계로 계곡 밑으로 몸을 던져버리지나 않을까 하고 겁을 먹었다. 해서 나도 모르게 어머니에게 매달리는 척 팔을 꼭 잡았다.

때마침 한층 강한 바람에 밀려 우리 모자는 비틀거렸고, 이내 간신히 버티며 균형을 잡았다.

결코 나의 지나친 지레짐작이 아니었다.

전에 어머니는 술에 취해 수면제를 밥 먹듯이 마구 넘겨 자살을 시도한 일이 있다. 수면제 양이 너무 많아 위장에서 약이 응고되는 바람에 간신히 목숨을 건졌다. 하필 그때는 나의 감이 전혀 작동하지 않았는데, 아마도 작정한 끝에 결행한 자살 시도가 아니었기 때문일 것이다. 다만 그 자살 시도의 원인이 빈궁한 생활이나 자식 부양의 고생만은 아님을 나는 알고 있었다.

미타케산에서 나고 자란 어머니는 역시 집안 내력대로 아름다웠고 신령님이 씻어주신 듯한 하얀 피부를 갖고 있었다.

화장을 마치고 장사하러 나가는 어머니를 연립주택 계단 위에서 배웅하다 보면 지나가는 사람들은 남녀를 불문하고 모두들 대낮에 출몰한 도깨비라도 만난 양 눈을 동그랗게 뜨고 뒤돌아보곤 했다.

위세척을 마친 어머니가 아직 입원해 있을 때 외숙이 불쑥 찾아왔다. 어머니가 어디 있느냐고 물어서 어쩔 수 없이 사실대로 고했다. 그러자 외숙은 안색이 확 변해서 나를 질질 끌다시피 해서 병원으로 달려갔다.

어머니는 외숙을 보자마자 나를 혼냈다. 내가 외가집에 상황을 알렸다고 생각한 것이다. 그런 어머니를 외숙이 호되게 꾸짖었다. 어미의 허물을 까발릴 아이가 아니다, 라며 나를 비호해 주었다.

병원에서 돌아오는 길에 외숙은 변두리의 지저분한 개울에 걸린 다리 위에서 내 어깨에 손을 얹고 말했다.

"물고기가 없구나."

"더러워서 살 수 없어요."

"미타케산에는 곤들매기도 있고 산천어도 있다."

"알아요."

대화는 그것이 전부였다. 나는 외숙의 배려를 무언으로 거절하고 외숙은 내 고집을 알아차렸다.

남의 신세를 져야 할 지경이라면, 설사 그곳이 어머니의 고향집이라도 차라리 모자가 함께 자살을 하든가 떠돌다가 객사하는 편이 낫다고 말할 작정이었다.

애초에 나와 외숙 사이에는 언어가 필요 없었다. 그런 능력의 존재를 의식하고 있었던 것은 아니지만, 두 사람은 종종 멍하니 마음을 통하고 있었던 것 같다.

다리 위에서 대화가 끊기자 외숙은 "초밥 사줄게"라고 말했고 나는 "초밥은 싫어요"라고 마음에도 없는 소리를 했다. 그리고 어찌된 일인지 그 다리 위에서 그냥 헤어졌다.

나와 외숙이 늘 통하던 마음은 언어로 이루어진 것이 아니었다. 그런 우리 사이였으므로 마음을 목소리로 뱉는 순간, 햇빛에 노출된 고대 그림처럼 뚜렷한 채색은 사라지고 형태는 형편없이 일그러져 설교나 아첨, 혹은 기만이나 타산으로 모습을 바꾸었다.

서로 통하는 마음에 견주면 언어는 한없이 무력하고 부정한 것임을 나는 그 다리 위에서 깨달았다.

아득한 옛날부터 신직과 그 권속이 매장되어 온 묘지는 능선 끝에 숲을 치우고 조성한 터에 있었다.

험준한 미타케산에는 애초에 평탄한 땅이 적다. 도리이 앞 광장도 케이블카 산꼭대기역의 전망대도 묘지보다 훨씬 좁았다. 즉 산꼭대기에서 가장 넓은 자리가 묘지로 조성되어 있었다.

묘지 한복판의 나지막한 언덕 위에 허리 높이의 담과 지붕만 갖춘 오두막이 있는데, 본래는 그곳에서 시신과 마지막 작별을 고해야 하지만, 이때는 나무책상에 유골함을 올려놓고 물과 쌀과 소금과 술을 공양하고 고별 의식을 치렀다.

시신 없는 묘소에는 세속의 냄새가 전혀 없고, 여기저기 형상 없는 수많은 신들이 때론 서 있고 때론 웅크리고 앉아 있는 것처럼 느껴졌다.

축문을 낭독한 뒤 젊은 신관 두 사람이 동쪽으로 나아갔다. 그러고는 활에 화살을 메겨 한껏 당겼다. 마치 캄캄한 밤에 보이지 않는 누에원숭이 머리에 호랑이 다리, 너구리 몸통에 꼬리는 뱀으로 이루어진 전설상의 괴물의 목소리를 겨냥하기라도 한 듯 두 대의 화살이 과녁 없는 흐린 하늘로 쏘아 올려졌다.

신관들이 웅크리고 앉아 모자 차양을 들고 화살 날아가는 방향을 쳐다보는 시늉을 한 뒤 다시 일어나 두 번째 화살을 쏘았다.

화살은 과연 어디까지 날아가는지 재넘이바람을 타고 사라져버렸다.

그리고 납골이 이루어졌다. 무덤은 가문별로 넓게 구획되어 있어 마치 이야기 속의 호이치「귀 없는 호이치」라는 전설의 주인공. 비파의 명인으로 유명한 맹인 스님이다가 비파를 타던 헤이케의 묘지처럼 묵은 직사각형 묘석이 나란히 서 있었다.

나의 선조는 도쿠가와 이에야스의 에도 입성을 안내한 슈겐도 수도승이었으므로 이끼에 덮인 길가의 불상 같은 묘석이라도 다른 가문보다는 새 것인 셈이다.

나는 인파 속에서 무릎을 안고 쪼그려 앉았다. 담배 피우며 잡담을 나누는 참석자들을 멀리 에워싸고 있는 수많은 신들의 기미를 느끼고 있었다. 뚜렷한 형태로 보이지는 않지만 분명히 저기 도처에 충만해 있는 신들을 두려워하며 나는 산 사람들 속에 몸을 숨겼던 것이다.

물론 일면식도 없는 고대의 신들만 있는 것은 아니었다.

내가 철들기 전에 타계한 조부가 있었고, 여우와 신통력으로 싸웠던 흰 수염 증조부도 있었다. 오히려 혈연이 닿는 그런 선조의 존재를 나는 강렬하게 느꼈다.

생명은 부모에게 받은 것이 아니라 그야말로 신대로부터 면면이 이어져 내려와 이 육신을 생성하고 있음을 알았다. 그것은 자각이고 발견이었다.

애증을 부모에게만 향해서는 안 되었다. 나는 신화처럼 부모에게서 생겨난 것이 아니라 기적이 이어준 피 속에서 출현한 생명이었다.

"엄마, 잠깐만."

나는 어머니를 불렀다. 몸 상태가 나쁜 건가, 하고 걱정하는지 어머니가 불안한 얼굴로 다가왔다.

"외삼촌이 있어."

어머니는 안색이 변했다.

"어디?"

"내 바로 옆에. 저쪽에는 할아버지도 있고 흰 수염 할아버지도 있어."

조금도 무섭지 않았다. 나는 피를 물려준 사람들을 향한 고마움에 몸을 떨고 있었다.

나는 그 전에는 절대 입에 담아본 적이 없던 말을, 이것만은 속마음을 밖으로 뱉어도 녹슬지도 부정 타지도 않을 거라고 믿고서 작지만 분명한 목소리로 어머니에게 호소했다.

"그러니까 다시는 죽으려고 하지 마. 왜냐면 내가 엄마를 죽인

게 되잖아."

내 말을 끝내기도 전에 어머니는 상복 입은 가슴으로 나를 꼭 끌어안았다.

그때 외숙은 아마 내 등 뒤에 서 있었을 것이다. 어머니에게는 보이지도 느껴지지도 않았을 테지만, 신의 산에서 나고 자란 사람이므로 영혼의 존재를 믿지 않을 리 없었다.

납골을 마쳤을 때 흐린 하늘이 무너진 듯 폭설이 내렸다.

사람들은 잰걸음으로 묘지를 떠났다. 장례식은 이제 서택에서 갖게 될 음복 모임만 남았다. 참석자들이 금기를 풀고 신찬신주를 받아 신과 함께 먹는 음복 모임은 장례식의 일부가 분명하지만 사실상 뒤풀이 모임과 같은 자리다. 걸음이 절로 빨라지는 게 당연하므로 참석자들이 폭설에 쫓겨서 오히려 다행이었다.

나는 아무렇지도 않게 자리를 뜨기가 어려워 낡은 묘석을 바라보고 있다가 혼자 남고 말았다.

외숙은 눈에 보이지 않지만 기미는 분명하게 느껴졌다. 왜 보이지 않게 되고 말았을까 하는 생각을 했다. 아마도 외숙이 하늘로 돌아갔기 때문일 터였다.

조부와 증조부를 비롯한 많은 선조들과 수많은 신들이 희귀한 것이라도 보는 듯 나를 쳐다보는 느낌이 들었다.

형이 멀리서 나를 부르는 목소리가 들렸다. 대답을 하고 묘소를 떠날 때 뒤돌아서 절을 하고 바이바이 손을 흔들었다.

그래도 외숙이 모습을 보여주지 않아서 슬펐다. 다시 한 번 바이바이, 하고 소리를 내봐도 외숙은 기척을 내지 않았다.

이별을 재촉하듯 눈발이 휘몰아쳐 시야를 가렸다. 하늘로 돌아가신 외숙은 인간 세상을 떼어 놓는 순백의 장막 저편에서 청아한 숨결만을 내 귀로 보내주었다.

4장

병사들의 숙영

여기는 구경거리가 아냐! 나가! 하고 외숙이 미군 병사를 꾸짖었다.

카메라를 낚아채 패대기라도 칠 것 같은 서슬에 젊은 병사들은 깜짝 놀라, 미안하다, 나쁜 의도는 없었다, 라는 뜻을 손짓 발짓 섞어가며 영어로 사과했다.

어머니의 고향집은 참도에서는 비껴나 있지만 미군 병사들이 삼나무 숲에 있는 문간방을 신사로 착각하고 내부를 들여다보거나 기념사진을 찍고 있었다.

신사 근무를 마치고 돌아온 외숙이 하얀 겉옷에 옥색 하카마를 입고 있는 모습을 보고 미군 병사들은 그곳을 신성한 신사라고 더욱 확신한 듯했다. 그들은 저마다 결례를 사과한 뒤에 반듯하게 거수경례를 하고 떠났다. 하복 군복 팔뚝에 산 모양의 표시를 하나 혹은 둘 붙인 병사들은 모두 젊은이들이었다.

외숙이 너무나 고압적이고 미군 병사들이 순종적이어서, 전쟁에는 졌어도 군조는 높은 계급이구나, 라고 나는 묘한 오해를 했다.

쇼와 30년대도 초반이던 당시, 다치카와 캠프에는 많은 미군이 주둔해 있었다. 전쟁 직후의 '진주군'이라는 호칭이 '주류군'으로 변할 즈음이었다. 모처럼 휴일을 맞아 도심에서 놀지 않고 역방향 오우메선을 타고 미타케산을 찾아온 병사들은 애인도 돈도 없는 젊은이들이었다.

그들은 일본과 전쟁을 한 세대가 아니었다. 하지만 외숙은 미군을 끔찍이 싫어했다. 산꼭대기 숙소는 하이킹이나 피서를 위해 찾아오는 손님도 투숙했지만, 내가 아는 한 외국인이 투숙한 적은 없었다.

미군 병사를 쫓아낸 뒤 외숙은 생기 넘치는 얼굴로 앞쪽 복도에 앉았다. 해발 1천 미터에 가까운 산꼭대기에는 시끄러운 유지매미는 살지 않고 쓰르라미가 하루 종일 울었다.

외숙은 책상다리를 하는 습관이 없었다. 신사에서 돌아와 그렇게 담배를 한 대 피우며 쉴 때도 허리를 꼿꼿하게 펴고 무릎을 꿇는 정좌 자세를 취했다.

외삼촌은 미국과 전쟁을 했죠? 하고 내가 물었다. 담배를 문 채 외숙은 잠시 말이 없었다.

그리고 신중하게 낱말을 고르는 모습으로, 북지北支에 파견돼 있었으니까 미군은 한 번도 본 적이 없었어, 라고 말했다.

어린 마음에도 나는 외숙이 예전에 적국이던 미국을 여전히 미워하고 있을 거라고 생각했다. 그래서 유람하듯 산에 올라온 미군 병사들을 매정하게 내친 거라고.

외숙은 내 마음을 읽었다. 이리 오렴, 하고 깨끗한 신관의 손으로 나를 불러 곁에 앉혔다. 외숙의 이야기는 늘 재미있지만, 단정하게 앉아서 들어야 한다는 점은 고역이었다.

여름방학도 거의 끝나가던 무렵의 황혼녘이었던 것 같다. 형과 친척 아이들은 어디로 갔는지 저택은 쥐죽은 듯 조용했고 나무들의 우듬지 쪽 여기저기서 쓰르라미 우는 소리가 뀌뀌뀌뀌 쏟아지고 있었다.

할머니한테 들은 옛날이야기란다, 하고 외숙은 말했다.

조모는 많은 자식을 낳고 사십대 젊은 나이로 타계했다. 밑에서 두 번째인 우리 어머니는 할머니 얼굴을 기억하지 못했다.

여하튼 외숙이 태어나기 훨씬 전, 그러니까 산기슭 센닌도신 가문에서 조부를 데릴사위로 들이기도 전의 오래된 이야기이다.

신도회 사람들이 참배하러 오지 않는 겨울철이면 숙방은 가끔 병사들의 숙영처로 이용되었다. 메이지 중엽에 미타케산에서 가까운 히나타와다까지 철도가 부설되자 오쿠타마의 산지가 산악 행군 훈련장으로 쓰이게 된 것이다.

도쿄의 아자부 연대나 근위연대는 오우메의 요시노바이고 근처 산으로 들어와 히노데야마 능선을 타고 미타케산을 왕복하는 1박2일 일정의 훈련을 실시했다. 부대 규모는 그때그때 달랐지만 1천 명 규모의 대대가 오면 산꼭대기 마을의 서른 채가 넘는 숙소들이 병사들로 가득 찼다.

청일전쟁과 러일전쟁 뒤에는 고후 연대가 며칠을 행군하여 다이보사쓰를 넘어오기도 했다. 지역 특성상 산악전에 능한 고슈의 병사들은 체력이 좋았다.

보병부대뿐만 아니라 통신대가 계곡을 사이에 두고 수기신호 훈련을 하거나 치중대가 모래자루를 지고 올라오기도 했다. 어쨌거나 참배객이 없는 혹한기로 제한되어 있었고 군대의 회계는 정확했으므로 산꼭대기 마을에 큰 보탬이 되었다.

외숙은 마당으로 길게 이어지는 앞쪽 복도를 건너다보면서 말했다.

"부대가 출입할 때는 흰 수염 할아버지가 여기 앉고 병사들이 마당에 정렬하고 받들어총을 했다. 왠지 노기 장군이 된 기분이라며 할아버지가 기뻐하셨단다."

육군의 등산 훈련은 다이쇼를 지나 쇼와가 되어도 계속되었다. 받들어총을 받는 영광스러운 자리는 마침내 흰 수염을 가슴까지 기른 증조부에서 조부로 계승되었다.

"외삼촌은요?"

외숙은 눈을 가늘게 뜨며 웃었다.

"나야 징병을 당하고 말았으니까. 한번쯤 장교에게 경례를 받아보고 싶었지만 전쟁이 끝날 때까지 내내 전장에 있었으니 그럴 수가 없었지."

흰 수염 할아버지라는 애칭으로 일화가 전해지는 증조부는 퇴마술 등에 능한 신통력의 소유자였다. 그러므로 받들어총이라는 최경례를 받고 뿌듯해하는 모습은 도무지 상상이 되지 않았다. 내 마음에서는 인간이라기보다 신이나 다름없는 증조부가 조금은 친근하게 느껴졌다.

하지만 그런 생각도 잠깐, 나는 이야기 전개에 공포를 예감하고 외숙에게 바짝 붙어 앉았다. 흰 수염 할아버지에 얽힌 이야기는 대개 무서웠으니까.

"무서운 얘기예요?"

나는 팔에 매달려 외숙을 올려다보았다.

"무서운지 아닌지는 사람 마음에 달린 거지. 듣고 싶지 않다면 그만하마."

듣고 싶어요, 라고 나는 중얼거렸다.

"직접 본 것처럼 말하고 있지만 실은 네 할머니한테 들은 옛날이야기 같은 일화란다."

외숙은 혼잣말처럼 더듬더듬 이야기하기 시작했다.

*

간인노미야閑院宮 전하의 저택에 기숙하던 이쓰가 수행을 마치고 산으로 돌아오던 날 밤에 있었던 일이라고 한다.

연말을 코앞에 둔 매우 추운 밤으로, 밖에는 가루눈이 내리고 있었다. 이로리에 둘러 앉아 저녁식사를 하면서 동생들이 이쓰에게 도쿄 이야기를 해달라고 졸랐다.

이쓰가 하녀로 일하고 온 것은 아니었다. 아이들은 세는나이로 15세가 되면 일단 산을 내려가 궁가천황의 친자를 시조로 창설된 황족 가문. 거처하는 저택 이름 '~미야宮'로 불린다나 화족메이지 시대에 존재한 귀족 계급으로 공작, 후작, 남작 등의 작위를 가진 가문의 저택에 기숙하며 엄격한 훈련을 받았다. 아들은 이른바 서생이 되고 딸은 신부수업으로 예의범절을 배우는 것이다.

머지않아 같은 경험을 하게 될 동생들이 조르자 녹초가 되도록 지친 이쓰도 이야기를 들려주지 않을 수 없었다. 내키지 않는 얼굴로 미소를 짓고 이야기를 이어나가자 보다 못한 부모가 도움의 손길을 내밀어주었다.

"하루만 늦게 도착했어도 눈 쌓인 산길에서 오도 가도 못할 뻔했구나. 이쓰는 마음씨가 바르니까 신령님이 눈을 붙잡아 두셨다가 이제야 내리게 하시나보다."

"언니가 많이 피곤하단다. 얘기는 내일 들으려무나."

동생들은 예, 하고 대답했지만 이쓰는 순순한 동생들 모습이 가여워 식사가 끝난 뒤 잠시 도쿄 이야기를 들려주었다.

히나타와다 역에는 하인이 마중 나와 있었다. 미타케산 기슭까지는 마차를 타고 갈 수 있지만 거기부터는 구불구불한 산길이다. 마음씨가 바른지 어떤지는 몰라도 운이 좋았던 것은 사실이라고 이쓰는 생각했다.

동생들은 긴자나 아사쿠사 이야기를 듣고 싶어 했지만, 실은 1년 가까이나 도쿄에서 살면서도 번화가에는 가 본 적도 없었다.

가장 인상 깊은 기억이라면 비 전하를 수행하고 황궁에 들어갔던 일이다. 황궁 깊은 곳에 계신 황비까지 알현할 수 있었다. 물러날 때는 황후 폐하가 현관까지 배웅 나온 모습을 멀리서나마 볼 수 있었다.

"너, 봐서는 안 되지 않느냐?"

아버지가 놀라서 말했다.

"아뇨, 아버지. 요즘은 모든 게 서양식이라서 마루나 다다미에 조아리고 앉는 일은 없습니다. 저택 정원이나 복도에서 나리와 마주쳐도 잠깐 멈춰서 이렇게 고개만 조금 숙이면 됩니다. 부름을 받고 갔을 때도 고개를 숙이고 있다가는 도리어 야단을 듣습니다."

아버지는 의외라는 듯, "허어, 그러냐" 하고 말했다.

관폐대사의 궁사라는 지위는 화족에 맞먹을 만큼 높지만, 산꼭대기에서 신을 받드는 일만 할 뿐 속세와 부대낄 일이 없다. 메이지 시대에 변모를 계속하는 국가의 중심부는 다른 세상이었다.

이로리 옆에서 이런저런 이야기를 하던 이쓰는 문득 누군가의 목소리를 들은 것 같았다.

실례합니다.

분명히 그런 말처럼 들렸다. 손님이 왔다면 현관의 목탁을 두드릴 터이고, 동네 주민이라면 통용문에서 사람을 불렀을 텐데, 그 목소리는 빈지문을 모두 닫은 앞쪽 회랑 바깥에서 들려오는 느낌이었다.

그 소리를 들은 이는 아버지와 이쓰뿐이었다. 두 사람은 이로리를 가운데 두고 얼굴을 마주보았다. 헛들었나, 하는 생각을 나누며 눈길을 돌리는 순간 그 소리가 또 들렸다.

실례합니다.

아버지가 일어나고 이쓰도 뒤따라 거실을 나섰다. "응? 무슨 일이에요?" 하고 어머니가 물었다.

저택은 어디나 캄캄하지만 큰 계단의 초입에는 꼬마전구 상야등이 켜져 있었다. 미약한 빛이지만 새하얀 장지에 비치면 의외로 밝게 보인다.

아버지는 복도 끝 빈지문을 한 장만 열었다. 마당은 얇은 눈에 덮여 있었다.

조심조심 내다보던 이쓰가 눈이 휘둥그레졌다. 눈 내린 마당에 많은 병사가 정렬해 있었다. 모두 검은 외투를 걸치고 두건을 썼으며 군모에는 붉은 띠가 둘러져 있고 성장星章 육군의 군모나 목깃에 달던 별 모양의 표식보다 큰 근위병 휘장이 반짝이고 있었다.

더 자세히 보니 대열 끝에는 큰 짐을 진 군마 몇 마리가 하얀 콧김을 뿜고 있다.

한 장교가 사브르를 덜컥거리며 뛰어왔다. 사관학교 출신으로 보이는 늠름한 사람은 이쓰도 익히 아는 얼굴이었다.

"한밤중에 실례합니다. 근위사단 포병대의 하가 소위입니다."

크게 당황했는지 아버지가 잠시 말을 더듬다가 대답했다.

"아, 이런, 이런. 아무 기별 없이 대체 어찌된 일이오?"

소위는 매우 미안한 듯이 군모를 벗고 까까머리를 숙였다.

"실은 오늘 히노데야마에서 출발하여 미타케산을 거쳐 요자와로 내려가는 기동훈련을 실시했습니다만, 행방불명된 병사가 있어서 지금까지 수색을 하고 있습니다."

"뭐라." 아버지는 빈지문을 한 장 더 열고 눈이 살짝 쌓인 어두운 바깥을 살펴보았다.

"아무리 전시라지만 무리한 일정 아닌가. 장비가 가벼운 보병이라면 몰라도 포차를 끌고 당일치기로 산을 넘겠다니, 아무리 무모해도 정도가 있지."

러일전쟁이 절정에 다다를 때였다. 난공불락이라는 203고지는 가까스로 함락했지만 전사자가 너무 많아 여론은 희비가 엇갈렸다.

"안녕하세요, 소위님."

이쓰가 인사하자 하가 소위는 허울뿐인 미소로 응했다.

일찍이 이 근방 산지에서 대대적인 포병 훈련이 있었다. 봉우리에서 봉우리로 산포山砲를 끌고 이동하며 진지를 여기저기 구축한다. 물론 실탄 포격은 하지 않았지만 공포의 굉음은 며칠간이나 산악지대에 울려퍼졌다.

그때 하가 소위의 포병대가 저택에서 숙영했었다. 닷새 일정의 훈련 동안 장교와 하사관은 객실에서 잤지만 병사들은 문간방과 창고에서 자고 안팎의 문에는 밤새 불침번이 섰다. 병사들이 힘들겠구나, 하고 실감했다.

이쓰는 하가 소위에게 호감을 느꼈다. 부모가 정한 약혼자는 얼굴도 모르지만 부디 이런 남자였으면 좋겠다고 생각했다. 아침저녁으로 식사를 객실로 가져다주는 일은 이쓰의 몫이었다. 밥을 푸면서, 이제 곧 간인노미야 전하의 저택에서 기숙할 예정이라고 말하자 소위는 밥을 뱉을 정도로 크게 놀랐다. 외진 산골에 사는 신주가 그렇게 격이 높은 줄은 생각도 못했을 것이다.

하지만 실은 신부수업을 받고 싶지 않아요, 라고 이쓰는 말했다. 부모 곁을 떠난다는 불안도 있지만 특별히 학문을 배우는 것도 아니고 그저 센닌도신 가문에서 데릴사위를 들이기 전에 신부의 이력을 장식하려는 과정일 뿐임을 생각하면 진심으로 하는 말이었다.

하가 소위가 자상하게 타일러 주었다. 나도 바로 얼마 전까지 견습사관이었습니다. 누구나 한몫을 해내는 어른이 되려면 역시 견습이라는 과정을 겪어야 합니다. 힘든 일도 있을 것이고 꾸지람도 듣겠지만 조만간 사람들을 부리는 위치에 설 테니까 그만한 고생은 감내해야죠, 라고.

"그런데 선생님——,"

하가 소위는 눈 내린 마당에 정렬한 부하들을 힐끔 돌아보고 나서 목소리를 조금 낮추었다.

"저는 하룻밤 신세지게 해달라고 부탁하려는 것이 아닙니다. 산속을 수색하다가 문득 생각이 났습니다. 혹시 선생님께서 후루이치 일등병을 숨겨주신 건 아닙니까?"

그 말을 듣는 순간 아버지는 "당치도 않은 소리!" 하고 소위를 질타했다.

"황공하게도 폐하께 칙원을 받아 야마토타케루님께 필승기원을 드리는 신직의 몸인데 어찌 탈영병을 숨겨주겠나!"

이쓰는 후루이치 일등병을 알고 있었다. 포병은 대체로 체격이 좋은데, 후루이치 일등병은 무슨 착오가 있었지 않은가 싶을 만큼 허약한 인상을 풍기는 병사였다. 때문에 힘겨운 훈련에서 방해만 되는지 종종 저택에 혼자 남아 군량 담당 같은 일을 했다. 점심 도시락을 지게에 싣고 부대에 전달하는 일도 신병이 아니라 후루이치 일등병이 맡았다.

하가 소위가 거침없이 대꾸했다.

"탈영했다고 하지는 않았습니다. 후루이치 일등병은 작년 훈련 때도 이 댁에서 받은 따뜻한 대접을 잊지 못해서 올 정월도 고향에 돌아가지 않고 여기서 신세를 졌다고 들었습니다. 해서 혹시 이번에도 이곳이 그리워 들렀던 것은 아닐까 생각했을 뿐입니다.

오해였다면 용서하십시오."

후루이치 일등병이 정월 휴가에 산을 찾아온 것은 사실이었다. 정월 첫 참배를 위해 찾아온 손님들을 대응하느라 정신없이 바빴는데, 후루이치는 훈련 때와 마찬가지로 문간방에서 잠을 자며 열심히 일해 주었다.

듣자하니 입대하기 전에 신바시의 주문요리점에서 일했다고 하는데, 과연 식칼 쓰는 모습이 전문가다웠다. 아버지는 그런 후루이치에게 감탄하여, 당신은 군인이 어울리지 않으니 만기제대 하면 여기로 와서 일하시게, 라는 말까지 했었다.

그러나 후루이치는 기특한 병사였다. 러시아와 언제 충돌할지 모르므로 제대 후의 진로 같은 것은 생각하지 않습니다, 라고 말했고, 아버지가 고마운 마음에 수고료를 주려고 하자 자신은 군인이라며 받으려 하지 않았다.

원래 존재감이 희박한 사람이어서, 기억에 남아 있기는 해도 얼굴은 또렷하게 떠오르지 않았다. 이쓰의 기억에 남은 후루이치 일등병은 뒷모습뿐이었다. 포병답지 않은 작은 체구에 도시락용 나무밥그릇을 산더미처럼 동여매고 비칠비칠 위태롭게 멀어져 가는 모습, 혹은 포병대 후미에서 포차를 밀며 따라가는 모습, 그리고 정월 휴가가 끝나자 연신 뒤를 돌아다보며 참도를 내려가는 군복차림의 뒷모습이었다.

"하지만 소위님. 오해였든 아니든 이렇게 눈이 내리는 밤에 산에서 길을 잃었다면 살아남기 힘들 거요. 사람들을 모아볼 테니까 다시 한 번 찾아뵙시다."

아닙니다, 하며 하가 소위는 거절한 채 말을 잇지 못했다.

이쓰는 사정을 헤아릴 수 있었다. 간인노미야 전하는 현역 군인 신분이기 때문에 저택에는 늘 전속 장교나 당번병이 근무하고 있었다. 그밖에도 많은 근위병이 저택을 경호했다. 군인들 눈에는 작은 여자애 따위는 눈에도 들어오지 않는지 전장의 소문이나 상관에 대한 험담이 마치 새들 지저귀는 소리처럼 들려왔다. 그래서 이쓰는 러시아에 대한 선전포고도 사전에 알고 있었고, 노기 장군이 203고지 공방전에 큰 어려움을 겪고 군인들에게 무능하다는 소리를 듣고 있다는 사실도 알고 있었다.

"아버지."

이쓰가 아버지에게 귀엣말을 했다. 설사 말로 하지 않아도 어린 시절부터 아버지와는 묘하게 마음이 통했다.

"일을 크게 만들면 안 돼요."

말로 한 것은 한 마디뿐이었지만 이쓰는 언어로는 제대로 표현하기 힘든 확신을 한덩어리로 뭉쳐서 아버지에게 전했다. 아버지는 눈을 감고 딸이 건넨 생각 덩어리를 받아들어 신중하게 열었다.

하가 소위의 포병대는 이제 곧 전장으로 향할 것이다. 그 사실을 아는지 모르는지, 만약 알고 있다면 총점검을 위한 마무리 훈련으로, 모르고 있다면 설레는 감정을 억제하지 못하고 산지 훈련에 나왔을 것이다.

후루이치 일등병은 겁을 먹고 탈영했다. 아니, 어쩌면 낙오였는지도 모른다. 어쨌거나 주민들 힘을 빌려 수색을 해서는 안 되는 상황이었다.

하가 소위 처지에서는 일등병이 탈영병으로 체포되느니 얼어 죽는 편이 나을 것이다. '일을 크게 만들어서는 안 된다'는 것은 그런 의미였다.

숙이고 있던 고개를 쳐들고 아버지가 말했다.

"소위님이 그렇게 말했으니 공연히 끼어들지는 말자."

그날 밤 포병대 전원은 창고와 문간방에 나누어 잤다. 하가 소위와 하사관들도 객실에 들려고 하지 않았다.

식사도 휴대식량이 충분하다며 사양하고 화로도 필요 없다고 했다. 전시에 병사들은 이렇게 대단하구나, 하고 이쓰는 감탄했지만, 한편으로는 부하의 실종이라는 심각한 사건을 떠안고 만 하가 소위가 민간인들과 얽히기를 애써 피하는 것 같기도 했다.

군마 세 마리는 문 밖에 매어두었다. 순종적이지만 튼실해서 포병 같은 인상을 풍기는 말이었다. 등에 실린 포신과 차륜을 내려주었을 때는 어찌나 좋아하는지 세 마리가 소리를 모아 히힝거렸다.

그리고 신의 산에 눈이 쌓이는 깊은 밤이 찾아왔다.

*

"흰 수염 할아버지는 할머니께, 당신은 그만 들어가 주무시오. 아무것도 못 보고 아무 소리도 못 들은 것으로 하고, 알겠소? 하고 단단히 다짐을 놓았다고 한다."

눈앞에 펼쳐진 해질녘 여름 풍경이 마음속에서 눈 내리는 마당으로 변해 있었다. 대체 얼마나 오래된 이야기일까. 나는 기둥과 툇마루가 엿처럼 둥글둥글해진 앞쪽 복도를 매만졌다. 문간방은 신사를 가는 길을 향해 활짝 열려 있었다. 금줄에 걸린 시데는 누가 언제 새것으로 교체하는지 새하얀 종이를 석양 바람에 펄럭이고 있었다.

"태평양전쟁 때가 아니군요?"

"그보다 더 오래전, 내가 태어나기도 전에 있었던 전쟁이란다."

"뻔히 보이는데 못 본 것으로 하라니, 어떻게 그럴 수 있겠어요."

외숙은 대답을 찾느라 고심했다. 아무리 심한 장난이라도 웃어넘기는 외숙이지만 거짓말이나 변명은 결코 용서하지 않았다. 물론 그것은 외숙이 한 말은 아니다. 증조부가 조모에게 이르고 외숙을 통해 나에게 전해진 그 지시가 나로서는 납득이 되지 않았다. 핏줄이 닿는 증조부인 만큼 나에게 그렇게 지시한 것 같은 기분이 들었다.

"할머니는 잠자리에 들어도 좀처럼 잠을 이루지 못하고 밤중에 몇 번이나 변소에 다녀왔다고 한다——."

나는 문을 활짝 열어둔 대형 객실을 돌아다보았다. 50평이 넘는 객실 구석에는 원목으로 만든 신단이 자리 잡고 있다.

증조부는 밤새 등불을 밝힌 신전에 앉아 있었다고 한다. 작은 소리로 축문을 외면서 북을 잔잔하게 울리고 기합을 넣어 신장대를 휘둘렀다. 기독교도처럼 두 손을 깍지 끼고 몸을 빙빙 돌리기도 하고 팔을 들었다 내렸다 하는 것은 '후리타마'라는 진혼술이다.

"할머니 말에 따르면 흰 수염 할아버지는 아주 훌륭한 분이었기 때문에, 말로는 개입하지 말자고 했지만 그렇게 혼신의 힘을 다해 실종된 병사가 무사하기를 기도하고 있었을 거라고 하더라."

마침내 한숨도 못자고 아침을 맞은 할머니가 앞쪽 복도로 나가 보니 포병대는 이미 출발한 뒤였다. 문간방은 활짝 열려 있고 눈에는 신사로 향하는 수많은 발자국이 찍혀 있었다.

조모는 곱은 손에 입김을 불며 군화 발자국과 말발굽 자국, 포차 바퀴자국이 금방 하얗게 덮여가는 모습을 멍하니 바라보았다. 눈이 쌓여서가 아니라 다카마가하라에서 강림한 무수한 작은 신들이 '눈을 감거라, 귀를 막거라' 하고 조모에게 명하는 것처럼 느껴졌다.

"그래서 할머니는 모든 것을 망각하고 말았다."

수수께끼 같은 말을 하고 외숙은 이야기를 잠시 멈추었다.

나를 따돌리고 어디선가 놀고 있었는지 숲속에서 친척 아이들의 웃음소리가 점점 다가왔다.

안개가 내리기 전에 저택을 빙 두른 복도를 뛰어다니며 빈지문을 닫아야 했다.

외숙의 이야기를 마저 들은 때가 그날 저녁이었는지 이튿날 저녁이었는지 모르겠지만, 어쨌든 여름방학이 끝날 즈음이었으므로 공백이 길었을 리는 없다.

내가 하던 이야기를 계속해 달라고 조르자 외숙은 "그게 끝이었어" 하고 웃으며 달래기를 여러 번 했었던 것 같기도 하다.

그러나 아무리 생각해도 이야기의 결말이 어중간했다. 신도회 사람들이 묵는 장소인 숙방이 병사들의 숙영에 쓰이던 시절이 있었다는 이야기일 뿐이라면 너무 싱겁지 않은가. 그렇게 싱거운 이야기가 할머니로부터 외숙에게, 외숙으로부터 나에게 전해질 리 없었다.

하물며 우의성이 풍부한 동화 종류밖에 모르던 나는 가령 가구야공주가 달로 돌아가 버리는, 혹은 성냥팔이 소녀가 작은 꿈을 꾸며 얼어 죽는 것처럼 극적인 결말을 기대하고 있었다.

후루이치 일등병은 포병대가 돌아가 버린 날 아침, 눈이 멈춘 깊은 계곡에서 사체로 발견된다──이런 결말이 너무 잔인해서 외숙이 이야기를 접어버렸나 하는 생각도 들었다.

혹은 후루이치 일등병은 실은 저택의 도움으로 숨어 있다가 포병대가 하산한 뒤 저택에서 옷을 얻어 갈아입고 여비까지 받아서 무사히 도망칠 수 있었다──이것은 위대한 증조부에 어울리는 줄거리이긴 하지만 범죄에 가담했다는 게 분명해 이야기를 계속 들려주기를 주저했는지 모른다.

이리저리 짐작하고 있자니 더는 참을 수 없게 되었다.

외숙은 이야기를 조르는 나를 놔두고 직회에 나갔다. 직회란 제사 뒤에 모여서 신찬신주를 먹는 의식을 말하는데, 주점 같은 가게가 있을 리 없는 산꼭대기 마을에서는 신관들이 서로 연락해서 모이는 술 모임도 그렇게 부르곤 했다.

돌아오실 때까지 깨어 있을게요, 라며 외숙을 배웅하고 잠자리에 누워도 눈을 감지 않으려고 했다. 베개를 나란히 한 사촌들은 이내 잠이 들었다. 나는 잠을 참을 수 없어서 세수를 하려고 일어났다. 호기심보다는 오기가 강했다. 잠자리에 누우면 금세 잠에 빠질 것 같아 큰 계단을 내려가 앞쪽 복도의 빈지문을 조금 열고 별이 쏟아지는 한밤의 마당으로 나갔다.

태곳적 삼나무를 갑옷처럼 두른 산꼭대기는 달구경에 알맞은 자리가 없었다. 다만 저택 맨 위에 우물 밑바닥에서 올려다보는 듯한 둥근 밤하늘이 열려 있었다. 별들이 하늘의 수면 위에 넘실대고 있었다.

통용문을 열고 저택 밖으로 나갔다. 신사로 가는 오솔길을 별빛이 비추고 있었다. 문간방의 커다란 지붕이 뚜렷한 그늘을 드리울 정도의 밝기였다. 행방불명된 병사 이야기의 결말을 이리저리 상상한 것은 그때였는지도 모른다.

이런저런 결말을 몇 가지나 완성했을 때 오솔길 저쪽에 제등 불빛이 보였다. 외숙이 돌아온 것이다.

  대문 앞에 있는 나를 알아보자 외숙은 흥얼거리던 옛 군가를 멈추고, 어, 하는 소리를 냈다. 놀라는 소리 '어'는 이내 넌더리를 내는 "어허, 이런, 이런"으로 변했다.

  나는 제등 불빛에 얼굴을 들이밀며, "약속했잖아요"라고 말했다.

  "무슨 약속?" 외숙이 딴전을 피웠다.

  "병사 얘기."

  외숙은 흰색에 가까운 기모노에 헤코오비_{전통복에 매는 남성용 허리띠로서, 주름 없이 판판하게 매는 여느 오비와 달리 부들부들한 천으로 자연스럽게 매는 것이 특징}를 매고 있었고 내가 입은 잠옷도 유카타였다.

  "흠, 그게 무슨 얘기지?"

  "실종된 병사 얘기 말예요."

  외숙은 주당이었지만 취할수록 쾌활해지는 유형이었다. 내가 그 주벽을 잘 알고 있었는지도 모르겠다.

  과연 외숙은 체념한 듯 내 손을 잡고 대문을 지나 한여름 밤의 푸르스름한 마당을 가로질러 현관 앞 섬돌에 앉았다.

*

  이쓰는 이듬해 봄에 부모가 정해준 약혼자와 예물을 교환했다. 직접 만나기는 그때가 처음이었다. 사진도 없어서 상대방 얼굴도 모르고 있었다. 다만 유서 깊은 명문가의 아들이며, 간접적으로 들려오는 이야기로 우락부락한 사내를 상상하고 있었다.

그런데 막상 대면하고 보니 의외로 날씬하고 키가 크고 상냥해 보이는 호청년이었다. 웃는 얼굴에서 아이 같은 구석마저 느껴졌다.

청년은 또 청년대로 산 위에 사는 신주의 딸이라니 원숭이 같은 촌스러운 처녀를 각오하고 있었던 듯했다. 예물을 사이에 두고 마주한 순간, 두 사람은 인사하는 것도 잊고 잠시 마주보았다.

혼례를 7월 길일로 잡은 이유는 늦어도 그때쯤이면 전쟁이 끝났을 거라고 생각했기 때문이다. 203고지가 마침내 함락되고 정월 초에 여순에 입성했지만, 그 뒤에도 봉천 대회전이니 쓰시마 해전이니 하는 뉴스가 계속 날아들고 있었다.

그렇다면 차라리 혼례 전에 청년을 저택으로 맞아들여 신직 수행을 시작하는 편이 좋겠다는 이야기가 나왔다. 애초에 양가 모두에게 기대 이상의 만족스러운 인연이고, 무엇보다 당사자 두 사람이 상대방의 미모에 마음을 빼앗긴 터라 어느 누구도 이론이 없었다.

참도 중간쯤까지 배웅했을 때 뒤도 돌아보지 않고 멀어져가는 뒷모습을 바라보며 정말로 돌아와 줄까, 이대로 없었던 이야기가 되는 것은 아닐까 하며 이쓰는 불안해했다.

마음을 졸인 탓인지 며칠 지나지 않아 사윗감이 돌아왔을 때는 2, 3년은 더 성숙해 보였다.

7월 혼례가 연기된 것은 어느 누구의 탓도 아니었다. 전쟁이 끝나지 않았던 것이다.

필승기원의 공덕이 드러나기 전에 사위를 들이는 경사를 치를 수는 없다.

마침내 강화가 이루어지고 러일전쟁이 끝난 때는 9월 초였다. 승전의 분위기도 가세하여 혼례는 화려했다.

예의범절을 배우기 위해 신부수업을 했던 간인노미야 가에서 축하선물로 시로하부타에_{주로 예복에 쓰는 하얀 비단}와 비 전하의 축사까지 들려서 사자를 보내주었다. 신부수업은 그런 식으로 마무리 지어졌다.

한편 사위 집안이 에도의 고슈 방면을 지키는 센닌도신 가문이었던 만큼 예전에 막부 하타모토의 가신이었다는 사람들이 대거 참석했다.

결국은 옛 명문가가 서로 질세라 위세를 과시할 뿐인 혼례였지만, 뭐든 과시하지 않으면 명문의 존재감이 위태로워지는 시절이 되고 있었다.

혼례 연회는 이틀에 걸쳐 열렸다. 대형 객실의 신전에 부부가 앉고 동쪽을 향해 일인용 밥상이 몇 줄이나 놓였다. 사실 부부는 말없는 히나 인형 같은 장식물이나 마찬가지였고, 수백 명의 하객이 내내 들고나는 것이다. 현관에는 다키이네 가문을 염색한 장막을 치고, 하객은 접수처에 축의금을 건네면 대형 객실로 안내받았다. 부부와 부모에게 인사만 하고 바로 돌아가는 하객도 있고, 자리를 잡고 앉아 만취하도록 술을 마시는 하객도 있었다.

질세라 위세를 과시하는 자리인데다 신도회가 관동 일대에 널리 흩어져 있어서 하객들은 대개 낯선 얼굴들이었다.

신랑이 친근하게 대화를 나눈 하객이 돌아간 뒤 신부가 "어떤 분이세요?"라고 물으면 "몰라" 하고 대답했다. 그러는 이쓰 역시 낯선 얼굴이 친근하게 인사를 건네자 상냥하게 대답한다. 손님이 떠난 뒤 신랑이 "어떤 분이지?" 하고 묻자 이쓰도 "모릅니다"라고 대답했다. 결국은 상대방의 턱없이 진지한 태도가 우스꽝스러워서 서로 웃음을 참느라 애써야 했다.

이 사람하고는 마음이 잘 맞는 것 같다, 라고 이쓰는 생각했다. 혼례를 올리기 전에는 사위가 아니라 아버지의 제자로 대접하고 있었으므로 당연히 침실을 따로 썼고 단 둘이 대화할 기회도 없었다.

이쓰가 고개를 숙이고 웃음을 참느라 애쓰면 신랑이 스스럼없이 손가락으로 궁둥이를 쿡 찔렀다. 신랑이 웃음을 터뜨릴 것 같다 싶을 때는 이쓰도 똑같이 응수했다.

그런 때 초대하지 않은 손님이 눈앞에 나타났다.

연회도 마침내 종반으로 접어든 이틀째의 황혼 무렵이었다. 활짝 열린 뒤쪽 복도 너머로 승전의 열기로 들끓는 도쿄의 불빛이 가물가물 반짝거리기 시작할 때였다.

낯선 얼굴과 긴 인사를 나누고 나자 그 하객 뒤에서 갑자기 분명히 기억에 남아 있는 작은 체구의 남자가 무릎을 쓱 드밀며 다가앉았다.

"두 분의 결혼을 축하드립니다."

이쓰는 숨을 삼켰다. 문장이 박힌 하카마를 입고 머리도 앞가르마를 타서 금방 알아보지 못했지만 후루이치 일등병이 틀림없었다.

대형 객실의 소란한 목소리들이 멀어지며 조명도 신전 등불만 남기고 전부 꺼진 듯한 기분이었다.

"고맙습니다. 먼 길 왕림해주시니 뭐라 감사를 드려야 할지 모르겠습니다. 부디 앞으로도 많은 지도편달을 부탁드립니다."

상투적인 인사말도 떨리고 말았다. 얼굴도 들지 못하고 상대방이 어서 사라져주기를 간절히 바랐다.

하지만 후루이치는 사라지기는커녕 하카마 입은 무릎을 미끄러뜨려 신랑 앞에 공손히 앉았다.

"두 분의 결혼을 축하드립니다."

그러자 신랑이 응답했다. 신부가 내내 고개를 숙이고 있자 매우 중요한 하객일 거라고 짐작했는지 신랑의 말투가 극진했다.

신랑이 보고 있다. 듣고 있다. 망자의 혼은 아니라는 것을 알고 가슴을 쓸어내렸지만, 그것은 또 그것대로 정체 모를 공포를 주는 것이었다.

후루이치는 하객들과 어울리려고 하지 않고 취객들 사이에서 어느새 사라지고 말았다.

"어떤 분이지?" 하고 신랑이 물었다. 전말을 사실대로 말할 수 없어서 "전에 주방에서 일하던 조리사예요"라고만 대답했다. 반드시 거짓말이라고는 할 수 없는 대답이었다.

이쓰는 구구하게 말하기보다 이렇게만 물었다.

"보았나요?"

응? 하고 신랑이 당황했지만, 이내 위트라고 생각했는지 웃으며 대답했다.

"당연히 보았지. 보이지 않는 사람과 어떻게 인사를 나눴겠어."

혹시 신랑이 몇 개월간의 엄격한 수행으로 눈에 안 보이는 것을 볼 수 있는 신통력을 얻은 것은 아닐까, 하고 이쓰는 의심했던 것이다.

슈겐도와 인연이 깊은 미타케산의 신주는 폭포를 맞고 산봉우리를 뛰어다니고 바위굴에 들어가 곡기를 끊고 나무열매만으로 버티는 수행을 쌓아야 한다. 하물며 스승은 신통력이 있는 아버지다.

두 사람은 하얀 장속 차림으로 동트기 전에 저택을 나섰다가 해질녘에야 지칠 대로 지쳐서 돌아왔다. 어떤 때는 며칠간이나 돌아오지 않아 식솔들 가슴을 졸이기도 했다.

이쓰는 슬퍼졌다. 아버지와 자신이 종종 함께 헤매던 신비의 세계를 남편과 함께 헤매고 싶지는 않았다.

간절한 심정으로 아버지를 찾았지만, 접객에 지쳤는지 모습이 보이지 않았다.

"아버지, 잠깐 드릴 말씀이——."

이틀에 걸친 연회가 끝나고 가족이 늦은 저녁을 먹고 난 뒤 이쓰는 적당한 틈을 잡아 아버지에게 말했다. 오늘 있었던 그 일을 확실히 해두기 전에는 혼방에 들 수 없을 것 같았다.

신전에서 아버지와 마주앉았다. 이쓰가 기탄없이 물었다.

"너는 왜 그 사람이 죽었다고 믿고 있느냐."

딸의 말을 다 듣고 나서 아버지가 팔짱을 끼며 말했다.

"탈영병은 총살에 처하게 되어 있으니까요. 아니, 체포되기 전에 그날 밤에 눈 속에서 얼어 죽은 게 틀림없어요."

그리고 이쓰는 남편 눈에도 후루이치 모습이 보였다고 원망스러운 투로 말했다. 남편이 신통력 같은 것을 갖게 되기를 바라지 않으며, 가문에 전래되는 진혼술이니 퇴마술이니 하는 것은 아버지 대에서 끊기기를 바랐다.

"안됐지만 그 아이에게는 그런 능력이 없다. 신통력은 타고나는 것이지 수행을 쌓는다고 생기는 것이 아니야."

"그럼 왜 그 고된 수행을 시킨 거죠?"

"산에 익숙해지고 초목에 친근해지고 심신 단련이 되도록 했지."

무슨 말을 망설이고 있는 걸까. 이쓰의 탐색을 차단하듯이 아버지는 마음을 굳게 닫고 있었다.

"후루이치 씨는 건강하게 찾아왔다. 전장에서 큰 고난을 겪었다고 하는데, 명예로운 부상을 입고도 회복해서 혼례에 달려와

주지 않았느냐. 이상할 게 뭐가 있어."

이쓰는 그야말로 마귀라도 떨어져나간 듯 속박에서 풀려난 기분이었다. 그렇게 생각하면 물론 이상할 것은 아무것도 없었다.

"군대는 제대한 걸까요?"

앞가르마를 탄 단정한 머리는 군인이 아니라는 뜻이다.

"만기제대를 했다는데, 전장에서 오른팔을 다쳐 식칼은 잡을 수 없다고 하더라."

"그렇다면 여기서 고용해주세요. 식칼은 잡지 못해도 다른 일거리가 얼마든지 있잖아요."

"아니다." 아버지는 이유도 말하지 않고 거절했다. 마음이 한층 견고해진 인상이었다.

"왜죠? 나라를 위해 싸우다 그렇게 되었는데 최대한 보살펴주는 것이 신령님 뜻에 합당한 거 아닌가요?"

"아니다."

"까닭을 말씀해주세요."

이쓰는 다그쳤다. 군대가 뜻밖에 관용을 베풀었는지 하가 소위가 힘을 썼는지는 알 수 없었다. 아무튼 후루이치 일등병은 징벌을 받지 않고 전장으로 나가 오명을 씻을 만한 활약을 하다가 부상을 당한 것이다.

"됐다."

"저는 이해할 수가 없어요. 아버지를 잘못 봤나 봐요."

아버지는 뚜껑을 닫아버린 마음을 아주 조금 열고서 무서운 말을 했다.

"부정을 탄 사람이다. 산에서 지내게 할 수는 없어."

그날 밤 이쓰는 남편과 손을 잡고 잤다. 아내가 깊이 우울해하는 모습을 아직 신방에 들 마음의 준비가 안 되었기 때문이라고 생각했는지 남편은 결코 억지로 요구하지 않았다. 고마운 배려이긴 하지만, 남편이 사람 마음을 읽지 못하는 평범한 사람이라는 사실이 이쓰는 기뻤다.

후루이치 일등병은 부정 탄 사람이라고 아버지는 말했다. 전장의 화약연기에 범벅이 되어 부정을 탔다는 의미일까? 아니면 치열한 전선에서 러시아 병사를 죽였기 때문일까?

하지만 그것도 천황폐하의 명령에 따른 것이니 신령님을 받드는 아버지가 그를 부정 탄 사람이라고 단정할 이유는 되지 못한다.

그렇다면 대체 어떻게 부정을 탔다는 것일까, 하고 생각하니 무서워 견딜 수 없었다.

아버지와 이쓰는 목소리 없이도 마음으로 통할 수 있지만, 아버지는 이미 마음에 벽을 세워두고 있었다.

신부의 두려움을 느꼈는지 신랑이 비몽사몽간에 팔베개를 내주고 어깨를 가만히 안아주었다.

이튿날 아침 일찍, 후루이치가 다시 저택을 찾아왔다.

간밤에 다른 숙소에서 자고 지금 산을 내려갈 참인데, 여러분께 인사를 못해서 내려가는 길에 잠깐 들렀다고 했다.

　보퉁이를 묶어 놓은 박쥐우산이 시키다이에 세워져 있었다. 후루이치는 정장 하카마에는 어울리지 않는 사냥모를 왼손에 벗어 들고 허리를 절도 있게 굽혀서 군대의 기합이 느껴지는 인사를 했다. 어제는 너무 놀라 알아채지 못했지만 과연 그의 오른팔은 힘없이 오그라들어 있었다.

　하지만 이제는 무섭지 않았다. 후루이치가 망령이 아님은 분명했고, 부정을 타기는커녕 부상을 당하고도 살아서 돌아온 강인한 운과 용사의 영광이 그 작은 체구를 눈부시게 드러내주는 것 같았다.

　아버지도 어머니도 후루이치를 집 안으로 들이려고 하지 않았다. 9월 중순인데도 서늘한 가을바람이 불고 성급한 단풍잎이 시키다이 여기저기 떨어져 있었다. 며칠 전까지만 해도 시끄럽게 울어대던 애매미나 쓰르라미는 모두 죽어버린 모양이다.

　이 사람은 의지할 데를 찾아서 왔다, 라고 이쓰는 생각했다. 오른팔을 잃었으니 식칼 쥐기는 고사하고 제대로 된 일자리를 찾기도 어렵다. 그래서 혼례를 축하하러 산에 들르는 김에 아버지의 온정에 의지하려고 했을 것이다.

　아마도 어제 후루이치는 소란한 연회석 어디선가 아버지에게 간절히 부탁하고 아버지는 거절했을 것이다. 이쓰가 똑같은 부탁을 했을 때 아버지는 차마 귀찮은 자라고 비난할 수는 없으므로 '부정 탄 사람'이라는 모호한 말로 거절했음이 분명하다.

이쓰는 분노를 느꼈다. 선생이라 불리며 존경받는 아버지이지만 결국은 평범하고 속된 박정한 사람이라고 생각했다. 지푸라기라도 잡는 심정으로 다시 찾아온 후루이치의 속내를 뻔히 알면서도 한없이 더러운 것이라도 대하는 것처럼 현관에서 돌려세우려고 하다니.

아버지와 후루이치는 시키다이 위와 아래에 서서 마치 오기를 겨루듯 이야기를 나누었다.

"그런데 자네는 운이 정말 강하군. 유일하게 혼자 살아남다니."

이쓰는 흠칫 놀라 아버지 뒤에 있는 어머니의 팔을 살짝 잡아당겼다.

"유일하게 혼자라니──,"

어머니가 소매를 걷어 올리고 귀엣말로 대답했다.

"부대원이 전부 전사했다는구나."

나도 모르게 얼굴을 감쌌다. 어머니가 '부대원 전부'라고 말했으니 하가 소위를 비롯한 포병대를 가리키는 게 틀림없었다.

묻지도 않았는데 후루이치는 계속 말했다.

"적의 착탄이 점점 가까워져서 포좌를 바꾸려고 하는 찰나였습니다. 야포 하나에 모래가 끼어 움직이지 않아서 모두 달려들어 야포를 밀고 끌고 하다가 직격탄을 맞았습니다. 게다가 진지에 유산탄이 산더미처럼 쌓여 있었기 때문에 도저히 살아날 수가 없었지요."

이야기를 계속하려던 후루이치가 문득 고개를 숙이고 말았다.

그리고 불편한 오른손을 문지르며, "운이 강했던 걸까요"라고 중얼거렸다.

이쓰는 견딜 수 없어서, "아버지" 하고 채근했다. 이렇게 눈물까지 쏟게 해놓고 인정을 베풀려 하지 않는 아버지를 힐난하려고 했다.

"그만해!"

아버지가 돌아보지도 않고 이쓰를 꾸짖었다. 한 대 얻어맞은 것처럼 허리를 곧게 폈지만 이쓰는 주눅 들지 않고 대꾸했다.

"하가 소위님은 후루이치 씨를 저버리지 않았는데 아버지는 모른 척하실 건가요? 그게 신령님의 뜻이라고 생각하세요?"

어느 새 다가왔는지 남편이 허리를 숙이고 이쓰의 소매를 잡아당기며 "이봐, 이제 그만해" 하고 작은 소리로 꾸짖었다.

아버지는 그제야 시키다이에 반듯하게 앉아 품에서 회지_{접어서 품에 지니는 종이로, 과자를 나누거나 술잔을 닦을 때, 혹은 시를 쓸 때 쓴다}에 싼 전별금을 꺼내 후루이치에게 내밀었다.

"받아주게."

차가운 목소리였다. 마치 어제 후루이치가 지참한 축의금을 그대로 내치는 듯했다. 그래서 이쓰는 조금 전의 '그만해'라는 매서운 질책이 자신이 아니라 후루이치에게 한 말임을 알았다. 아버지 모습이 심상치 않았다.

"다른 뜻은 없었습니다만."

"아니, 나도 다른 뜻은 없네. 말을 번복하는 것 같아서 심란하

네만, 우리 집안에 그만한 사정이 있네."

전별금을 쥔 채 후루이치는 고개를 숙이고 말았다.

"딸이 납득하지 못하는 것 같으니 잠시 딸과 이야기를 해주기 바라네."

내뱉듯이 그렇게 말하고 아버지는 어머니를 데리고 현관에서 물러나고 말았다. 이쓰는 아버지의 진의를 알 수 없었다.

아버지가 자리를 뜬 시키다이로 나가고 싶지 않아 이쓰는 여러 칸 떨어진 마루턱에서 가련한 후루이치를 바라보았다.

"아버님에게 그렇게 말대꾸하면 안 되지."

남편이 이쓰의 등을 쓸어주며 다일렀다. 그 당연하고도 평범한 자상함을 접한 순간, 이쓰는 알아차렸다.

아버지가 말한 '부정'이 무엇인지. 그러자 후루이치의 몸을 덮고 있던 강한 운과 영광이 금세 젖은 가죽옷이라도 입힌 것처럼 꺼멓게 흐려졌다.

"포병대 전원이 언제 어디서 전사한 건가요?"

그만하지 그래, 하고 남편이 말렸다. 생각하고 싶지 않은 일일 텐데, 라면서.

후루이치는 얼굴을 일그러뜨리며 대답했다.

"작년 12월 27일입니다. 어떻게든 연내에 203고지를 함락하라고 해서 포병대가 이령산 바로 밑에까지 진격했습니다."

1만 5천 4백 명의 일본 병사들이 벌레처럼 죽임을 당한 뒤에야 러시아군이 마침내 백기를 내건 날짜가 1월 1일이었다.

이쓰는 눈을 감았다. 세밑의 눈 내리는 마당에 지칠 대로 지쳐서 정렬해 있던 병사들 모습이 떠올랐다.

"엄청난 눈보라가 몰아치고 있었지만 그래도 보병은 돌격하니까 대포를 연속으로 발포해야 해서——,"

후루이치 일등병은 탈영한 것도 아니고 훈련 중 낙오한 것도 아니었다. 아니, 근위포병대는 그때 이미 눈보라 치는 전장에서 전멸해 있었던 것이다.

"저는 체력이 딸려서 포좌를 바꿀 때는 소대장 명령으로 탄약을 나르고 있었습니다. 운이 강했던 것이 아닙니다. 부대원 움직임에 방해만 된다고 해서 저는 탄약상자를 안고 진지 밖에 나가 있었던 겁니다. 쓸 만한 부대원은 모두 죽고 별 보탬도 안 되는 한 놈만 살아남고 말았으니——,"

후루이치는 사냥모로 얼굴을 가리고 엉엉 소리 내어 울었다.

차마 그날 밤 일은 말해줄 수 없었다. 이미 죽어버린 하가 소위와 30명의 포병 대원이 행방불명된 당신 하나를 찾고 있었다는 말은.

이를 부정이라고 말해도 좋은 걸까. 아마 아버지는 너무나도 명백한 불가사의에 두려움을 느끼고 말하지 마라, 관여하지 마라, 하고 이쓰를 타일렀을 것이다. 그렇다면 분명히 부정 탔다는 한 마디야말로 적절하다. 다시는 아버지에게 거역하지 않겠다고 이쓰는 다짐했다.

"자 이제 그만하세요."

남편이 누구에게랄 것도 없이 온화하게 두 사람을 타일렀다.

"신령님이."

그렇게 말한 순간 이쓰는 감사함에 눈물을 흘렸다. 야마토타케루님은 전쟁을 승리로 이끌어주셨을 뿐 아니라 이국의 흙이 된 병사들의 혼을 미타케산의 신사로 불러모아주셨다고 생각했기 때문이다.

"신령님이, 왜?"

"아뇨, 아무것도."

보이지 않는 것을 보고 들리지 않는 것을 듣는 아버지나 나보다는 마음씨 따뜻한 이 사람이야말로 신직에 어울린다. 필시 남편은 신령님의 신뢰를 얻었을 거라고 생각했다.

문득 고개를 드니 바람에 날려 흩어지는 붉은 단풍잎 속으로 비칠거리며 사라져가는 후루이치의 뒷모습이 보였다.

이끼 덮인 노송피지붕을 얹은 뒷문을 통과할 때는 사냥모를 벗지 않고 고개만 살짝 숙이는, 결코 203고지의 생존자로는 보이지 않는 한가로운 절을 했다.

*

이제 와서 미군 병사를 미워하는 것은 아니야, 라고 외숙은 이야기를 마무리 지었다.

"구경거리로 알고 기념사진을 찍어대는 것은 안 된다는 거지."

"신사로 오해했을 거예요, 아마."

어느 샌가 제등은 꺼지고, 별빛이 섬돌 너머에 저택의 처마 선을 고스란히 그림자로 보여주었다.

"신령님은 신사 안에 계신 것이 아니야. 미타케산은 신령님의 산이니까 어디에나 계시지."

"여기에도?"

"그럼. 그러니까 신령님의 산에서 시시덕거리거나 재미 삼아 사진을 찍으면 안 되는 거야."

조부모는 자식을 여덟 명 두었다. 하지만 그 자식의 수는 묻는 사람에 따라서는 열한 명이 되기도 하고 열세 명이 되기도 하므로 무탈하게 자란 자식이 여덟 명이라는 의미일 것이다. 외숙과 우리 어머니는 열일곱 살이나 차이가 난다.

너희 할머니는 자식을 너무 많이 낳아 수명이 준 거야, 하고 어머니는 입버릇처럼 말했다. 그 말은 두 아들도 만족스럽게 먹이지 못하는 당신을 부끄러워하는 것 같기도 하고 어린 자식을 두고 타계한 자기 어머니를 원망하는 말처럼 들리기도 했다.

저택이 병사들의 숙영에 쓰였다는 이야기는 어머니에게 들은 적이 없다. 처참하게 패하고 군대도 사라져 버렸으니 그런 이야기는 금기였던 것일까. 그렇게 생각하면 미군에 대한 외숙의 감정도 납득이 된다. 적어도 신의 산이기 때문이라는 설명보다는 말이다.

우리는 둥근 밤하늘에 넘쳐나는 별을 우러러보았다. 그 병사들은 별이 되었을까 하고 생각하는데 외숙이 곁에서 내 생각에 답해주었다.

"특별히 병사가 아니라도 누구나 죽으면 신이 된다."

어머니를 괴롭히는 사람들 면면이 떠올라, 그것은 불공평한 이야기라고 나는 생각했다.

별이 쏟아지는 마당은 한층 창백해져서 눈 덮인 풍경을 방불케 했다.

"얼마나 추웠을까."

병사들은 군화도 벗지 않고 문간방과 창고의 토방에서 잠을 잤다고 외숙은 말했었다. 전쟁은 감히 내가 상상할 수 없는 것이지만 적어도 산꼭대기의 추위라면 알고 있다. 목욕을 마치고 마당에 나와 젖은 수건을 휘휘 휘두르면 금세 막대기처럼 딱딱해진다.

잠시 상념에 빠져 있다 싶더니 외숙이 불쑥 중얼거렸다.

"북지는 더 추웠어."

"203고지는요?"

"글쎄다. 아마, 더, 한참 더 추웠을 거야."

가을벌레들이 모여들기 시작한 마당에 앉아서 외숙과 나는 멍하니 밤하늘을 올려다보았다.

5 장

천구의 신부

연회가 한창일 때 갑자기 저택의 등이란 등이 전부 꺼져버렸다.

놀라는 소리가 잠깐 터지고, 어둠에 삼켜진 사람들은 한동안 아무 말 없이 꼼짝 않고 있었다.

일반 객실이었다면 기둥에서 기둥으로 더듬어 나가 누군가를 부를 수도 있겠지만, 50평이 넘는 대형 객실에서는 가만히 있는 수밖에 없었다. 게다가 성대한 연회였던지라 어린 나의 무릎 앞에도 호사스러운 둘째 상 셋째 상까지 놓여 있었다 관혼상제 연회에서 일정한 격식을 갖추며 즐기는 '혼젠요리'에서는 연회의 규모에 따라 1즙 3채, 2즙 5채, 3즙 7채 등 다양한 상차림을 첫째 상부터 다섯째 상까지, 더 큰 연회일 경우는 일곱째 상까지 제공한다.

산이 흔들리는 소리가 귀로 날아들었다. 천년의 숲에 빽빽하게 서 있는 삼나무나 노송나무들이 서로 가지를 부대끼고 줄기가 휘청거리는 소리였다. 도시에서 자란 내가 늘 듣던 소음과는 완전히 다른 천연의 소요였다.

괜찮은 거지? 내가 어머니의 팔에 매달리며 물었다.

"무서워할 거 없어. 미타케산 신령님이 천구 따위한테 밀리겠니."

영산의 신관 가문에서 나고 자란 어머니는 어딘지 초탈한 구석이 있어서, 내 질문에 대한 대답에도 늘 설화적인 기운을 풍겼다.

그제야 사람들이 입을 열기 시작했다.

──이 태풍은 영 심상치 않은걸.

──하필 이런 산 위에 와 있을 때 만나다니.

──피난하려 해도 어디 피할 데도 없고.

그런 불온한 대화가 귀에 들어오자 나는 혼란에 빠졌다. 이 암흑 속에서 바람에 날아가 버리거나 산사태에 깔리거나 해서 영문도 모르고 죽는 건 아닐까.

정확한 일기예보가 없던 시절이다. 태풍이 올 것 같다는 말이 들리면 거반 재미삼아 빈지문에 못을 박거나 유리창에 널을 대두곤 했지만, 다행히 그렇게 준비한 보람이 있을 만큼 거센 태풍을 만난 적은 없었다.

어둠 저쪽 상좌 쪽에서 아버지 목소리가 들렸다.

"자, 자, 우리 여흥을 살려주려고 이렇게 바람도 불어주지 않습니까. 이 저택은 백 년 전부터 이 자리에 있었고 관동대지진 때도 끄떡 없었다고 하니까 걱정들 마세요."

늘 몽상적 성향이 있는 어머니와는 딴판으로 아버지는 한시도 금전적 타산을 잊은 적이 없는 현실주의자였다. 적어도 "신령님이 천구 따위한테 밀리겠니"라는 말보다는 아버지의 목소리가 나를 더 안심시켰다.

빛이 등장했다. 넓은 객실의 주방 쪽에서 다리가 긴 촛대를 든 여자들이 열을 지어 조심조심 들어온 것이다. 신이 계시는 이 산에서는 원래 사람들이 성급하게 움직이는 일이 없었다. 신관이나 무녀들이 제사를 치르는 모습이 그대로 사람들의 말투며 행동거지가 되었다.

나와 어머니 앞에 촛대를 놓아 준 사람은 소녀처럼 몸집이 작은 이모였다. 어머니의 바로 손위 언니인 이모는 가무로라는 신비한 이름을 갖고 있고, 언제 어디서 봐도 몸 건너편 경치가 비쳐 보였다.

고마워, 언니, 하고 어머니는 고개를 숙였다.

장유유서가 엄격한 집안에서 자란 어머니는 체력이 허약한 탓에 혼기를 놓친 언니를 각별히 배려했다. 내가 사촌들이 부르는 대로 "가무 짱"이라고 부르기라도 할라치면 "가무로 이모님이라고 해야지!"라고 꾸짖었다.

한자로는 '学文路'라고 쓰는데, 실은 여신의 존칭 '가무로미神漏美'에서 따온 이름이라고 했다.

촛대가 곳곳에 놓이자 산이 흔들리는 소리는 들리지도 않은 양 다시 연회가 시작되었다.

전장에서 가까스로 살아 돌아온 아버지는 신주쿠 암시장을 발판으로 빠르게 일어섰다.

자세한 내력은 모르지만, 젊은 시절 다치카와 미군부대에 출입했다고 하므로, 당시 돌아오는 길에 오쿠타마에 들렀다가 숙소 주인의 딸에게 반했을 것이다.

그 뒤로 종종 드나들다가 끝내는 도망쳐 살림을 차렸다. 장사 수완이 뛰어난 아버지는 곧 사업에 성공하여, 내가 철들 무렵에는 직원 수십 명을 거느린 사진기자재 도매상을 운영하고 있었다.

경제적 여유가 생긴 아버지는 종종 승용차나 영업용 차량을 끌고 미타케 신사에 참배하고 거액을 기부했다. 뿐만 아니라 몸소 발기인이 되어 신도회까지 결성했다.

남에게 고개 숙이기를 싫어하는 사람이었으므로 그렇게 거액을 안겨서 사랑의 도피행각을 수습하려고 했을 것이다. 여하튼 그 시절이 아니면 볼 수 없는 독불장군이었다.

그날도 아버지는 대형 태풍의 접근일랑 개의치 않고 오래전에 계획했던 대로 많은 신도회 사람들을 인솔하여 산에 올라왔다.

나에게는 그 전후의 기억이 없다. 그러나 5천 명 이상의 희생자를 낸 이세만 태풍이 상륙한 밤이었으므로 1959년, 즉 쇼와 34년 9월 26일이나 27일로 특정할 수는 있다. 그렇다면 나는 일곱 살, 어머니는 서른 살, 아버지는 서른네 살이었던 셈이다.

아버지는 간다 미토시로초의 노면전차가 다니는 도로변에 본사 건물을 올리고 신주쿠 미쓰코시 백화점 옆에 소매점포도 갖고 있었다. 암시장 상인이 불과 10년 정도 사이에 점포를 갖춘 도매상으로 올라선 것이다.

전후 부흥기의 수요가 가져다준 번영이었다고 하지만 군대모포 한 장 들고 복귀한 아비지로서는 스스로도 믿기지 않는 비약이었을 것이고, 혹시 이것도 미타케 신사가 보살펴준 덕분일까 생각했는지도 모른다.

그래서 참배를 시작했다고 보는 것이 합리적일 것 같다. 결혼을 맹렬하게 반대하던 조부가 타계하고, 자신과 마찬가지로 군대에서 복귀한 외숙이 당주가 된 일을 계기로, 자신을 가호해주었는지도 모르는 처가에 관계 회복의 손길을 내밀었다고 봐야 하지 않을까.

젊은 사장과 젊은 직원들은 접근하는 태풍 따위에 개의치 않고 그야말로 호랑이에 올라탄 기세로 미타케산을 등산했다. 어쩌면 태풍의 규모 따위는 애초에 몰랐던 것 같기도 하다.

산길에서 조난당했다는 소식을 들은 기억은 없으므로 케이블카는 운행되고 있었을 것이다. 아무튼 밤에 대형 객실에서 연회가 시작되었을 때는 천구의 소행인가 싶을 만큼 난폭한 폭풍우가 몰아치고 있었다.

어두컴컴한 연회 석상의 분위기가 한창 무르익을 무렵 가무로 이모가 다시 다가와 "바람이 너무 거칠어 목욕은 생략하기로 했습니다"라고 알렸다.

그때 줄무늬 명주옷을 입은 이모의 뒷모습에는 신비한 위엄이 서려 있어서 나란히 앉은 남자들은 농담 한 마디 못하고 마치 신령님의 영매가 된 무녀에게 신탁이라도 받은 양 "예" 하고 소리 모아 대답했다.

무녀 이야기가 나와서 말인데, 그 뒤 내가 중학교에 들어갔을 무렵, 무녀 옷을 입고 신사에 들어가는 이모를 본 일이 딱 한 번 있다.

무슨 제사 때였는데, 어린 무녀의 몸 상태가 나빠지는 바람에 달리 마땅한 여자애가 없었는지 '예전에 무녀 경험이 있지 않느냐'는 부탁으로 이모가 마지못해 대신 맡았다.

어린 무녀가 달거리라도 하는 걸까. 산에서는 이를 부정하게 여기므로 원래 무녀의 조건은 달거리가 시작되지 않은 소녀여야 한다는 것이었다.

태풍 불던 그날 밤으로부터 몇 년 후의 일이니 그때 이모의 나이가 적어도 마흔은 되었을 것이다. "나이도 먹을 만큼 먹었는데 볼썽사납다"며 이모는 거절했지만 제사가 당장 코앞이라 어쩔 수 없이 응했다.

혼기를 놓쳐버린 이모는 작은 몸을 더욱 작게 움츠리고 가업인 숙소 일에 열심이었다. 언제 적 옷인지 알 수 없는 수수한 명주옷을 입고 가끔 바쁠 때는 가스리붓으로 살짝 스친 것 같은 잔무늬가 있는 천 몸뻬를 입고 일할 때도 있었다.

목욕을 마치고 무녀 옷을 차려입고 신전에서 불제를 마친 이모가 앞쪽 복도로 나왔을 때, 나는 내 눈을 의심했다.

산꼭대기 마을의 무녀는 원래 소년들이 동경하는 대상이지만, 소문에 오르내리던 어린 무녀 따위와는 견줄 수도 없을 만큼 이모는 곱고 사랑스러웠다.

인형 같은 얼굴에 연지를 바르고 눈썹을 그렸을 뿐인데도 그야말로 태곳적 가무로미 님의 화신이라고밖에 생각할 수 없을 만큼 성스러웠다. 긴 흑발을 낙낙하게 늘어뜨리고 옷은 눈처럼 희고 하카마는 타는 듯이 붉었다.

"미안하지만 신사까지 손을 잡아주련?"

이모는 부끄러운 듯 눈을 찡그리며 말했다.

"안경은요?"

"사람들이 보고 있잖니."

근시가 심한 이모는 목욕탕에 들어갈 때도 안경을 썼다. 그 안경은 돋보기처럼 두꺼워 이모의 표정을 알 수 없게 만들 뿐 아니라 보기 드문 용모를 가리고 있었던 것이다.

무녀 옷차림에 안경을 쓰자니 부끄럽고, 맨눈으로 가자니 발밑도 제대로 보이지 않는다. 그래서 때마침 곁에 있는 조카에게 인도를 부탁했다.

나야말로 부끄러웠지만 솔직해지지 못하는 남자의 자존심 때문에 이모의 부탁을 거절할 수 없었다.

나는 이모의 손을 잡고 문간방을 지나 신사로 가는 삼나무 숲속의 언덕길을 올랐다. 이모는 상체를 숙이고 잘 보이지 않는 뭔가를 뜯어보는 것처럼 걸었다. 그리고 사람들이 지켜보는 참도로 나서자 한쪽 소매를 들어 얼굴을 가렸다. 도리이 앞에서는 말을 거는 사람도 있었지만 이모는 눈인사만 하고 지나갔다.

도리이를 지나면 폭이 넓은 돌계단이 수신문으로 이어진다. 신도회 단체 손님이 어김없이 단체사진을 찍는 장소였다. 이모는 그곳에서 이미 숨을 헐떡이고 있었다.

붉은 칠을 한 수신문 양켠에는 좌대신과 우대신의 신상이 버티고 서서 눈 아래로 펼쳐진 관동평야를 내려다보았다.

"잠깐 쉬자."

이모는 숨을 몰아쉬며 말하고 붉은색 벽에 등을 기댔다. 산꼭대기의 가람은 아직 멀다.

저택을 나선 이래 나는 신비한 착각에 사로잡혀 있었다. 이 사람이 이모가 아니라 몇 살 어린 사촌동생처럼 느껴졌다. 확실한 인원조차 알 수 없을 정도로 많은 종형제들은 가문의 순혈을 지키기 위해 종종 부부가 되었다.

수신문 붉은 벽에 몸을 기대고 서 있는 아름다운 무녀가 언젠가 나의 아내가 될 사람처럼 느껴졌다.

숨을 고르자 이모는 보이지 않는 나무들을 눈부시게 올려다보며 불쑥 말했다.

"여기서 천구님한테 잡혀갔었어."

무슨 말인지 언뜻 이해가 되지 않아 이모의 표정을 살폈다. 농담을 하는 사람이 아니었다.

"여섯 살 때 이 수신문 아래서."

이모의 목소리는 임종을 맞은 사람처럼 띄엄띄엄했다.

"신사에 숙직하는 아버지께 도시락을 가져다드리고 돌아오는데 언덕에 자욱하던 안개가 갑자기 사라지는 것 같더니 폭우가 쏟아지기 시작한 거야. 그래서 여기로 뛰어들어와 비를 긋고 있는데——,"

숲속에서 천구가 나타났다고 이모는 말했다. 슈겐도 수도승 차림을 한 천구는 구름 위로 솟을 것처럼 커다랬고, 천구가 주문을 외며 결인을 하는 순간 이모는 움쭉달싹도 못하게 되고 말았다.

"천구님 품에 안겨 하늘을 날았어. 천구님이 외는 반야심경에 마음이 편안하고 조금도 무섭지 않았단다."

어머니한테 들은 적도 있는 이야기지만, 너무 황당무계하여 마음에 담아두지 않았었다. 원래 어머니는 진실과 허구를 뒤섞어서 말하는 사람이었다.

어머니 이야기에 따르면 어린아이가 행방불명되었다고 하자 산꼭대기 마을에 큰 소동이 벌어지고 모두 나서서 찾아 돌아다녔지만 발자국도 찾을 수 없었다. 다만 붉은 코끈의 나막신 한 짝이 수신문 뒤에 떨어져 있을 뿐이었다. 혹시 가미가쿠시_{사람이 홀연히 사라지는 행방불명. 옛날 사람들은 '신=가미'이 '숨긴=가쿠시' 것으로 받아들였다}라면 돌려달라고 신령님께 비는 수밖에 없지 않겠느냐며 신관들이 상의하고 있는데 사흘째 되는 날 밤 이모가 마치 학교에서 조금 늦게 귀가하기라도 하듯 천연덕스럽게 홀쩍 돌아왔던 것이다.

"정말 아무것도 기억하지 못해요?"

어머니에게 들은 이야기를 떠올리며 나는 새삼 이모에게 물었다.

"정신을 차리고 보니 여기 서 있었어. 그냥 머릿속이 멍한 것이 꿈이라도 꾼 건가, 했을 뿐이야."

저택으로 돌아온 이모는 사흘간 어디서 뭘 했는지 의아할 만큼 옷이 말끔해서 최소한 산속을 헤매고 다니지는 않았음이 분명했다. 그렇다고 누군가 보살펴주었다고 보기도 어려웠다. 산꼭대기에는 신관 저택이 서른 몇 채 있고 토산물가게나 일꾼들의 집을 다 합쳐도 겨우 쉰 채가 될까 말까 하므로 마을에서 벌어진 큰 소동을 모를 리 없었다.

유일한 단서로 보이는 것은 이모가 신고 있던 나막신이었다. 이모는 수신문에 떨어져 있던 나막신이 아니라 하얀 코끈을 꿴 성인용 새 오동나무 나막신을 신고 돌아왔던 것이다. 조부모가 그 나막신을 들고 여기저기 돌아다니며 물어봐도 짚이는 사람이 없었다.

그렇다면 역시 본인 말대로 천구의 짓이라고 생각하는 수밖에 없었다. 조부는 신사에 올라가 나막신을 태우고 딸을 돌려준 데 감사하며 사태를 마무리 지었다.

어머니에게 들은 이야기는 그런 내용이었다.

"이런 데서 딴전을 피우고 있으면 안 되겠지."

이모는 수신문 밑에서 내 손을 더듬어 잡고 다시 걷기 시작했다.

무녀의 도착을 기다리다 못해 벌써 제사가 시작되었는지 멀리 돌계단을 가린 안개 너머에서 숨죽인 듯한 북소리가 들려왔다.

내 손을 잡은 이모 손의 감촉은 조금 작긴 하지만 어머니 손을 꼭 닮았다.

한편 태풍의 밤은 촛대와 회중전등의 불빛 속에서 깊어만 갔다.

비바람은 점점 거세어져서 장작불을 지펴 목욕물을 데우는 것은 언감생심이었다. 연회는 일찌감치 파장이 나서 저마다 객실로 물러갔다.

대형 객실에서 나와 보니 객실을 빙 두르는 복도의 빈지문들이 바람에 휘청거리고 있었다. 날아오는 나뭇가지나 돌멩이가 부딪혀 저택은 마치 침략군에 포위라도 당한 것 같았다.

큰 계단을 올라가면 폭이 반 칸인 2층 복도가 있고, 장지와 맹장지로 구획된 객실들이 복도 양쪽에 나란히 있다. 원래는 신도회 단체 참배객을 위한 숙소이므로 따로 벽이 없고 맹장지나 장지를 떼면 2층에도 또 하나의 대형 객실이 생긴다.

등산객이나 관광객 손님이 늘자 전망이 좋은 동쪽으로 건물을 증축하고 별채라 부르게 된 것은 그 즈음이었다. 그 결과 이제는 특별히 신도회를 위한 숙소도 아니게 되었으므로 민박 간판을 내걸었는데, 다마 지방에서 최고 건평을 자랑한다는 거대한 저택은 아무래도 민박이란 이름에 어울리지 않았다.

그날 밤 어머니와 나는 오래된 본채 객실을 쓰고 아버지는 별채 끝에 있는 테라스가 딸린 방에서 잤다.

편협한 구석이 있던 아버지는 집에서나 밖에서나 가족과 방을 같이 쓰는 일이 없었다.

어두운 복도에서 아버지와 헤어질 때 나는 방한용 잠옷의 소매를 잡아당기며 "같이 자요"라고 말했다. 밤중에 닥친 태풍도 두려웠지만 동쪽으로 낸 별채가 위험해 보였기 때문이다. 테라스 밑은 가파른 벼랑이어서 저택의 지붕이 발아래로 내려다보였다. 신관의 저택은 대체로 비탈진 참도와 접해 있으므로 옆집하고는 돌담이나 벼랑을 사이에 두고 그 위쪽이나 아래쪽에 이웃해 있게 마련이다.

나와 어머니는 회중전등을 베개맡에 두고 한 이불에 들어갔다.

맹장지 너머에서 들리는 젊은이들의 수런거리는 목소리는 산이 으르렁거리는 소리에 밀려 띄엄띄엄 들리다가 마침내 죽은 듯이 끊기고 말았다.

서풍은 마침내 격렬해졌다. 미타케산의 거목을 아낌없이 재목으로 쓴 저택은 과연 미동도 하지 않았지만 정교하게 짜 맞춘 들보나 기둥이 삐거덕거리는 소리가 쉴 새 없이 들렸다. 나는 어머니에게 옛날이야기를 해달라고 졸랐다.

"태풍은 천구님의 장난이란다. 커다란 부채로 이렇게 부채질을 해서 태풍을 불게 하는 거지."

그리고 어머니는 미타케산에 전해 내려오는 천구 이야기를 시작했다. 평온한 꿈으로 이끌어주는 옛날이야기를 어머니 입에서 들은 적은 없었다. 대개는 괴담이나 슬픈 이야기, 혹은 전시에 겪은 가혹한 기억이었다. 당신의 체험인 경우는 마음껏 꾸며서 말하고, 전해들은 이야기라면 자기 체험으로 바꾸었다. 실은 바로 그래서 어머니의 잠자리 옛날이야기는 재미있었던 것이다.

어쩌면 천구에게 끌려간 이모 이야기를 들은 게 그날 밤이었는지도 모른다.

태풍은 미친 듯이 사나왔다.

가만히 어둠을 응시하고 있자니 바람에 희롱당하는 배 바닥에서 운을 하늘에 맡기고 누워 있는 기분이 들었다.

허공은 내내 울부짖고 숲은 후들후들 떨고 종종 거목이 쓰러졌다고밖에 생각할 수 없는 땅울림이 전해졌다. 빈지문에 뭔가 날아와 부딪히는 소리도 점차 커져서, 혹시 잠든 채 날아온 사람 몸은 아닐까 하는 망상을 하다 보니 눈이 말똥말똥해지고 말았다.

어머니를 흔들어도 "괜찮아"라는 잠꼬대 같은 소리만 돌아왔다. 나는 마침내 가만히 누워 있는 것을 견딜 수 없어 이불 밖으로 기어 나왔다.

옆 객실의 장지를 열고 회중전등을 비춰보니 평소 잘 놀아주던 젊은 사람들은 모두 요란하게 코를 골며 자고 있었다. 목숨이 위태로운 이런 밤에 정신없이 자고 있는 어른들이 신기하기만 했고, 혹시 천구의 마술에 걸려 한 명도 남김없이 잠들어버린 걸까 하는 생각마저 들었다.

큰 계단 앞까지 기어갔다가 움찔하며 몸을 옹크렸다. 회중전등 불빛에 이모의 작은 등이 떠올라서였다. 이모는 큰 계단의 첫 번째 단에 앉아 혼난 아이처럼 울고 있었다.

회중전등을 끄고 어둠의 밑바닥에 희미하게 떠오른 희뿌연 잠옷의 등을 잠시 응시했다.

몸뿐만 아니라 마음도 온전히 자라지 못한 이모는 아이들과 놀다가도 사소한 말에 상처를 받고 울음을 터뜨릴 때가 있었다. 그럴 때 이모를 달래고 위로하는 일은 어김없이 내 몫이었다.

나는 이렇게 생각해 보았다.

수완 좋은 남자의 아내가 되고 자식도 얻고 수많은 젊은 직원들을 거느리고 금의환향한 동생을 이모는 부러워하는 게 아닐까. 질투 같은 비뚤어진 감정을 갖고 있지 않은 이모는 형제자매가 공평하게 행복하던 어린 시절 어깨를 나란히 하고 오자미 놀이를 하던 큰 계단 아래서 남몰래 한탄하는 수밖에 없는 것 아닐까.

얼마 전에는 도쿄의 우리 집을 찾아온 이모가 가족과 이야기하다가 갑자기 훌쩍훌쩍 울기 시작한 일이 있다. 나는 원인을 전혀 알지 못했지만 나중에 조부모가 아마 그런 이유가 아닐까 이야기했었다. 일곱 살인 내가 되바라진 억측을 할 리는 없으므로 아마 조부모한테 들은 대로 생각했을 것이다.

나는 달래거나 위로하려고 하지 않았다. 차마 말을 건네지도 못하고 그렇다고 잠자리로 돌아가기도 비겁한 것 같아서 태풍이 두려웠음에도 한참을 큰 계단 위에 웅크리고 있었다.

다시 회중전등을 켜자 이모가 돌아다보았다. 두꺼운 안경이 하얗게 빛났다.

눈이 나쁜 만큼 어둠에서는 감이 예민해지는지 이모는 바로 누구인지 알아차리고 손짓을 했다.

나는 계단을 내려가 이모에게 몸을 기댔다.

"무서워서 잠이 안 오지?"

이모는 그렇게 말하고 어깨를 안아주었다. 다정한 힘에 몸을 맡기니 마음과 몸을 옥죄던 오랏줄의 매듭이 문득 풀어지는 기분이 들었다.

"건전지 다 닳겠다."

이모는 내 손에 있는 회중전등을 껐다. 슬픔에 눈물짓는 모습을 들켜서 부끄러워하는 것 같았다. 주위는 다시 칠흑 같은 어둠으로 돌아갔지만 그만큼 이모의 얼굴과 잠옷의 하얀 색이 도드라져 큰 계단에 앉은 우리 주위만 희미하게 밝았다.

이모의 슬픔을 위로해야 한다고 생각했지만 적당한 말이 떠오를 리 없었다.

이모가 행복한 동생과 견주며 자신의 불우한 처지를 허무하게 느낀다는 것 정도는 알고 있었지만 어른의 영역에 들어설 만한 지혜는 없었다.

"그런 거 아니야."

이모는 내 마음을 읽었다.

"이담에 크면 천구님의 신부가 되겠다고 약속했는데, 그래서 겨우 이쪽으로 돌아올 수 있었는데, 그동안에는 흰 수염 할아버지가 신통력으로 나를 보호해 주셨지. 할아버지도 아버지도 돌아가셨으니 천구님이 나를 데리러 온 거야."

나는 몸서리치며 말했다.

"외삼촌이 지켜줄 테니까 괜찮아요."

나는 다시 잠옷 소매를 걷어 올리고 울기 시작하는 이모의 등을 쓸어주며 달랬다.

"오라버니한테 무엇을 바라겠니. 어차피 나는 군식구여서 천구님한테 시집가면 좋겠다고 생각하고 있을 텐데."

나와 마찬가지로 이모도 잠을 설친 것일까. 한숨도 못 잔 상태에서, 미친 듯이 날뛰는 태풍에 겁을 먹은 탓에 마음 깊은 곳에 숨어 있던 불안과 불만이 터져버린 걸까.

만약 그렇다면 부모보다, 친척 가운데 어느 누구보다 나와 닮은 기질이었는지도 모른다.

뭔가 크고 딱딱한 것이 앞쪽 복도의 빈지문에 부딪히는 소리에 우리는 몸을 웅크렸다. 천구가 하늘에서 마당으로 내려와 이모의 결심을 재촉하며 빈지문을 걷어찬 건 아닐까 하는 생각도 들었다.

이모가 일어섰다.

"나만 시집가면 돼. 그래서 모든 게 원만하게 수습된다면, 어쩔 수 없잖아."

어둠을 향해 걸어 나가려고 하는 이모에게 내가 매달렸다. 만약 빈지문을 열어버린다면 체구가 작은 이모는 바로 날아가 버릴 거라고 생각했다.

그때 묵직한 땅울림과 함께 저택이 흔들렸다. 멀리서 비명이 들리고 맹장지나 장지가 여기저기서 달캉거리며 열렸다. 이모는 복도에 주저앉아 "나 때문이야, 나 때문이야"라는 말을 울부짖듯이 반복했다.

회중전등 불빛들이 어지러이 엉키고 누군지 알 수도 없는 남자들이 복도를 달려서 지나갔다.

저택은 잠시 계속 흔들렸다. 천구가 재촉하는 것인지 뭔지는 모르지만 어딘가가 부서진 것은 분명했다. 축축한 바람이 복도 저쪽과 계단 위쪽에서 불어왔다.

큰 계단 옆에는 다실이라 부르는 응접용 객실이 있어서, 잠에서 깨어나 벌벌 떨면서 우는 여자들과 아이들이 그곳으로 모여들었다. 이모와 나도 장지를 열고 복도보다 바닥이 한 단 높은 다실로 들어갔다.

그 다실 구석에는 둘레가 어른의 한 아름이 넘을 만큼 굵은 중심기둥이 서 있었다. 다이쇼 12년 관동대지진 때는 증조부의 호령으로 모든 가족이 그 기둥에 모여들어 진동이 멈출 때까지 가만히 기다렸다고 한다.

대지진을 기억하는 누군가가 소리쳐 알렸는지 여자들은 마침내 한 명도 빠짐없이 중심기둥이 버티고 있는 다실로 모였다. 탁자 위에 촛대도 놓였다. 어딘지 창호지가 찢어진 문에서 들어오는 바람이 저택을 풍선처럼 부풀리는 것 같았고, 종국에는 터져버리지 않을까 싶어서 나는 전전긍긍했다.

별채는? 하고 묻는 목소리가 귀에 날아들었다.

"괜찮을까. 남편이 거기서 자고 있는데."

어머니가 불안스레 말했다. 그래서 나는 옆에 있던 이모가 어느 샌가 어머니로 바뀌어 있음을 알았다. 내내 잡고 있던 손도 어머니 손으로 바뀌어 있었다.

주위를 둘러봐도 촛불에 옹기종기 모인 얼굴들은 누가 누구인지 알 수가 없고 이불이나 모포를 뒤집어쓴 사람도 있어서 이모가 어디 있는지 알 수 없었다. 굳이 찾으려고 하다가는 봐서는 안 될 광경을 보고 말 듯한 기분이 들어서 나는 찾기를 그만두었다.

당시 저택에는 텔레비전 따위가 없었다. 하물며 정전까지 당하면 라디오 뉴스조차 들을 수 없었다.

사람들은 대형 태풍이 간사이에 상륙하여 평야지대에 심각한 수해가 발생하고 사망자도 다수 나왔다는 정도만 알고 있었다.

지역의 정보 전달과 통신을 담당하는 유선전화도 한밤중에는 끊기고 말았다. 그때부터 산꼭대기에 흩어져 있는 신관의 저택들은 태풍이 닥친 바다에 정박한 배처럼 저마다 고립된 채 애오라지 견디는 수밖에 없었다.

별채에 가봐야겠어요, 하며 일어서는 어머니를 사람들이 앞 다투어 말렸다. 산꼭대기에서는 신을 받드는 남자들의 권위가 절대적이어서 설사 생사가 달린 상황이라도 여자가 자기 뜻대로 움직여서는 안 되었다. 사람들은 어머니의 안전을 걱정한 게 아니라 윤리라는 견지에서 어머니를 뜯어말렸던 것이다.

그런 도덕에 비추어볼 때, 생판 모르는 사내와 눈이 맞아 혈족의 틀에서 도망친 어머니는 지금의 생활이 아무리 여유로워도 용서받기 힘든 여자였음에 틀림없다. 어머니는 금의환향했다고 생각하고 아버지는 거액의 기부로 죄를 지웠다고 생각했는지 모르지만, 실은 당주인 외숙이 관용적인 사람이었을 뿐이다.

태풍이 오던 날 밤의 다실은 금단의 행복을 차지한 어머니를 둘러싼 여러 여인들의 감정으로 충만해 있었던 것 같다. 그곳에는 좋아하는 남자와 맺어진 여자는 한 사람도 없었고 아이들은 모두 하늘에서 내려준 존재였다. 그때 피부로 느껴지던 어찌할 수 없는 분위기는 아마 태풍이 가져다준 불안 탓만은 아니었으리라.

이러저러는 사이에 앞쪽 복도 끝에서 어이, 어이, 하고 부르는 소리가 들렸다.

아버지의 목소리였다. 어찌된 일인지 아버지는 특정인을 지목해서 부르지 않고 가족에게도 "어이"니 "어어이"니 하고 불렀다. 그래서 어머니와 나는 그 목소리가 영 마뜩치 않았다.

나는 사람들을 헤치고 복도로 나갔다. 대형 객실의 하얀 장지가 아버지의 커다란 체구를 뚜렷하게 부각시키고 있었다. 아버지는 짐승처럼 혹은 전장을 헤매는 병사처럼 자신의 존재를 드러내며 누구에게랄 것도 없이 어어이, 어어이, 하고 불렀다.

긴 복도에서 그렇게 소리치며 왠지 차분하게 한 걸음 한 걸음 다가왔다.

그때 내 옆에서 와악, 하고 울음을 터뜨리며 엎드린 사람은 어머니가 아니었다. 또 어느샌가 어머니는 이모로 바뀌어 있었다. 내내 잡고 있던 손도 이모의 손으로 바뀌어 있었다.

이모는 아이처럼 울면서 말했다.

"용서해주세요. 당신의 아내가 될게요. 당신과 어디로든 갈게요."

아버지의 커다란 덩치를 저택에 바람구멍을 뚫고 마침내 쳐들어온 천구님으로 착각한 것인지 아니면 아무도 알 리 없는 사랑의 도피행각의 전말이 피를 나눈 언니의 마음에 불쑥 현현한 것인지 나로서는 알 길이 없다.

태풍은 거칠어지고 있었고 다실에는 울음을 그치지 않는 아이도 있어서 나만이 이모의 목소리를 제대로 들었는지도 모른다.

마침내 어둠의 밑바닥에서 떠오르는 듯이 나타난 아버지는 온몸이 흠뻑 젖고 이마에서 뺨으로 피가 흐르고 있었다.

"정신없이 자다가 깨어나 보니 벽이고 기둥이고 싹 날아가 버렸더군. 이야, 죽는 줄 알았네."

아버지는 엉거주춤 일어서는 사람들에게 전혀 주눅 든 기색도 없이 오히려 흥분한 모습으로, 제법 협기 부리는 투로 말했다.

그날 밤 여자아이들은 저마다 이불이나 모포를 감고 다실과 신전에 옹기종기 모여서 눈을 붙였다.

멀어져가는 태풍은 열이 떨어져가는 안식을 닮았다.

평소 빈지문 여는 소리에 잠에서 깨곤 했지만 그날은 어머니가 흔들어 깨울 때까지 깊이 잤다.

눈부시게 볕이 드는 앞쪽 복도에서 외숙과 아버지가 그날 해야 할 일을 준비하기 위해 상의하고 있었다. 일정대로라면 아버지가 인솔하는 일행은 신사에 올라가 기부 목록금품이나 물품을 직접 기부하는 것이 아니라 그 목록을 기록한 문서를 바친다을 바치고 정화를 받았을 것이다.

외숙이 "다른 날로 미룰까?" 하고 묻자 아버지는 "아뇨, 이런 꼴이 되었으니 신령님도 돈 쓰실 데가 많을 겁니다" 하고 말했다.

아버지의 이마에는 커다란 반창고가 붙어 있고 눈꺼풀까지 퉁퉁 부어 있었다. 그 탓에 인상이 한층 악랄해 보였다.

하늘이 넓어진 것 같았다. 문간방 지붕과 마당은 바람에 날아온 나뭇가지나 뿌리째 날아온 나무들로 가득했다.

나막신을 꿰신고 대문 앞으로 나간 나는 확 변해버린 풍경에 숨을 삼켰다.

위쪽으로 신사가 훤히 보였던 것이다. 그쪽은 어제까지만 해도 울창한 삼나무 숲에 가려져서 주의 깊게 살펴봐야 나무들 틈새로 가람의 붉은색이 보일까 말까 할 정도였다.

그러나 산꼭대기의 나무들이 하룻밤 새 사라져 벌거숭이가 된 가람이 지척에 보이게 되었다. 긴 돌계단도 온전히 드러나 있고 쓰러진 나무에 곳곳이 막혀 있었다.

외숙과 아버지가 이야기를 나누며 대문 밖으로 나갔다.

"하지만 저 모양이니."

"여자들을 남겨 두고 올라가면 힘 좋은 젊은 남자들이니까 괜찮을 겁니다."

"하긴 다른 날로 미루려 해도 회사 업무에 지장이 있을 테고."

"생각난 날이 길일이라는 말도 있잖습니까."

외숙은 하얀 예복에 옥색 하카마를 입고 아버지도 예복을 입은 것을 보면 두 사람 모두 이미 결심은 선 모양이었다. 하지만 이렇게 심각한 재난의 와중에 거금의 기부를 받는 것이니 비록 형식뿐일지라도 상대방을 배려하는 척하는 절차가 필요했으리라.

아버지는 삼십대 중반, 외숙은 띠동갑인 손위 처남이었다. 험난한 시절에 태어나 누구나 고생할 만큼 고생한 처지라지만 예전의 남자들은 어른이었다.

문득 생각이 나서 마당을 우회하여 별관을 보러 갔다. 사촌들이 뒷마당을 가로막고 자빠진 나무에 정어리 두름처럼 나란히 걸터앉아 2층을 올려다보고 있었다.

나도 한 마리 말린 정어리가 되었다. 아버지가 자던 별채 2층은 낫으로 후린 것처럼 기둥과 들보가 앙상하게 드러나 있었다.

"다른 집 지붕이 통째로 날아왔어."

손위 종형제가 직접 본 것처럼 말했다.

"봐, 저 지붕이야."

발밑을 살피며 조심조심 벼랑 아래를 내려다보니 정말 저택 문 앞에 빨간 함석지붕이 마치 집 한 채가 진창에 가라앉기라도 한 것처럼 놓여 있었다.

그제야 나는 넓어 보였던 하늘이 착시가 아님을 알아차렸다. 신사와 마찬가지로 많은 나무들이 쓰러져 푸른 하늘이 크게 뚫린 것이다. 주위가 눈부신 햇빛으로 가득한 것도 실은 그 탓이었다.

거목이 쓰러질 정도였으니 어느 집 지붕이 통째로 날아왔다고 해도 이상할 게 없었다.

올려다보니 아버지가 자던 객실은 천장이 고스란히 노출되고 동쪽에 있던 도코노마와 창문 역시 흔적도 없이 사라지고 없다.

잠자는 동안 그런 사태가 일어났는데도 용케 가벼운 부상으로 넘겼구나 하고 생각했다. 벽이나 도코노마와 함께 어디로 날아가 버렸다고 해도 이상하지 않았다.

나는 그런 상황의 아버지를 상상해보려고 했지만 아무래도 그려지지가 않았다. 이불을 둘둘 감고 꼼짝도 않고 있었을까? 아니면 재빨리 기둥을 붙들거나 방에서 도망쳤을까? 하지만 그 어떤 모습도 아버지한테는 어울리지 않았다.

딱 한 가지, 엉뚱하지만 아버지에게 어울리는 장면을 상상했다.

아버지는 태풍을 빌미로 별관 객실을 마구 때려 부순 것은 아닐까. 시대가 어떻게 바뀌든 아랑곳없이 계속 존재해온 가문을 저주하며, 아무리 어깨를 나란히 하려고 해도 졸부 녀석이라고 경멸하는 오만함에 넌더리가 나서 외숙이 자랑하는 특등실을 파괴해버린 건 아닐까.

어두운 복도를 걸어오며, 어이, 어이, 하고 부르던 아버지 모습은, 그러고 보니 재난을 당했다기보다는 오히려 할 일 하나를 끝냈다는 후련함을 풍기고 있었던 듯도 했다.

어두운 망상을 떨쳐내고 처참한 별관에서 시선을 거두니 드넓게 펼쳐진 관동평야 너머로 물러가는 태풍의 뒷모습이 한 줄기 구름이 되어 있었다.

어제까지 그 경치를 세로로 구획하던 나무들은 깨끗하게 사라지고 없었다. 미타케산은 태풍의 길목이었던 것이다.

"너희 아버지는 덩치가 커서 날아가지 않은 거야. 다행이지."

종형제들은 쓰러진 나무에 걸터앉아 저마다 그런 소리를 떠들어댔다. 나의 내면에 있는 왜소한 아버지가 능욕을 당하는 기분이 들어 불쾌했다.

나는 항변할 말을 떠올리지 못하고 엉뚱한 생각을 했다.

혹시 아버지는 천구님이 아닐까. 신령님의 이름을 가진 이모만이 그 비밀을 알고 있는 것은 아닐까, 하고.

내 기억은 거기서 단절되고 만다.

아마 아버지와 젊은 사원들은 망가진 돌계단을 오르고 쓰러진 나무 밑을 기어서 통과하여 신사에 들어가 예정대로 의식을 마쳤을 것이다.

그날로 하산했는지, 케이블카는 운행되고 있었는지를 비롯하여 태풍이 불던 밤 전후의 기억은 사라지고 없다.

특히 신기한 점은 평소 전혀 존재감이 없던 가무로 이모가 그날 밤만은 내 기억의 주인공이었다는 사실이다. 태풍이 지나가자 이모는 즉시 본래대로 있으나 없으나 표가 안 나는 인물로 돌아가 기억의 화면에서 자취를 감추고 말았다.

여하튼 나중에 이세만 태풍이라 명명된 재난에 대한 나의 체험은 이러하다. 자연재해든 질병이나 사고든 전쟁이든 비극적인 일에는 타자가 엿볼 수 없는 저마다의 업이 숨어 있음을 나는 그때 깨달았는지 모른다.

그 일로부터 얼마 지나지 않아서, 아마 잘해야 2년이 채 지나기 전에 우리 집은 허망하게 붕괴했다. 아버지의 사업이 망해서 부부가 이별하고 가족이 뿔뿔이 흩어지고 말았다.

이혼이나 생이별이라면 어느 시대나 드문 이야기가 아니지만,

한 가족이 어느 날 갑자기 폭파라도 되듯 흔적도 없이 뿔뿔이 흩어져버린 사례를 나는 달리 알지 못한다.

그 일은 정말이지 수수께끼투성이여서, 내 머릿속에서는 여전히 저 이세만 태풍이 불던 밤과 가족 이산의 비극이 분리될 수 없는 연속성으로 머물러 있다.

아버지는 그 뒤 사업을 다시 일으키고 새로운 가정을 꾸려 평온하게 살았다. 1년에 한두 번씩 인연이 완전히 끊기지 않을 만큼만 아버지의 근황을 보러 찾아가는 나를, 아버지는 마치 전생에서나 만난 인연처럼 박정하게 대했다.

용돈을 쥐어준 것도 아비의 마음에서가 아니라 이제 그만 돌아가라는 무언의 신호였다. 새전함에 동전 던져 넣듯 툭 던져주었다. 그럴 때마다 나는 이런 심보로 신사에 기부를 하니까 벌을 받은 거다, 하고 생각했다.

나는 나이를 더해갈수록 아버지와 멀어졌다. 나도 처자식을 부양하게 되면 아버지의 마음을 얼마간 이해할 수 있겠지, 하고 생각했지만 점점 더 알 수 없게 되었기 때문이다.

나의 내면에는 태풍 다음날 아침에 품었던 아버지에 대한 의심이 내내 남아 있었다.

태풍을 빌미로 미타케산의 저택을 파괴한 것은 아버지가 아니었을까.

아니, 아버지는 애초에 인간이 아니라 하늘에 올라가지도 못하고 지옥에도 떨어지지 못하고 인간계를 날아다니며 사람들을 미혹하는 증상만增上慢 깨닫지도 못하고 이미 깨달은 것처럼 교만하게 우쭐거리는 마음에 빠진 천구님은 아닐까.

부자간의 애정은 물론이고 인간미가 요만큼도 느껴지지 않던 아버지는 일흔 살까지 살다가 소식도 없이 죽었다.

유해는 아무래도 아버지의 육신이라기보다는 인간이 아닌 뭔가의 허물 같았고, 밟으면 산산이 부서져버릴 만큼 바싹 말라서 관 속에 버려진 듯 느껴졌다.

미타케 신사 참도에는 예전에 아버지가 발기인으로 설립한 신도회의 비석이 지금도 서 있다. 반세기 남짓 지났으니 그날 도처에 나무들이 쓰러졌던 숲도 상당히 회복되고 나뭇잎 사이로 떨어지는 햇빛을 받는 돌비석에는 아버지 이름도 새겨져 있겠지만, 나는 늘 모르는 척 지나쳤다.

그 비석에서 젊은 시절 아버지의 확실한 인간미나 내적 갈등을 발견하느니, 그는 천구이고 나는 요괴와 인간 사이에서 태어난 부실한 자식이라고 생각하는 편이 그나마 낫기 때문이다.

여신 가무로미에서 따온 이름을 가진 작은 이모는 그 뒤로도 오랫동안 당신이 나고 자란 저택에 머물러 있었다.

여기저기 전전하느라 거처가 일정치 않던 나는 휴가 때마다 미타케산으로 돌아갔다. 문간방의 방 하나를 멋대로 내 방으로 정해 지냈고, 나만의 젓가락과 밥공기로 세 끼 식사도 했다.

고마운 이야기이기는 하지만 내가 특별히 동정을 샀던 것 같지는 않고, 아마도 어느 시절에나 나 같은 군식구를 거두어주는 관습이 있었던 듯하다. 바쁠 때 남자 일손이 있으면 요긴하거니와 식객 한두 명쯤 뒹굴고 있다고 크게 힘들어 할 저택도 아니었다.

그러나 가무로 이모에 얽힌 기억이 이상하리만치 없다. 저택의 식솔이나 단골 손님에 얽힌 추억은 넘쳐나게 많은데 그런 추억들 어디에도 이모는 등장하지 않았다.

그 태풍이 불던 날 겪은 일들과, 몇 년 후 무녀 차림의 이모와 손을 잡고 신사로 올라간 것, 두 가지 장면만 남아 있다.

이모는 마흔이 지나서야 시집을 갔다. 상세한 전말은 모른다.

나도 나이가 들면서 미타케산과는 조금 소원해져 있었는지, 어느 날 방문해 보니 가무로 이모가 보이지 않았다. 사실 이모는 모습을 감추었다고 할 만한 존재감도 가지고 있지 않았지만.

나는 깨달았다. 나와 손잡고 신사로 올라가던 어리고 귀여운 소녀 같은 사랑스러움과 아름다움을 생생하게 떠올렸기 때문이다.

어느 운 좋은 숙박객 하나가 어쩌다 이모의 아름다움을 목도하고는 앞뒤 가라지 않고 사랑에 빠지는 일이 있었다고 해도 이상할 것이 없다.

누구나 볼 수 있는 당연한 아름다움도 있겠지만, 평소 겸허하게 감추어져 있다가 문득 어떤 일을 계기로 본색을 드러내는 기적 같은 아름다움도 이 세상에 얼마든지 있으리라. 그것이 외형적 아름다움이었는지 겪어보고 느낀 내면의 아름다움이었는지는 알 수 없지만, 어쩌다 그 순간에 조우한 사람이 있었을 것이다.

아마도 이모는 신령님의 선택을 받은 사람이었던 듯하다. 갓 태어난 아기를 보고 그것을 깨달은 증조부는 신전에 엎드려 가무로미라는 이름을 쓸 수 있게 해달라고 빌었음이 틀림없다.

그러나 이모의 육신은 위대한 신령님의 힘을 감당하지 못하고 어린 상태로 성장을 멈추고 말았다.

그때 이모는 온 산에 충만한 수없는 신들과 약속을 했는지도 모른다. 보이지 않는 것을 보고 들리지 않는 소리를 듣더라도 결코 말하지 않겠다고.

그 약속을 지켜낸 이모는 늘 몸의 건너편이 얼비쳐 보일 만큼 미약했다.

이모의 부음을 들은 것은 이모가 결혼하고 얼마 지나지 않았을 때였다.

마침 그때 미타케산에 있던 나는 어쩐지 아침부터 내내 이모 생각만 하고 있었다. 그럴 때 전화가 와서 종형제와 가족들이 황망하게 산을 내려갔다. 빈 저택을 지켜달라는 부탁을 들은 것은 그때가 처음이고 마지막이었다.

이모는 임종도 인상이 희박해서 나는 기일은커녕 어떤 계절이었는지도 기억하지 못한다.

숙박객이 한 명도 없었던 것만은 분명하므로 단풍이 지고 난 쓸쓸한 계절, 가령 초겨울이었다고 하자.

나는 그 뒤숭숭한 하루를 큰 계단에 앉아 책을 읽으며 보냈다.

그 자리는 전화기도 가깝고 현관에 누가 찾아와도 목소리가 잘 들리며 눈앞에는 앞쪽 복도 너머로 문간방이 내다보여서 혼자 집을 지키는 데는 가장 알맞은 자리라고 생각했기 때문이다.

하늘은 엷은 남색으로 흐렸고 마당에는 꽃도 없었다. 문득 청아한 기척을 느끼고 책에서 시선을 쳐드니 문간방으로 내다보이는 삼나무 숲 오솔길에 무녀 옷을 입은 가무로 이모가 서 있었다.

긴 흑발을 낙낙하게 늘어뜨려 한데 묶고 흰옷은 눈부실 정도로 하얗고 붉은 하카마는 헐벗은 나무들 사이에 한 점 찍힌 색이었다.

안경을 끼고 있지 않아, 하늘로 돌아간다고 해도 불편하지 않을까 생각하며 일어서려고 하자 이모가 작은 턱을 저으며 방긋이 웃었다.

그리고 신전에 공물을 바칠 때처럼 춤추는 듯한 곧고 우아한 몸짓으로 저택을 등지고 신사로 향하는 오솔길을 가만가만 걸어갔다.

그 행방을 확인하려고도 하지 않고 나는 책으로 시선을 돌렸다.

신의 이름을 가진 이모라는 존재는 어쩌면 나의 공상의 산물일 뿐 그런 인물은 처음부터 없었던 것은 아닐까.

아니, 설마 내가 그렇게 냉혹한 생각을 했을 리는 없다.

이제 하늘로 돌아가려는 이모는 무언의 언어로, 그리 생각하렴,

그래도 괜찮다, 라고 나에게 말했을 것이다.
 이모는 어린 날 수많은 신과 맺은 약속을 온전히 지키고 몸소 신이 되었다.

6장

수도자

졸리면 참지 말고 자렴, 그리 재미난 이야기도 아니니까.

잠자리 옛날이야기를 시작하기 전이면 지토세 이모는 늘 그렇게 말했다.

아이들은 이불 속에서 서로 손을 잡고, 좋아, 오늘밤은 끝까지 듣자, 하고 서로 격려하지만, 잠시 후 귓속에 기분 좋게 흘러드는 이모의 목소리에 녹아나서 한 명씩 잠으로 빠져들었다. 끝까지 듣고 있는 아이는 늘 나뿐이었다.

이모는 메이지 시대에 태어났으니 동생인 우리 어머니하고는 모녀지간만큼이나 나이 차이가 많다. 오우메의 부잣집으로 시집을 갔지만 어떤 사정이 있었는지 이혼을 하고 돌아왔다. 여름방학이면 시골로 내려오는 많은 조카를 돌보는 것은 늘 이모의 몫이었다. 물론 누가 그렇게 정한 것은 아니었지만, 아이들은 이모를 젊어서 타계한 할머니처럼 여기고 있었다. 그만큼 자상하고 다정한 사람이었다. '지토세'라는 이름은 그런 이모와 잘 어울렸다. 지토세는 흔히 千歲라는 한자로 표기한다.

저택 2층은 폭이 반 칸인 복도를 가운데 두고 좌우에 다다미방 객실이 나란히 있었다. 신도회의 단체 손님이 숙박할 때는 그 객실들과 아래층 대형 객실도 가득 차게 되지만, 참배를 마치고 하산하면 저택은 며칠간 휑뎅그렁해진다.

쇼와 30년대는 아직 개인 여행이 드물 때라 저택이 민박 간판을 걸고 있어도 실제로는 예전처럼 신도회 단체 손님을 위한 숙소였다.

신도회 단체 손님이 묵지 않는 날이면 그때까지 가족 방이나 문간방 등에 흩어져 지내던 아이들이 아무 방이나 마음에 드는 곳에 모여 임간학교처럼 담요를 나란히 깔고 잤다. 그런 밤이면 어김없이 이모가 베개맡에 앉아 미타케산에 내려오는 신비한 이야기를 들려주었다.

이모는 늘 과부처럼 검은 옷을 입었다.

2층 객실의 창에는 커튼도 장지도 없었다. 울창한 산꼭대기의 숲을 밀어내고 지은 탓에 햇빛을 막는 설비가 따로 필요하지 않앉으리라. 그래서 이모의 잠자리 옛날이야기는 늘 물속처럼 파리한 달빛 속에서 혹은 그보다 더욱 은밀한 별빛 속에서 듣게 마련이었다.

"옛날옛날 너희 할아버지 이전에 아주 엄한 흰 수염 할아버지가 이곳 당주로 계시던 시절의 이야기란다."

*

그 사람은 초승달이 뜬 여름밤에 어디선가 불쑥 찾아와 한 마디 말도 없이 앞마당 맨땅에 앉아 있었다.

욕실로 가는 복도에서 때마침 그 모습을 발견한 사람은 어린 지토세였다. 깜짝 놀라 욕실로 돌아가 유카타를 걸치고 수염을 손질하는 조부에게 고했다.

"할아버지, 할아버지, 마당에 신령님이 와 계셔요."

아이 눈에는 수도자 차림으로 어두운 마당에 앉아 있는 모습이 그렇게 비쳤던 것이다.

거울 속의 조부는 눈을 휘둥그레 뜨더니 일단 자세를 가다듬고 나서 욕실 복도로 나왔다. 그리고 특별히 놀라는 기색도 없이 어둠에 시야가 익숙해질 때까지 가만히 서 있었다.

잠시 후 지토세의 눈에도 뜻밖의 손님 모습이 또렷이 들어왔다.

하얀 행각승 옷을 입고 커다란 궤를 짊어진 모습을 밤눈으로도 알아볼 수 있었다. 금강장을 세우고 정좌가 아니라 언제든 약동할 것처럼 한쪽 무릎을 세우고 앉아 있었다. 삭발한 머리에는 까마귀천구까마귀의 부리와 날개를 가진 상상의 괴물 같은 두건을 쓰고 목에는 굵은 염주와 소라고둥슈겐도 수도자가 산속에서 맹수를 쫓거나 신호를 보낼 때 부는 악기로, 슈겐도 수도자의 상징과도 같다을 꿴 붉은 끈을 걸고 있었다.

이런 옷차림으로 미타케 신사를 참배하는 수도자는 드물지 않지만, 지토세의 눈에는 그런 이들과는 전혀 다른 사람처럼 보였다. 저 사람은 진짜 수도자구나.

묘하게도 조부는 수도자의 옆얼굴을 노려만 볼 뿐 말을 건네지 않았고 수도자도 이쪽을 돌아보려고 하지 않았다. 두 사람이 마치 끈기라도 겨루는 것처럼 보였다.

저택을 빙 두른 회랑의 빈지문은 모두 닫혀 있었다. 수도자는 내부를 투시라도 하는 양 꼼짝도 하지 않았다.

두려워진 지토세가 사람들을 부르려고 달려갔다. 한여름에도 불씨를 꺼뜨리지 않는 이로리 옆에서 아버지가 책을 읽고 있었다.

"아버지, 아버지, 수도자가 찾아왔어요. 할아버지가 무서운 얼굴로 쳐다보고 있고요."

데릴사위로 들어온 아버지는 이 집안 혈통의 내력인 신통력을 갖고 있지 못했다. 따라서 여느 신주와 다르지 않은 평범하고 성실한 사람이지만, 장인어른의 신통력은 잘 알고 있었다.

이 저택에는 '흰 수염 어르신'의 신통력을 믿고 퇴마나 신탁을 청하며 찾아오는 사람이 종종 있었다. 덕분에 이때도 아버지는 당황하거나 하지 않고 읽던 책을 덮어 두며 천천히 일어섰다.

"이렇게 야심한 시각에 수도자가?"

아버지는 조금 귀찮다는 듯이 말했다.

*

"야심한 시각이라고 하지만 텔레비전도 없고 라디오도 없던 오래전 다이쇼 시절이니까 아마 잘해야 여덟 시 전후가 아니었을까 싶구나. 예전에는 너희처럼 밤늦도록 안 자는 아이가 한 명도 없었단다. 당시 아이들은 아홉 시가 넘도록 깨어 있으면 천구님이 잡아간다고 믿었으니까."

이모는 그렇게 말하며 일찌감치 잠들어버린 조카들의 이불을 덮어주며 다녔다. 해발 1천미터에 가까운 산꼭대기에서는 여름에도 솜이불이 필요했다.

"너희 할아버지와 내가 복도로 나가 보니 댓돌 옆 빈지문이 딱 한 장만 열려 있고 어느 새 하카마를 입은 흰 수염 할아버지가 앉아 있더라. 눈앞 마당 한복판에 수도자가 앉아 있고 두 사람은 여전히 눈싸움을 하고 있었지. 아니, 그게 아니라 아마도 사람들에게는 들리지 않는 목소리로 뭔가 문답을 주고받았을 거야. 꼭 이렇게 별빛이 내리는 밤이었단다."

이모는 옷 스치는 소리를 내며 아이들의 잠든 얼굴을 좌우로

볼 수 있는 원래 자리로 돌아와 앉아 이야기를 이어나갔다.

*

긴 침묵 끝에 수도자가 말했다.

"영험이 높기로 고명하신 어르신께 인사 올립니다."

야심한 시각을 고려하여 낮추었지만 고행으로 단련된 힘 있는 목소리였다. 나이는 아마 삼십대 중반쯤 되었을 것이다.

"나는 스즈키요."

조부가 대답했다. 신관 가문에 가장 흔한 성인 '스즈키'지만, 구마노의 슈겐도 수도자를 조상으로 두어선지 '스즈키'라고 밋밋하게 발음하지 않고 간사이 식으로 '스'에 강세를 두는 '스즈키'라고 발음했다.

우리 선조는 도쿠가와 이에야스가 관동으로 이주할 때 앞장서서 악령을 물리치는 소임을 완수한 뒤 에도 서쪽을 지키라는 분부를 받고 미타케산에 올랐다고 한다.

"성함이 어찌 되는지?"

조부는 조금 불쾌한 목소리로 물었다. 산야를 떠도는 수도자라면 야심한 시각에 문을 두드리는 것이 분별없는 행동이라는 사실을 잘 알 터였다.

"따로 속명은 없습니다. 작년에 하구로산_{야마가타 현에 있는 나지막한 산으로, 슈겐도를 비롯한 산악신앙이 성한 곳으로 유명하다}에서 기젠보_{喜善坊}란 법명을 받았습니다."

수도자는 회랑 가까이 무릎걸음으로 다가와 기름종이에 싼 봉서를 내밀었다. 조부가 불빛을 비춰달라는 몸짓을 하자 아버지가 촛불을 쳐들었다. 문서를 살펴본 조부는 알겠다는 듯이 봉서를 돌려주었다.

"이렇게 찾아온 연유는?"

수도자의 표정이 얼마간 풀어진 것처럼 보였다.

"구마노로 가다가 고슈에서 어르신의 신통력에 대한 소문을 들었습니다. 자오곤겐일본 독자의 산악불교 슈겐도에서 받드는 본존을 참배하기 전에 어르신을 찾아뵙고 수행을 하고자 다이보사쓰 고개를 넘어 찾아뵈었습니다."

차마 청을 거절할 수도 없었지만, 너무 뜻밖의 일인지라 조부는 잠시 대답이 없었다.

수도자의 말투며 행동거지에서 기개가 느껴졌다. 하얀 겉옷과 하카마는 더러웠고 토시와 각반은 푹 고아낸 것처럼 거무튀튀한 모습을 보면 분명 이틀에 걸쳐 다이보사쓰 고개를 넘어온 듯했다.

비쩍 마른 얼굴에 안광만 형형하게 이글거렸다.

"허나 미타케산은 신불분리령神仏分離令 1868년 메이지 유신 정부가 천황의 신권적 권위 확립을 위해 신도를 보호하고 불교를 억압한 종교 정책으로, 많은 불교 유물과 사찰이 파괴되거나 신사로 변했다에 따라 산중의 정각사는 철거되고 자오곤겐도 오오나무치노미코토大己貴命, 스쿠나히코나노미코토少彦名命 제신으로 다시 태어났소신불분리령에 따라 불교나 슈겐도의 본존을 신도의 신으로 교체하였다. 따라서 이제 이곳은 요시노 구마노 슈겐도와는 인연이 없소."

아뇨, 하며 수도자가 강한 투로 대꾸했다.

"외람되오나 제가 미타케의 존사神社에 의지하려는 것은 아닙니다. 스즈키 어르신 밑에서 수행을 하지 않고서는 구마노에 갈 수 없다고 생각했기 때문입니다."

조부는 곤혹스러운 듯이 팔짱을 끼었고, 별빛이 내리는 마당에는 가을벌레들이 꾀기 시작했다.

"너는 그만 들어가 쉬어라."

아버지가 그렇게 귀엣말을 해도 지토세는 바닥이 한 단 높은 다실 문지방에 앉은 채 움직이지 않았다. 무엇이 재미있어서가 아니라, 빈지문을 한 장만 열어둔 장방형 공간에서 서로 거리를 두고 대치한 조부와 수도자의 모습이 아름답게 보였기 때문이다.

"하구로산에서 수행한 거사에게 내가 새삼 무엇을 가르치겠소. 물론 나는 구마노 슈겐의 후예이긴 하지만 수행법은 본가의 후손에게 전해지는 것이고, 제자를 두고 가르칠 만한 것은 아니올시다."

조부가 완곡하게 거절하는데도 수도자는 물러서려고 하지 않았다.

"가르침을 청하지는 않겠습니다. 제 수행법에 뭔가 돌아볼 것이 있다면 질타해주셨으면 할 뿐입니다."

"내가 조금 더 젊었다면 몰라도 이렇게 나이가 들고 말았으니 수중 수행도 폭포 수행도 목숨을 걸어야 할 판이오."

"말씀은 잘 알겠습니다만 저는 단지 어르신의 기척이 닿는 곳에서 수행을 하고자 할 뿐입니다."

"거 참 말귀를 못 알아듣는 거사로군. 그보다, 이보시오, 이 야심한 밤에 어디로 어떻게 들어왔는지 모르겠지만, 이건 밤도둑이나 하는 행동 아닌가."

수도자 뒤에 있는 문간방도 동쪽의 뒷문도 해가 지면 굳게 닫게 되어 있다. 돌담을 넘거나 제방을 기어오르지 않고서는 마당에 들어올 수 없다.

그러나 수도자는 전혀 주눅 드는 기색도 없이 대꾸했다.

"누구에게 길을 물어서 찾아온 것도 아닙니다. 다이보사쓰 고개에 다다르니 신기가 느껴져서 그 신기가 이끄는 대로 미토산, 고젠야마, 오오다케산을 넘어서 이곳에 다다랐습니다. 외람되오나 자오곤겐께서 이끌어주신 것이 틀림없습니다. 밤도둑이란 말씀은 당치 않습니다."

"함부로 자오곤겐의 위광을 들먹이다니, 수행을 쌓은 수도자 같지 않군. 삼가시오."

실언을 깨달았는지 조부의 힐난을 들은 수도자는 금강장을 내려놓고 엎드려 절했다.

조부가 당장이라도 분노를 터뜨릴 것 같아서 지토세는 조마조마했다.

아버지는 소리를 지를 줄 모르는 온화한 사람이지만, 조부는 산꼭대기 마을의 아이들도 두려워하는 신경질적인 사람이었다.

"아버님, 잠깐 괜찮겠습니까."

아버지가 조부의 등 뒤에서 귓엣말을 했다. 아무리 수행을 거듭해도 신통력 같은 것이 생길 리 없는 사람이지만, 그만큼 아버지에게는 상식이 있었고 생각하기에 따라서는 조부보다 총명했다.

"얘기가 이상하지 않습니까. 저렇게 해서 식객으로 들어앉을 꿍꿍이가 아닐까요. 아니면 새로운 수법을 쓰는 도적인지도 모릅니다."

"그럼, 하구로산 증서는?"

"아무리 수행을 쌓은 수도자라도 고행을 거듭하다가 인간계로 되돌아오거나 아귀계로 떨어져버리는 일도 종종 있지 않습니까. 아니, 어쩌면 애초에 증서가 가짜인지도 모르지요."

꾸짖지 않을까 싶었는데 조부는 의외로 납득하는 눈치였다. 상냥한 아버지가 무서운 조부를 그런 식으로 설득하는 것은 곁에서 봐도 흡족했다.

"보나마나 여기저기서 문전박대 당하다가 이곳에 왔겠지요. 내쫓아버리면 곧 사라질 겁니다. 그리 하십시오."

조부는 흰 수염을 쓸며 잠시 생각했다. 아버지의 말이 지당하지만, 꼭 그렇다고 단정할 수만은 없는 무엇인가를 조부는 느꼈던 것 같다.

"이렇게 간절히 부탁드립니다."

머리를 조아린 채 수도자가 말했다. 하얀 겉옷이 잘게 떨리고 있었다.

조부는 정체를 파악해보려고 잠시 더 상대방을 내려다보았지만, 마침내 더는 파악할 방법이 없다는 듯이 단호하게 말했다.

"아니 되겠소."

그 말이 나온 순간 아버지가 막이라도 치듯 빈지문을 닫았다.

*

"그때는 세 끼 식사도 제대로 못 먹는 사람이 많았단다. 그런 사람은 요즘도 많겠지만 열심히 일하면 그럭저럭 먹고살 수는 있잖니. 하지만 다이쇼 시대는 달랐단다. 이런 산꼭대기 마을에도 걸인이 찾아왔고 무슨 일이든 할 테니까 밥만 먹게 해달라고 애걸복걸하는 사람도 드물지 않았지. 그래서 나도 아버지 말씀이 옳다고 생각했어. 돈이나 음식은 하늘에서 떨어지는 게 아니야. 너희도 밥 먹을 때는 너희가 누리는 복을 고마워해야 해."

지토세 이모는 이야기 중에 훈계를 끼워 넣기를 잊지 않았다.

한 이불에 들어가 있는 사촌들은 벌써 색색 숨소리를 내며 자고 있었다. 꼼꼼하게 닦은 유리창 너머 하늘은 온통 별이었다. 아이들이 하나씩 잠에 들수록 별들은 하나하나 빛을 늘려가는 듯했다.

이모의 높고 맑은 고아한 목소리는 별밤과 잘 어울렸다.

"그래서, 어떻게 됐어요?"

내가 이야기를 재촉하자 이모는 검지를 입술 앞에 세우고, "쉿!" 하고 꾸짖었다.

"졸린 아이는 알아서 자면 돼. 자꾸 말하면 그만할 거야."

깨어 있는 아이들이 저마다 나를 타박했다. "얘기 그만할 거야"라고 이모는 어둠을 둘러보며 다시 한 번 경고했다.

침묵이 돌아왔다.

"이튿날 아침 이곳은 일찍부터 시끌벅적해졌어. 큰 계단을 졸린 눈으로 내려가 보니 하녀들이 빈지문을 열어 놓고 벌벌 떨고 있는 거야. 그때 흰 수염 할아버지가 나와서, 어쩔 수 없지, 들어오게, 라고 말했어. 너희 할아버지도 더는 반대하지 않았지. 왜냐하면 그 사람이 마당에서 밤새 금강장을 짚고 바위처럼 앉아 있었거든. 걸인이나 도둑이라면 그런 일을 할 수 있겠니?"

이모는 어떻게 전개될지 알 수 없는 이야기를 뜸을 두며 천천히 이어나갔다.

*

기젠보라는 수도자는 그날부터 문간방에 들었다.

신전에서 정화 의식을 마치자 조부가 엄하게 말했다.

오늘부터 꼭 백일 동안 수행을 하되, 중간에 생각이 바뀌면 반드시 인사를 하고 떠날 것.

본채에는 함부로 드나들지 말 것.

이곳은 어디까지나 수행을 위한 숙소이며 두 신관은 주인일 뿐이라는 것. 즉 수행에는 일체 관여하지 않겠다는 것.

세 끼니와 문간방은 제공하니 수행에 전념할 것을 명심해야 하며 불평불만은 하지 말 것.

말하자면 조부는 기젠보를 믿지 않았던 것이다. 그러나 만약 진지한 행자라면 슈겐도의 성지인 하구로산과 구마노의 신령님을 봐서라도 소홀히 대할 수는 없다. 그러므로 상대가 진짜든 가짜든 관계없도록 그런 조건을 내걸었다.

조부가 잠자리에 든 한밤중에 부모가 이로리 옆에서 이런 대화를 나누었다.

"내가 보기엔 가짜 같은데, 당신이 보기엔 어때?"

"글쎄요. 뭔가 썩 믿음이 가는 구석이 없네요."

"그래? 당신 감으로도 모르겠어?"

"아버님도 모르시는데 내가 어떻게 알겠어요."

"그게 묘하단 말이지. 아버님은 신통력이 있고 당신은 감이 있잖아. 대개는 두 사람 다 백발백중인데 어째서 그 수도자에 대해서는 아무것도 파악하지 못하는 건지."

"당신이 너무 정상적인 말을 하니까 아버님의 신통력도 내 감도 흐려진 게 아니겠어요?"

"이런, 평범한 사람 탓하는 건가?"

"뭐가 평범하다는 거예요. 이 저택에서만큼은 유일하게 당신만 비범한 사람이에요. 당연한 것을 당연하게 말할 수 있는 사람이니까."

"허어, 이래서 또 한 판 졌네. 그런데 이 비범한 머리로 논리적으로 생각해도 역시 가짜처럼 보인단 말이지. 이 산에 올라오는 수도자는 가짜라고까지는 말할 수 없어도 다들 신참이잖아. 저렇게 멋지게 차려입고 유람하는 자들이지. 그 가운데 한 놈이 공밥을 얻어먹으려고 잔꾀를 쓴다고 해도 이상할 게 없잖아."

"그러니까요, 당신이 이런 식으로 말하니까 아버님이나 나나 뭐가 뭔지 알 수 없게 되고 마는 거라고요."

"아무튼 밤에 문단속 잘하고 지갑이나 통장은 베개 밑에 넣어 두라고. 잃어버리고 발을 동동 굴러봐야 소용없으니까."

하지만 그런 염려와는 딴판으로 기젠보는 매우 성실하여, 하구로산을 내려와 구마노로 가려고 하는 수도자라고밖에 생각할 수 없는 생활을 담담히 계속하고 있었다.

저택 식솔들과는 좀처럼 말을 섞지 않았다. 찬 하나 국 하나의 초라한 식사에도 불평 한 마디 없었고 산에 들어갈 때 하녀들이 눈치껏 주먹밥을 만들어 주어도 거절했다. 할아버지보다 먼저 일어나고 아이들보다 먼저 잠자리에 들었다.

특히 지토세에게 인상 깊었던 것은 어두울 때부터 외기 시작하는 슈겐도의 주문이었다.

허다한 죄와 부정을 청정하게 씻어주소서

조상신이시여 번영과 행복의 은총을 내려주소서

황위가 번성하시고 천지와 함께 무궁하소서

그것은 조부나 아버지가 외는 축사와 비슷했기 때문에 밖으로 새어나오는 소리를 듣다 보니 지토세도 금세 암기하고 말았다. 두 살 차이 나는 언니와 기젠보의 목소리를 흉내 내며 외다가 조부에게 따끔하게 혼나기도 했다.

발음이 확실하지 않게 웅얼거리는 조부의 축사보다, 아버지의 새된 목소리보다, 기젠보가 반복해서 외는 축문이 더 또렷하고 아름답게 들렸다.

하녀들은 저희끼리 기젠보를 칭송해 마지않았다. 식사 시간이 되면 누가 문간방에 밥상을 가져다 줄 것인가를 두고 화덕 앞에서 가위 바위 보를 했다. 기젠보는 아이 눈으로 봐도 용모가 단정했고 비록 깡마르기는 해도 6척이 넘어 보이는 장신이었다. 게다가 말수 적고 미소조차 인색하니 과년한 하녀들이 칭송을 하는 것은 당연했다. 누가 먼저랄 것도 없이 '기젠 님'이라 부르게 되었고 이윽고 조부와 부모도 그렇게 불렀다.

손님도 아니고 제자도 아닌지라 누구에게나 편리한 이름은 그것밖에 없었다.

기젠보가 대화하는 상대는 조부와 아버지뿐이었다. 하녀들이 말을 걸어도 대답한 적이 없었다.

조부나 아버지가 수행 내용을 물으면 기젠보는 무표정 그대로, "오늘은 아야히로 폭포에서 수행할 것입니다" 혹은 "오늘은 오쿠노인본당 뒤에 있는 건물 혹은 산림으로, 본존이나 영상靈像을 모신다에서 오오나라 고개까지 두수 수행을 했습니다"라고 대답했다.

두수 수행이란 모든 욕망을 끊고 마음을 비운 채 산속을 돌아다니는 수행이다. 기젠보는 한밤이든 대낮이든 가리지 않고 두수 수행에 나섰다. 어느 때는 이틀 혹은 사흘간이나 돌아오지 않아 식솔들이 마음을 졸이기도 했다.

그렇게 한 달 정도가 지나서 산꼭대기에 서늘한 가을바람이 불 즈음, 지토세는 원인 모를 고열에 시달리며 자리에 드러누웠다.

산꼭대기에는 의사가 없어서 산 아래 의원으로 사람을 보냈지만 이튿날 저녁이 되어서야 늙은 의사가 간호사 손에 이끌려 산에 올라왔다.

그랬건만 의사의 진단은 모호하고 약도 주사도 효과가 없었다. 이제는 밤에 열이 내리기를 기다리는 수밖에 없다고 하고 의사는 그날 중으로 산을 내려가 버렸다.

치료를 포기했구나, 라고 지토세는 생각했다. 어린아이가 감기가 더쳐 맥없이 죽어버리는 시절의 이야기다. 지토세 바로 아래 동생도 한창 자랄 나이에 그렇게 죽었다.

그날 밤 조부는 기도를 올리고 아버지는 목욕재계하고 어머니는 잠을 자지 않고 베개맡에서 간병해주었지만 지토세의 고열은 떨어지지 않았다.

지토세는 가위에 눌리며 조부와 아버지가 언쟁하는 소리를 들었다.

"기젠 님이 이걸 달여서 먹이라 했습니다."

"정체 모를 약초를 어찌 먹일 수 있느냐."

"기젠 님이 산에서 캐다 준 겁니다. 의사가 처방한 약이 듣지 않으니 이거라도 해 봐야죠."

"의사도 신령님도 못 고치는 병을 일개 수도자 나부랭이가 뭘 어쩌겠느냐. 그만두어라."

아버지는 낯선 풀이 수북이 담긴 소쿠리를 안고 있었다. 작고 하얀 꽃이 많이 보이고 파와 비슷한 향이 지토세의 코에까지 풍겨왔다.

"그 약, 주세요."

몸이 말을 했다. 뭔가 생각해서 말한 것도 아니고, 꽃들이 지토세의 입을 빌어 그렇게 말한 것처럼 느껴졌다.

*

목숨을 건진 그날 밤을 지토세 이모는 지금도 진심으로 고마워하는 듯 진지하게 말했다.

"그날 밤 기젠 님은 새로 장만한 듯한 새하얀 옷을 입었단다. 베개맡에서 주문을 외고 이런저런 결인을 하더구나. 이렇게, 닌

자처럼, 에잇, 얍, 하면서. 그리고 신문지 위에 약초를 깔고 짓이기듯이 비벼대기 시작했어. 새하얀 토시가 초록색으로 물들어도 개의치 않았지. 그러는 동안에도 기젠 님은 계속 반야심경을 외고 있었어. 흰 수염 할아버지도 너희 할아버지 할머니도 잠자코 지켜보았단다."

대대로 신통력이 내려오는 이름난 가문이 일개 수도자에게 의지하는 것이니 그야말로 체면이 걸린 상황이었음이 틀림없다. 물론 기젠보도 그런 점은 잘 알았을 것이다. 하지만 서로의 처지나 체면에 연연할 때가 아니었다. 어린아이의 병상은 절박했다.

"약초는 짓이긴 뒤 약연에 넣고 갈았단다. 그러자 박하처럼 코를 간질이는 냄새가 피어올랐어. 왠지 그 냄새만으로도 상태가 얼마간 좋아진 것 같더구나. 기젠 님은 필사적이었어. 파르스름하게 민 머리에 구슬땀이 흐르고 있었지. 내 목숨을 구해준 것은 약초의 효험만은 아니었을 거야. 이 아이를 죽게 해서는 안 된다는 일념으로 기젠 님은 계속 기도하고 있었거든. 그토록 진지한 얼굴은 그 전에도 후에도 본 적이 없단다."

떡 같은 반죽으로 변한 약초는 절반을 고약으로 만들어 이마와 목덜미에 붙이고 절반은 신주神酒와 물에 풀어서 마셨다.

약은 그야말로 입이 비뚤어지도록 썼다고 이모는 웃으며 말했다.

"그 약초에 비하면 의사가 처방한 약은 과자 같은 거였어. 그러니까 너희들도 절대로 약초 먹는 걸 싫어하면 안 돼. 부모보다 먼저 죽어버리는 것보다 더한 불효는 없으니까."

어려서 죽은 형제자매가 떠오르는지, 아니면 목숨을 구해준 기젠보의 모습이 떠올랐는지, 이모는 소맷자락에서 손수건을 꺼내 눈시울을 닦았다.

*

약효는 바로 나타났다.

쓰디쓴 잔을 겨우 비운 순간 꾸벅꾸벅 졸음이 오고 땀에 젖은 잠옷을 갈아입히자 거짓말처럼 열이 떨어졌다.

가족들은 약초의 정체를 궁금해했지만 기젠보는 "골짜기의 이름도 없는 풀입니다"라고 대답하고 더는 말이 없었다.

산에서 나는 약초에 해박한 조부는 연신 신기해했다. 미타케산은 나무들이 우거졌지만 만만치 않은 기후 탓에 식생이 그리 풍부하지 않다. 조부는 다다미에 흘린 꽃을 꼼꼼히 뜯어보며 "생전 처음 보는 풀인걸" 하고 몇 번을 말했다.

편안해진 호흡 속에서 그런 꽃이나 풀은 아마 미타케산에는 없을 거라고 지토세는 생각했다. 마음씨 착한 기젠 님이 오쿠노인에 모신 천구님께 간구하여 극락정토 연못가에서 따다 달라고 했으리라.

식솔이 모두 크게 기뻐했다. 그러나 기젠보는 부끄러워하며, "미약하나마 어르신과 의사 선생을 조금 거들어드렸을 뿐입니다"

라고만 말했다.

"그러니까 잔치를 열어야지."

조부는 축하연을 열겠다고 했지만 기젠보는 사양했다. 뿐만 아니라 밤새 간병했음에도 두수 수행을 위해 어디론가 나가버렸다.

가을이 깊어졌다.

기젠보가 저택에 찾아온 때가 한여름이었으므로 수행은 섣달에 끝난다.

조부는 엄격한 사람이었다. 손녀의 목숨을 건져주어도 그건 그거고 이건 이거라는 주의여서, 기젠보를 대하는 태도에 아무런 변화가 없었다.

그날이 오면 기젠 님이 어딘가 먼 곳으로 떠나리라 생각하니 지토세는 슬퍼졌다. 그가 머리를 쓰다듬어 준 일도 없고 제대로 대화를 나눈 적도 없었다. 고작 조석으로 인사하고 문간방에서 새어나오는 주문 외는 소리에 무릎을 안고 귀를 기울인 정도였다.

그의 미소조차 본 적이 없었다. 그런데 그의 모습을 볼 때마다 마치 깊은 산에 피는 흰 백합 같은 고고함이 지토세의 가슴을 쳤다.

다만 한 가지 알게 된 사실이 있다. 기젠 님은 다른 어른들처럼 아이를 함부로 대하지 않았다. 싹싹한 구석이 없는 대신 참견하는 일도 없었다. 아마 기젠 님의 맑은 눈에는 어른이나 아이나 풀이나 나무나 달이나 별이나 하늘이나 구름이나 다 다르지 않게 보이는 거라고 생각했다. 자연 속에 사는 기젠 님에게는 모든 것이 자연의 생명이고 형태였던 것이다.

"어렵게 사는 인생이네요."

이로리 옆에서 바느질을 하던 어머니가 불쑥 중얼거렸다.

"수행은 힘든 거야."

신문에서 눈길도 들지 않으며 아버지가 대답했다. 부모는 금실이 좋아 저택의 식솔들이 모두 잠든 뒤에도 이렇게 붙어 앉아 이야기를 나누곤 했다. 그 곁에서 꾸벅꾸벅 조는 시간이 지토세에게는 가장 행복한 한때였다.

"하지만 신주가 되기 위한 수행과는 근본부터 달라요. 이런저런 수행을 하라는 규정도 없는 것 같고, 무엇보다 누가 지켜보는 것도 아니잖아요."

"그야, 듣고 보니 그렇군. 허나 수행이라는 게 본래 그런 거거든."

어머니는 바늘 놀리던 손을 멈추고 심술궂게 웃었다.

"그럼 당신은 아버님이나 다른 신주님의 지도 없이 제대로 수행할 수 있겠수?"

아버지는 신문을 접고 웃음으로 응했다.

"글쎄, 어떨지. 일단 기젠 님만큼 열심히는 못하지. 신주가 되려면 폭포 수행이니 수중 수행이니 하는 것들을 얼마만큼 해야 한다고 하니까 했던 거지만, 그 사람에게는 지도하는 사람도 없잖아. 누가 지켜보는 것도 아니고."

"여기저기 산을 옮겨 다니며 수행하면 구마노에 들어간 뒤 대접이 달라지나요?"

"그런 것도 아냐. 백일 수행이라 하지만 누가 수료증을 주는 것도 아니고, 요는 자기 자신을 위해서 스스로 수행할 뿐이지. 달리 무슨 목적이 있겠어."

그런데——하고 아버지는 장지 너머로 인기척이 지나간 뒤 목소리를 낮춰 물었다.

"우리 선조는 구마노 슈겐도의 수도자이고 도쿠가와 이에야스의 길안내를 했다고 하는데, 뭔가 그것과 관련이 있는 걸까?"

"그런 건 아버님도 모르시는 아주 오래전 이야기인데, 달리 누가 알겠어요."

"하지만 말이야, 우리 선조도 저런 식으로 미타케산에 찾아왔던 건 아닐까 하는 생각이 들어."

"동조대권현東照大權現 도쿠가와 이에야스 사후에 천황이 내린 시호님의 지시에 따라 이 산에 오신 거죠. 그러니까 다른 신주님보다 나중에 산에 들어온 신참 가문인데도 다른 신주 가문들이 업신여기지 못한 거예요."

"막부가 내린 임명장 같은 건 본 적이 없는데."

"3백 년이나 지난 일이니까요. 창고 어딘가에 있지 않겠어요?"

"조만간 찾아봐야겠군."

그 말을 끝으로 어머니는 바느질로 돌아가고 아버지는 다시 신문을 읽기 시작했다. 지토세에게는 아버지와 어머니가 뭔가 빼도 박도 못할 일을 생각하는 것처럼 보였다.

혹시 스즈키 가의 선조는 권현님 길안내를 완수하고 사람들에게 알려지지 않은 산으로 향한 것은 아닐까. 그리고 구마노의 놀라운 신통력을 인정받아 신관으로서 산꼭대기 마을 사람이 된 것은 아닐까.

그런 생각을 하니 지토세로서는 스즈키 가문이 본분을 잊고 출세한 것처럼 느껴지고 백일 수행을 요구한 조부가 냉혹한 사람처럼 보였다.

마쓰카타 공작의 가족이 단풍놀이를 온 때는 그해 가을이었다.

스즈키 가의 딸은 히라카와초의 간인노미야 저택이나 아자부 센다이자카의 마쓰카타 공작 저택에 기숙하며 예의범절을 전수받는 관례가 있었다. 당시도 막내 이모가 마쓰카타 저택에 기숙하고 있었는데, 이모가 고향의 가을 산 풍경을 자랑했는지, 그럼 이참에 하루 묵으며 단풍놀이를 해보자는 이야기가 나왔다고 한다.

고령의 공작 부부는 아무래도 참석하지 않았지만 젊은 마님 내외와 자손들이 집사나 하녀들을 대동하고 산에 올라왔다. 매우 험준한 산이라고 생각했는지 아니면 유람 기분을 내려고 그랬는지 모두들 알프스에라도 등정하는 듯한 등산복 차림이었다.

공작 집안의 사람들이 도착하기 불과 사흘 전에 속달이 도착해서 저택은 아연 큰 소동이 벌어졌다.

속달 편지에는 '식솔들끼리 하는 여행이니 굳이 신경 쓰지 말도록'이라고 적혀 있었지만, 설마 정말로 무신경하게 맞이할 수는 없었다. 단풍놀이 당일은 투숙객들을 다른 숙소로 옮기고 아버지와 몇몇 신관이 산기슭으로 마중하러 내려갔다.

신화족新華族 메이지 시대에 제정된 화족제도에 의해 에도 시대의 다이묘 가문이나 조정 귀족 가문이 화족이 되었는데, 이들과 달리 공훈에 의해 화족에 오른 가문을 '신화족'이라고 한다

이라고 하지만 공작 집안의 당주는 메이지유신의 원훈이다. 관폐대사인 미타케 신사의 신관에게는 건국신화의 신이나 다름없는 사람이다. 하물며 대대로 딸들의 예의범절을 가르치는 가문이며 앞으로 지토세나 동생들도 신세를 지게 될 터였다.

현관에 벼이삭 가문家紋을 염색한 장막을 치고 가족들은 정장 차림으로 공작 일행을 맞았다. 시키다이에 오른 젊은 마님은, "오, 훌륭한 저택이네" 하고 말했다. 의외로 속된 감상평에 지토세는 살짝 안심하고 고개를 조금 들어 살펴보았다. 공작 일가는 시키다이에 앉아 아랫사람들이 등산화 끈을 풀기를 기다렸다.

조부는 옥색 하카마에 검은 하오리를 입고 젊은 마님을 맞았다. 식솔들처럼 엎드려 절하지는 않고 살짝 목례만 했다. 신관이 머리를 조아리는 상대는 신령님과 현인신인 천황뿐이었다.

젊은 마님이 조부와 같은 눈높이로 살짝 목례하며 말했다.

"스즈키 선생께서 변함없이 건강하셔서 무엇보다 반갑습니다."

"먼 길 오시느라 고생하셨습니다. 여식이 큰 폐를 끼치고 있습니다. 산골이라 제대로 예를 갖추지 못합니다만, 부디 편안히 지

내시기 바랍니다."

할아버지가 이토록 대단한 사람이었나, 하고 지토세는 놀랐다.

젊은 마님이 조부 뒤에 엎드려 있는 어머니에게 시선을 돌렸다.

"이쪽은 여식 이쓰입니다. 예의범절 견습은 궁가宮家 황족 일가에서 했습니다."

조부가 조금 아쉬운 듯이 말했다.

"아, 그랬습니까. 그래서 기억에 없었군요."

조부는 어색한 틈을 수습하듯이 어린 두 손녀를 소개했다.

"오, 참으로 용모가 단정한 아이로구나. 조금 더 크면 꼭 우리 집으로 오렴. 궁가 저택보다는 조금 더 편할 것이야."

예, 라고 대답해도 좋을지 몰라서 지토세와 언니는 말없이 고개를 숙이고 있었다.

그렇게 긴밀한 인사를 나눈 뒤 일행은 저택을 빙 두르는 외부 복도를 따라 걸었다. 모퉁이를 돌 때마다 마치 붉은 색으로 치장해 둔 듯한 단풍나무들이 나타났다. 젊은 마님도 가족 일행도 종종 걸음을 멈추고 감탄해마지 않았다.

마당에는 수세가 한층 좋은 단풍나무가 있었다. 문간방의 흰 벽을 등지고 서 있는 덕분에 막 지기 시작한 단풍의 붉은 빛이 더욱 선명했다.

"허어, 이것 참 장관이군. 교토나 닛코까지 갈 것도 없겠어요."

경치가 얼마나 마음에 들었는지 젊은 마님이 큰 계단 입구에 앉아버렸다.

그때 생각지도 못한 일이 일어났다.

문간방에서 똑바로 이어지는 오솔길을 "참회참회, 육근청정六根淸淨 참회의 마음을 견지하면서 육근, 즉 눈, 코, 귀, 혀, 몸, 생각에서 생겨나는 미혹을 끊어내고 깨끗한 몸이 되자는 뜻. 슈겐도 구도자들이 산에서 수행할 때 외는 상징과도 같은 주문이다" 하고 큰 소리로 주문을 외며 기젠보가 두수 수행을 마치고 돌아온 것이다.

빈객이 온다는 사실은 미리 알려 두었다. 그래서 기젠보는 빈객의 눈에 띄지 않으려고 전날 밤 산에 들어갔다고 모두들 알고 있었다. 그런데 어찌된 영문인지 마치 등장할 시간을 노리고 있었던 것처럼 대문으로 연결된 삼나무 숲에서 불쑥 나타난 것이다.

마님 내외와 자녀들도 깜짝 놀라는 듯했지만 이내 손뼉을 치며 크게 기뻐했다. 이야기 속에서나 존재하는 줄 알았던 수도자, 그것도 영산이 아니면 볼 수 없다는 진짜배기 수도자를 만났기 때문이다.

"참회참회, 육근청정."

가슴 앞에 염주를 들고 낭랑한 목소리로 염불을 외는 기젠보는 빈객 따위는 안중에도 없다는 듯이 한 마디 인사도 없이 문간방으로 들어가 버렸다.

"잠과 음식을 끊고 수행 중인 자이니 무례를 용서하여주십시오."

아버지가 사과했다. 하지만 지토세는 그건 아니라고 생각했다. 기젠 님은 사람의 귀천 따위가 안중에도 없는 것이다. 뿐만 아니라 인간이나 풀이나 나무나 달이나 별이나 하늘이나 구름이나 다 똑같이 보고 있는 것이다.

*

"참회참회, 육근청정——"
 지토세 이모는 이야기를 하다가 낮은 음색으로 염불을 외웠다.
 잠들지 않은 아이들에게 두려움을 주는 염불이 아니라 그저 어린 날 들었던 슈겐도 수도자의 목소리를 되살리는 것 같았다.
 "참회는 자신이 저지른 잘못을 돌아보고 신령님께 용서를 구하는 것. 육근청정은 몸과 마음을 청정하게 해 달라고 기도하는 주문이란다. 기젠 님은 산을 돌아다닐 때 늘 큰 소리로 외웠지. 너희도 한번 해봐. 뱃속에서부터 기운이 솟아나와서 걸음이 가벼워지지."
 설마요, 하며 아직 잠들지 않은 아이들이 저마다 한 마디씩 했다. 이모는 이제 꾸짖지 않았다. 이야기하다가 흥이 오르면 잠자리 옛날이야기를 하는 중이라는 사실을 잊어버리는 것이 이모의 버릇이었다.
 큰 계단 밑에서 시간을 알리는 기둥시계 소리가 들려왔다. 몇 번을 치는지 헤아리기 어려울 정도의 시각이었다. 나는 단단한 왕겨베개 위에서 고개를 저어 졸음을 쫓았다. 여기저기서 왕겨 짓눌리는 소리가 났다.

"여기까지 말했으니 이제 조금만 더 참아라. 그리 재미난 이야기는 아니지만 그렇다고 재미없는 것도 아니니까."

아직 잠들지 않은, 나이가 조금 많은 아이들을 격려하듯이 이모가 말했다.

*

그날 밤 이로리 옆에서 어머니는 더는 못 참겠다는 듯이 아버지를 힐난했다.

"수행 중이든 뭐든 저렇게 뻣뻣하게 굴다니, 우리 처지가 뭐가 됩니까. 지금도 도쿄 저택에 신세지고 있는 동생 처지도 좀 생각해주세요. 하물며 이 아이들이 예의범절 배우러 저택에 들어갈 때쯤이면 저분이 당주님이 되어 계실 텐데."

알았으니 그쯤하게, 하고 아버지가 웃는 얼굴로 어머니를 달랬다. 어머니는 조부처럼 신경질적인 사람은 아니지만, 매사 상냥하기만 할 뿐 똑 부러지게 처신할 줄 모르는 아버지에게는 가끔 역정을 냈다. 아버지의 그 '알았으니 그쯤하게'가 짜증을 자극하는 말이었다.

어머니는 이로리 테두리를 부젓가락으로 두드리며 기젠보의 악행을 낱낱이 늘어놓았다.

산꼭대기 마을 주민이 말을 걸어도 대답할 줄 모른다는 것.

단식 중이라고 해놓고 산에서 뱀이나 벌레를 잡아먹는 듯하다는 것.

저택 측간은 한 번도 이용하지 않고 덤불 속에서 대소변을 본다는 것.

"하지만 그것도 수행의 일부인데 우리가 뭐라고 할 수는 없잖소."

"뻣뻣한 태도도 수행의 일부랍니까? 뱀을 잡아먹고 아무데서나 용변을 보는 것도 수행이냐고요."

"어허, 우리 신주의 수행과는 전혀 다르다니까 그러네. 그렇게 대놓고 타박할 일이 아니라니까."

지토세는 잠든 척하고 있었다. 어느 한쪽이 옳다고 생각하지는 않았고 부모의 말을 조금 더 들어보고 싶었다.

신통력은커녕 딸이 잠든 척해도 간파하지 못하는 아버지는 솜을 둔 한텐을 벗어서 지토세에게 덮어 주었다.

"기젠 님을 보고 있자면 나도 요즘은 마음이 편치 않아."

"당신이 왜요?"

"아버님은 나에게 어떻게든 가문에 내려오는 신통력을 전수해 주려고 데릴사위로 들어왔을 때 아주 엄격한 수행을 시키셨잖아. 하지만 그렇다고 그런 능력이 생기는 것은 아니야. 역시 타고난 재능이 없으면 아무리 주입하려 해도 소용없지."

어머니는 입을 다물고 말았다. 아버지는 어머니 손에서 부젓가락을 넘겨받아 이로리의 재에 글자를 썼다.

"수행을 거듭해서 신통력을 얻으니까, 이렇게, 슈겐修驗, 이라고 쓰는 게 아닐까? 나는 포기하고 말았지만, 기젠 님은 아직 애쓰고 있어. 내 눈에는 그 마음이 보여. 그 사람은 힘에 부치는 일을 하고 있는 거야."

컴컴한 환기구를 올려다보며 어머니가 한숨을 지었다.

"아버님은 알고 계실까요?"

"그야 아시겠지. 아마 첫눈에 간파하셨으니까 관여하지 않으려고 하셨을 거야. 백일 수행 같은 걸 즉석에서 결정한 이유도 그만큼 몰아세우면 무리라는 사실을 깨달으리라 여기셨겠지. 생각해 보라고, 나도 그렇게 해서 신통력을 포기한 것 아닌가."

자신에게는 무리라고 자인할 때까지 저런 힘겨운 수행을 해야 하나, 하고 생각하니 지토세는 기젠 님이 가여워 견딜 수 없었다.

요즘은 건더기 없는 된장국과 단무지 두 조각에 밥만 올리는 밥상에도 젓가락조차 대지 않고 있었다. 때로는 마시는 물까지 끊은 것 같다고 하녀가 걱정스레 말했다.

"대놓고 그렇게 말해주는 게 좋지 않을까도 싶어. 그런데 아버님 말씀으로는 수행이란 남이 이러쿵저러쿵 참견해서는 안 된다는 거야. 생각해보면 나 때도 그랬어. 무리든 희망이 보이든 제삼자가 정하는 게 아냐. 자기 자신이 인정하지 않으면 안 되고, 그래서 수행에 가치가 있는 거지."

"괜찮을까요? 이렇게 말하면 뭣하지만, 기젠 님은 그렇게까지 생각을 깊게 하는 사람이 아닌 것 같은데. 게다가 당신보다 체격도 좋고 고집도 있어 보이고."

"아니야, 폭포 수행이니 수중 수행이니 동굴 수행이니 하는 거라면 나도 꽤 해봤는데, 체력이나 근성으로 어떻게 해볼 수 있을 만큼 만만한 게 아니라고. 다만, 내 생각으로는 말이야——"

그렇게 말하고 아버지는 지토세의 잠든 얼굴을 살피고 나서 목소리 낮춰 계속했다.

"그 사람은 짊어진 업이 어지간한 게 아닌 게야. 소싯적에 뭔가 아주 나쁜 짓을 저질렀거나 천하에 못된 불효를 저질렀거나. 당신, 뭐 감이 오는 거 없어?"

"글쎄요. 감이 올 정도로 얼굴을 마주한 적도 없는걸요. 왠지 으스스한 얘기가 되고 말았네."

부모의 귀엣말 너머로, 저택 뒤 삼나무에 둥지를 튼 부엉이 소리가 들려오는 고요한 가을밤이었다.

이튿날 아침 기젠보가 조부에게 호되게 꾸중을 들었다.

공작 일행이 마침 조식을 들고 있을 때 온 저택에 묘한 냄새가 감도는가 싶더니 눈이 매워 눈물이 그치지 않게 되었다.

산꼭대기 마을에서는 불에 여간 까다롭지 않다. 뭔가 불타는 거 아닌가, 하고 사람들이 연기의 출처를 찾아다니는데 문간방 문틈에서 눈을 따갑게 찌르는 연기가 새어나오고 있었다.

화재는 아니었다. 기젠보가 토방에서 솔잎과 겨와 고추를 태워 그 연기를 쐬며 반야심경을 외고 있었던 것이다.

조부가 마당에 맨발로 뛰어 내려가 "이게 대체 뭐 하는 짓이야!"라고 호통을 쳤다. 기젠보의 해명에 따르면 '남만식 연기 쐬기'라는 수행이라고 했다. 피부를 따갑게 찌르는 연기 속에서 꾹 참고 견디는 고행이다.

마침 바람이 없는 아침인지라 문간방의 문과 창을 활짝 열어둔 탓에 꾸역꾸역 흘러나온 지옥 같은 연기가 온 저택에 들어차고 말았다.

2층 객실에서 연기를 피해 나온 공작 일행에게는 아버지가 간절히 사죄하고 신사로 안내했다. 이러저러는 사이에 마을 소방단이 갈고리나 사다리 같은 도구를 메고 달려와 저택은 일대 소동이 벌어졌다.

조부에게 멱살을 잡혀 끌려나온 기젠보는 잠시 대문 앞에 웅크리고 앉아 있다가 곧 어디론가 사라지고 말았다.

독이라도 마신 것처럼 눈이고 목이고 따가워서 견딜 수 없었다. 세수를 하려고 해도 온 저택이 연기로 꽉 차 있었다. 그래서 지토세와 언니는 손을 잡고 대문 밖으로 나가 삼나무 숲의 제방을 내려갔다.

서쪽 돌담 밑에는 빗물을 받아두는 우물이 있다. 평소 가까이 가면 안 되는 신수神水였지만, 이런 판국에 어쩔 수 없다고 생각했다.

울창한 삼나무 숲속에 이끼를 뒤집어쓰고 기울어 있는 노송피

지붕이 있고, 그 밑에 시데를 매달아 결계를 지은 돌우물이 조용히 자리 잡고 있었다. 신사에서 제사를 올릴 때 조부나 아버지가 저택의 신전에 바치는 신수가 미타케산의 비를 모은 이 물이었다.

늦가을 아침 공기는 몹시 차가웠고 낙엽이 빈틈없이 깔린 도처에는 햇빛을 못 받아 제대로 크지 못한 단풍나무들이 빨간 불길을 피우고 있었다.

그곳에서 기젠 님이 돌우물에 기대어 울고 있었다. 두건을 쓴 헝클어진 머리를 감싸 쥐고 기진맥진한 듯 고개를 숙인 모습은 도저히 평소의 기젠 님처럼 보이지 않았지만, 그럼에도 메마른 입술을 우물거리며 반야심경을 외고 있는 모습이 가슴 아팠다.

"이제, 그만해요."

지토세가 제 무릎을 안고 말했다. 기젠 님은 자기 얼굴을 들여다보는 지토세의 얼굴을 힐끔 쳐다보고는 떼쓰는 아이처럼 도리질을 했다.

"자, 이거요."

언니가 소매에서 종이에 싼 건과자를 꺼내 내밀었다. 기젠 님은 역시 투정하듯 도리질을 했다.

한여름에 찾아왔을 때와는 많이 달랐다. 볼은 푹 꺼지고 눈두덩도 움푹 팼다. 새하얀 법의도 더는 입을 수 없게 헤졌는지 지저분한 속옷 위에 풀과 낙엽을 가는 덩굴로 엮은 도롱이를 걸치고 있었다.

어쩌면 기젠 님은 거반 나무가 되어버린 게 아닐까, 하고 지토세는 생각했다. 연기 때문에 눈이 매워서가 아니라 인간이기를 그만둔 것이 슬퍼서 울고 있는 게 아닐까.

지토세와 언니는 신수로 세수를 했다. 신수의 영험은 분명해서 금세 눈이 편안해졌다.

그러나 흠뻑 젖은 기젠 님은 쉰 목소리로 계속 울고 있었다.

"물, 마셔요."

지토세가 신수를 떠서 기젠 님의 입가로 날랐다. 이 물을 마시기만 하면 필시 인간으로 돌아올 수 있으리라 생각해서다.

반야심경 소리가 그쳤다. 마침 아침 햇살이 저택 돌담을 넘어 넝마를 걸친 기젠 님에게 손을 내밀었다. 신령님도 그렇게 말씀하시는 것이다.

하지만 기젠 님은 지토세의 손을 외면했다. 그리고 반야심경 대신 "참회참회, 육근청정"을 외기 시작했다.

"참회참회, 육근청정."

반복할수록 탁한 울음소리가 또렷한 염불로 변해갔다.

지토세는 뒷걸음질쳤다. 완고한 기젠 님에게 질려서가 아니라, 기젠 님에게 손을 내밀던 아침 햇살이 숲의 노랑과 빨강에 그늘을 어른거리며 쓱 물러갔기 때문이다.

기젠 님이 신령님에게 버림을 받았구나, 라고 생각했다.

*

"여름방학에는 손님이 많아 너희를 살펴보고 있을 수가 없어. 그러니까 내가 말하지 않아도 그런 위험한 곳에 가면 안 돼."

지토세 이모는 이야기 도중에 불쑥 엉뚱한 말을 했다.

아직 잠들지 않은 아이들이 고개를 끄덕였다. 등산객이나 관광객이 늘어난 탓에 이제 미타케산에는 크게 위험한 장소도 없어지고 있었다. 아이들은 가서는 안 되는 장소를 평소 누누이 들었다.

신사 뒤쪽으로 이어지는 오쿠노인은 위험하지 않지만, 그 너머 오오다케산으로 향하는 길에는 바위를 타는 구간이 있어서 위험했다. 아야히로 폭포는 상관없지만 그 밑에 있는 나나요 폭포는 용소가 깊으니 물에 들어가면 안 되었다.

특히 단단히 다짐을 놓는 곳은 천구바위라 불리는 명소로, 등산로 옆에 우뚝 솟아 있는 탓에 산에 익숙지 못한 사람이 재미삼아 올랐다가 종종 크게 다치거나 사망하는 위험한 곳이었다.

실은 나도 딱 한 번 금기를 어기고 천구바위에 오른 적이 있다. 형뻘인 사촌이 "담력 시험"이라고 해서 벌벌 떨면서 올라갔었다.

쇠사슬을 잡고 발 디딜 자리를 일일이 확인하며 올라가자 높은 절벽으로 돌출된 꼭대기에 작은 까마귀천구 동상이 서 있었다. 주위는 깊은 삼나무 밀림이지만, 어느 우듬지도 천구바위에는 미치지 못하고, 손을 뻗으면 구름을 움켜쥘 것 같은 높이였다. 꼭대기까지 오른 아이들은 모두 무릎을 세우지도 못하고 쇠사슬에 매달려 있었다.

아이들이 겁에 질리는 이유는 아찔한 높이가 주는 공포만은 아니었다. 그곳은 옛날부터 수행 중인 신관이나 두수하는 행자가 삼라만상의 한복판에서 정진결재하는 성역이었다. 자칫 굴러 떨어져 죽으면 벌을 받았다고 여겼다.

"설마 천구바위에 올라가거나 하진 않았겠지?"

이모는 하얀 얼굴을 흐리며 아이들의 죄를 다 아는 듯이 말했다. 대답하는 아이는 없었다.

"다시는 이상한 마음이 생기지 않도록 이제부터 잘 들어야 해."

수건을 가리고 헛기침을 하고 나서 이모는 생각지도 못한 사태의 전말을 이야기하기 시작했다.

*

섣달 초 길일에 기젠보는 백일 수행을 끝냈다.

삼나무 숲에 갇힌 겨울 하늘에서 쨍 소리가 날 듯이 맑은 아침이었다. 그 철에는 참배객도 등산객도 거의 없고 고향으로 돌아오는 사람도 없어서 미타케산이 한 해 중 가장 한산한 철이다.

어머니는 이날을 위해 새하얀 무명옷을 입고 토시와 각반까지 한 세트로 지어놓았다. 기젠보의 너덜너덜한 슈겐도 법의를 보다 못해 장만해준 것이다.

하지만 기젠보는 어머니가 정성껏 마련해준 옷을 입으려고 하지 않았다. 영하의 추운 날씨인데도 나뭇잎으로 만든 옷과 짧은 도롱이를 허리에 두르고 함을 진 모습으로 문간방에서 나왔다.

의관을 정제한 조부가 신전에서 손짓해도 기젠보는 안으로 들어오려고 하지 않은 채 마당 끝에 금강장을 세우고 허리 숙여 절했다. 백일 전 한여름 밤에 바로 그 자리에서 같은 행동을 하던 모습을 지토세는 떠올렸다.

 체중도 몇 관이나 빠지고 외모도 크게 변해 버렸지만 한쪽 무릎을 세운 모습은 매우 용맹하고 정갈하여, 흡사 고행 끝에 자오곤겐의 실체를 터득한 이처럼 보였다.

 아버지가 신전에서 무릎걸음으로 복도로 나와 조부를 의식하며 조심스러운 목소리로 기젠보를 타일렀다.

 "수행을 끝냈으니 이제 떠나라고는 말하지 않겠네. 그런 몸으로 구마노로 떠나기는 무리니까 며칠이고 푹 쉬면서 체력을 회복하고 떠나게."

 아닙니다, 라는 짧은 대답을 끝으로 기젠보는 눈을 꾹 감았다. 그리고 조부가 축문을 다 욀 때까지 몸을 천천히 흔들고 있었다.

 고별은 어이없이 싱겁게 끝났다. 기젠보는 누구에게 인사말을 남기지도 않고 신전에서 물러난 조부에게 고개를 숙이며 "스즈키 어르신의 고명하신 신통력을 똑똑히 보았습니다"라는 묘한 말을 했다.

 무엇 하나 가르쳐주지 않은 조부를 비꼬는 말처럼 들리기도 했다.

 그 한 마디만 남기고 기젠보는 염불을 외며 대문을 나서 비칠거리는 걸음으로 삼나무 숲속으로 사라져버렸다.

문간방에는 손도 대지 않은 옷 한 벌과 역시 손도 대지 않은 아침 밥상이 놓여 있었다.

가까이만 가도 악취를 견디기 힘들던 사람인데도 백일이나 머문 작은 방은 그야말로 신전처럼 청정하고 누군가 지낸 흔적이 전혀 느껴지지 않았다.

지토세는 기젠보가 향하는 구마노라는 곳이 다이보사쓰 고개 너머 신슈 쪽이라고 멋대로 짐작하고 있다가, 문득 생각이 나서 지도를 찾아보니 너무나 먼 곳이어서 놀랐다.

먼 옛날 선조가 그곳을 떠나 동조대권현 님을 안내하며 이곳에 왔다는 사실이 새삼 믿기지 않았고, 수백 년 후에 그곳으로 향하는 기젠 님이 더욱 믿기지 않았다.

"그런 모습으로는 기차 타기도 힘들 텐데."

언니가 턱을 괴고 지도를 들여다보며 중얼거렸다.

기젠보는 구마노에는 가지 않았다.

아니, 갔는지도 모르지만, 지토세는 분명한 사실을 알 수 없었다.

조부는 하루 종일 신전의 장지를 꼭 닫은 채 긴 축문과 낯선 제문을 외고 있었다. 아버지와 식솔들도 각지의 신도회에 배포할 부적을 준비하느라 경황이 없었다.

오후가 되자 활짝 갠 겨울 하늘이 문득 흐려지더니 희끗희끗 눈발이 날리기 시작했다.

그때 영림서 작업원이 심상치 않은 얼굴로 저택에 달려왔다.

"어르신, 어르신."

작업원이 머리띠를 풀어 땀을 연신 닦으며 불렀다. 신전에 단정하게 앉은 신관의 등을 향해 큰소리를 내다니 예삿일이 아니었다.

식솔들이 이누가미 그림이 들어간 부적을 옆으로 치워두고 복도로 뛰어나왔다.

"나나요 폭포 근처에서 말라죽은 나무들을 치우고 있었는데, 뭐가 어른거려서 살펴보니 천구바위 위에 사람이 서 있는 게 아닙니까——."

그다음은 횡설수설이라 도무지 무슨 이야기를 하는지 이해할 수 없었다.

하지만 지토세는 보았다. 백일 수행을 끝낸 수도자가 나뭇잎 옷을 날개로 바꾸고 하늘을 날아오르려고 하는 모습을.

아버지는 크게 당황했지만 조부는 눈을 꾹 감고 있었다. 할아버지는 알고 있었구나, 하고 지토세는 생각했다.

"사신捨身이죠? 기젠 님은 제 몸을 공양해버린 거군요?"

아버지가 확인하듯 물어도 조부는 대답하지 않았다. 사람들이 지켜보는 가운데 한동안 침묵하던 조부가 뜻밖의 말을 했다.

"아니다, 자살이다. 사신이나 입정을 이룰 만한 행자가 아니다. 슈겐도를 닦고 신통력을 터득하고자 했으나 이루지 못하고 몸을 던진 거다. 그저 그뿐이야."

조부의 목소리는 뺨에 떨어지는 눈처럼 조용하고 차갑게 지토세의 살갗에 스며들었다.

조부가 미타케산의 평안을 위해 거짓말을 한다고 생각했다. 천구바위에서 몸을 던지는 일이 결코 자살이 아니라 행법의 일부라는 사실을 몰랐다면 기젠보를 떠나보낸 뒤 그토록 혼신의 힘을 다해 계속 기도했을 리 없다.

어쩌면 조부는 기젠 님을 처음 보았을 때부터 제 몸을 천연으로 회귀시키려는 행자의 각오를 꿰뚫어보았는지도 모른다. 그 각오를 한층 강고하게 하는 백일을 조부가 허용해주었다는 생각이 들었다.

슈겐도 수도자로서 백일 수행을 끝내는 날이 곧 인간으로서 죽는 날임을 알고 있던 사람은 기젠보와 조부뿐이었다.

필시 슈겐도 수도자라는 사람들은 신령님도 부처님도 출현하기 훨씬 전부터 일본의 산야에 살고 있었고, 그 뒤 신령님과 부처님과 인간의 시대에서 뒤처지고 말았을 것이다. 그렇게 생각하니 기젠보가 귀한 사람인지 가여운 사람인지 지토세는 알 수 없게 되었다.

그래서 지토세는 기젠 님이 인간이기를 그만두고 나무가 되었다고 생각하기로 했다.

*

"그 이후에 대해서는 잘 모른다. 계곡 밑에서 끌어올린 기젠 님의 사체는 경찰과 소방단 사람들이 들것에 싣고 갔다고 하는데, 나는 보지 못했다. 신문에도 나오지 않았고 소문도 돌지 않았어. 산에서 자살하는 사람은 드물지 않았으니까. 자, 오늘 이야기는 이것으로 끝났다. 너희가 악몽에 시달리지 않도록 네노곤겐子ノ權現 님자년子年인 832년 자월子月 자일子日 자각子刻에 태어나 불교에 귀의했다는 네노히지리子の聖가 신격화된 신. 허리 아래 하체의 건강을 주관하며, 안전한 등산을 지켜준다고 한다께 기도해 둘 테니까 안심하고 자려무나."

이모는 어둠 속에서 가볍게 일어나 복도 바닥을 삐걱거리며 떠나버렸다.

나는 별빛 속에서 환상을 보았다. 천구바위 꼭대기에 서서 결인을 한 채 허공으로 발을 내딛어 아무 소리 없이 검이라도 던지듯 계곡 밑으로 떨어져가는 행자의 모습이었다. 하지만 그 상상은 아무런 공포도 따르지 않았다. 오히려 병으로 시달리기보다, 회의와 고뇌 끝에 죽음을 택하기보다, 나아가 강요된 죽음보다 올바른 방법 같다고 느꼈기 때문이다.

천구바위 꼭대기에 있는 작은 까마귀천구 동상은 조부나 증조부가 설치했는지도 모른다.

잠으로 떨어지기 전, 나는 문득 생각이 나서, "참회참회, 육근청정" 하고 중얼거렸다. 뜻은 모르지만 아마도 악몽을 막아줄 것 같은 염불을, 내가 상상하는 기젠 님의 말투로 여러 번 반복했다.

7장

낯선 소년

오기쿠보 역을 지나자 철로변 풍경이 확 바뀌었다.

조밀한 주택가가 문득 끝나고 논밭과 진수鎭守 숲지역, 사찰, 씨족 등을 수호하는 신사에 속한 숲, 무사시노의 잡목림이 드넓게 펼쳐졌다.

소학교에 들어갈 무렵까지만 해도 주오선 차창으로 보이는 경치는 그러했다.

교외 전차역은 모두 목조건물이었고, 휑뎅그렁한 역전에는 본넷형 합승버스가 서 있었다.

주황색 신형 차량이 주오선을 달리기 시작한 때는 그즈음이지만, 원색에 인색했던 시절에는 지나치게 튀는 색인지라 몇 대 안 되던 당초에는 진주군 전용 열차라고 믿는 사람도 있었다.

사실 그 얼마 전까지는 다치카와 미군기지와 도심을 왕복하는 미군 전용 차량이 진갈색 열차에 연결되어 있었다. 그리고 주황색 전차가 등장하고 나서도 한동안 신주쿠발 마쓰모토행 증기기관차가 위풍당당하게 달렸다.

시가지에서는 느긋하게 달리던 주오선이 풍경이 달라지는 오기쿠보부터 속도를 높이자 기분이 좋아졌다. 어머니의 고향집으로 가는 중이어서가 아니라 대가족과 많은 직원에 둘러싸인 과밀한 집을 떠나 자연 속으로 해방된다는 기쁨 때문일까.

다치카와 역은 다른 세상의 현관이었다. 당시 그 동네는 도쿄와 직결되지 않았고, 신주쿠나 나카노와는 또 다른 개성을 가지고 있었다.

여러 노선의 환승역이어서 플랫폼이 죽 늘어서 있고, 철로 위 구름다리에서는 도쿄처럼 일률적이지 않은 다양한 풍채를 가진 사람들이 스쳐지나갔다. 일요일이면 역 구내는 쾌활한 미군 병사들로 넘쳐났다.

오우메선은 예나 지금이나 수많은 플랫폼의 북쪽 끝에 빌붙기라도 하듯이 옹색하게 끼어 있다. 그 시발역 홈에는 진갈색 국철 차량 중에서도 유난히 고풍스러운, 가령 찌그러진 철판에 리벳을 박아 놓은 듯한 짧은 차량 몇 량이 나를 기다리고 있었다.

오우메선 차량이 승객으로 혼잡했던 적은 없다. 몇 안 되는 승객들도 다치카와에서 멀지 않은 하이지마나 훗사에서 내려버리고 오우메 역부터는 텅텅 비다시피 했다. 그와 함께 다마가와의 원류는 강폭이 좁아지고 차창 양쪽으로는 험준한 산이 바짝 다가섰다.

마침내 다른 세상이다. 이곳도 분명 도쿄도에 속한 곳이기는 하지만, 시골스러운 정취와 돌변하는 경치는 도저히 도쿄와 맞닿은 곳이라고는 믿기지가 않아서, 나는 오랫동안 그곳이 신슈나 고슈 어딘가에 따로 떨어져 있는 도쿄 소속 지구라 여기고 있었다.

단선 궤도는 작은 터널을 여러 개 통과하며 산기슭을 스치듯이 달린다. 상행 열차를 통과시키기 위해 잠시 정차해 있으면 벼랑 아래를 흐르는 다마가와의 물소리가 올라왔다.

마침내 미타케 역에 도착했다. 신도가 권위를 가지고 있던 시절에 지은 전차역은 옛 관폐대사의 하차역에 어울리도록 신사를 본뜬 디자인이었고, 황족이나 칙사를 맞기 위한 전용 계단까지 갖추고 있었다.

역사 밖에는 근처 산에서 잡힌 곰을 가둔 우리가 있어서 미타케 역의 명물이었다.

다른 세상으로 가는 여행은 아직 끝나지 않았다. 역전에서 승합버스를 타고 산기슭 케이블카 역까지 가야 했다. 버스가 다마가와를 건너 긴 오르막을 끙끙거리며 오르면 하늘을 가린 삼나무 숲속에 케이블카 다키모토 역이 있다.

그 근처에 오면 신기가 뚜렷이 느껴졌다. 기온이 갑자기 낮아져서만은 아니다. 미타케산에는 수많은 신이 충만해 있고 그곳 산기슭에도 가만히 웅크리고 있는 기운이 느껴졌던 것이다.

케이블카는 산을 오른다기보다 그야말로 하늘을 오르는 느낌으로 다키모토 역사와 주택들을 밀어내며 움직이고, 마침내 저 멀리에 관동평야가 펼쳐진다.

산꼭대기역의 역무원은 종종 이렇게 물었다.

"나리 짱의 아드님이지? 아니, 교 짱의 아드님인가?"

우리 어머니의 이름은 '나리코'였다. 일곱째로 태어났는데, 이제 이 아이로 끝내자는 뜻에서 문장 끝에 붙이는 '나리也'를 이름으로 지어주었다.

그런데 딸이 하나 더 생겼다. '나리' 밑이면 이름을 어떻게 붙여야 하나, 하고 조부모는 한참을 궁리했을 것이다. 마침내 그 이모에게는 '교코亨子'라는 흔한 이름을 지어주었다.

우리 종형제들을 보면 서로 닮은 것 같지 않은데 남들은 우리가 스즈키 일가임을 첫눈에 알아본다는 사실이 신기하기만 했다.

산꼭대기역에서 어머니 고향집까지는 고대의 삼나무를 갑옷처럼 두른 험준한 참도를 30분이나 더 올라가야 했다. 그 참도를 걷는 동안 나는 왠지 어머니 형제자매의 이름을 외우곤 했다.

어느 분이 저택에 돌아와 있는지 모르므로 인사할 때 엉뚱한 이름을 말할까봐 그랬을 것이다. 혹은 그분들의 다채로운 이름이 재미있게 느껴져서였을까.

시노. 지토세. 고. 쓰토무. 오키요. 가무로. 나리코. 교코.

사실 그 윗세대에도 고아한 이름을 가진 많은 친척이 건재했지만, 그 사람들 이름까지는 도저히 외울 수 없었다.

참도는 걸어 올라갈수록 예스러워진다. 도쿄하고도 쇼와하고도 인연이 없는, 시간감각이나 장소나 예전과 달라진 바가 없는 숲속에 신관의 저택이 자태를 드러낸다. 태곳적부터 뭇 신을 받들어 온 30여 채 남짓의 신관 저택들이다.

어느 저택이나 이끼를 뒤집어 쓴 커다란 띠 지붕을 얹었는데, 본래 산을 밀어내고 돌담을 견고하게 두른 그리 넓지 않은 대지에 지은 탓에 형태는 제각각이고 아름다웠다.

더구나 신도회가 단체로 묵는 숙소를 겸하고 있어서 어느 저택이나 거대했다.

신사에서 그리 멀지 않은 급한 고갯길 중간에 '신대神代 느티나무'라 불리는 천연기념물 거목이 있는데, 그 밑동을 우회하여 오솔길을 다 올라서면 어머니의 생가였다.

숲속을 동서로 뻗은 2층 건물은 도쿄에 속한 군 지역에서는 가장 큰 목조건축이라고 했다. 하지만 증개축이 거듭되어 건축물의 내력을 상세히 아는 이는 아무도 없었다.

현관에 다다르자 삼나무 숲을 지나온 바람이 암거와 같은 저택 안으로 들어갔다.

시키다이 옆 신발장에는 아이들 운동화가 여러 켤레 놓여 있었다. 종형제 누군가가 와 있구나 생각하니 가슴이 뛰었다.

현관에서 아이가 소리를 질러봐야 전해지지도 않는다. 응답이 있거나 말거나 안으로 들어가 처음 마주친 사람에게 인사하는 것이 저택의 관례였다.

우연인지 아니면 조부모의 제삿날이었는지, 그해 여름은 전에 없이 많은 친척이 저택에 모였다.

내 또래 종형제만 해도 열 명 정도였고, 개중에는 어디서 왔는지 모를 먼 친척 아이도 있어서 임간학교처럼 북적거렸다.

예전의 유지 가문에서는 흔한 일이지만 증조부가 늦게 본 자손들과 조부가 일찍 낳은 자손들은 나이가 비슷했다. 즉 나이는 나와 비슷해도 실은 어머니의 사촌에 해당하는 아이도 몇 명 섞여 있었다.

그런 상황인지라 많은 아이들 중에는 처음 보는 얼굴도 있게 마련이다. 그러나 임간학교처럼 대형 객실에서 식탁에 빙 둘러앉으면 역시 다들 어딘지 닮은 얼굴임을 알 수 있었다.

친척도 전국에 뿔뿔이 흩어져 있지 않다. 이것도 내력 있는 유지 집안의 특징인데, 가문의 순혈을 지키기 위해 며느리나 사위를 들이는 집이 거의 정해져 있었다. 그러므로 친척들은 미타케 산을 중심으로 오우메, 지치부, 이쓰카이치 근방에 집중되었고, 마침내 우리 어머니 대에 이르러서야 주오선 연선이나 오우메 가도 변에 새로운 친척이 생긴 정도였다.

처음 보는 아이의 얼굴도 우리와 닮은 이유는 예로부터 거듭되어 온 근친혼 탓인지도 모른다. 일족의 관계가 너무 복잡하게 얽혀서 계보로 그려 설명하기가 거의 불가능했다.

  소학교 1학년 혹은 2학년 여름이었으므로 어머니 고향집에 나 혼자 내려가지는 않았을 텐데, 어찌된 영문인지 누구와 같이 갔는지는 기억에 없다.

  현관 시키다이나 전면 복도가 서늘하여 기분이 좋았다. 해발 1천 미터 산꼭대기에서는 여름 초입부터 쓰르라미가 운다.

  장지를 활짝 열어 둔 대형 객실에서는 종형제들이 마법에라도 걸린 양 저마다 다른 자세로 낮잠을 자고 있었다.

  큰 계단을 돌아 구석방의 맹장지를 열자 어른들이 점심을 먹고 있었다. 장작불 그을음 냄새가 짙어졌다.

  "오, 어서 오렴."

  누가 누군지 알 수 없을 만큼 얼굴이 닮은 이모들이 서로 비슷한 목소리로 말했다. "어째 인사도 없이 들어오누" 하고 외삼촌이 냉큼 꾸짖었다.

  일족 어른들은 남자가 귀했다. 젊어서 가슴병을 앓는 사람이 많았고 전사한 사람도 있었지만, 무엇보다 산꼭대기의 힘겨운 겨울을 견디지 못하고 죽은 아기가 어김없이 사내아이였기 때문이다. 내 조부가 데릴사위였던 것도 그 탓이다.

  내가 새삼 "안녕하세요"라고 인사하자 일가는 웃는 낯으로 맞아주며 메밀국수를 내주었다.

  역시 어머니나 형이 함께 갔던 기억은 없다. 어쩌면 나 혼자 설레는 마음에 산길을 먼저 달려 올라갔는지도 모른다.

"왜 이렇게 조용해. 아이들이 밖에 나갔나?"

외삼촌이 메밀국수를 들어 올리며 말했다.

"낮잠 자요."

내가 대답했다.

"그래? 그럼 당장 인사드리고 오너라. 아이들이 일어나 놀기 전에."

만사 젖혀두고 일단 신사에 참배부터 하는 것이 신에 대한 예의였다. 신도회의 경건한 신도들은 저택에 어렵게 도착해도 툇마루에 짐을 두고 곧장 신사로 올라갔다.

그럴 요량으로 식사를 마치고 현관으로 돌아가는데 대형 객실 너머 뒤쪽 복도의 살짝 턱이 있는 문지방에 한 아이가 앉아 있는 뒷모습이 보였다.

혼자서만 잠에서 깨어났는지 반바지 입은 무릎을 안고 눈 아래 펼쳐진 관동평야를 멍하니 바라보고 있었다.

대형 객실은 앞쪽과 뒤쪽에 복도가 있어서 여름에는 극락이 이렇겠지 싶을 만큼 상쾌한 바람이 불었다.

"히로시 짱?"

하고 내가 불렀다. 뒷모습이 한 살 많은 사촌처럼 보였기 때문이다.

그러나 돌아다보는 옆얼굴은 전혀 기억에 없었다.

신사로 가는 돌계단 3백 단을 혼자 올라가야 하므로 누구라도 동행이 있었으면 좋겠다고 생각했다. 그래서 나는 사촌들이 깰까

봐 발소리 죽여 대형 객실을 가로질러 낯선 친척 아이 옆에 앉았다.

소년은 새것 같은 새하얀 노타이셔츠를 입고 있었다. 키가 훤칠하고 귀티 나는 얼굴에는 까까머리가 어울리지 않았다.

매우 내성적인 아이처럼 보여서 내가 먼저 말을 건넸다.

"참배하러 갈래? 모두 자고 있으니까 심심하잖아."

소년은 부끄러운 듯 엉덩이를 밀어 기둥에 기대었다. 마치 소녀 같은 몸짓이었다.

"응? 같이 가자. 참배를 하지 않으면 외삼촌한테 혼나."

나는 소년의 팔을 잡고 일어섰다. 역시 소녀처럼 가늘고 보드라운 팔이었다. 소년은 저항하지 않았다.

현관 시키다이로 나가 이름이 뭐냐고 물었다.

"스구루."

소년은 산나리를 꽂은 꽃병의 물을 손가락에 묻혀 시키다이에 '秀'라고 쓰며 대답했다.

"할아버지가 지어주셨어."

스구루라는 소년은 그렇게 말하고 발에 커 보이는 나막신을 꿰신고 현관으로 뛰어나갔다.

그리고 둘이 함께 신사에 참배를 하러 갔지만, 공교롭게도 기억은 전부 사라지고 없다. 다만 중간에 딴청을 많이 피웠는지 돌아올 때는 오쿠노인에서 쏟아져 내리는 안개가 앞길을 막아 겁을 먹었다.

전에 나카자토 가이잔이 『다이보사쓰고개大菩薩峠』에서 묘사한 대로 미타케산은 안개의 명소였다. 해질녘이면 어김없이 안개가 내려와 풍경을 감추어버렸다.

길을 잃고 가파른 돌계단을 헤매는 나에게 스구루가 손을 내밀어 주었다. 산꼭대기 마을 아이들처럼 자연에 익숙한 완강한 손은 아니었다. 누군가 손을 잡아준다기보다 내 손과 손을 기도하듯 모은 듯한 기분이었다.

성이 뭐냐고 물었다. 대답이 안개에 묻혀 둔탁하게 들렸다.

"스즈키."

친척 아이들 절반 이상이 '스즈키'였으니 뜻밖의 대답은 아니었다. 하지만 "스즈키 스구루"라고 말해 보자 그 울림이 전설 속의 영웅 이름처럼 아름다웠다. 가령 '야마토 다케루'처럼.

스구루의 인도로 저택으로 돌아왔을 텐데, 기억은 남아 있지 않다.

군식구가 이렇게 불어나니 식사를 할 때는 객실에 모두 수용할 수가 없었다.

그럴 때 해결책은 정해져 있다. 대형 객실에 긴 탁자를 늘어놓은 다음 아이들만 식사를 시키고, 각자 알아서 이불을 깔고 자게 하는 것이다.

이 저택은 오래전부터 미타케 참배를 하는 사람들의 숙소였고, 산악부 합숙이나 초중학교 임간학교에도 사용되었던 터라 우리도 그런 대우를 받았다.

부모를 따라 신사를 참배하고 당일로 혹은 하루 묵고 돌아가는 아이도 있고, 나처럼 여름 한철을 느긋하게 지내는 아이도 있었다. 그래서 종형제의 머릿수는 그날그날 늘기도 하고 줄기도 했다.

우리를 돌봐준 사람은 메이지 시대에 태어난 지토세 이모였다. 사정이 있어 이혼하고 친정으로 돌아와 있던 지토세 이모는 누가 정하지도 않았을 텐데 아무리 바빠도 아이들을 보살펴주었다.

저녁 식사 시간을 알리면 아이들은 각자 부엌에서 쟁반을 받아 들고 대형 객실에 마련된 자리에 앉는다. 멋대로 젓가락을 들어서는 안 된다. 마침내 이모가 나무밥통을 안고 들어와 밥을 퍼준 뒤 "자, 들자!"라고 말해야 식사를 시작할 수 있었다.

이모는 내내 나무밥통 옆에 앉아 있었다. 이것도 내력 있는 가문의 관례인지, 식사 중에 일어서는 일은 금기여서, "한 공기 더 주세요"라고 말하면 이모가 그때마다 일어나 밥공기를 가져가서 퍼주었다.

잔소리가 심한 사람이 아닌데도 이모에게는 아이들이 스스로 입을 다물게 하는 위엄이 있었다.

그날 저녁 대형 객실에서는 스구루의 모습이 보이지 않았다. 그것도 그다지 이상한 일은 아니었다. 친척 중에는 객실을 쓰는 사람도 있고, 나도 아버지나 친할아버지와 함께 방문했을 때는 손님으로서 숙박했기 때문이다.

아마 스구루의 집은 조금 먼 친척이거나 가족과 함께 왔을 거라고 생각했다.

두 번째 밥공기를 가져다 준 이모에게 내가 별 생각 없이 물었다.

"스구루 짱은요?"

그 순간 이모는 평소의 미소를 싹 지웠다. 밥공기를 얹은 쟁반도 무릎 위에 놓은 채 움직임을 멈추었다.

"너, 지금 뭐라고 했니?"

이모는 무서운 얼굴로 물었다. 나는 물론이고 좌우에 있던 종형제들까지 젓가락질을 멈추었다. 나는 꾸중을 듣는 이유를 알 수 없었다.

"스구루 짱은요?"

그렇게 다시 한 번 중얼거렸다. 이모가 나를 빤히 쳐다보았다.

"못된 농담 하면 못 써."

밥공기를 건네주고 이모는 별 말 없이 나무밥통 옆으로 돌아갔다. 검은 옷을 감은 허리를 꼿꼿이 세운 채 종종 나에게 날카로운 눈초리를 던졌다.

대체 뭘 잘못한 것인지, 뭐가 못된 농담이라는 말인지 나는 내내 고민해야 했다.

아마 나의 태도가 뭔가 좋지 않아서 꾸중을 들었겠지만, 짚이는 점은 없었다.

다다미 위에 흘린 밥알을 줍고 조금 무너져 있던 자세를 고쳐 앉아도 이모는 여전히 나에게 차가운 시선을 던졌다.

아이들이 모두 젓가락을 내려놓는 모습을 지켜본 뒤 이모는 새삼스러운 말투로 "얌전히 잘 먹어줘서 고맙구나"라고 말했다. 그러자 아이들은 "잘 먹었습니다"라고 입을 모아 대답했다.

친한 종형제들에게 스구루에 대하여 물어보았지만 아무도 알지 못했다.

"다른 손님의 아들이겠지"라는 대답에 나도 그런가보다 하고 납득했다. 애초에 친척이라는 생각부터 오해였고, 투숙객의 아이가 지루해서 친구를 찾고 있었던 거라면 이상할 일은 없었다.

가족들과 여행을 온 도시 아이는 미타케산의 대자연이나 저택의 넓은 공간을 버거워한다. 본래 신도회를 위한 숙소인지라 놀이기구 같은 것도 없어서 아이에게는 지루한 장소일 뿐이다. 그래서 우리가 노는 곳에 숙박객의 아이가 섞여드는 일도 종종 있었다. 물론 그 손님의 성이 마침 '스즈키'라고 해도 별난 우연이라고 할 정도는 아닐 것이다.

그러나 같이 어울려도 손님은 손님이므로 우리는 배려를 잊지 않았다. 만약 울리기라도 하면 이유 여하를 막론하고 크게 혼나기 때문이다.

거기까지 생각이 미치자 이모에게 꾸중을 들은 이유도 어쩐지 알 것 같았다. 손님 이름을 함부로 들먹인 경솔함을 꾸짖은 거라고 생각했다.

격식 높은 신사의 숙소이므로 귀한 손님도 종종 방문한다. 스구루가 그런 특별한 손님의 아들이라면 이모의 걱정도 당연했다.

나와 스구루가 친밀하게 손을 잡고 있는 모습을 이모가 보았던 것인지도 모른다.

이런저런 궁리 끝에 스구루에 대하여 그렇게 억측하며 그럭저럭 납득했다.

미타케산의 밤은 길었다.

해가 남아 있을 때 저녁식사를 마치고 여름방학 숙제를 하기로 되어 있지만 종형제들이 한자리에 모이면 그런 계획일랑 깨끗이 잊히고 만다.

아이들의 식사가 끝나면 손님들 식사가 시작된다. 부엌은 전쟁터처럼 경황이 없어지고 하코젠을 네다섯 개씩 포개서 쳐든 하녀들이 바쁘게 복도를 왕래했다.

귀한 손님을 한자리에 모아 놓고 한꺼번에 식사를 제공한다는 발상은 옛날 숙소에서는 있을 수 없는 일이었다. 각 객실마다 따뜻한 요리를 식기 전에 제공하고 뒤미처 둘째 상, 셋째 상을 실어 나른다.

술은 대개 데운 술을 마실 터이므로 부엌으로 통하는 토방에 화로를 놓고 놋대야를 올려둔 다음 술 담당 하녀가 술 데우는 일을 전담했다.

오랫동안 교류해온 신도가 숙박객으로 오면, 신령님과 음식을 나누는 직회를 연다는 명분으로 저녁 연회를 마련하여 저녁식사를 대신한다. 그런 객실에는 신관의 하얀 겉옷에 옥빛 하카마를 입은 외삼촌이 들어가 술잔을 나누었다.

그런 식으로 긴 밤이 깊어간다. 아이들이 숙제를 하든 장난을 치든 어른들 눈에 들어오지 않았다.

담력내기를 하자, 라고 누군가 제안했다. 여자애들은 오자미놀이나 구슬치기 따위로 시간을 잘 보내지만 남자애들은 아기자기한 놀이에 금방 싫증을 내고 만다.

이야기는 척척 진행되었다. 소년들은 나약한 겁쟁이로 보이기를 무엇보다 수치스러워해서 아무도 싫다고는 말하지 않았다.

혼자 갈 것인가 짝을 이뤄 갈 것인가.

신사로 갈 것인가 아니면 동쪽 능선에 있는 묘역으로 갈 것인가.

역시 나약함을 부끄러워하는 마음에 결론은 금방 나왔다. 각자 마음에 드는 곳으로 혼자서 간다. 나이가 너무 어린 아이를 제외하고 소학생 남자애들이 일고여덟 명이나 되었지만 묘역을 택한 사람은 나 하나였다.

묘역보다 신사 쪽이 낫다는 다수의 의견에 나는 고개를 갸웃거렸다. 사람 시체가 매장된 묘역보다 정체 모를 신들이 깃든 신사가 내게는 훨씬 무서운 곳이었다. 게다가 거리는 양쪽 다 비슷했지만, 돌계단을 오르내려야 하는 신사보다 대체로 평탄한 능선길이 편하다고 생각했다.

등롱 두 개를 준비하여 심지에 불을 붙였다. 등롱은 사실 담력

내기의 도구는 아니고, 산꼭대기 마을에서 생활하는 데는 여전히 회중전등보다 중요하게 쓰이는 물건이었다. 등롱에는 벼이삭 문장이 그려져 있었다.

만일 어떤 어른이 불러서 추궁할라치면 도리이 앞 참도에서 토산품점을 하는 친척집에 가는 거라고 둘러대기로 입까지 맞춰 놓았다.

출발점을 현관으로 정하자 참가하지 않는 여자애나 어린아이들까지 겁먹은 눈초리로 따라 나왔다. 공포와 흥분이 뒤섞인 묘한 기분이었다.

그런데 현관 시키다이에서 뜻밖에 이의를 제기하는 아이가 있었다. 혼자 출발한 참가자가 돌아오기를 기다리자면 시간이 너무 많이 걸리므로 신사 쪽은 두 사람이 짝을 이뤄 가자는 말이었다.

"그럼 나도 신사로 할래."

나는 당연히 그렇게 항의했다. 아무리 그래도 나 혼자만 묘역으로 가는 것은 불공평했다. 시간이 너무 오래 걸린다는 말은 겁쟁이의 변명임도 알고 있었다.

그러나 나의 번복은 인정되지 않았다. 종형제들은 참가자 중에 제일 어리고 건방진 나에게 심술을 부린 것이다.

불합리한 처사임은 분명했지만 겁쟁이 소리를 들을 수는 없었다. 어느 쪽이 겁쟁이인데, 라고 생각하면서도 나는 즉시 묘역을 향해 걷기 시작했다.

오른손에 등롱 자루를 쥐고 왼손에 내 이름을 쓴 나무젓가락을 들었다. 묘역의 조상님 무덤들 가운데 어느 한 곳에 그 나뭇젓가락을 두고 돌아오기로 했다. 동쪽 문을 나서서 오솔길을 내려가다가 신대 느티나무의 밑동을 우회하여 달빛이 닿지 않는 대숲으로 들어선다. 그 근방의 완전히 캄캄한 어둠은 몸이 오그라들 만큼 무서워서, 겁쟁이 소리를 들어도 좋으니 돌아갈까, 하고 걸음을 잠시 멈추었다.

그렇게 뒤를 돌아보았을 때 덤불 저쪽에서 사람 형체가 다가왔다. 내가 출발한 직후에 역시 너무 심한 처사라고 생각한 누군가가 따라와 주었다고 생각했다.

가는 줄무늬로 보이는 죽순대 덤불이 밤바람에 서걱서걱 흔들리는 가운데 순백색 셔츠가 도드라졌다. 아이들의 담력 내기를 어디선가 지켜보고 있었는지 스구루가 바로 뒤를 따라온 것이다.

나는 가슴을 쓸어내리며 울상을 짓고 말았다. 스구루의 등장이 울고 싶을 만큼 반가웠다.

"다들 너무하네 아녀?"

스구루는 나를 대신하여 아이들의 야비함을 비난했다.

"근데, 스구루 짱은 미타케산에서 살아?"

내가 문득 생각이 나서 물었다. 미타케산은 방언이 심한 지역은 아니지만 말끝에 흔히 '아녀'를 붙이는 것이 특징이었다.

헤헷, 하고 스구루는 웃었다. 등롱 위쪽으로 올라오는 불빛에 드러난 얼굴모양이 소녀처럼 천진하고 사랑스러웠다.

"응."

스구루는 내 손에서 등롱 자루를 부드럽게 빼앗아 들더니 내 손을 잡고 걷기 시작했다.

능선 길에는 큰 나무가 없어 남색 밤하늘이 활짝 열려 있었다. 달은 구름 뒤에 숨었지만 그만큼 별들이 넘쳐나, 도도히 흐르는 하늘의 강은 지평선에 아로새겨진 도쿄의 불빛으로 기울어 쏟아져 내리고 있었다.

스구루는 맞잡은 손을 흔들어 박자를 맞추며 옛 군가를 불렀다.

사백여 주에서 긁어모은 십만여 기의 적
여기 국난이 닥쳤도다, 때는 고안 사 년 여름
무엇이 두려우랴 가마쿠라의 남아여
무사의 칼로 온 세상에 정의를 보여라 1892년에 발표되어 패전 때까지 애창되었던 군가 「원구元寇」. 원구는 '몽골군의 침략'을 뜻하며, 고안弘安 4년(1281년) 가마쿠라 막부의 분투를 소재로 한다.

이때만 해도 일상생활에 여전히 군가가 남아 있기는 했지만, 고풍스럽기 짝이 없는 그런 군가는 들어본 적이 없었다.
"힘이 날 거야. 가르쳐 줄 테니까 같이 부르자."
운동회 행진곡에 난해한 단어를 마구 채워 넣은 듯한 기묘한 노래였다. 하지만 스구루를 따라 한 소절씩 따라 부르다 보니 의미는 몰라도 뱃속에서 용기가 솟는 기분이었다.

"학교에서 배웠어?"

"아니. 할아버지가 가르쳐 주셨어."

"스구루 짱 할아버지는 병사였나 보네."

"아냐. 신주셨어."

"그래? 그럼 나랑 같구나."

나는 걸으면서 밤길을 돌아다보았다. 삼나무 너머 신관 저택들이 산꼭대기의 신사에 복속하듯 불을 밝히고 있었다.

스구루는 이 동네 어느 집의 아이일 것이다. 서른 채가 넘는 신관 가문 중에 스즈키란 성을 가진 가문이 또 있었나?

그때 나는 한 가지 모순을 알아차렸다.

신관 저택은 저마다 고아한 옥호를 가지고 있었다. 그러나 우리 가문만이 따로 옥호 없이 '스즈키'라는 성으로 불리고 있었다.

태곳적부터 미타케산에서 살아온 신관 가문들은 같은 성이 많아서 옥호가 필요했지만 에도 시대 초에 정착한 '스즈키' 성은 딱 한 가문뿐이었기 때문이다.

외삼촌한테 들었던 그 이야기를 떠올려보면 스구루가 거짓말을 하고 있는 셈이었다.

당황하는 내 손을 잡아끌며 스구루는 묘역으로 가는 길을 서둘렀다.

"이 노래는 군가가 아냐. 옛날 옛날 몽골 대군이 일본에 쳐들어왔을 때 사무라이들이 맞서 싸웠거든. 그때 전투에 패할 뻔했는데, 신풍이 불어서 적의 배들을 전부 침몰시켰어."

그 이야기라면 들어본 적이 있다. 소학교 교사가 그 이야기를 들려준 뒤 "신풍 같은 건 아니었고 때마침 태풍이 분 거란다"라고 까발려서 아이들을 실망시켰었다.

"역시 학교에서 배운 거구나."

"그게 아니라니까. 할아버지가 가르쳐주신 거야."

스구루에게 똑같은 대답을 들으니 그 '할아버지'가 누구인지 알 수 있었다. 내 머리로 생각해낸 게 아니라, 다른 답이 있을 수 없는 대답이 뚝 떨어지듯 생각난 것이다.

마치 어둠에 투사된 환등 영상처럼 내가 본 적이 없는 시대의 광경이 내 가슴에 떠올랐다.

볕이 잘 드는 전면 복도에서 흰 수염을 기른 노인이 어린 손자의 손을 잡고 씩씩한 노래를 가르치고 있다. 총명한 소년은 뜻도 모르는 난해한 가사를 통째로 암기했다. 노인이 소년의 까까머리를 쓰다듬으며 환하게 웃었다.

"기억력이 좋구나. 스구루는 영리하네."

그러나 다음 광경이 어둠에 비춘 순간 나는 가슴이 답답해서 스구루의 손을 꼭 쥐었다.

초겨울 찬바람이 부는 능선을 장례행렬이 조용히 움직이고 있다. 폐백이 바람에 찢긴 채 나부끼고 비쭈기나무 가지를 꽂은 깃발이 펄럭인다. 새로 짠 작은 관을 신관들이 메고 있지만 관은 매우 가벼워 보인다. 그 바로 뒤에 신통력은 없지만 자상한 조부가 잠시라도 그렇게 하고 싶은지, 축문 대신 인간의 슬픈 울음소리를 내며 순백색 옷을 입힌 아들의 사체를 부둥켜안고 걸어간다.

마침내 스구루와 나는 환상의 장례행렬을 뒤쫓듯이 별빛이 쏟아지는 묘역으로 들어섰다.

"거의 다 왔어. 겁쟁이 소리를 들을 수는 없잖아."

스구루는 노래로 나를 격려해 주었다. 어느새 슬픔이 가슴에 가득 차고 두려움은 가셨다.

스즈키 가문의 무덤은 묘역 동쪽 끝에 가지런히 열을 지어 자리 잡고 있었다. 구름 틈새로 내려오는 달빛이 주변의 어둠을 밀어냈다.

수없이 많은 묘비는 곧 미타케신의 역사여서, 강건하게 생긴 석탑도 있고 이끼를 뒤집어쓴 불상도 있었다. ㄷ자로 조성된 묘소의 중앙에는 한층 훌륭한 증조부 내외의 묘석이 있고, 그 옆에는 조금 겸손해 보이는, 조성한 지 얼마 지나지 않은 듯한 조부모의 묘가 있었다.

나는 여기까지 왔다는 증거인 나무젓가락을 조부의 묘석에 놓았다.

"자 어서 진군하라 충의로 단련한 우리의 무공, 이제야 나라를 위해——."

나이 어린 외삼촌은 나를 위해 노래하고 있었다. 언제까지나 듣고 싶을 만큼 청아한 노랫소리였지만, 넘쳐나는 슬픔에 겨워 내가 말했다.

"알았으니까 이제 됐어. 나는 겁쟁이가 아니니까. 다시는 겁내지 않을 거니까."

나는 잡고 있던 손을 놓고 등롱을 받아들고 신전에 엎드려 절하듯 깊이 고개를 숙이며 "고마워"라고 덧붙였다.

조부의 묘석 옆에는 초여름에 하얀 꽃을 피우는 철쭉 고목이 있었다. 무성하게 자라서 바닥까지 뒤덮은 철쭉 가지에 가려진 작고 둥그런 바위에 나는 눈길을 모았다.

철쭉 가지를 꺾고 손가락 끝으로 바위를 더듬어보니 무디게 닳아서 똑똑히 읽히지는 않지만 '秀'라는 한 글자만 새겨져 있다. 그 글자 외에는 향년도 몰년도 새겨져 있지 않았다.

태어난 곳의 바위와 철쭉을 표식으로 삼아 작은 관은 그 자리에 묻혔을 것이다. 묘석의 매끄러운 곡선은 비바람에 시달려서가 아니라 장수를 누린 조부가 평생 쓸어주며 아끼고 사랑해준 증거처럼 보였다.

일어나 뒤를 돌아보니 스구루의 모습은 아무데도 보이지 않았다. 작고한 조부의 기척이 도처에서 느껴졌지만 말을 건네는 혼은 없었다.

우러러보니 하늘은 별로 가득하고, 그 별 하나하나가 나의 생명과 이어져 있는 것처럼 느껴졌다.

그 뒤에 나는 어떻게 했던가. 공포가 되살아나 밤길을 달려서 돌아왔는지 이런저런 상념에 빠져서 돌아왔는지, 역시 전혀 기억이 없다.

"그 이야기를 또 누구에게 한 적 있니?"

곁에 듣는 사람이 없음을 확인하고 외삼촌이 물었다.

"아무한테도 얘기하지 않았지만——,"

스구루, 라는 이름을 말했을 뿐인데 지토세 이모가 무섭게 노려보았고, "못된 농담 하면 못 써"라며 꾸짖었다고 외삼촌에게 말했다.

"꿈이었던 거죠, 삼촌?"

나는 외삼촌의 대답을 강요했다. 당시 나는 나의 몸에 전해진 신통력을 믿지 않고 있었다. 예감은 그냥 감이라고 생각했고 내가 보고 들은 내용들은 꿈이라 치부하고 있었다.

설마 현실이라고는 생각하지 못하고 꿈치고는 너무 또렷한 체험을 한 그날로부터 며칠 뒤의 일이었다. 종형제들과 놀다가 무리에서 빠져나와 외삼촌에게 '신기한 꿈 이야기'를 했던 것이다.

아니, 어쩌면 지토세 이모를 통해 섬뜩한 이야기를 들은 외삼촌이 나에게 캐물었는지도 모른다.

스구루라는 아이와 함께 신사에 참배한 것, 그날 밤 담력 내기에서 겪은 일들을 나는 자세하게 말했다. 외삼촌과 나는 바람이 시원한 북쪽 복도에서 무릎을 맞대고 앉아 있었다.

외삼촌은 잠시 생각에 잠겨 있다가 목을 연방 컥컥거리고는 휴지로 입을 닦았다.

"그쵸? 꿈을 꾼 게 맞죠?"

다시 외삼촌에게 물었다.

"음. 그건, 꿈이야."

마침내 돌아온 대답에 나는 가슴을 쓸어내렸다. 하지만 안도한 것도 잠시였다. 꿈이라고 말해놓고도 외삼촌은 꿈에는 있을 수 없는 사실을 떠듬떠듬 말하기 시작했던 것이다.

"나는, 원래는 이 가문의 후계자가 아니었어. 지토세 이모와 이모부 슬하에 후계자 아이가 있었지. 너와 비슷한 나이에 죽어서 나는 거의 기억하지 못하지만."

"스구루 님."

하고 나는 청아한 이름을 중얼거려 보았다.

"그러니 지토세 이모가 소스라치게 놀란 것도 당연하달까. 아마 네가 엄마한테 들은 옛날이야기를 바탕으로 이야기를 꾸며내서 이모를 놀렸다고 생각했을 거야."

"가여워요, 스구루 님이."

외삼촌은 담배합을 끌어당기고 하얀 옷소매에서 여송연을 꺼냈다. 외삼촌의 동작은 하나하나가 단정했다.

"의외로 꼭 그렇게만 말할 수는 없겠지. 이름도 받기 전에 죽어버린 아기가 여러 명이나 있었으니까."

외삼촌은 다루기 어려운 장난꾸러기 때문에 난처해하는 사람처럼 나를 곁눈으로 쳐다보았다.

"꿈인 건 틀림없지만, 아무한테도 말하진 마라."

"엄마한테도요?"

"그래. 아마 너는 앞으로도 이상한 꿈을 꾸겠지만, 절대로 말해서는 안 돼. 알겠지?"

나는 고개를 끄떡했다. 그러나 속으로는 납득이 되지 않아, '어째서?' 하고 소리 없이 중얼거렸다.

그러자 외삼촌은 자못 재미있다는 듯이 수염을 일그러뜨리며 미소 지었다.

"그야 꿈이니까 그렇지."

외삼촌은 그렇게 말하고 신의 입김 같은 하얀 연기를 바람을 향해 토해냈다.

스구루는 그 후 한 번도 나타나지 않았다.

내가 보낸 여름 한철 동안 친척 아이들은 자주 얼굴이 바뀌었다. 누군가 새로 올 때마다 현관까지 뛰어나갔지만, 거기 있는 사람은 어딘지 스구루를 닮은 종형제뿐이었다.

늦여름에 산에서 내려왔다. 마음이 개운치 않은 까닭이 아직 하지 못한 숙제 탓만은 아니었다. 미타케산에서 집으로 돌아오는 길은 늘 우울했다.

케이블카 역까지 내려가면서 나는 몇 번이고 뒤를 돌아다보았다. 산꼭대기의 신사 바로 아래, 삼나무 숲을 관통하듯 길게 뻗은 저택을 찾기는 쉬웠다.

내려가면서, 가슴을 설레며 올라갈 때처럼 어머니 형제자매의 이름을 외웠다. 문득 생각이 나서 '지토세'와 '고' 사이에 '스구루'를 넣었다. 그러자 마치 색칠하다 말고 잊고 있던 공백이 색으로 채워져 한 장의 그림이 완성된 기분이었다.

산에 오를 때의 설레는 마음은 늘 같지만 귀로는 그때그때 다른 생각을 했다.

가파른 비탈을 내려가는 케이블카의 차창으로 멀어져가는 산꼭대기를 올려다보았다. 그때 문득 미타케산은 수많은 신들이 계시는 산이 아니라 산 자체가 신이 아닌가, 하는 생각이 들었다. 그 어깨나 가슴, 혹은 무릎을 빌리며 사람들이 살아오고, 아득한 옛날부터 불사의 신들에 비하면 버러지처럼 짧은 삶을 반복해왔던 것은 아닌가, 하고.

강철 케이블에 끌려 올라가는 차량과, 매달려 내려가는 차량은 비탈 중간쯤에서 스쳐지나간다. 낯선 사람들이 서로 손을 흔들어준다.

마침 그때 내가 탄 빨간 차량에는 여름방학의 끝을 맞이한 아이들이 많았고, 올라가는 차량에는 신도회 사람들인지 똑같은 하오리를 걸친 노인들이 타고 있었다.

마침 산꼭대기에서 안개가 내려올 시각이었다. 어쩌면 하늘로 돌아가는 영혼과 지상에 태어나는 영혼은 천공 어딘가에서 이렇게 스쳐 지나는 것은 아닐까, 하는 생각도 들었다.

다키모토 역에 내리자 산꼭대기에서는 겪을 수 없는 무더위가 피부에 닿았다. 버스를 타고 산기슭을 내려가는 굽이굽이마다 불쾌감은 강해졌다.

기온이 높을 뿐 아니라 공기도 탁하다. 그리고 슬프게도 피부가 더러워져 갈수록 스구루의 선명한 기억은 사라져갔다.

미타케 역 플랫폼에서 배낭을 추슬러 올리며 산꼭대기를 찾아보았지만 그쪽 방향은 두터운 구름이 장막처럼 가리고 있었다.

나는 축축한 벤치에 앉아 스구루의 목소리와 얼굴을 떠올리려고 했다. 어린 나이에 죽었다는 사실보다 망각되고 마는 것이 더 가련하다고 느꼈기 때문이다. 하지만 그런 생각 한켠에서 스구루의 모습이 안개에 싸이듯 흐려져 갔다.

외삼촌이 그렇게 판정할 것도 없이 스구루는 꿈이 되고 말았다. 하지만 꿈이 아닌 것이, 묘역으로 향하는 길에 스구루가 가르쳐준 노래를 의미는 몰라도 한 구절도 어긋나지 않게 기억하고 있었다.

"무엇이 두려우랴 가마쿠라의 남아여, 무사의 칼로 온 세상에 정의를 보여라——."

읊조릴수록 답답하던 가슴이 후련해져, 나는 벤치에서 일어나 여름의 끝을 고하며 날아들 기적소리를 기다렸다.

8장

마쓰리 전야의 손님

그 손님은 찢어진 삿갓에 옷자락을 허리에 꿰지르고 줄기차게 내리긋는 장대비를 뚫고 산길을 올라왔다고 지토세 이모는 말했다.

아이들이 잠자리 옛날이야기에 귀를 기울이고 있을 때 창밖은 삼나무 숲이 굉굉히 울리도록 거센 비가 쏟아졌다. 빗소리를 꿰듯 어디선가 구슬픈 생황 소리가 들렸다.

"그날 밤도 이렇게 너희 할아버지는 하야시_{전통 무대극의 반주 음악. 피리, 북, 징 등으로 구성된다}를 연습하셨다. 아무리 수행을 해도 신통력은 생기지 않았지만 음악에만큼은 재능이 있는 분이셨지. 생황이든 피리든 필률이든 두루 잘하셨어. 어쩌면 너희 가운데서 음악가가 나올지도 모르겠구나."

미타케산의 신주 가문들은 서로 멀찍이 떨어져 있어서 이웃 저택에서 나는 소리가 들리는 일은 없었다. 그렇다면 그날 밤의 생황 소리는 외삼촌의 연주였을 것이다.

"내일 지고마쓰리에서 때때옷과 두꺼운 화장을 하고 행렬에 참가하는 어린이는 누가 맡기로 했지?"

이모가 묻자 몇몇 아이가 이불 속에서 손을 들었다.

"응? 너는?"

나는 말없이 고개를 저었다. 어머니의 언질도 있었고 나도 그 역할을 맡을 줄 알고 산에 올라왔지만, 금란금실을 씨실로 하여 무늬를 놓은 화려한 비단 옷을 보는 순간 주눅이 들고 말았다. 사람들이 나를 끈질기게 쫓아다니며 종용했지만 "그렇게까지 강요할 일은 아니다"라는 외삼촌의 한 마디에 피할 수 있었다.

이대로 폭우가 계속되면 지고 행렬은 취소될 것이다. 싫다고 울면서 도망 다닌 만큼 손해를 본 기분이었다.

그런 생각을 하고 있자 이모가 베갯맡에 앉아 내 마음을 들여다보듯이 얼굴을 가까이 기울였다.

"미타케산 마쓰리가 비 때문에 취소된 적은 없단다."

그리고 이모는 미망인처럼 검은 옷을 입은 허리를 꼿꼿하게 펴고 내가 처음 듣는 옛날이야기를 이어나갔다.

＊

아버지는 대형 객실의 신전에 기나가시_{하카마를 걸치지 않은 간편한 평상복} 기모노를 입고 앉아 낭랑하게 생황을 불었다.

다이다이카구라_{이세신궁에 참배하는 자가 봉납하는 무악}를 연습하는 거라고 아버지는 말했지만, 지토세 귀에는 도저히 연습하는 소리처럼 들리지 않았다. 어린 자매는 아버지 뒤에서 싫증낼 줄도 모르고 들었다. 그러다가 문득 돌아다보니 가족들도 모두 모여 귀를 기울이고 있었고, 빈지문을 달아 놓은 복도에는 하녀나 직원들까지 앉아 있었다.

평소 데릴사위인 아버지와 데면데면하게 지내던 조부도 그때만큼은 흰 수염을 쓰다듬으며 감흥에 빠졌다.

본래 생황이나 필률을 가르친 이는 조부였지만, 아버지는 타고난 재능이 있어 곧 조부가 아무것도 가르칠 것이 없게 되었다고 한다. 데릴사위로 들어와 10년이 지난 그즈음에는 가구라_{신사에서 신에게 제사 지낼 때 곁들이는 연주} 춤과 반주까지 완전히 아버지가 관장하게 되었다.

조부의 위대한 신통력과 아버지의 뛰어난 예능은 어린 지토세에게 똑같이 자랑스러웠다. 조부와 아버지는 서로 다른 방법으로 신령님과 통하고 있다고 생각했다.

그날 미타케산에는 봄 태풍이 불었다. 삼나무 숲이 일제히 휘청거릴 정도로 강한 바람에 비까지 몰아쳤지만, 산꼭대기 마을

사람들은 이튿날 있을 레이사이例祭 신사에서 매년 올리는 제사 중에 가장 중요한 제사. 무사시미타케 신사의 큰제사는 '히노데마쓰리日の出祭'를 준비하느라 여념이 없었다. 매년 5월 8일에 올리는 히노데마쓰리가 비 때문에 취소된 사례가 없기 때문이다.

사람들이 그렇게 생황 음색에 빠져 있을 때 현관에서 사람을 부르는 소리가 들렸다.

조부가 일어섰다. 신도회를 위한 숙방이 본업인 이 저택은 여관과는 달라서 신직에 있는 조부나 아버지가 방문객이 어떤 사람이든 하카마 차림으로 맞이하는 관례가 있었다.

생황 소리는 중단되지 않았다. 원래 아버지는 연주에 몰입하면 아무 생각이 없어져서 흡사 눈과 귀가 없어진 듯했다.

지토세는 조부를 뒤따라 현관으로 나갔다. 복도의 어둠 속에 흔들리는 옥색 하카마 너머로 합각지붕을 얹은 시키다이가 있고, 도랑에 빠진 생쥐처럼 까맣게 번들거리는 인영이 서 있었다.

조부는 소매에서 성냥을 꺼내 사방등 심지에 불부터 붙였다. 현관에 어둑한 상야등이 켜져 있지만 전기가 들어오기 전에 나고 자란 조부는 무슨 일이 있으면 촛불이나 등롱부터 켜는 버릇이 있었다.

젖은 몸이 차디차게 식었는지 손님이 덜덜 떨리는 목소리로 대답했다.

"오늘은 어느 숙소나 우지코자기가 태어난 지역의 수호신을 신앙하는 사람. 그 지역의 신사는 이들의 기부로 유지되고 마쓰리 같은 행사도 이들이 주관한다들로 꽉 찼다고 해서요. 실은 제가 마쓰리가 있는 줄 모르고 올라왔습니다. 무리한 부탁인 줄 알지만, 어떻게 좀 안 되겠습니까?"

조부는 바로 대답하지 않고 사람을 가늠하듯이 가만히 쳐다만 보고 있었다.

"역시 어려운 부탁입니까? 뭣하면 합방도 괜찮습니다만. 아뇨, 날씨가 이 모양이니 비바람만 피할 수 있다면 어디든 상관없습니다. 네? 어르신. 어떻게 좀 안되겠습니까."

개인 참배객을 손님으로 받지 않는 원칙은 없다. 그러나 여관과 숙방을 구별할 줄 모르는 손님을 조부는 싫어했다. 신관은 결코 여관 주인이 아니라고 생각하기 때문이다. 그런 규범에 까다로운 조부가 자칫 짜증을 터뜨릴까봐 지토세는 마음이 조마조마했다.

아니나 다를까 조부가 못마땅한 투로 말했다.

"남에게 뭘 부탁하려면 먼저 머리에 쓴 그것부터 벗고 허리춤에 꿰지른 그 옷자락이라도 좀 제대로 입으시오."

그건 그래, 하고 지토세도 생각했다. 마쓰리 전야지만 이렇게 폭풍우가 몰아치니 날씨를 더 지켜보고 결정하자는 신도회도 많아서 어느 숙방이나 만원일 리는 없었다. 우리 저택만 해도 꽤 여유가 있었다.

"예. 그럼 말씀대로 하겠지만, 손님에게 예를 차리라고 말해놓고 설마 박정하게 내치지는 않겠죠?"

남자는 찢어진 삿갓을 벗고 흠뻑 젖은 옷을 고쳐 입었다.

시키다이에 내려둔 바랑 대신에 후리와케몸통의 앞뒤로 짐을 나눠서 어깨에 걸치는 봇짐라도 멘다면 흡사 먼 옛날 범죄자 같은 행색이었다. 하지만 등롱 불빛에 드러난 얼굴은 희고 갸름해서, 거친 말투와 행동거지가 오히려 걸맞지 않았다.

"내 대답은 이미 정해져 있었소. 안으로 드시오."

과연 조부다운 대응이었다. 쓴소리를 던질 때는 어김없이 상대방의 부탁을 들어준다.

참도 변에는 숙방이 많다. 남자는 문을 두드리는 곳마다 퇴짜를 당하면서 산꼭대기에 가까운 스즈키 저택까지 올라온 것이 분명했다. 지토세는 조부의 관용에 가슴을 쓸어내렸다.

"지토세, 어머니에게 가서 알리렴."

조부의 지시에 지토세는 어머니를 부르러 들어갔다.

"세상에, 이런 야밤에 손님이라니."

그렇게 놀라며 현관으로 나온 어머니는 이내 그 자리에 우뚝 멈춰 섰다.

"왜 그래, 엄마?"

지토세가 손을 잡아도 어머니는 칸막이 너머 시키다이를 응시한 채 잠시 꼼짝도 하지 않았다.

"한 분이다."

조부가 어머니를 돌아보며 의미심장하게 말했다.

"예. 한 분이시군요."

어머니는 두근거리는 가슴을 진정시키려는 듯 옷깃 언저리를 손으로 누르고 대답했다.

"왜 그래, 엄마?"

"왜 그러긴. 갑자기 손님이 오셔서 조금 놀랐을 뿐이지."

어머니는 남자를 욕실로 안내하고 부엌에서 야식을 준비했다. 하녀에게 시키려 하지 않고 손수 소금주먹밥을 빚고 국과 채소절임을 곁들였다.

말수가 없어진 어머니가 어쩐지 신경 쓰여서 지토세는 계속 곁에 붙어 있었다.

"저 손님, 나쁜 사람은 아냐. 만약 범죄자라면 할아버지가 진작 알아보셨겠지."

어머니도 집안 내력으로 물려받은 신통력이 있음은 알고 있었다. 어머니가 뭔가 안 좋은 감을 느낀 듯하지만, 조부가 투숙을 허락한 것을 보면 어머니의 감이 조금 어긋났으리라.

"그렇겠지. 할아버지 말씀은 틀림이 없지."

어머니가 초조한 듯이 말했다. 어찌된 일인지 조리대 위에 상이 두 개나 놓여 있었다.

"근데 엄마. 손님은 한 분이잖아."

지토세가 말하자 어머니는 "공양" 하고 무뚝뚝하게 중얼거렸다. 공양은 신령님께 바치는 음식을 말한다. 내일이 마쓰리니까 전날 밤에 주먹밥을 공양하나보다, 라고 지토세는 이해했다.

하지만 그게 아니었다. 어머니는 조금 망설이는 투로 무서운 이야기를 했다.

"저 손님, 혼자가 아니란다. 너는 모르겠지만 동반이 계셔. 현관 마루턱에 고개를 숙이고 가만히 앉아 계셨다. 할아버지도 그 여인이 불쌍해서 투숙을 허락하신 거다. 이 얘기, 아무한테도 하지 마. 알겠지?"

지토세는 울상을 짓고 고개를 끄덕였다. 보일 리가 없는 것이 보이는 어머니는 왜 그렇게 솔직하게 눈에 보이는 대로 말한 걸까 생각했다.

아버지가 연주하는 생황 소리는 끝날 줄 모르고 계속되었다. 지토세는 부엌에서 도망쳐 나와 신전에 가서 아버지 등 뒤에 웅크리고 앉았다.

아버지의 생황 소리가 망자를 불러들이고 말았을까? 아니면 조부가 말한 대로 아버지는 진혼곡을 연주하고 있는 걸까?

마침내 봄 태풍이 멀어졌고 지토세의 마음도 차분해졌.

꾸벅꾸벅 졸면서, 역시 아버지는 조부와 다른 방법으로 신령님과 통하고 있는 거라고 생각했다.

*

지토세 이모의 이야기를 듣던 아이들은 두려움에 떨었다.

"조용히 듣지 않으면 얘기는 그만 끝낼 거야. 그다음 이야기는 꿈으로 보든지."

다시 비명이 터졌다. 아이들은 저마다 이야기를 계속해 달라고 졸랐다. 꿈으로 다음 이야기를 보라는 말은 받아들일 수 없었다.

밤비는 그칠 기미도 없이 일그러진 창유리를 두드리고 있었다. 외삼촌이 부는 생황 소리도 변함없이 베갯맡으로 흘러들었다.

"너희 할머니는 나를 시험했던 것 같아. 그게 아니라면 그런 무서운 말로 어린아이를 겁에 질리게 할 까닭이 없지. 할머니는 나도 뭔가 보고 있는 건 아닌지 궁금하셨던 거야. 그래서 내가 겁에 질려 울상을 짓자 할머니는 그제야 안도하는 얼굴이었어. 보이지 않는 것을 봐서 득 될 게 아무것도 없으니까."

종형제 가운데 한 아이가 "귀신이 보이면 좋겠어" 하고 말했고, "안 보이는 게 나아"라고 반론하는 목소리도 나왔다.

이모는 꾸짖지 않았다. 대화에 끼지 않는 아이가 있나 살펴보는 것 같아서 나는 "보이지 않는 게 나아"라고 말했다. 그런 정도라면 최소한 거짓말은 아니기 때문이다.

빗소리와 생황소리가 다시 들릴 때까지 이모는 잠자코 있었다.

"쇼와 초기에 케이블카가 설치될 때까지는 고갯길을 두 시간이나 올라와야 했지. 쌀이고 술이고 모두 지게로 져 날랐고, 사와이에 있는 소학교도 어두울 때 집을 나서서 어두워진 뒤에야 돌아왔으니까. 그래서 밤늦게 손님이 도착하는 경우도 그리 드문 일은 아니었어. 하지만 그렇게 폭풍우가 치는 밤에 손님이 올라오다니 심상치 않은 일이지. 그래——그 손님들에게 내준 방이 바로 이 방이었을 거야."

아이들은 또 비명을 지르고 이불 속에 숨었다. 나도 모르게 소름이 돋은 까닭은 같은 방이라는 말 때문이 아니라 이모가 아무렇지도 않게 말한 '손님들'이라는 한 마디 때문이었다.

만약 다이쇼 초기의 그날 밤, 내가 그 자리에 있었다면 필시 눈에 보이지 않는 한밤중의 손님을 보고 말았을 것이다.

현관 마루귀틀에 흠뻑 젖은 채 고개를 숙이고 앉아 있는 여자. 지칠 대로 지친 목덜미에 헝클어진 머리채가 축 늘어져 있다. 마침내 여자는 알아채지도 못하는 사내를 따라 욕실로 향한다.

망자는 목욕을 하지 않는다. 남자가 기분 좋게 목욕하는 동안 욕실마루에 멍하니 서 있거나 다시 고개를 떨어뜨리고 앉아 있었을 것이다. 그리고 다시 남자 등에 바짝 붙어 큰 계단을 올라 이 객실에 들어선다. 곧 조모가 하코젠 두 개를 포개서 들고 올라온다.

"너희 할머니는 나중에 그날 밤에 있었던 일을 나에게 그대로 들려주셨단다. 보이지 않는 것을 봐서 득 될 것은 아무것도 없지만, 그래도 본 것을 못 봤다고 말할 수는 없으니까, 라고 하시면서 웃으셨지."

나의 망상은 다시 이모의 이야기로 이어졌다.

*

"보시는 대로 나는 신령님을 모시는 몸이라 그 어떤 세속에도 관여하지 않소. 부디 아무 염려 마시길."

장지 너머에서 아버지의 목소리가 들려서 이쓰는 다다미 복도에서 걸음을 멈추었다. 다행히 다른 객실은 모두 잠들었는지 잠잠했고, 낮은 말소리가 다른 방으로 전해지지 않도록 폭풍우 소리가 막아주었다.

마주앉은 두 사람의 그림자를 사방등 불빛이 장지에 선명하게 비추었다. 아버지가 흰 수염을 쓰다듬으며 말했다.

"아시겠소? 나는 세속하고는 아무 인연이 없어 경찰에 신고하거나 누굴 부르거나 하질 않소. 허나 큰제사 전야에 당신이 이렇게 찾아온 것은 필시 신령님의 인도일 터. 그렇다면 내가 신령님 뜻을 받들어 불제를 해야겠소."

남자의 그림자는 어깨에 걸친 솜옷에서 손을 꺼내 비스듬히 들더니 의심스럽다는 듯이 턱을 쓰다듬었다.

"근데 어르신. 그거 돈 내야 하는 겁니까?"

"천만에. 금전은 전혀 받지 않소."

"그 대신에 기부를 해야 한다거나."

"말귀를 못 알아듣는 분이군. 필요 없다면 필요 없는 줄 아시오."

"됐습니다. 뭔가 켕기는 사정이 있는 손님인 줄 알고 돈이나 우려내려는 거 같은데, 그럴 요량이라면 어렵게 잡은 하룻밤 숙소라도 내가 사양하겠소. 나가겠소."

남자의 그림자가 일어서려고 했다. 바로 이때를 기다렸다는 듯이 이쓰가 무릎을 모으고 앉아 "실례하겠습니다"라고 말하며 장지를 열었다.

"이런, 이런, 손발이 착착 맞으시네. 이렇게 허기진 몸에 신주까지 몇 잔 걸치면 아무래도 어르신의 말씀을 싫다고 내치기 힘들겠지. 하지만 어르신. 그 불제인지 뭔지는 좀 참아주시죠. 어르신과 음복 술잔을 나누는 것까지는 사양하지 않겠소만."

객실에는 마주 앉은 주객 외에 또 한 사람——사방등 옆에 머리채가 헝클어진 여자가 고개를 숙이고 앉아 있었다.

이쓰는 하코젠 하나를 먼저 그 여자 무릎 앞에 놓았다.

"자, 드십시오."

여자는 희고 작은 얼굴을 조금 들고 이쓰를 쳐다보다가 공손하게 인사했다. 두려움보다 안쓰러움이 앞서서 이쓰는 눈시울을 붉혔다. 17, 8세쯤으로 보이는 용모 단정한 여자였다.

그리고 남은 하코젠 하나를 남자 앞에 밀어주었다.

"뭐요, 아줌마. 이게 뭐 하는 짓이오?"

남자의 안색이 확 변했다. 그의 눈에는 여자는 보이지 않고 사방등 옆 다다미에 엉덩이 형태로 젖은 자국밖에 보이지 않을 터였다.

아버지가 서글픈 목소리로 중얼거렸다.

"그래서 불제를 해야 한다는 거요. 솔직히 말하면 당신 때문이 아니야. 세속에서 살아가는 당신의 노고는 내 알 바 아니지만, 동반한 분은 내가 어떻게든 도와드려야 할 분이오."

아아, 하고 남자는 생명을 다 게워내듯 탄식하며 기진맥진하고 말았다. 그대로 옆으로 쓰러질 듯 하더니 한 손으로 가까스로 버티고, 하지만 채 버티지 못하고 덜컥 팔꿈치를 찧었다.

그 몸짓을 보며 필시 사악한 자는 아니겠다고 이쓰는 생각했다.

남자는 솜옷 목깃으로 입을 가린 채 잠시 오열했다. 유카타 밑으로 문신이 들여다보였지만 야쿠자의 흉포함은 느껴지지 않았다.

"보세요, 어르신. 그냥 못 본 척해줄 수는 없습니까?"

남자가 울면서 애원했다.

"조금 전에도 말했지만, 당신을 어떻게 해보려는 게 아니오."

"불제만 하면 내가 무사히 도망쳐 다닐 수 있는 겁니까?"

"그런 얘기가 아니오. 당신이 어떻게 할지는 당신이 결정할 일이지. 동반한 분이 하늘로 돌아가면 당신도 편해질 거요. 그동안 무슨 일이 있었는지 얘기해줄 수 있겠소?"

진혼의 불제를 하려면 당사자의 이름과 지금에 이르는 경위를 주문에 담아야 한다. 그 주문으로 신관이 신령님께 설명하고 소원을 전해야 하는 것이다.

"솔깃한 얘기로 발을 묶어 놓고 경찰을 부를 생각이겠지."

"결단코 그런 일은 없소. 세속의 법은 나와는 상관없소."

이쓰는 감탄했다. 성마르고 신경질적인 아버지이지만 퇴마나 진혼에 임할 때면 사람이 달라진 듯 집요해진다. 그 모습은 흡사 식칼을 쥔 조리사나 망치를 잡은 목수 같은 장인의 몰입을 느끼게 했다.

그리고 마침내 아버지는 신주에게는 금구禁句가 분명한 한 마디까지 입에 담았다.

"신령님 앞에 맹세해도 좋소."

등롱 옆에서 여자가 하얀 얼굴을 가만히 들었다.

――제가 미처 알아보지 못했군요.

미타케산에 퇴마로 유명한 신주님이 계시다는 말은 들었으나 어르신이 바로 그분이었군요.

짐작하신 대로 저는 사람을 죽였습니다. 지명수배까지 떨어졌어요. 그래도 전과가 없다는 점도 있고, 또 이 문신 탓에 군대 짬밥을 못 먹어본 처지라 좀처럼 추적할 단서가 없어서인지 어떻게든 도망 다니고 있는 거겠죠.

야쿠자는 아닙니다. 본업은 이발사예요. 유럽에서 전쟁이 터진 해가 마침 징병검사를 받아야 하는 스무 살 때였는데, 조만간 일본도 참전하면 이발소 수습 같은 놈들이 제일 먼저 끌려갈 테고, 그래서 사부님이 꾀를 내서 제 왼쪽 어깨에만 문신을 한 겁니다.

별 엉뚱한 징병 회피도 다 있다 싶겠지만요, 변두리에서 기술로 먹고 사는 자들에게 문신은 드문 것도 아니고, 총알 맞고 뻗어버리는 것보다는 훨씬 나을 거라면서 사부님이 해준 거죠.

친부는 메이지 38년 봉천전투에서 전사했어요. 사부님은 친부의 3연대 전우여서 당시 소학교에 다니던 저를 맡아준 겁니다. 그래서 무슨 수를 써서라도 군대에는 보내지 않겠다, 네가 전사하면 내가 나중에 저승에서 네 부모 볼 낯이 없을 거라고 하셨지요.

덕분에 보시는 바와 같이 누가 봐도 갑종으로 합격할 몸뚱이가 군대 짬밥을 먹지 않게 된 겁니다.

그리고 또 하나. 설사 사람을 죽여도 군대에 갔다 오지 않은 남자는 신분을 알아내기가 힘들어서 추적이 힘들죠. 제 취미도락이나 자주 들르는 곳도 사부님 내외만 입을 다물어주면 아무도 모릅니다.

보세요, 어르신. 그럭저럭 넉 달이나 도망 다니다 보니 돈도 다 떨어졌습니다. 그러니 불제를 해도 한 푼도 못 드릴 텐데, 그래도 괜찮습니까?

고맙습니다. 이제는 내 한 몸 어찌되든 상관없습니다. 내 손에 죽은 여자만 불쌍할 뿐이죠. 이런 찜찜한 마음을 떨치지 못하는 것도 성불하지 못한 그 아이가 내내 따라다니고 있기 때문이겠죠.

아뇨, 제 기분이 대숩니까. 어르신의 힘으로 그 아이를 극락에든 다카마가하라에든 보내주십시오. 그거 하나, 제가 이렇게 간절히 부탁드립니다.

제 이름은 구스모토 쇼타입니다. 그렇죠. 녹나무 남楠 자에 원단 할 때의 원元 자, 바를 정正 자에 굵을 태太 자입니다. 예, 이름값도 못하고 있죠.

동반의 이름요? 아하, 동반이라고 하시니 얼른 알아듣지 못했군요. 성은 사토, 이름은 요시입니다. 요시는 가타카나입니다. 아아, 이제 와서 이렇게 부르고 보니 쓸쓸한 이름이네요.

그 아이는 가쓰시카의 방적공장에서 일했습니다. 세는나이로 열네 살 때 요네자와 공장에 팔려가 어렵게 계약 기간을 마쳤다 했더니 형편없는 부모가 또 빚을 져서 도쿄로 팔려갔습니다.

부지런한 여자였습니다. 듣기에도 딱한 그런 이야기를 스스럼없이 다 말하더군요. 별일 아니라는 듯이.

요네자와 공장에 비하면 도쿄는 천국이라고 했습니다. 수습 여공 시절에는 일당이 겨우 15전이고, 거기서 8전은 식비로 뗀답니다. 하루 종일 서서 실을 정리하는데, 하루 16시간 노동에 점심 휴식시간은 딱 30분이라고 하니까 전혀 별일이 아니라고는 할 수 없지요.

도쿄 공장은 설비도 좋고 앉아서 열두 시간을 일하며, 점심 휴식 외에 10시와 3시에 짧은 휴식도 있고 매달 나흘은 휴일이랍니다. 뭐 그 정도면 이발소와 엇비슷한 조건이죠.

서로 비슷한 처지여서 무코지마 제방에서 처음 만났을 때는 금방 의기투합해 버렸어요. 쉬는 날마다 만나게 되었죠. 사실 이발소와 여공의 휴일이 딱딱 맞을 리도 없어서, 이런저런 궁리를 해서 매달 두 번은 만났을 겁니다.

그 아이 말로는 도쿄 공장이 원래 대우가 좋았던 것은 아니고 재작년에 새로 생긴 법률 덕분이라고 하더군요. 앞으로 세상이 빠르게 좋아질 테니 열심히 일하기만 하면 돼, 라고 입버릇처럼 말했죠.

그런데, 정말 그런가요? 물론 세상은 전쟁 경기로 펄펄 끓어올랐지만 가난뱅이들은 대체 뭐가 좋아진 건지 알 수가 없잖아요. 물가는 정신없이 뛰기만 하니 더 가난해졌어요.

사부님도 우는소리를 하더군요. 이발료는 20전이고 아동은 반값으로 정해두었는데, 이걸 30전으로 올려도 될지 어떨지 모르겠다고. 일단 우리도 먹고 살아야 하지 않느냐는 거죠.

저는 소학교를 마치자마자 이발소 도제로 들어갔습니다.

기술자라는 게 뭘 정식으로 배워서 되는 게 아닙니다. 어깨너머로 보고 배우니까 견습見習이라고 하는 거겠죠. 처음 1년 남짓은 그저 사부님 손끝만 쳐다봤어요. 가끔 사모님이 시켜서 장을 봐오거나 날을 연마한 가위나 면도칼을 가져다주려고 한바탕 뛰어다니는 정도였습니다.

어깨너머로 보고 배운다고 해도 키가 모자라서 굽 높은 나막신을 신었습니다. 이렇게, 천구님 나막신높은 굽이 하나만 달린 나막신으로, 균형을 잡으려고 애써야 하므로 체간 단련에 좋다고 알려져 있다처럼 굽이 한 자쯤 돼 보이는 것으로요. 그렇게 해서 하체에 힘을 붙여 놓지 않으면 제대로 일하는 이발사가 될 수 없습니다.

2년차가 되어서야 손님 머리를 감길 수 있었습니다. 아직 주전자에 손이 닿지 않아 굽 높은 나막신을 신은 채 일했습니다.

사부님도 사모님도 귀여워해주셨습니다. 거의 친아들처럼. 어머니 병원비도 대주셨고 장례식에 오셔서 울어주셨습니다.

그래서 사부님이 문신을 하라고 하셨을 때 저는 조금도 이상하게 생각하지 않았어요. 사부님은 이러니저러니 길게 말하는 분이 아니지만, 군대 가지 말고 이발사가 되라는 뜻이라고 생각했지요.

원래 말수가 적은 사장은 어찌나 말을 꺼내기가 어려웠는지, 제 등 뒤에서 면도날을 갈면서 말씀하셨어요.

"부모님이 주신 육신이라지만, 포탄에 부서지는 것보다는 지저분해지는 것이 낫지 않겠냐."

사장님 엉덩이에는 봉천전투에서 유탄을 맞아 움푹 꺼진 흉터가 남아 있습니다. 전장에서 죽을 고비를 넘겼기 때문에 그런 말씀을 할 수 있었던 거죠.

작년 섣달 그믐날 있었던 일이라고 해두지요.

이발소는 제야의 종소리가 울릴 때까지 문을 닫지 않습니다. 마침내 마지막 손님을 내보내고 뒷정리를 하고 있는데 사부님이 그날따라 어색한 말투로 입을 열었습니다.

십년 이상 참고 일하면 분점을 내줄 준비를 해야 마땅하지만, 공교롭게도 20전 이발료 때문에 보태줄 돈이 없다. 그래서 말인데, 집사람하고도 상의를 했는데, 너를 사위로 삼을까 한다──.

저는 말입니다, 그런 건 요만큼도 생각해본 적이 없었습니다. 꿈이 있다면 나중에 작은 가게라도 차려서 계약 기간을 끝낸 그 아이를 아내로 삼는 거였죠. 나한테는 급료를 모아둔 것도 있었고 그 아이도 새 법률 덕분에 빚을 갚을 계획을 세울 수 있었습니다. 나머지는 사장님이 분점만 차려주면 만사 해결될 일이었지요.

아니, 만약 그게 어렵다면 가게에서 내보내주기만 해도 됩니다. 이발사는 품팔이든 어디 취직을 하든 처자식을 건사할 수 있거든요.

그런 꿈을 차마 밝히지 못하고 있었던 제 잘못이었습니다. 저도 나름대로 계산이 있었으니까, 분점 얘기가 나오면 실은 이런저런 생각을 하고 있다고 밝힐 생각이었던 거죠. 품팔이 이발사가 되는 것보다는 훨씬 득일 테니까요.

사람은 혼자 꿍꿍이셈을 해서는 안 되는 거구나, 하고 절실히 느꼈습니다. 내가 먼저 모든 것을 밝혔다면 사부님이 사위 삼겠다는 이야기를 꺼내지 않았을 테니까요. 뿐만 아니라 무리를 해서라도 나에게 점포를 차려주었을 겁니다.

하지만 사장이 먼저 그 이야기를 꺼내고 말았죠.

저는 여러 사람의 온정을 받으며 살아온 놈이 아닙니다. 내가 은혜와 의리를 느끼는 사람은 사부님 한 분뿐입니다.

제가 뭐라고 이야기해도 평범한 환경에서 자란 사람은 이해하기 힘들 겁니다. 딱 한 사람의 온정에 매달려서 살아온 사람이란 게 그리 흔한 게 아닙니다.

사부님에게는 외동딸이 있었습니다. 당시는 양재학교를 졸업하고 미용학교 기숙사에서 지내는 중이었지요. 대여섯 살 때부터 한 지붕 아래서 지낸 누이동생 같은 아이여서 정말이지 아닌 밤에 홍두깨 같은 이야기였습니다.

아씨라고 불러야 할 관계는 아니었지만, 다이쇼라는 새로운 세상을 그대로 보여주는 듯한 모던한 아가씨였습니다. 가게를 넓혀서 이발소와 미용실을 같이하면 돼, 라고 사부님은 말했지만, 저로서는 너무 뜻밖의 제안이어서 머릿속이 뒤죽박죽이었습니다.

사부님도 사모님도 이미 작정한 것 같더군요. 하긴 그럴 만도 하죠. 사위로 들어오라는 제안을 마다할 멍청한 도제가 어디 있겠습니까.

섣달 그믐날이라는 점도 문제였습니다. 아가씨가 집에 돌아와 있었고 저는 그 집에 기숙하는 처지라 네 사람이 한자리에 모였지요. 실은 좋아하는 여자가 있다는 말을 어떻게 꺼낼 수 있겠습니까.

아니, 말하고 못하고의 문제가 아니었습니다. 내 마음에 탐욕의 악귀가 살고 있어서, 좋아하는 여자와 아가씨를 저울질하고 있었던 겁니다.

그렇지 않다고요?

제가 의리 있는 남자라고요?

이런 놈을 좋게 말씀해주셔서 고맙습니다만, 글쎄, 어떨까요.

저는 사부님에 대한 의리 때문에 그 아이를 죽인 게 아닙니다. 이리저리 고민하다가 끝내 다 거추장스럽다는 감정에 휩싸여서.

어떻습니까, 어르신. 그건 의리도 인정도 없는 악귀의 마음이 맞지요?

아무래도 저는 운이 나빴습니다. 신년 휴가에 그 아이를 만날 때 저는 저금을 전부 인출해서 가져갔지만, 위자료라면서 건네기는커녕 헤어지자는 말도 꺼낼 수 없었어요.

특별한 취미도 없어서 무려 100엔이나 모았더군요. 마침 그 아이에게 남은 빚도 그 정도였으니까 아마 받아들일 거라 계산하고 있었습니다.

그렇게 될 리가 없었죠. 물장사를 하는 여자도 아니고, 사람 마음이 돈으로 지워질 리가 있겠습니까.

평소와 다름없는 미소를 보고 있자니 역시 사부님을 거역해서라도 이 아이와 함께 살고 싶다고 생각했지만, 막상 이발소로 돌아오면 마음이 또 뒤집히는 겁니다. 사부님도 사모님도 저를 완전히 믿고 있었으니까.

차라리 아가씨에게 다 털어놓고 지원을 받아볼까도 생각했습니다. 오누이 같은 사이였으니까 의외로 선선히 들어줄 것 같기도 했으니까요.

아가씨가 집에 돌아온 일요일에 빨래건조장으로 불러냈습니다. 머리를 깊이 숙였지만 차마 말을 잇지 못했어요. 그러자 아가씨가 엉뚱한 오해를 하더군요. 이렇게까지 하지 않아도 된다고 말입니다.

매번 뭐가 잘 풀리질 않더군요. 하나하나 순서대로 해나가면 그리 어려운 이야기도 아닌데.

사부님도 사모님도 아가씨도 그 아이도 다 좋은 사람이고 나 하나만 악인이라고 생각했습니다. 모두 나를 행복하게 해주려고 하는데 나 하나만 어처구니없을 만큼 못나서 계속 거짓말을 하는 겁니다.

보세요, 어르신.

제가 이 산에 올라온 이유는 언감생심 신령님께 매달리기 위해서가 아닙니다.

그 아이에게 전부터 들었습니다. 가쓰시카 공장은 큰 회사여서 해마다 한 번 실적이 좋은 여공들을 며칠간 여행을 보내준다고 합니다.

미타케산은 그 아이가 버릇처럼 얘기하던 곳입니다. 길은 험하지만 도쿄가 앞마당처럼 훤히 보인다고요. 당신을 만난 것도 미타케 신사의 영험이 틀림없다고. 언제 한번 같이 가보자고 마치 자기 고향이라도 되는 양 말했습니다.

그렇게 좋은 곳이면 나도 한번 가보고 싶다고 생각했습니다. 신령님께서 베푸신 영험을 내가 불행으로 바꾸어버렸으니 사죄도 드려야겠고요.

한데 산에는 엄청난 비가 쏟아지고 있어서 이건 신령님이 노하신 게 틀림없구나.

그래서 아까 어르신께 무서운 말을 들었을 때 저는 속으로 거짓말도 농담도 아니라고 생각했습니다. 하지만 너무 무서워서 거칠게 대꾸하고 만 겁니다.

그 아이는 상냥한 여자입니다. 원령으로 나타나 나를 죽이려고 하지는 않을 겁니다. 언젠가 같이 미타케산에 가자고 약속했으니까.

어때, 욧 짱. 내 말이 맞지?

──진혼 불제는 그날 밤 치렀다.

아버지는 목욕재계하고 새하얀 신관 옷에 에보시 모자를 쓰고 부엌에서 비쭈기나무 신장대를 휘둘러 저택의 불과 물을 정화했다.

"이 불을 아마노카구야마 이와무라의 깨끗한 불처럼 번성케 하소서."

"이 물을 아마노오시하 나가이의 청정한 물처럼 번성케 하소서."

그리고 역시 새하얀 옷을 입은 이쓰를 데리고 신전으로 들어갔다. 이쓰는 원혼의 영매였다.

두꺼운 널문을 빙 둘러 세워서 결계를 친 신전에서는 남편이 기다리고 있다가 유카타에 솜옷을 걸친 차림 그대로 영문도 모르고 들어와 얌전히 자리에 앉는 남자를 사람의 말로 격려했다.

아버지가 정좌하고 축문을 외자 남편이 조용히 돌피리를 불기 시작했다. 조명은 촛불 두 자루뿐이었다.

여자는 보이지 않았다. 그러나 사라져버린 것이 아니라 신전의 어둠 속 어딘가에 형태를 없앤 채 부유하고 있을 터였다. 남자와 마찬가지로 여자의 영혼도 영문을 모른 채 당황하고 있음이 틀림없었다.

아버지가 신통력으로 떠도는 혼을 불러 모아 이쓰의 몸에 집어넣은 뒤 하늘로 보내는 것이다.

축문을 왼 뒤에 아버지는 봉서 한 장을 눈높이로 쳐들었다. 거기에는 '구스모토 쇼타'와 '사토 요시'라는 이름만 적혀 있었지만 아버지는 한 마디도 더듬지 않고 두 사람 사이에 일어난 일을 신에게 고했다.

──구스모토 쇼타의 소행은 속세의 법에 비추면 만 번 죽어 마땅한 죄이지만, 깊이 후회하고 한탄하며 사토 요시의 원혼이 다카마가하라로 돌아가기를 희구하고 있습니다. 바라옵건대 감히 입에 담기도 황송한 미타케 신령님의 가람 앞에 삼가 엎드려 절하며 아뢰옵니다.

아버님은 대단하구나, 하고 이쓰는 생각했다. 이름 말고는 아무것도 적혀 있지 않은 봉서에는 사람 눈에는 보이지 않는 언어가 빼곡히 적혀 있는 게 틀림없었다.

아버지의 신통력은 이미 여러 번 보아 왔지만 이런 일은 처음이었다. 필시 아버지는 인간이 아닌 무엇인가가 쓴 봉서를 낭랑하게 낭독하는 거라고 생각했다.

문득 보니 돌피리를 부는 남편도 시선은 아버지 손 말으로 향하고 있었다. 명인이 연주하는 음색이 희미하게 흔들렸다.

남자가 엎드려 울기 시작했다. 그 울음소리와 돌피리 소리와 아버지 목소리가 하나로 뒤섞이는가 싶더니 이쓰의 몸으로 영혼이 들어왔다.

하늘에서 떨어지듯 들어오는 게 아니라 물이 스며들 듯이 들어왔다.

──나, 돈 같은 거 필요 없어.

100엔은 고사하고 1리厘 1엔의 1000분의 1도 필요 없어. 그보다는 지금 여기서 나를 죽여.

협박도 비아냥도 아냐. 스스로 목을 조를 배짱이 없을 뿐. 죽도록 좋아하는 당신 손에 죽는다면 아프지도 괴롭지도 않을 거야. 그리고 스미다가와 강물에 던져주면 나는 바다로 흘러들도록 누구의 눈에도 띄지 않을 거야.

공장에서도 매달 한두 명은 외출에서 돌아오지 않아. 어쩔 수 없는 일이니까 찾지도 않아. 한 달이 지나도록 돌아오지 않으면 귀향자 명부에 '도주'로 기록하고 끝내는 거야. 그러니 외출 허가가 나오는 여공은 빚을 떼먹고 도망가더라도 그리 손해가 크지 않은 사람뿐이지. 법률이란 게 그런 거야.

도망친 여공 중에는 자살하거나 객사하거나 살해된 사람도 있을 거야. 하지만 그런 불행은 알려지지 않아. 쓸모가 없어진 여공 따위는 개나 고양이나 마찬가지니까.

도쿄 공장에 와서 처음으로 외출을 허락받았을 때 나는 너무 두려웠어. 도쿄 거리가 무서워서가 아니라 쓸모가 없어진 인간이 된 것 같아서.

시내에서 전차를 내리자 동료 여공들은 들떠서 아사쿠사로 몰려갔지만, 나는 쇠로 만든 자바라처럼 보이는 아즈마바시 다리가 삼도천 다리 같아서 건너고 싶지 않았어.

무코지마 강가에 멍하니 서서 강 건너 관음당觀音堂이나 류운카쿠凌雲閣 전망탑을 바라보고 있는데, 당신이 경단을 내밀었지. "괜찮다면 드실래요?" 하면서.

다 지고 얼마 남지 않은 벚꽃 아래 앉아 말없이 경치만 바라보았지. 그러다가 기분이 좋아졌어. 어쩌면 아직 쓸모가 끝난 것은 아닌지도 몰라, 하고 생각했어.

보세요, 쇼타 씨.

비슷한 처지끼리 만나면 행복해질 수 있다고 당신은 말했지만, 나는 그렇게는 생각하지 않았어. 불행이 두 배가 될 거라고 생각했어.

뱃속의 이 아이가 태어나면 불행은 세 배가 되겠지.

그러니까 당신 하나라도 행복하기를 바라. 세 개의 불행보다 한 개의 행복이 더, 훨씬 더 낫잖아.

부탁이야, 쇼타 씨. 나는 누굴 원망하며 살고 싶지 않아.

아아, 고마워. 역시 당신은, 친절한 사람이야.

"──천상의 신 지상의 신 그리고 팔백만의 신령님들께 기원하나니 부디 저희 인간의 죄와 부정을 깨끗이 씻어주시옵소서."

긴 축문으로 의식은 끝났다.

아버지는 신장대를 휘두르고 엎드려 절하고 나서 온화한 인간의 목소리로 돌아와 말했다.

"사토 요시 님의 혼이 방금 하늘로 올라가셨습니다."

이쓰도 분명히 알 수 있었다. 굳어 있던 몸에서 힘이 빠지고 온몸에 돋은 소름도 가라앉았다.

남자는 몸을 웅크린 채 여전히 울고 있었다. 아버지가 물러나기를 기다렸다가 남편이 남자에게 무릎걸음으로 다가가 신관 옷의 소매를 걷고 등을 어루만져주었다.

"마음이 어떠십니까."

남자는 깊이 감동한 듯 말없이 고개를 주억거렸다.

"이제 잠시 쉬시지요. 마쓰리에는 오우메 경찰의 순사도 참석하니까 당신은 이 저택 안에 가만히 계시면 됩니다."

동이 텄는지 비바람 소리가 사라지고 새들이 지저귀는 소리가 들렸다.

마당에 갓 피어난 석남꽃이 지지 않았으면 좋으련만, 하고 이쓰는 생각했다.

소라고둥 소리가 울리자 저택 안은 금세 텅 비어버렸다.

이제 곧 행렬이 참도를 올라온다. 보고 싶은 마음은 굴뚝같지만 지토세는 꾹 참고 큰 계단 밑에 웅크리고 앉았다.

지고가 되고 싶다고 그렇게 말했건만 아버지도 어머니도 내내 모른척했다. 오로지 남자아이만 지고 행렬에 참가할 수 있다고 한다. 천조대신도 이자나미 신도 여자인데 남자만 지고 행렬을 할 수 있다는 것은 납득이 가지 않았다.

어제 겪은 강풍이 거짓말인 양 날씨는 활짝 개었다. 마당의 석남꽃은 봄 햇살을 마음껏 받으며 묵직해 보일 정도로 활짝 피어 있었다. 아마 산벚나무도 꽃을 활짝 피웠는지 달콤한 향이 날아왔다.

"오, 네가 집을 지키기로 했니?"

큰 계단 위에서 목소리가 들려서 돌아다보았다.

어젯밤의 그 손님이다. 하지만 봄 햇살과 따스한 온기 탓인지 표정이 많이 달라 보였다.

"손님은 행렬을 안 보시나요?"

"그러는 아씨는 안 볼 거야?"

그게요, 하고 말하려다가 무슨 말로 설명해야 할지 몰라서 지토세는 고개를 떨어뜨리고 말았다.

"한 해에 한 번밖에 없는 마쓰리인데 빈 집을 지켜야 하다니 안 됐네. 못된 도둑이 들 것도 아닌데."

눈앞에 커다란 손이 쓱 다가왔다.

"좋아. 이 아저씨랑 같이 나가보자. 손님을 안내해주는 중이라고 하면 아무도 뭐라고 하지 않겠지."

손을 잡기 전에 조심스레 주변을 살펴보았다. 아마 '동반'은 이제 없을 거라고 생각했다. 물론 지토세 눈에 보이지 않을 뿐인지도 모른다.

손님의 손은 매우 희고 고왔다. 그래서 잡기 전에 허리춤에 손을 쓱쓱 비벼 닦았다.

볕이 드는 복도를 걸으며 지토세가 물었다.

"손님, 미용사세요?"

"이발사야."

산꼭대기에는 토산품점 말고는 가게가 없었다. 딱 한 번 엄마를 따라 오우메 시내에 있는 미용실에 간 적이 있었다. 지토세도 앞머리를 다듬었다.

이발사는 매달 한 번 산에 올라온다. 도구 상자를 진 꼬마가 이발사를 따라온다.

"어떻게 알았어?"

"할아버지가 좋아하셨거든요."

오늘 신사에 올라가기 전에 조부는 볕에 걸어둔 데루테루보즈 같은 모습으로 이발사의 손님이 되어 머리를 다듬었다. 시원하게 벗겨진 머리보다 가슴까지 내려오는 수염이 더 손이 많이 갈 것 같았다.

"뭐야, 보고 있었구나."

"네. 할아버지, 아주 좋아하셨어요. 솜씨 좋은 분이라면서."

소라고둥 소리가 다가왔다. 꽃향기 바람이 지나가는 현관에서 손님은 지저분한 셋타를 신고 삿갓은 쓰지 않고 옆구리에 끼었다. 짐은 바랑 하나였다.

현관 앞에는 하룻밤 새 피어난 얼레지와 꽃잔디가 촘촘하게 피어 있고 동쪽 문에서는 새하얀 꽃을 피운 산벚나무가 노송피 지붕에 올라타려는 듯 가지를 벌리고 있었다.

문을 나서면 가파른 삼나무 숲길이 아래로 뻗다가 신사로 가는 참도와 합류한다. 그 자리는 히노데야마와 관동평야를 원경으로 고갯길을 올라오는 행렬을 한눈에 볼 수 있는 특등석이었다.

특히 신대 느티나무 밑동 근처에는 위험할 정도로 구경꾼이 많이 몰려 있었다.

질서를 유지하는 순사가 메가폰을 들고 "위험하니 물러서세요!"라고 외치는 중이었지만, 마침내 행렬이 통과하는 때가 되자 그 지시를 따르는 사람은 아무도 없었다.

행렬이 지나간다.

선두는 금강장을 짚은 수도자들이고, 그 뒤에는 요란한 투구와 갑옷을 입은 무사 행렬이 따랐다.

벼이삭과 비쭈기나무를 든 사람이 지나가면 하얀 옷을 입은 신관들이 훌륭한 가마를 메고 올라왔다. 5대 쇼군 쓰나요시가 봉납한 가마는 '조켄인常憲院 님'이라고 불리며, 봄에 열리는 큰 마쓰리 때만 등장한다.

"저두低頭!"

신관의 목소리가 울려 퍼지자 사람들은 구경을 잊고 고개를 숙였다.

순사가 모자를 벗고 허리를 깊이 꺾는 최경례를 했다. 지토세도 합장했다.

가마가 신대 느티나무를 지나갈 때 문득 하늘이 흐려지고 바람이 불어 금줄에 매단 시데가 일제히 휘날렸다. 사람들은 신령님이 행차하셨다고 웅성거렸다.

하지만 그것도 잠깐, 지고 행렬이 지날 때는 찬란한 봄 햇살이 금란 옷과 관을 반짝반짝 빛냈다. 주위에는 다시 왁자한 말소리가 돌아왔다.

지고 행렬 따위는 보고 싶지도 않았다. 지토세는 몸을 돌려 저택으로 돌아가려고 했다.

"꼬마아씨" 하고 부르는 소리에 뒤를 돌아보니 그 손님이 신대 느티나무 밑에서 나뭇가지 사이로 쏟아지는 햇빛에 손차양을 하고 말했다.

"어르신들께 나 대신 인사말씀 좀 전해줄래?"

삿갓과 바랑을 든 채 손님은 조켄인 님의 가마를 향했을 때보다 더 깊이 머리를 조아렸다.

"어, 위험해! 위험해! 그러게 내가 뭐랬어!"

순사가 호루라기를 불며 구경꾼들을 꾸짖었다. 둑에서 내려오는 구경꾼 중에는 제풀에 미끄러져 구르는 사람도 있었다.

지토세는 손님을 배웅했다. 이대로 떠난다면 누군가는 배웅해야 한다고 생각해서다.

마쓰리 전야의 손님 • 297

손님은 경황없는 순사에게 다가가 어깨를 두드리고 작은 소리로 뭐라고 전했다.
 아는 사이였는지, 순사가 조금 놀라는 얼굴이었다. 두 사람은 몇 마디 더 대화를 나누고는 사이좋은 친구처럼 어깨를 굳게 안고, 행렬을 따라 신사로 향하는 인파를 거슬러 참도를 내려갔다.
 고마웠다는 말도 또 오시라는 말도 미처 하지 못했지만, 지토세는 어머니 몸짓을 흉내 내며 고개를 숙였다.

*

 "이야기는 이것으로 끝이다. 잘 자렴."
 이모가 어둠 속에서 그렇게 말해도 대답하는 목소리가 없었다.
 "안녕히 주무세요."
 나 혼자 뜸을 두었다가 인사했다.
 어느새 비는 그치고 창유리 너머 밤하늘에 별이 반짝이고 있었다. 외삼촌이 부는 생황 소리도 그쳐서 저택은 정적으로 돌아갔다.
 이모가 내 얼굴을 들여다보았다. 우리 어머니와 모녀지간만큼이나 나이 차이가 많이 나는 이모지만 어머니와 똑같은 냄새가 났다.
 "내일은 지고가 되려무나. 엄마가 기뻐할 거다."
 이모는 답을 재촉하지 않고 방을 나갔다.
 단 한 번 요란한 지고 옷을 입고 신사로 올라간 것이 그해 큰 마쓰리였을까?

9장

천장 위의 하루코

5월 큰제사를 마치면 미타케산은 꽃과 신록으로 채색된다.

봄은 시골 마을에서처럼 차근차근 찾아오지 않고 마치 신령님이 그리하라고 명하신 것처럼 갑자기 찾아온다.

매화고 벚꽃이고 목련이고 전부 한꺼번에 만개하기 때문에 그 경치는 이루 말로 표현할 수 없을 정도로 곱지만, 신령님이 변덕스러우셔서, 한창 그럴 때 봄 태풍이 몰아쳐 하룻밤 새 꽃이란 꽃을 깨끗이 날려버리게 마련이다.

우리 신령님은 꽃을 좋아하시지 않나, 하는 생각도 든다. 신전에 꽃을 공양하는 관습이 없고, 성묘할 때도 비쭈기나무 가지만 들고 간다. 다카마가하라에도 꽃은 어울리지 않는다.

실제로 꽃이 문학에 불가결한 소재가 된 때는 불교 신앙이 정착한 이후이며, 『일본서기』와 『고사기』에는 꽃에 대한 기술이 거의 없다고 해도 좋다. 태곳적 신들은 꽃을 대자연의 하잘 것 없는 일부로 보았거나, 거대한 바위나 상록수의 청정을 지저분하게 만드는 색과 냄새일 뿐이라고 생각했는지도 모른다.

그렇다면 신이 깃든 산에 피어난 꽃들이 태풍으로 하룻밤 새 흔적도 없이 사라져버리는 것도 납득하지 못할 일은 아니다.

산꼭대기 신사에 숙직하는 신관은 봄 태풍을 정확하게 감지했다. 서쪽 다이보사쓰령에 먹구름이 솟아오르고 번개가 번쩍이면 즉각 산꼭대기 마을의 신관 저택들에 알린다. 폭풍우뿐이라면 그나마 다행이지만 해발 1천 미터의 마을에 번개는 위협적이다.

봄날이 평온하게 저물고 아이들이 대형 객실의 앞뒤에 있는 복도를 뛰어다니며 빈지문을 모두 닫았을 때 외삼촌이 신사에서 내려왔다.

"빈지문을 다시 다 열어라."

외삼촌이 지시했다.

빈지문을 옮길 때 장난을 쳐서 혼나는 줄 알았다.

"그게 아냐. 신령님이 오시는 거야."

나이가 조금 있는 종형제의 말이 나는 선뜻 이해되지 않았다.

아이들은 다시 복도를 뛰어다니며 빈지문을 두껍닫이에 집어

넣었다. 잿빛 황혼 너머에서 천둥소리가 다가오고 있었다.

하녀들이 큰 계단을 뛰어올라가 정신없이 유리창을 열었다. 그러자 곧 2층 객실에서 신도회 손님들이 줄지어 내려왔다. 사람들은 뭐가 뭔지 알지도 못하고 불안해했다. 신도회 회장인지 총무인지로 보이는 노인이 일행을 달랬다.

"신령님이 납시는 것이니 걱정할 일이 아니오."

그러저러는 사이 온 집안사람들이 대형 객실에 모여들었다. 반침에서 이불을 꺼냈다.

마침내 밤의 어둠이 아닌 먹구름이 저택을 뒤덮었다 싶더니 천둥이 귀청을 찢고 섬광이 터졌다.

나는 정신이 하나도 없어서 이불을 둘둘 감아서 누구인지 알 수도 없는 사람에게 매달렸다. 그러나 신령님의 현현을 놓쳐서는 안 된다는 생각에 어스름한 어둠을 눈을 부릅뜨고 바라보았다.

저택은 뇌운 속에 갇혀 있었다. 갑자기 관동평야 쪽 뒤뜰이 금빛으로 물들고 굵직한 빛줄기가 대형 객실과 바깥 대문을 꿰뚫고 지나갔다.

찰나이기는 했지만 톱날처럼 뾰족뾰족한 번개의 모양이 결코 착각이 아니라 내 눈에 또렷이 보였다.

생나무를 쪼개는 소리 뒤 이명이 울리고, 잠시 후 사람들이 청력을 확인하듯 비명을 질렀다.

산꼭대기가 뇌운에 갇혀 있어서 번개가 수평 방향으로 치는지도 모른다. 하지만 내 눈에는 그 날카로운 빛이 틀림없는 신령님처럼 보였다.

 문과 창을 전부 활짝 열어두고 번개를 통과시킨다는 대처가 과연 과학적으로 합당한지 어떤지는 알 수 없지만, 신관 저택이 벼락을 맞아 불탔다는 이야기는 들어본 적이 없다. 내가 신의 행차를 본 것도 그때가 유일했다.

 신기하게도 기둥이나 상인방에 그을린 흔적도 없었고 산 어디에 번개가 떨어지지도 않았다. 그렇다면 그 번개는 대형 객실에 웅크린 사람들 머리 위를 스치고 기둥을 피해서 바깥 대문으로 나갔다는 말이 된다. 대기에서 일어나는 방전 현상이라기보다 신의 행차라고 하는 편이 그나마 납득이 간다.

 일본어 '가미かみ'의 어원은 알지 못한다. 그러나 '가미'를 '신神'으로 해석하면, 볼 시示 변은 제물을 바치는 탁자이고 '신丨'은 벼락의 형상임을 알 수 있다. 그러고 보니 제사에 빠뜨릴 수 없는 시데는 그 모양이 벼락을 닮았다.

 역시 내가 어릴 때 찰나에 보았던 날카로운 빛은 신의 현현이 틀림없다.

 외국에서 들어온 신불에는 사랑이니 자비니 하는 인간성이 있지만, 일본 고래의 신은 인간에게 초연하고 그저 두려운 존재일 뿐이다. 그런 의미에서 일본의 그것을 종교라고 싸잡아 말할 수는 없다.

 우리는 미지의 자연이나 신비한 현상을 전부 고유의 신으로 보았다. 그 신은 유구한 역사 속에서 예언자의 출현조차 허용하지 않은 무서운 존재이다.

"한창때인 열일고여덟 살이라는데, 정말 예쁜 아가씨였단다. 여우에 씌는 사람은 대개 젊고 예쁜 아가씨지만, 그 사람은 특히 각별했지."

신의 행차를 본 그날 밤 지토세 이모가 베개맡에서 잠자리 옛날이야기를 들려주었다. 흥분이 가라앉지 않아 좀처럼 잠을 이루지 못하는 아이들을 꾸짖으러 왔지만, 우리가 조르자 이야기를 시작한 것이다.

신도회 손님들도 흥분을 가라앉히지 못해 2층 객실에서 술을 마시는 중이었다. 아이들은 신령님의 길목이 된 대형 객실에 이부자리를 나란히 폈다.

손뼉과 노랫소리가 큰 계단을 타고 내려오고 천장을 쿵쿵거리는 2층 발소리도 귀에 거슬렸다.

이모도 얼마간 고양되어 있었는지 평소보다 언변이 좋고 목소리도 명료했다.

"이름? 글쎄, 늘 언니라고 불러서 이름은 기억나지 않는구나. 어떡할까. 이름 없이 언니라고 하면 듣기가 어색할 테니 하루코 님이라고 해둘까. 봄에 찾아왔으니 하루코春子가 좋겠다."

무서운 이야기일 것 같다는 예감에 전율하며 아이들은 이불 속에서 둔탁한 목소리로 "좋아요"라고 저마다 말했다.

"예전에 다이쇼 대지진이 일어나기 전에 내가 열 살 언저리일

때, 하타케나카 이모도 아직 사와이의 소학교에 다니고 외삼촌은 학교에 들어가지도 않았을 때란다."

그렇다면 우리 어머니가 아직 태어나지도 않았을 때이다. 이렇게 생각하니 다이쇼라는 말보다 더 아득한 옛날의 일처럼 들렸다.

"봄이 되면 어김없이 여우님이 찾아왔단다. 그건 어째서일까. 겨우내 굴에서 잠자던 여우가 배가 고파 인간에게 씌는 걸까."

신전에서 흔들리는 등불이 아이들 베개맡으로 이모의 그림자를 길게 드리웠다.

"여기, 괜찮을까."

누군가 겁먹은 목소리로 중얼거렸다. 웃을 일이 아니었다. 미타케산이 화창한 봄을 맞고 있었다.

"걱정할 거 없단다. 너희는 신령님이 지켜주신다. 미타케산 아이는 여우가 씌지 않아."

이모는 술을 조금 마신 상태였는지도 모른다. 신의 행차를 목도한 뒤로는 가족에게도 음복술을 나눠주었으리라.

"졸리면 자. 특별히 도움이 되는 이야기도 아니니까."

검은 옷을 입은 이모는 허리를 곧게 펴고 하루코라는 여자의 이야기를 시작했다.

*

케이블카도 없었고 오우메선도 후타마타오역이 종점이던 시절에 미타케산 정상에서 사와이에 있는 소학교에 다니기란 보통 일이 아니었다.

겨우내 등롱을 든 일꾼이 산길을 송영해주었지만 해가 길어지면 어린 자매는 손을 잡고 걸어 다녀야 했다.

그래서 봄과 가을에는 등하굣길에 결코 딴짓을 하지 않았다. 자칫 천년 묵은 삼나무 숲에 둘러싸인 고개에서 안개속에 갇히거나 천구의 웃음소리를 듣거나 도깨비불을 봐야 하니까.

산 아래 다키모토에 신관 저택이 몇 채 있어서 갑자기 폭풍우를 만나면 그 집에서 잘 수도 있었지만, 어지간히 위험할 때나 신세지는 것이라고 조부가 단단히 이르곤 했다.

아이들이 스스로 귀찮은 존재라는 자각을 가지고 있던 시절의 이야기다.

그날도 다키모토 마을을 지날 무렵에 벌써 황혼이 지고 있었지만, 지토세와 언니는 별사탕으로 기운을 내며 구절양장 산길을 오르기 시작했다.

모퉁이 삼나무에는 시데를 끼운 금줄이 쳐져 있어서 안개가 짙을 때도 길 밖으로 나갈 염려는 없었다.

급한 오르막에 접어들 즈음 길가에 앉아 숨을 돌리는 사람을 발견했다. 한 사람은 비백무늬 기모노자락을 허리춤에 지른 모친으로 보이고 또 한 사람은 단발머리에 양장을 차려입은 젊은 여자였다.

"아아, 다행이네. 길을 잃은 줄 알았어요."

모친으로 보이는 사람이 안도의 한숨을 지으며 말했다.

"거의 다 올라왔으니 기운 내세요."

언니가 깜찍한 언변으로 두 사람을 격려했다.

지토세는 젊은 여자의 미모에 눈이 휘둥그레졌다. 어스름한 황혼 속에 마치 그림을 오려붙인 듯한 하얀 얼굴이었다. 목덜미가 드러날 만큼 짧게 친 머리에 모자를 가볍게 쓰고 목 라인을 넉넉하게 열어 놓은 양장은 조금 추워 보였다. 식모들이 돌려가며 보는 부인잡지의 표지를 장식하는 모던걸 같았다.

"어디로 가세요?"

지토세가 물어도 젊은 여자는 말없이 미소만 지었다. 대신 모친이 대답했다.

"스즈키 선생 댁에 가는데, 아직 멀었나요?"

지토세와 언니는 저도 모르게 시선을 맞추었다. 손님 안내는 칭찬받을 일이고 밤길도 든든하다. 무엇보다 이렇게 아름다운 모던걸과 함께 돌아가면 식모들이 한바탕 소동을 피우겠지.

"우리 집이에요."

언니가 자랑스레 말했다.

"어머나 세상에. 신령님이 이끌어 주셨나보네."

"그리고요. 스즈키가 아니라 스스키."

오래전 도쿠가와 이에야스의 길안내를 위해 구마노에서 온 스즈키 가문은 간사이 식으로 '스스키'라고 발음한다. 학교에서 교사나 친구들이 밋밋하게 이름을 부를 때마다 언니는 일일이 정정해주기를 잊지 않았다.

지토세는 아름다운 여자의 손을 잡고 걷기 시작했다. 촉촉하게 땀이 밴 손이었다.

그런데 곧 어디선가 산짐승 냄새가 풍겨왔다. 혹시나 해서 오비에 끼워둔 곰 퇴치 방울을 울렸지만 이상한 냄새는 내내 코에 들러붙어 가실 줄 몰랐다.

*

"흰 수염 할아버지는 꽤 유명한 퇴마사여서 감당할 수 없을 만큼 심각한 여우병 환자들이 그야말로 온 일본에서 찾아왔단다. 때로는 전하 각하 소리를 듣는 높으신 분의 따님도 은밀하게 찾아왔지. 여우는 아무 부족함이 없는 부잣집 따님에게 씌는 일이 많거든."

여우도 부유한 집안의 자제에게 빙의해야 득이 된다는 것일까. 아니면 퇴마에는 비용이 드니까 그런 집안의 자제들이 아니면 증조부의 시술을 받기 힘들었던 걸까. 어쨌거나 내가 들은 여우병의 주인공들은 누가 누군지 혼동될 만큼 비슷한 환경에서 자란 사람들이었다. 대개 집사나 하녀를 대동한 미소녀들이다.

그런데 가칭 하루코라는 여우병 환자는 달랐다. 열일곱 혹은 열여덟쯤으로 보이는 모던걸로, 더는 증상을 감당하기 힘들어진 모친이 데려온 듯했다.

이모는 하루코가 증조부를 찾게 된 경위를 이야기했다.

"하루코 씨는 부친이 일찍 타계하여 모친이 고생해서 키운 외동딸이었단다. 하지만 보기 드문 미인이라 백화점의 얼굴격인 안내데스크 직원으로 취직돼서 일하고 있었지. 그래, 도쿄 아이들이라면 봤을 거야. 유니폼을 입고 흰 장갑을 낀 배우처럼 예쁜 여자──."

다이쇼는 나에게 미지의 시대였다. 전쟁 전에도 지금과 같은 세계가 있었다고는 생각하지 못했다. 우리 가족은 신주쿠의 이세탄 백화점을 애용했으므로 나도 조모나 어머니를 따라 종종 가보기는 했다.

"그런 하루코 씨에게는 좋아하는 남자가 있어서 휴일이면 데이트를 했단다. 백화점은 평일에 쉬니까 아마 상대방도 같은 백화점의 직원이 아니었을까."

이야기가 뜻밖의 방향으로 흐르자 여자애들이 살짝 탄성을 질렀다.

"마침 꽃이 활짝 피는 시절이었어. 하지만 두 사람이 약속한 장소가 좋지 못했지. 아카사카 도요카와 이나리 신사의 만개한 실벚꽃 아래 서서 기다리다가 여우에 씌고 만 거야. 남자가 조금 늦게 도착해 보니 루즈를 칠한 하루코 씨의 입술이 뾰족하게 튀어나와 있었단다. 남자가 지각한 탓에 토라졌나 생각했는데 가만 보니 눈동자가 가운데로 쏠려 있더래. 그래도 설마 여우에 씌었다고는 생각하지 않았지. 잘 달래서 신사 경내 찻집으로 데려가니 그곳 명물인 유부초밥을 말도 안 하고 몇 인분이나 해치웠단다. 하루코 씨는 부잣집 딸도 아니고 호강하며 자란 사람도 아니지만 미모가 매우 출중해서 여우님 마음에 쏙 든 거야."

여자애들의 탄성이 비명으로 변했다. 이모는 개의치 않고 계속했다.

"너희도 예쁘게 생겼으니까 방심하면 안 돼. 해가 진 뒤에는 손발톱을 깎아선 안 된다, 신발이나 나막신을 짝짝이로 신어도 안 되고. 그리고 또 하나──활짝 핀 실벚꽃나무 아래 서 있으면 안 돼."

그날 밤 이모는 살짝 흥이 올라 보였다.

미타케산 저택에는 여우병 환자를 가두어두는 감옥방이 있다고 어머니에게 들은 적이 있다.

하지만 저택에서 나고 자란 종형제들에게 물어보니 아무도 알지 못했다. 그들도 모르는 미지의 방이 있을 만큼 큰 저택이어서, 창고 건물이나 곳간을 조심스레 살펴보았지만 역시 그런 방은 찾을 수 없었다.

퇴마의 신통력은 증조부를 끝으로 대가 끊겼으니 아마 감옥방도 철거되었으려니 생각했다. 그런데 그것은 또 그것대로 무서운 이야기였다. 이 저택에서 아이들은 정해진 방을 쓰지 않고 그때그때 적당한 방에 이부자리를 깔았으므로 혹시 이 방이 예전에 감옥방으로 쓰이던 곳은 아닐까 하는 엉뚱한 상상을 하고 마는 것이다.

언제 지었는지도 확실하지 않은 저택은 객실에도 복도에도 계단에도 변소에도 부엌에도 온갖 괴담이 얽혀 있었다. 그런 저택에 1년 내내 살아야 하는 외삼촌이나 이모에게 차마 예전 감옥방의 위치를 물을 수는 없었다.

문득 생각이 나서 어머니에게 물어도, 예전에 있었는지, 지금도 있는지, 있다면 어디인지 어머니의 대답은 늘 모호했다.

아마 메이지 다이쇼 시대에는 신뢰를 받던 증조부의 신통력도 요즘은 어딘지 섬뜩한 이야기로 들릴 게 틀림없으므로 어머니는 애써 자세히 말하려고 하지는 않았으리라.

다시 이모의 이야기로 돌아가면.

아카사카 신마치의 셋집에 살던 하루코는 어머니에게 이끌려 히로오의 적십자병원에 갔지만, 그곳에서는 다시 아오야마뇌병원을 소개해주었다.

그러나 여름 한철을 입원해도 병세는 전혀 호전되지 않았고 점점 쌓이는 병원비도 감당할 수 없었다. 하루코는 탐욕스러운 식욕에도 불구하고 날로 여위어서 수면제나 진정제로 겨우 잠을 이루는 형편이었다.

대뇌 절제 수술을 하자는 이야기까지 나오자 역시 엄두가 나지 않아서 일단 초겨울에 퇴원했다.

하루코는 이미 직장을 그만둔 상태였고 모친도 부업으로는 감당이 되지 않아 얼마 안 되는 저금과 지인들의 도움에 의지하게 되었다.

그렇게 다시 꽃피는 계절을 맞았을 때, 근처 노인이 무사시미타케 신사의 부적을 보내주었다. 엄니를 드러낸 검은 짐승 그림과 '오오구치노마가미직역하면 '아가리가 큰 신'. 이리를 신격화한 신으로, 선인을 지켜주고 악인을 벌하는 신으로 받들어졌다'라는 글이 적혀 있는 이누가미狗神 부적이었다.

하루코는 이 부적을 몹시 무서워했다. 의사가 말하는 '발작'을 일으켜서 정신없이 주절거리거나 간질 증세를 일으키거나 켕켕 짖으며 팔짝팔짝 뛰다가도 그 부적을 붙이면 고양이처럼 얌전해졌다.

하지만 그것도 일시적 진정일 뿐 하루코의 본모습이 돌아오지는 않았다.

부적을 준 노인은 치매 기운이 있어 대화가 그리 잘 통하지는 않았지만, 아무래도 오우메 너머에 있는 미타케산이라는 영산에 퇴마로 유명한 신관이 있다는 이야기 같았다. 그래서 모친은 급한 대로 챙겨 입고 하루코를 데리고 출발했다.

그곳이 어디쯤인지 전혀 알지 못했다. 행정구역상 도쿄에 속한 곳이므로 군 지역이라고 해도 그리 멀지 않을 텐데 설마 이렇게 깊은 산인 줄은 생각도 하지 못했다.

후타마타오 주재소에서 '퇴마 신주님'에 대해 물으니 순사는 딱하다는 듯이 하루코를 쳐다보며 바로 대답해주었다.

"아, 스즈키 어르신 말이군요. 스즈키 가즈미야 씨입니다. 하지만 지금 가시면 중간에 해가 저물고 말 텐데요."

다마가와 계곡을 따라 걷다 보니 곧 해가 기울어 산골짜기에 그늘이 깊어졌고, 다키모토에서 시작되는 급한 오르막에 접어들 즈음에는 컴컴해지고 말았다.

탈진하여 주저앉거나 하루코가 발작을 일으켜 감당할 수 없게 되더라도 그것 역시 신령님의 뜻일 터이니 하는 수 없다고 모친은 생각했다. 허리끈으로 딸을 목 졸라 죽이고 자신도 목을 맬 각오는 되어 있었다.

마침내 산길을 오르는 중에 해가 저물고 꼼짝하기도 힘들 만큼 지쳤을 때 쌍둥이처럼 꼭 닮은 어린 자매가 모녀 앞에 나타났던 것이다.

오오구치노마가미의 화신이 틀림없다고 모친은 생각했다.

*

"허허. 그렇게 대단하게 생각할 것까지는 없소. 보시는 바와 같이 내 손녀들이오."

조부는 가슴까지 내려온 흰 수염을 쓰다듬으며 웃었다.

"허나 미타케 신사에는 야마토타케루노미코토께서 동쪽을 정벌하러 나섰다가 길을 잃었을 때 검은 개와 흰 개가 불쑥 나타나 길을 인도해주었다는 이야기가 전해 내려오지요. 그렇다면 내 손녀들이 길을 안내해 준 것 역시 신령님의 뜻인지도 모르지요."

조부는 신격과 관련된 단어, 이를테면 '미타케 신사' '야마토타케루노미코토' '이누가미님' '신령님' 따위를 언급할 때면 반드시 일일이 눈길을 내리며 목례하여 듣는 이의 마음까지 경건하게 만들었다.

갑작스러운 방문이지만 조부는 그 가난한 모녀를 고관대작의 영애를 맞을 때와 조금도 다르지 않게 신전으로 안내했다.

"지금은 얌전하지만 일단 발작이 시작되면 감당할 수가 없습니다."

하루코는 모친 옆에 아무것도 보이지도 들리지도 않는 듯 앉아 있었다.

"이곳에 처음 도착하면 누구나 그렇습니다. 여기가 어디고 이 영감은 뭐 하는 사람인지 모르니까 얌전히 상황을 살피는 거요."

설사 여우병 환자가 아니라도 이 저택을 처음 방문한 사람은 누구나 크게 놀란다. 가람처럼 보이지만 사찰은 아니고 숙소이긴 하지만 여관은 아니다. 여우님도 당황하고 있을 거라고 지토세는 생각했다.

"저어, 어르신——,"

지칠 대로 지친 모친이 뭔가를 말하려다 맥이 풀린 듯 말을 맺지 못했다.

"걱정하실 거 없소이다."

조부는 모친의 마음을 읽은 듯 말했다.

"대가는 전혀 필요 없소. 고귀한 가문의 아씨든 서민의 따님이

든 아마테라스신 앞에서는 모두 하찮은 신분일 뿐. 물론 신령님 뜻을 받잡는 나 역시 마찬가지요."

모친은 이내 얼굴을 일그러뜨리며 다다미에 엎드려 울음을 터뜨렸다.

조부는 하루코와 마주앉았다.

"아기씨."

하루코는 온전한 인간의 목소리로 "예"라고 대답했다. 저러다 여우의 본성을 드러내지 않을까 하며 지토세는 저도 모르게 몸을 도사렸다.

그러나 조부는 여우 따위는 안중에도 없는 듯 하루코에게만 말을 건넸다.

"나는 백화점이라는 곳에 가본 적이 없지만, 백화점이라고 부르는 것을 보면 뭐든지 다 팔고 있겠군?"

"예. 뭐든지 팝니다."

하루코의 붉은 입술이 꽃이 터지듯 미소를 지었다.

"식당에서는 신식 서양 음식을 판다고 들었는데, 그게 몇 층이지?"

"예. 7층입니다."

"그밖에도 관심 있는 물건이 여러 가지 있소. 조만간 물어볼 테니 안내해주겠소?"

"예. 물론입니다."

조부의 퇴마는 그렇게 시작되었다.

*

　이모가 이야기를 멈추고 숨을 고를 때 내가 돌아누우며 물었다.
　"근데 이모. 감옥방은 어디 있죠?"
　다른 아이들은 모두 잠들었는지, 이모는 다다미 위로 무릎을 미끄러뜨려 내 베개맡으로 다가왔다.
　"요즘 세상에 그런 게 어디 있다고?"
　"하지만, 엄마가 그랬거든요."
　"너를 겁주려고 한 게지. 아니면 아주 오래전에 있었던 건가?"
　이모의 대답은 모호했다. 어머니 말투와 비슷했다.
　"자꾸 쓸데없는 걸 물으면 이야기는 그만둘 거야."
　나는 입을 다무는 수밖에 없었다. 이모는 내 이불을 짚으며 숨이 닿을 만큼 얼굴을 가까이 기울였다.
　"자꾸 종알거리지 잠들 줄은 모르지 정말 애먹이는 아이로구나. 흰 수염 할아버지가 살아 계셨다면 너는 하루 종일 야단만 맞다가 끝나겠어."
　나 한 명을 상대로 이모는 이야기를 이어나갔다.

*

지토세는 여우에 씐 사람을 많이 보아 왔다.

조부의 신통력에 의지하기 위해 한 해에 여러 명, 어떤 때는 매달 찾아오므로 마치 의사의 자녀가 환자에 익숙해지는 과정과 비슷했다.

여우님은 대개 입산하는 순간 얌전해져서 조부를 그리 애먹이지 않았다.

금줄을 두른 객실에 묶게 하고 조석으로 신전에서 액막이를 하고 오곡을 끊고 검은콩 달인 물을 마시게 하면 대부분의 여우님은 며칠 만에 떨어졌다.

제법 끈질긴 여우님이라면 따로 행법이 필요했다.

동쪽을 향해 호흡 수행을 하고 아야히로 폭포까지 걸어가 목욕 수행을 하고 때로는 깊은 밤에 신전에서 조부와 마주앉아 선문답 같은 대화를 했다. 그래도 길어야 열흘이나 보름이면 여우님이 떨어졌다.

극히 드물게 조부의 신통력이 통하지 않는 노회한 여우님도 있었다. 하루 쌀 한 되의 밥을 먹고, 물 한 말을 마시고, 수행을 거부하고, 문답에서도 조부를 꼼짝 못하게 했다. 그렇게 힘겨운 상대일 경우는 조부도 일찌감치 포기하고 하산시키지만, 개중에는 그 기회를 잃고 목을 매거나 더 끔찍하게 죽는 경우도 있었다.

철들 무렵부터 그런 사례를 보아 온 저택의 아이들은 역시 의사의 자녀와 마찬가지로 그런 일이 낯설지 않았다. 어제오늘 시작된 가업이 아니다. 대를 이어 300년이나 계승되었고 어머니도 조부도, 그 형제자매도 모두 보아 온 일상의 풍경이었다.

"그 언니, 곧 좋아질 거야."

이튿날 아침 학교로 가는 산길에서 언니가 말했다. 지토세도 그렇게 생각했다. 서당 개 3년이면 풍월을 읊는다고, 자매는 인간에 씐 여우가 착하니 악하니를 스스럼없이 논했다.

자매가 집을 나설 때 하루코와 모친은 저택 식솔들과 함께 복도를 걸레질하고 있었다. 낡은 기모노를 멜빵으로 단속하고 열심히 일하는 모습은 한 계절 고용하는 하녀처럼 보였다.

봄에 치르는 큰제사 전후에는 신도회 단체 손님이 많아 저택에서는 산기슭 마을에서 한 계절만 일손을 고용한다.

"다녀오겠습니다."

자매가 그렇게 말하고 복도를 지나가면 여자 일손들은 모두 고개를 숙이며 "다녀오세요"라고 인사했다.

하루코는 현관 시키다이까지 마중해 주었다. 옷차림은 식모 같아도 초승달 같은 눈썹을 매끄럽게 그리고 새빨간 루즈를 발랐다.

오비 위에 양손을 포개고 깍듯이 허리 숙여 인사하는 모습은 부인잡지 권두에서 본 세련된 백화점 직원의 몸짓 자체였다.

그런데 자매의 예상과는 달리 하루코에게 씐 여우는 좀처럼 떨어지지 않았다.

하루코의 표정은 하루에도 몇 번씩 아름다운 아가씨 얼굴과 표독한 산짐승의 얼굴이 뒤바뀌었다. 가령 양지 바른 툇마루에서 별 생각 없이 대화하다가 문득 고개를 쳐든 순간 입이 튀어나오고 두 눈동자가 가운데로 쏠린 여우상으로 변해 있곤 했다. 주위 사람이 악, 하고 놀라는 틈에 다시 원래의 하루코로 돌아갔다.

해질 무렵 산속에서 산짐승 우는 소리가 들리면 맨발로 문밖으로 뛰어나가 덤불 속을 껑충껑충 뛰어다니며 켕켕 짖었다.

밤이 되면 어김없이 기분 나쁜 냄새가 감돌았다. 몇 대 선조가 격렬한 싸움 끝에 잡았다는 반달곰의 모피깔개에서도 그런 냄새가 났었다. 그 냄새가 날 때는 어디선가 묘한 소리가 들렸다. 멀리서 딱따기를 치는 것 같기도 하고 가까운 기둥이 쩍 갈라지는 것 같기도 했다. 아귀 안 맞는 문짝이 삐거덕거리는 것 같기도 하고 천장 위에서 누가 쇠메를 후려치나 싶을 때도 있었다.

가장 괴이한 일은 누가 앞에 있는 것도 아닌데 천천히 시작되는 수다였다. 하루코는 본래 말수가 없지만, 그녀의 입을 빌린 여우의 이야기는 정말로 말릴 방법이 없었다.

"이봐요, 여러분들, 내 얘기 좀 들어봐. 내가 히요시 신사 아래 연못가에서 살던 시절의 이야기야. 여름이 한창일 때 변두리 하사촌_{하급무사들이 모여 사는 마을}에 사는 경호부대 하사들이 비번 날 훈도시 차림으로 물놀이를 하고 있었어. 마침 그때 가까운 대문이 열리고, 아카사카 중번저로 물러가 있던 지쿠젠 후쿠오카의 구로다 미노노카미의 가마가 나타난 거야. 하사들은 한창 물놀이 중이라 아무것도 모르고 벌거벗은 궁둥이를 다이묘 나리에게 드러냈으니 큰 사달이 났지. 다이묘의 가신들이 이 무례한 놈들! 하고 꾸짖자 하사들은 비록 하찮은 신분이지만 쇼군을 모시는 무사로서 체면이 말이 아니었지. 그래서 경호부대가 수중 훈련을 하는 중인데 이걸 무례하다고 하는 당신들이야말로 무례하지 않은가, 라고 받아쳤어. 옥신각신하는 중에 하사촌에서 소대장이 말을 타고 달려 나오고 봉록 1천 석의 경호대장까지 달려 나오는 큰 소동이 벌어졌지. 내버려두면 피바람이 불겠다고 생각한 내가 한 가지 꾀를 냈어. 여우 굴에서 폴짝 뛰어나가 연못을 건너서 가마에서 고개를 내밀고 있는 다이묘 나리에게 씐 거야. 쉬는 날인데도 성실하게 수중 훈련을 하다니 장하구나. 등성이 급한 것도 아니니 나도 간만에 수중 훈련이나 해볼까. 그렇게 말하기 무섭게 다이묘 나리가 훈도시 하나만 걸친 알몸으로 탁한 연못물로 풍덩 뛰어들어서는 현해탄의 거친 파도에 단련된 훌륭한 자세로 척척 헤엄을 치기 시작했지. 아니, 다이묘 나리의 몸을 빌려서 내가 헤엄친 거야. 이렇게 되고 보니 가신들이나 하타모토가 감히 구경만 하고 있을 수 있나. 가로도 경호대장도 연못으로 뛰어들고 말을 타고 있던 요리키도 말과 함께 뛰어드니 연못에는 때 아닌 수중 전투 같은 풍경이 벌어진 거야. 여하튼 사태는 잘 수습된 거 아니겠어."

그렇게 신이 나서 주절거리고 있으니 설마 하루코가 하는 짓은 아닐 터였다.

더구나 이야기가 뜻밖에 재미있었다. 특히 데릴사위여서 신통력은 없지만 교양이 상당하던 아버지는 조부를 젖혀두고 어서 이야기를 하라고 재촉하기도 했다.

"그런데 그 아카사카 연못은 메이지 이후 매립되고 말았는데, 여우님은 어떻게 되었습니까?"

하고 진지한 얼굴로 물었다. 데릴사위를 꾸짖으려던 조부가 그때 입을 다물었다. 아버지는 아버지 나름대로 여우의 정체를 드러내려고 했던 것이다.

여우가 아버지의 꾀에 걸려들었다.

"아, 일단 좀 들어봐. 나는 까마득한 옛날부터 그 연못가에 살아왔어. 욕심 많은 인간들이 연못을 메워버리는 바람에 고향에서 쫓겨난 내 처지를 생각해 보라고. 나는 먼저 호시노오카에 올라가 옛 친구 히요시 산왕대권현山王大權現 님에게 살 곳을 달라고 부탁했지. 그런데 뭐라고 했는지 알아? 여우 집은 이나리 신사로 정해져 있잖나, 라고 매정하게 거절하더군. 나는 나이가 하도 많아 먼 여행은 힘들어. 그래서 아카사카 근처나 헤매고 있는데 붉은 등롱을 줄지어 걸어놓은 훌륭한 이나리 신사가 나타난 거야. 저 오오오카 에치젠 나리가 영지 도요카와에서 권청한 이나리 신사의 별원別院이었지. 거기 들어가 고개 숙이고 부탁하니 '어디 떠돌이 여우 놈이 분수도 모르고!' 하며 내치더군. 하는 수 없이 근처 뒷골목에 터를 잡고 잔반을 뒤져먹거나 개밥을 훔쳐 먹으며 그럭저럭 목숨을 이었지. 이 몸이 아무데나 떠도는 성질 고약한 여우도 아닌데, 어지간히 굶주리지 않고서야 사람에게 씌고 싶겠어?

이보시오, 어르신, 그러니 이 몸을 불쌍히 여기고 좀 눈감아주면 안 되겠소?"

이렇게 해서 여우의 정체를 알아낼 수 있었다. 아닌 게 아니라 이 여우는 하루코의 몸을 빌리기는 했지만 극악한 짓을 저지르지 않았고 조부의 신통력에 악랄하게 맞서지도 않았다. 다만 좀처럼 떨어지지 않았을 뿐이다.

굶주린 여우가 때마침 활짝 핀 실벚꽃을 올려다보던 하루코에게 씌었다. 그렇게라도 하지 않으면 굶어죽을 터였기 때문이다.

그날부터 조부는 여우를 퇴치하려는 의식을 그만두었다. 그런데 조부는 과하게 힘을 쓰지도 않았으면서 투지는 시들고 날로 초췌해져가는 것처럼 보였다.

하루코에게 주는 세 끼 식사는 고봉으로 담은 팥밥과 유부튀김에 탁주까지 한 잔 곁들였다. 여우가 바라는 대로 해주어서는 안 될 텐데, 아버님이 망령이 나신 게 아닐까, 하고 부모는 뒤에서 수군거렸다.

여우는 신통력으로 굴복시켜야 한다. 그러므로 공세를 늦추거나 여우가 원하는 바를 다 들어주는 것은 매우 위험한 일이었다.

하지만 묘하게도 하루코에게 씐 여우는 강해지지 않았다. 신도회가 참배하는 철이 끝나고 등산객이나 피서객이 찾아오는 철이 되어도, 굳이 알려주기 전에는 알 수 없을 정도로 여우는 계속 하루코에게 씌어 있었다.

여우님은 날뛰지 않고 하루코는 성실하게 일하고 조부는 눈에

띄게 늙었다. 하지만 그대로 둬서 괜찮을 리는 없었다.

*

 지토세 이모는 내 얼굴을 들여다보며 문득 생각난 듯이 말했다.
 "아, 그래, 이런 일이 있었지. 너희 할아버지가 신사에서 숙직하고 내려오더니 불같이 화를 내며 흰 수염 할아버지를 꾸짖으셨단다."
 성품 온화한 할아버지가 증조부를 혼내는 장면은 상상할 수도 없었다.
 "그 반대겠죠. 흰 수염 할아버지가 할아버지를 꾸짖으셨군요?"
 "그게 아니라 데릴사위가 화를 냈다니까. 아버님, 이제 좀 그만하세요! 하고. 알고 보니 하루코 씨가 한밤중에 신사 가람에 숨어 들어가 거기 공양된 도미나 꿩 따위를 닥치는 대로 먹어치운 거였어."
 컴컴한 가람에서 꿩의 날갯죽지를 뜯어서 우적우적 씹어 먹는 아가씨 모습이 머리에 떠올랐다.
 "할아버지는 임기응변이 좋은 분이라, 하루코 씨를 몰아내고 가람을 청소해두고 신찬은 원숭이가 먹은 것으로 해두었지."
 "흰 수염 할아버지 탓은 아니잖아요?"
 "하지만 할아버지는 불같이 화를 내셨어. 또 이런 일이 벌어지면 그땐 원숭이 탓으로 돌릴 수 없습니다. 무엇보다 신령님 뵐 면목이 없지 않습니까. 아시겠어요, 아버님, 오늘내일로 당장 어떻게든 처리해주십시오, 라고."

할아버지가 그렇게 화를 내던 곳은 아마 동쪽으로 낸 복도였을 것이다. 신령님이 번개 형상으로 스쳐간 그곳은 여름에 시원한 바람이 불어서 늙은 증조부가 쉬기 알맞은 자리이기 때문이다.

평소 온순하던 사위에게 꾸중을 들으며 몸을 웅크리고 있는 노인의 모습이 떠올랐다.

증조부는 중얼거렸다.

자네는 그리 말하지만, 같은 늙은이가 늙은이를 함부로 내치는 것도——.

*

지토세는 참을 수 없어서 하루코를 찾아 나섰다.

하루코는 뒷문 밖 파란 단풍잎 뒤에 멍하니 서서 경치를 바라보고 있었다. 그 자리는 전망이 매우 좋아서 동쪽에 우뚝 솟은 히노데야마의 양쪽 산자락 너머로 쓰쿠바산부터 에노지마까지 볼 수 있었다.

단발머리 아래 목덜미를 햇빛에 드러낸 뒷모습은 가련했다. 도쿄 집으로 돌아간 모친이나 그 뒤로 통 소식이 없는 애인을 그리워하는 것 같기도 하고, 보기에 따라서는 하루코의 몸 말고는 달리 갈 곳을 잃어버린 늙은 여우가 고향 아카사카를 그리워하는 것 같기도 했다.

"언니——."

지토세는 비백무늬 기모노의 소매를 잡아당기며 말했다.

"할아버지나 아버지나 많이 힘들어하세요. 이제 나쁜 일은 그만하세요."

하루코는 양손으로 제 얼굴을 감쌌다. 가는 손가락 사이로 새어나오는 울음소리는 종종 켕켕, 하는 소리로 뒤집혔다.

그럭저럭 세 달이나 함께 지냈으므로 이제 두려움은 없었다. 식모들 중에는 여우병 환자보다 성질이 고약해서 주변 사람들에게 미움받는 사람도 있었다.

흑, 흑, 켕, 켕, 하며 하나의 몸 안에서 하루코와 여우가 울고 있었다. 대체 무엇이 그렇게 슬픈 것인지 지토세는 이해할 수 없었다.

아마 할아버지도 그걸 모르니까 체념해버렸을 거라고 생각했다.

그날 밤 지토세는 조부의 지시로 영매가 되었다.

대형 객실의 신전은 널문을 끼워 구획하고 등불을 밝혔다.

목욕재계한 다음 하얀 신관 옷을 입은 조부가 단정하게 앉았고 아버지는 돌피리를 불었다. 지토세는 그 옆에 작은 무녀 차림으로 앉았다.

그냥 얌전히 앉아만 있으면 되었다. 신령님이 부정 타지 않은 동녀에 깃들어 조부의 신통력을 이끌어낸다.

신령님의 이름은 모른다. 영매 역할을 할 때마다 매번 다른 신령님이 깃드는 것 같았다. 미타케산에는 헤아릴 수 없이 많은 신령님으로 충만해 있으니 그때그때 다를 거라고 생각했다.

하루코는 얌전히 앉아 있었다.

"다카마가하라의 거룩하신 여신 남신의 명으로 팔백만의 신들을 한자리에 모으시고 뜻을 모으시니——."

조부가 긴 축문을 외는 동안 밤의 정적을 깨며 번개가 다가왔다.

"어르신, 어떻게 할까요."

아버지가 돌피리 불기를 중단하고 물었다.

"그냥 지나가시기를 기도하자."

닫아두었던 널문을 다시 열고 앞 복도와 뒤 복도의 빈지문을 하나씩 떼어냈다. 미지근한 바람이 불어들어와 신전에 두른 금줄의 하얀 시데를 팔랑거리게 했다.

조부는 하루코와 마주앉았다.

"일흔 살 노인이 수백 년 묵은 당신에게 무례를 범하고 있다는 것은 잘 알고 있소."

돌피리 소리가 뚝 그쳤다. 아버지가 당황한 것이다. 조부의 목소리는 신의 그것이 아니었다.

"아버님."

참지 못하고 나무라는 아버지를 조부가 신관 옷의 소매를 쳐들어 제지했다.

"하지만 나이가 많다고 존엄하다는 이치도 없소. 당신도 살 만큼 사셨으니 이제 양해해주시지 않겠소?"

신령님이 노하셨다. 천둥이 울리고 저택이 흔들렸다.

그래도 신령님의 뜻을 외면하고 인간의 훈계를 하고 있는 조부를 아버지도 더는 말리려고 하지 않았다. 그저 황송스러워하며 몸을 웅크리고, 번개가 마당에 번쩍이자 영매인 제 딸을 꼭 끌어안았다.

하루코는 눈물을 흘리며 자리에서 일어나 켕켕 하고 격하게 짖었다.

"더 이상 인정에 매달리지 마시오. 히요시 님보다 이나리 님보다 당신에게 친절했던 아기씨이거늘, 이토록 괴롭혀서 대체 무엇을 바라시오. 부끄러운 줄 아시오."

조부는 인간의 목소리로 설득하고 여우는 몸부림치며 괴로워했다.

전율하는 아버지의 품에서 지토세는 어렴풋이 지금 무슨 일이 일어나고 있는지를 알았다. 신을 받드는 사람이 신의 뜻에 맞지 않는 의식을 치르고 있는 것이다.

조부는 평소와는 달리 주문도 외지 않고 결인도 맺지 않았다. 애오라지 여우를 몰아세우며 도리로 타일렀다.

"수백 년을 살고도 대체 무엇을 두려워하시오. 정말로 두려워해야 할 것은 신령이 아니오. 인정을 두려워하시오. 명예를 지키시오."

할아버지가 저러다 돌아가시겠다, 라고 지토세는 생각했다. 그 순간 대형 객실의 어둠을 갈지자로 찢으며 번개가 번쩍였다. 신령님이 행차한 것이다.

조심스레 얼굴을 쳐들었다. 하루코가 다다미 위에 누워 있고 시데를 꼭 쥐고 단정하게 앉은 조부의 흰 수염에서는 희미한 연기가 피어오르고 있었다.

*

"그 여우님은 불쌍했어. 하루코 씨의 몸을 빼앗을 생각은 없었을 텐데. 태어나고 자란 고향 산이 무너지고 연못이 메워져 갈 곳이 없어진 떠돌이 여우였던 거야."

지토세 이모는 슬픈 목소리로 말했다.

어느새 천장을 울리던 발소리도 사람 목소리도 들리지 않았다. 저택은 신의 손아귀 안에서 잠들어 있었다.

나는 깜빡깜빡 졸면서 이모 이야기를 들었다.

"하루코 씨는 그날 밤부터 천장 위에 있는 방에 감금되었단다. 다시는 악행이 있어서는 안 되니까."

천장 방──그런 장소는 알지 못한다. 혹시 어머니가 말하던 감옥방이 아닐까 하고 나는 거반 꿈결에 생각했다.

"옛날에는 누에 치는 잠실이었다고 하는데, 흰 수염 할아버지가 활발하게 퇴마를 하게 된 뒤로는 감당이 힘든 여우병 환자를 가두는 곳이 되었지."

"지금도 있나요?"

하고 나는 겉잠 상태에서 물었다.

"하녀 방에 반침 맹장지가 죽 이어져 있어서 어디에 뭐가 있는지 잘 모르겠구나."

그리고 이모는 이야기의 결말을 이야기했던가? 나도 모르게 잠들어버려서 기억이 없다.

이튿날은 이세코_{이세신궁 참배를 위해 모인 계모임}의 떡뿌리기_{신사의 제사에 참가한 사람들에게 종이에 싼 떡이나 동전을 뿌리는 것} 행사가 있어서 정각이 되자 아이들도 일꾼들도 모두 도리이 앞 광장으로 나갔다.

신도회의 우지코들이 숙방 툇마루에서 돈이나 떡을 뿌리고 도리이 앞 돌계단에서도 마찬가지로 돈과 떡을 후하게 뿌려준 뒤에 신사에 올라가 제사 무악을 봉납하게 된다.

떡도 좋지만 얼굴이 불콰해져서 걸음이 불안한 우지코가 수많은 동전을 뿌려주는지라 산꼭대기 마을 아이들이나 일꾼들에게는 그보다 반가운 행사가 없었다. 어디서 떡뿌리기가 있다는 소식이 들리면 사람들은 하던 일을 미뤄두고 달려갔다.

나는 그 혼잡을 틈타 슬쩍 저택으로 돌아갔다.

하녀 방은 북향이라 볕이 들지 않고 퀴퀴한 거름 냄새가 서려 있었다. 반침의 맹장지를 한 장씩 열어 보니 대개 이불이 쌓여 있는데, 어느 반침을 열자 굴이 나타났다.

좁고 가파른 사다리가 설치되어 있었다. 안에 들어가 맹장지를 닫고 눈이 어둠에 익을 때까지 잠시 기다렸다.

사다리를 다 올라갔을 때 머리를 부딪혔다. 천장 위 바닥에 튼튼한 격자문이 설치되어 있었다.

역시 감옥방이구나, 라고 생각했다. 그러나 자물쇠가 달려 있지는 않아서 힘주어 밀자 격자문이 수평으로 열렸.

북향 채광창에서 오후의 빛이 희미하게 들어오고 있었다. 커다란 궤짝, 벼이삭 문장이 찍힌 갑옷함, 방석이 그대로 깔려 있는 산가마_{험한 산길에서 쓰는 단순한 가마로 두 명의 가마꾼이 멘다. 주로 대나무로 만들며 벽을 없애고 승객이 앉는 자리만 두어서 무게를 줄였다} 따위가 정연하게 놓여 있었다.

모두 먼지를 뒤집어쓰고 있다. 손가락 끝으로 문지르자 젖은 걸레로 닦은 듯이 매끄럽게 반짝이는 흑칠이 드러났다.

이것저것 살펴보며 신기해하고 있는데 문득 잠자리 옛날이야기의 결말이 귓가에 떠올랐다. 꿈결에 들었던 이모의 목소리였다.

나는 어느 할머니의 것인지 모를 궤짝에 등을 기대고 앉아 무릎을 감싸 안았다.

——하루코 씨를 가두고 격자문을 튼튼한 자물쇠로 잠갔단다.
그러니까 그곳이 감옥방 아니냐고 한다면, 그럴지도 모르지.

하루 한 번만 신전에서 물린 밥을 작은 주먹밥으로 만들고 찻잔 한 잔의 물과 함께 가져다주었지.

하지만 하루코 씨는 음식에 손을 대지 않았단다.

비가 갠 날 아침에 내가 주먹밥과 물을 들고 올라가 보니 혼수용인 궤짝 앞에 웅크리고 앉아 내내 울기만 하더구나.

여우가 우는 소리가 아니라 마음 여린 하루코 씨가 울고 있었던 거야. 가끔 켕켕, 하며 여우도 울기는 했지만, 그 소리는 점점 작아지고 종국에는 하루코 씨의 목소리만 들리게 되었지.

며칠을 그렇게 있었을까. 비가 갠 아침, 그날도 내가 주먹밥과 물을 가지고 올라가 보니 궤짝 앞에 하루코 씨가 웅크리고 누워서 색색 자고 있었어. 아주 편안하게 잠든 얼굴이었지.

그리고 말이지.

하루코 씨의 하얀 팔을 베개 삼아 여우님이 죽어 있더라.

고양이처럼 작고 비쩍 말랐더구나. 엄니가 살짝 보였지만 고통스러워하는 것처럼 보이지는 않았어.

나뭇가지처럼 수척해진 앞발이 하루코 씨 가슴에 놓여 있었단다. 그건 숨을 거둘 때 고마웠다고 혹은 미안하다고 말하는 모습이었을 거야.

하루코 씨의 다른 한 손은 여우의 꼬리를 쥐고 있었어. 아마 미안합니다, 라는 말을 반복하고 있었겠지.

그때 할아버지와 아버지가 올라오셨어. 그 모습을 보자마자 아버지는 울음을 터뜨리고 말았단다.

할아버지는 하루코 씨의 숨을 확인하고 안도하는 모습이었어.

"아기씨가 깨어나기 전에 정리하려무나."

할아버지가 지시하자 아버지는 울면서 여우님을 안아 올렸어.

"아버님의 부탁을 받아들여준 걸까요?"

아버지가 물었다.

"글쎄, 어떨까. 늙은이가 음식을 끊으면 오래 버티지 못하지."

실상은 어떠했는지 나는 알지 못한다. 여우가 스스로 음식을 끊었든 하루코 씨가 그렇게 한 것이든 슬프기는 매한가지이므로 그 생각은 그만하기로 했다.

"남의 일이 아니야."

"괜한 말씀 마세요."

아버지는 그렇게 말하고 여우의 사체를 아기 안듯이 품고 사다리를 내려갔단다.

"아기씨."

할아버지가 흔들어 깨우자 하루코 씨는 크게 하품을 하고는 눈을 동그랗게 뜨며 당황하더구나. 이곳이 어디고 자기가 무엇을 하고 있는지 모르는 듯했어.

겉만 예쁜 여자야 세상에 얼마든지 있지만 이런 미모는 그리 흔하지 않다고 생각했지.

알겠니? 너도 나이가 들면 그런 여자를 찾으렴.

그리고, 무슨 일이 있어도 스스로 여우가 되거나 하면 안 돼. 약속하렴.

나도 모르게 잠들어버렸을 텐데 이모 이야기를 마음이 기억하고 있었던 것이다.

오래전 아름다운 여자와 늙은 여우가 누워 있던 천장 위의 낡은 다다미 바닥을 나는 손바닥으로 찬찬히 쓸어주었다. 그곳에는 슬픔 따위는 없고 생명의 기운이 여전히 남아 있는 듯 느껴졌다.

이모가 이야기를 끝까지 들려주지 않은 이유를 나는 알고 있었다. 남편이 용서할 수 없는 잘못을 저지르자 이모는 아들을 시집에 두고 친정으로 돌아왔다.

하지만 나는 하루코에게 씐 여우를 악질이라고 생각하지는 않았다.

천장 위 방을 나와 앞 복도에 나서니 흐린 하늘조차 눈이 부셨다. 산꼭대기 신사에서 제의 무악의 연주 소리가 들려왔다. 조부도 증조부도 이미 오래전에 하늘로 돌아가셨지만, 태곳적부터 내려오는 제의 무악에는 조상의 혼백이 깃들어 있는 것 같았다.

퇴마 의식은 정신의학이 발달하지 못한 시대의 민간요법이라고 하지만, 이모에게 자세한 이야기를 들은 나로서는 아무래도 그렇게만 생각할 수는 없었다.

가문에 내려오는 비법은 증조부를 끝으로 단절되었고 필연인지 우연인지 현손 가운데 하나가 정신과의사가 되었다.

나는 지금도 사진 몇 장으로만 알고 있는 증조부의 꿈을 종종

꾼다. 그러나 그 꿈에서 보는 증조부도, 정신과의사의 말을 빌리면 융 심리학에서 말하는 '지혜로운 노인'이었던 것 같다.

신에 가까운 인간이었던 증조부는 어떤 점도 신을 닮지는 않았다. 그렇다면 역시 융이 말한 그 호칭이 어울리는 사람인지도 모르겠다.

10장

산이 흔들리다

잠자리 옛날이야기는 오늘로 마지막이란다, 라고 지토세 이모는 아이들의 베개맡에 무릎을 모으며 말했다.

여름방학이 끝나는 날도 며칠 남지 않아서, 이튿날이면 친척 아이들 몇 명이 산을 내려갈 예정이었다. 하물며 나는 소학교 6학년이었다. 중학생이 되면 어른으로 간주하여 숙방 일을 도와야 하고, 잠잘 때도 남녀가 다른 방을 쓰는 관례가 있었다.

어쨌거나 이모가 그렇게 선언했으니 마침내 오늘이 마지막이다. 아이들은 저마다 투덜거렸지만 근엄하고 결벽한 지토세 이모는 검은 옷을 입은 허리를 꼿꼿이 세운 채 미동도 하지 않았다.

일그러진 창유리로 비껴드는 달빛이 하얀 맹장지나 장지를 연한 해저의 색으로 물들이고 있었다. 저택을 에워싼 거대한 나무들이 밤바람에 흔들리자 맹장지나 장지에는 파도가 밀리고 모래가 쓸리고 물고기가 떼 지어 움직였다.

신관 저택에는 쓸데없는 장식이 전혀 없어, 기둥이고 바닥이고 창호고 간결한 상태로 유지되었으므로 맹장지나 장지는 가끔 영화 스크린처럼 환상의 천연을 비춰내기도 했다. 이 모습은 때로는 아름답고 때로는 무서웠다.

"무서운 얘기 해주세요" 하고 여자애가 청하자 "맘대로 말하지 마"라고 남자애가 대꾸했다. 이 응수는 개막 직전의 박수와 같았다. 이모의 잠자리 옛날이야기는 대개 공포담인지라 그런 대화에 특별한 의미는 없으며 오히려 기대감을 높여주는 절차나 마찬가지였다.

"그렇다면, 무서운 이야기는 말기로 하자."

그래서 이모의 말에 아이들은 누구나 할 것 없이 안도가 아니라 낙담을 했다.

"무서워도 괜찮은데" 하고 나는 열 명의 아이를 대신해서 말했다. 이모는 해저의 푸른 어둠 속에서 내 얼굴을 들여다보며 "이래라 저래라 참 번거로운 아이로구나"라고 숨이 느껴지지 않는 투명한 목소리로 말했다. 인구가 많지 않은 산꼭대기 마을의 넓은 신관 저택에서 나고 자란 사람들은 어린 사촌부터 작은할머니에 이르기까지 모두 윤기 있는 큰 목소리를 가지고 있었다. 나 같은 도시 아이들에게는 매우 특별한 사람들로 보였고, 그 드높은 목소리에서 신령님이나 이누가미님의 기미를 느꼈다.

"대지진 이야기란다."

이모는 그 한 마디를 베개 옆 다다미 바닥에 내려두듯이 가만히 말했다.

한신 대지진이나 도호쿠 대지진이 일어나기 전에는 대지진이라고 하면 대개 다이쇼 12년의 관동대지진을 뜻했다. 당시로부터 거슬러 올라가면 고작 40년쯤 전에 일어난 사건이며, 우리 어머니는 아직 태어나지도 않았을 때이지만 지토세 이모는 체험자였다.

'진재震災'라고 하면 곧 관동대지진이고 '전재戰災'라고 하면 쇼와 20년1945년의 대공습을 뜻한다. 양쪽 모두 도쿄 시가지를 잿더미로 만든 비극이었던 탓인지 친가 조부모에게 체험담을 들을 때면 내 마음에서는 늘 '진재'와 '전재'가 혼동되곤 했다.

애초에 우리——즉 이모의 잠자리 옛날이야기를 듣는 우리는 운이 좋은 세대였다. 조부모나 부모와는 달리 전쟁도 커다란 자연재해도 경험하지 않고 전후 부흥과 그 뒤를 잇는 고도경제성장에 따라 우리들 키도 커져만 갔다.

달밤에 들뜬 밤까마귀인지 부엉이인지 모를 새가 종종 정적을 깨고 울었고 나뭇가지들이 와삭와삭 흔들렸다.

8월도 말일이 가까워지면 해발 1천 미터의 산꼭대기는 밤공기가 서늘해서 아이들 잠자리에 솜이불을 깔게 된다.

"이모가 소학교를 마쳐서 이듬해 봄에는 예의범절을 익히러 대갓집에 신부수업을 하기로 이야기되고 있을 즈음이란다."

아이들은 금세 이모의 잠자리 옛날이야기에 사로잡혀 다이쇼 시대로 날아갔다.

*

다이쇼 12년 9월 1일 오전 11시 58분——.

그때 지토세는 관동평야가 멀리 보이는 뒤쪽 복도에서 하녀들과 이불깃을 교체하고 있었다.

숙박객의 이불은 9월이면 여름용 무명에서 겨울용 나사羅紗천으로 이불깃을 바꾼다. 이듬해 봄에 예의범절을 익히기 위해 도쿄의 마쓰카타 공작 저택으로 떠날 예정인 지토세는 집안 어른들 명예에 누가 되지 않도록 바느질을 비롯하여 다양한 가사를 하녀들에게 배우고 있었다. 쌍둥이처럼 닮은 동생은 그해 봄부터 간인노미야 저택에서 신부수업을 하는 중이다.

50평짜리 대형 객실에 딸린 뒤쪽 복도는 바람이 잘 통하여 이불깃을 교체하는 동안 이불의 눅눅함도 날릴 수 있었다.

여름과 가을을 가르는 날이라는 점 말고는 평소와 전혀 다르지 않은 한가로운 오후 한때였다. 아침나절에 산을 뒤덮었던 안개도 걷히고 구름 사이로 햇빛이 쏟아져 내리고 있었다.

뒷마당 너머는 바로 밑에 있는 대궁사의 저택 부지를 향해 깎아지른 비탈이고, 그 비탈에 나무가 적어서 전망이 좋았다.

하녀들은 바느질일을 하면서 번갈아 가며 신전의 기둥시계를 돌아다보았다. 일찍 일어나는 일꾼들은 점심식사를 고대하고 있었다. 그러므로 정오 직전이었음은 누구나 기억하고 있다.

먼저 쿠오오오—— 하는 불온한 소리가 들렸다. 지토세는 설마 땅울림이라고는 생각도 못하고 근처에 곰이라도 나타났나 하며 어깨를 움츠리고 뒷마당을 둘러보았다.

마당에서 보는 경치는 장대한 미니어처 가든 같았다. 오쿠타마 산악지대의 능선이 당장 내려앉으려는 거대한 새의 발톱처럼 뻗어 내리고, 골짜기에는 임업에 종사하는 마을이 점점이 보였다. 다마가와 상류는 예로부터 에도에서 쓰이는 목재의 산지였다. 수십 년마다 나무가 정연하게 식재되는 산들은 아름답고 농밀했다.

그런 눈 아래 산들이 문득 휘청하며 흔들린 것 같았다. 그리고 그 흔들림은 짐승의 포효와 함께 다가왔다. 벌채를 끝낸 민둥산이 흙먼지를 피어 올리며 무너졌다. 그리고 미타케산 기슭에서 삼나무 숲으로 파도를 일으키며 기어 올라왔다.

저택이 삐거덕거리고 몸은 콩알처럼 튀어 올랐다. 누군가 "바늘! 바늘!" 하고 외쳐서 지토세는 얼른 봉침을 바늘겨레에 꽂고 복도에서 안쪽 방으로 구르다시피 들어갔다. 하녀들도 마찬가지로 다다미를 엉금엉금 기거나 겨우 기둥에 매달리느라 당장은 움직일 방법이 없었다.

흔들림은 진정되지 않고 지속되었다. 그때 여자들 비명 사이로 축문을 외는 듯한 낭랑한 조부의 목소리가 들렸다.

"불을 꺼라! 화덕에 물을 끼얹어!"

부엌에 있는 화덕불은 '아마노카구야마天香久山 이와무라磐村의 깨끗한 불'이라 부르는 신의 불이므로 하루 종일 꺼뜨리지 않고 한밤중에도 빨갛게 잉걸불을 밝히고 있었다. 또 신사 뒷산에서 홈통으로 끌어오는 물은 '아마노오시하天之忍石 나가이長井의 청정한 물'이라고 부르는 신의 물이었다. 그 물을 뿌려 불을 끄라고 조부가 지시한 것이다. 불과 물의 신성함을 잘 아는 저택 식솔들은 믿기 힘든 대지의 흔들림 이전에 사태의 심각성과 위급함을 직감할 수 있었다.

이어서 조부의 커다란 목소리가 들려왔다.

"밖으로 나가면 안 돼! 중앙 기둥으로 모여라! 이쪽이야! 이쪽!"

지토세의 조부는 게이오 원년에 태어났으니, 흰 수염을 기른 노인처럼 보이지만 이제 겨우 57세나 58세였다. 다이쇼 시절이면 나이도 어엿한 노년일 테지만, 산꼭대기에서 잘 단련된 신주의 몸은 강인했다.

객실과 안쪽 방 사이에 직경이 한 척 다섯 치나 되는 중앙 기둥이 서 있었다. 가족과 일꾼들이 흔들림 틈틈이 조부의 목소리를 향해 조금씩 기어갔다. 여기저기 그릇 깨지는 소리나 가구 집기들이 자빠지는 소리가 들렸지만 중앙 기둥 주변은 흔들림이 없어 보였다.

가까스로 정신을 차린 게 도대체 얼마나 시간이 흐른 뒤였는지 지토세는 알 수 없었다. 여진은 계속되고 있지만 일단 목숨은 건졌다 싶었다.

사람들은 고개를 들고 서로 무사한지 확인했다. 어머니는 지토세 옆에서 그해 2월에 태어난 동생을 폭 싸안고 있었다. 아버지는 아침부터 신사에 올라갔고 두 동생은 산기슭에 있는 소학교에 갔다. 하필 오늘이 새 학기가 시작되는 날이었다.

젊은 하녀가 보이지 않아서 저마다 "오키쿠 짱!" 하고 불렀다. 넋을 놓고 있었는지 대형 객실 저쪽에서 "예에" 하는 가는 목소리가 돌아왔다.

"이타루 아저씨."

지토세가 중얼거렸다.

이타루는 문간방에서 지내는데, 그곳이 안채보다 더 견고하게 지어졌다는 사실은 알고 있었다. 또 안채는 띠지붕을 얹었지만 대문은 기와를 얹어서, 뛰어나가기보다 방 안에 가만히 있는 편이 더 낫다는 것 정도는 머리 좋은 이타루 아저씨가 생각하지 못할 리가 없었다.

마침 그때 아귀가 맞지 않게 된 문간방의 문을 덜그럭덜그럭 열고 이타루가 얼굴을 내밀었다.

기와! 기와! 하고 모두가 경고했지만 이미 잘 알고 있던 이타루는 풍성한 머리 위에 책을 얹고 있었다.

"우와, 엄청 흔들리네."

마당에 나온 이타루 아저씨는 여진에 맞서 중심을 잡으며 멋진 미소로 사람들을 안심시켰다.

*

"이타로 씨 아냐?"
어둠 속에서 누군가 물었다.
"아니, 이타루 씨야."
이타루 아저씨는 전설적인 사람이다. 이타로라는 이름은 나도 들어본 적이 있지만, 당시 크게 히트한 〈이타코가사〉라는 가요 가사에 '이타로'라는 이름이 나와서 아이들이 헷갈렸던 것 같다. 스즈키 가문의 남자들은 한자 한 글자로 된 이름이 많았다 이타루는 한자로 '達'.

외삼촌이나 이모가 이타루 아저씨에 얽힌 추억을 말할 때면 어김없이 칭찬하는 머리말이 붙었다. 누구보다 머리가 좋고 잘생겨서 스타 영화배우 같은 사람이었다고 했다.

그러나 이타루 아저씨가 우리와 어떤 관계인지는 알지 못했다. 항렬마다 자손이 많고 더구나 근친혼이 거듭된 탓에 가계도가 복잡했다. 설명을 들어도 어린아이는 이해하기 어렵고 계산하기도 번거로웠다.

가령 지토세 이모의 잠자리 옛날이야기를 듣고 있는 아이들 가운데 몇 명은 나의 사촌이 아니라 이모나 어머니의 사촌이었다.

즉 나에게는 또래 숙모 숙부가 많았던 것이다. 그런 식인지라 나와 이타루 아저씨의 관계는 아무렴 상관없었다.

"따지기 번거롭지만 이참에 분명히 해둘까?"

이모가 내 마음을 읽고 얼굴을 들여다보며 그렇게 말했다.

"이타루 아저씨는 메이지 27년생이니 원래대로라면 스즈키 가문을 물려받을 사람이었어. 하지만 병치레가 잦고 몸이 허약해서 신주 일을 감당하기가 힘들 거라고 봤지. 그래서 흰 수염 할아버지는 이타루 아저씨를 도쿄의 대학에 보내고 대신 너희 할머니 남편으로 데릴사위를 들였단다."

내 기억에는 없는 조부. 산 아래 갑부 집안에서 데릴사위로 들어와 카리스마가 있는 증조부를 모셨고, 신통력은 타고나지 못했지만 예능이라면 수월하게 익히는 사람. 그 조부는 메이지 16년생이므로 이타루 아저씨보다 열한 살이나 연상이었다.

왜 그렇게 빨리 친자식을 포기하고 양자를 들였을까를 생각해보니, 흰 수염 할아버지가 장남의 짧은 목숨을 예견했기 때문임이 분명했다. 신관 수행은 버텨내지 못하지만 도쿄의 대학에 다닐 만한 체력은 있었던 것이다.

"근데, 이모——,"

나는 문득 생각나서 물었다.

"흰 수염 할아버지는 지진이 온다는 걸 아시고 계셨겠죠?"

"왜 그렇게 생각하니?"

"초능력자니까."

이모는 입을 가리며 하하하, 웃었다.

"그렇게 말하면 안 되지. 흰 수염 할아버지에게 자오곤겐님이 강림하시어 퇴마를 하신 거란다. 하지만 지진이나 태풍은 예견하실 수 없었어."

이모의 말은 자연은 곧 신이므로 인간은 결코 자연을 예지할 수 없다는 뜻 같다.

"흰 수염 할아버지만이 아니라 스즈키 집안에는 예지를 하는 사람이 많았지만, 네 엄마나 나나 이타루 아저씨나 자연현상을 알 수는 없단다. 산이 고오오—— 하고 울리고 갑자기 기우뚱 흔들리면 당연히 크게 놀라지."

지토세 이모는 어제 보았던 일처럼 이야기를 계속했다.

*

여진은 오래 이어졌다.

그때마다 여기저기서 비명이 터지고 물건 떨어지는 소리, 부서지는 소리가 들렸지만 전통 결구 방식으로 지은 목조 저택은 꿈쩍도 하지 않았다.

미타케산은 가파른 산비탈에 축대를 쌓아 조성한 계단식 평지에 신관 저택이 30여 채나 지어져 있다. 그래서 사람들은 축대나 흙담이 무너져 저택이 매몰되거나 허물어지지 않을지를 걱정했다. 그러나 여진 틈틈이 남자들이 나가서 살펴보니 천년의 삼나무나 느티나무를 갑옷처럼 두른 비탈은 돌멩이 몇 개가 굴러 떨어진 정도일 뿐 대지의 균열은 전혀 볼 수 없었다. 사람들은 신령님의 가호라고 하면서 산꼭대기 신사를 향해 두 손을 모았다.

곧 그 신사에서 하카마를 걷어들고 아버지가 내려왔다.

앞쪽 복도를 통해 저택으로 들어온 아버지는 큰 목소리로 가족의 이름을 한 명씩 불렀다. 중앙 기둥 아래 모여 있던 처제나 딸들이 마치 점호를 받듯이 손을 번쩍 들며 대답했다.

"지토세."

"예" 하고 대답하자 아버지는 "아무 일 없지? 발바닥 다치진 않았니?" 하며 재차 확인했다.

아버지는 크게 당황했는지 집에 있을 리 없는 어린 아들들의 이름까지 불렀다.

"고 짱과 쓰 짱은 학교에 가 있잖아요."

막냇동생을 어르며 어머니가 대답했다.

"아, 그래, 그랬지. 학교라면 괜찮아. 이타루 씨는?"

잠옷 차림으로 큰 계단에 앉아 있던 이타루 아저씨는 메이지 시대의 서생 같은 장발을 그러올리며 "예에" 하고 하얀 얼굴을 쳐들었다.

"그보다 형님, 도쿄는 어떻답니까?"

아버지는 고개를 저었다. 어머니의 동생들이자 이타루 씨의 형제인 스즈키 집안의 딸들이 도쿄 시내의 시바나 고이시카와에 시집가서 살고, 지토세의 언니가 신부수업을 하고 있는 황족의 저택도 나가타초에 있었다.

"어떠나마나 전화가 연결되지 않으니 알 수가 있나. 후타마타오 역까지 사람을 보내는 수밖에."

아버지는 글을 아는 일꾼을 불러 종이와 연필을 주고 역이나 주재소에서 정보를 알아 오라고 시켰다.

당시 산꼭대기에는 전화기가 신사 사무소에 딱 한 대만 있었다. 그것이 불통이라면 도쿄 상황은 전혀 알 수 없다. 물론 라디오방송도 아직 시작되지 않았을 때였다.

조부는 안쪽 신전에서 진혼의 축문을 외고 있었다. 가족 걱정을 하는 아버지는 평범한 사람이지만 조부는 신령님에 가까운 분이라고 지토세는 생각했다.

"뭐든 알게 되면 전해줄 테니 걱정하지 말고 쉬게."

아버지는 이타루 아저씨를 다독이며 말했다.

"어딜요, 형님. 걱정돼서 잠이 오겠습니까. 고 짱은 스즈키 가문의 후계자인데."

서로를 걱정해주는 두 사람의 대화는 듣는 사람까지 걱정스럽게 만들었다.

어릴 때부터 몸이 허약했던 이타루 아저씨를 대신하여 위로 띠동갑인 아버지가 데릴사위로 들어왔다. 그리고 지금까지 장남 고를 비롯하여 3남 2녀를 얻었다.

"그런 말씀 마시게, 이타루 씨. 아버님이 들으시면 또 역정을 내셔."

이타루 아저씨가 우는 소리를 하면 조부가 호통으로 응수하는 모습이 흔한 저택의 풍경이었다. 기질이 비슷한 부자는 말다툼도 집요해서, 보다 못한 아버지나 어머니가 중간에 끼어들 때까지 그칠 줄 몰랐다.

"쓰루카메, 쓰루카메_{자신에게 불리한 말을 했거나 운이 나빠지는 말을 한 사람이 피해를 면하기 위해 혹은 운을 좋게 바꾸기 위해 외는 주문}."

이타루 아저씨가 큰 계단에서 엉덩이를 들고 안쪽 신전을 들여다보며 어깨를 으쓱하고 익살을 떨었다.

물론 부자지간에 사이가 나쁘지는 않았지만 와세다 철학과를 졸업한 아들과, 퇴마를 실천하는 아버지는 대화가 통하지 않는 게 당연하다.

"하지만 이렇게 앉아 있어 봐야 소용없어요. 내가 주변을 한 바퀴 돌아볼게요."

"그건 사람을 시키면 될 일. 이타루 씨가 할 일이 아니네."

"이럴 때 한 바퀴 돌아봐야 어릴 적 친구도 만나보죠. 뜻밖에 건강하다는 걸 보여주자고요."

이타루 아저씨는 폐병을 앓아 어지간해서는 저택 밖으로 나가지 않았고 가족들도 적당히 거리를 두고 생활하고 있었다. 사실 도쿄에서 가슴을 앓고 산으로 돌아오는 사람은 드물지 않았으므로 배려하는 것일 뿐 멀리하는 것은 아니었다. 신관 마을은 신기가 충만하고 주민들은 너그러웠다.

이타루 아저씨는 문간방으로 돌아가 하카마를 입더니 장발에 빗질을 하고 나왔다. 내년에 서른이라는데 비백무늬 기모노와 고쿠라하카마_{튼튼하고 질기기로 유명한 고쿠라 면직물로 만든 하카마로, 작업복이나 학생복으로 애용되었다}가 앳되어 보였다.

"지토세, 네가 같이 가드려라."

어머니가 걱정스레 말했다. 대문을 나가 삼나무 숲 오솔길을 걷는 이타루 아저씨는 지팡이에 의지하는 정도는 아니지만 세 개의 빈약한 다리로 종종거리며 걷는 인상이었다.

지토세는 이타루 아저씨를 따라가며 팔을 잡아주었다. 흠칫 놀랄 만큼 수척했다.

"오, 지이 짱이야? 왜 이래, 아이도 아닌데."

그렇게 말하며 뿌리치려고 하는 이타루 아저씨의 손을 지토세는 양손으로 꼭 쥐었다.

"아저씨는 환자잖아요. 내가 부축할게요."

종종 나무들을 떨게 하며 산이 흔들렸다. 그럴 때마다 지토세는 이타루 아저씨 가슴에 얼굴을 묻고 이타루 씨는 지토세의 머리를 꼭 끌어안아 주었다.

*

"근처를 한 바퀴 돌아보겠다고 했지만 오르막 내리막이 쉽지 않았단다. 도리이 앞으로 올라가 수통에 신수를 담은 뒤 쉬엄쉬엄 걸었어. 이타루 아저씨가 각혈을 하지나 않을까 해서 조마조마했지."

 텔레비전도 라디오도 없고 전화선도 끊겨버렸으니 어느 저택에도 특별한 정보가 들어왔을 리가 없었다. 서로의 무사함을 확인하고 도쿄에 있는 가족이나 학교에 가 있는 아이들의 안전을 걱정할 뿐이었다.

 "오오, 이타루 씨. 건강해 보이는군그래."

 방문하는 집마다 사람들은 이구동성으로 말했다. 이타루 아저씨는 도쿄의 대학을 졸업한 학사님이지만, 결코 학문을 자랑하지 않는 붙임성 좋은 사람이었다. 신관 저택의 대문을 들어설 때는 기모노의 양 소매 끝을 쥐고 팡 소리가 나도록 당겨서 구김살을 펴고 하카마의 매무시를 고쳤다. 그리고 까마귀천구 같은 검은 마스크를 쓰고 짐짓 건강을 가장한 목소리로 사람을 불렀다.

 "다들 별고 없으십니까아! 스즈키 집안의 이타루입니다아."

 평소 소원하던 대로 산꼭대기 주민들에게 자신의 건강한 모습을 보여주고 싶었던 거라고 이모는 서글픈 목소리로 말했다.

 "케이블카는요?"

 이불을 걷어내며 상체를 일으킨 아이가 물었다.

 "케이블카는 그 뒤 10년이나 지나서 다니기 시작했단다. 전쟁 때는 대포 포탄을 만드느라 멈추었다가 너희가 태어날 즈음에 다시 다니게 되었지."

 걸으면 두 시간이나 걸리는 산길을 단숨에 오르는 케이블카가 없는 시절을 나는 도저히 상상할 수 없었다. 그래도 어머니나 이모 삼촌들은 산 아래 사와이 마을에 있는 소학교까지 매일 걸어서 통학했다. 그 고생은 어머니한테도 듣기는 했지만, 들으면 들을수록 현실감이 없고, 오히려 여우에 씐 사람 이야기나 천구 이야기처럼 느껴졌다.

"주위가 어둑해지고 나서였을까. 아이들이 소학교에서 돌아왔어. 전령으로 내려갔던 사람이 눈치껏 사와이 소학교에 들러준 거지. 그 사람이 미타케산 아이들을 줄줄이 데리고 돌아와 주었단다."

아, 다행이다, 하며 가슴을 쓸어내리는 듯한 여자애 목소리가 들렸다.

나뭇가지 사이로 보름달이 나타나자 실내는 푸르스름한 해저의 빛깔로 물들었다.

*

제일 걱정하던 남자애 두 명이 무사히 돌아오자 저택은 기쁨으로 넘쳤다.

이타루 아저씨와 지토세가 문안인사를 하며 돌아본 결과 신관 저택들 중에 심각한 피해를 입은 집은 없었으므로 실은 도쿄 쪽의 상황이 처참하리라고는 아무도 생각하지 못했다.

천성이 낙천적인 아버지가 말했다.

"전기고 전화고 금방 복구되기는 힘들 테니까 옛날로 돌아갔다 생각하고 느긋하게 지내야 하지 않겠나."

물론 20년쯤 전까지만 해도 미타케산에는 전기가 들어오지 않았다. 그 후에도 전등의 질이 낮아서 사람들이 어둠에 익숙하다. 때문에 정전 따위는 특별히 고생으로 치지도 않았다.

조부가 외는 진혼의 주문은 계속되고 있었다. 급한 대로 주먹밥과 채소절임으로 저녁상을 차려놓아도 조부의 주문은 끝날 줄 몰랐다.

그러는 동안에도 여진이 그치지 않았다. 크게 흔들리면 초나 등불을 껐고 진정되면 다시 불을 붙이는 번거로운 일을 반복했다.

그때 갑자기 대형 객실에서 비명이 터졌다. 신전의 불 당번을 맡은 하녀의 목소리였다.

사람들이 달려가 보니 오키쿠가 대형 객실 한복판에 주저앉아 있었다.

"왜 그래, 오키쿠 짱?"

어머니가 물어도 오키쿠는 부들부들 떨며 허공을 가리킬 뿐이었다. 조부의 축문에 이끌려 보이지 않는 존재가 나타나기라도 했나 싶어서 지토세는 어머니 어깨 너머로 살펴보며 목을 움츠렸다.

차라리 여우나 천구가 나았을 것이다. 뒷마당에서 내다보이는 관동평야가 시뻘건 색으로 활활 타고 있었다.

에도 시대에 태어난 조부는 그 북동쪽 전망을 '武蔵一望'이니

'一國一望'이니 칭송하며 편액이나 두루마리로 주문했다. 옛 지명 '무사시武蔵' 즉 도쿄와 사이타마가 한눈에 보인다는 뜻이며, 무사시미타케 신사의 신관 저택에 걸맞은 전망이라는 자찬이기도 했다.

맑은 날 밤이면 시내 불빛이 마치 자잘한 잔돌이 깔린 듯 보이지만 오늘은 온통 칠흑의 어둠이었다. 그곳을 오가는 것은 오쿠타마가도를 달리는 자동차의 헤드라이트이고 달리 빛이라고 할 만한 것이 없었다. 그리고 그 어두운 바닥 너머에 빨간 부직포라도 펴 놓은 것처럼, 누가 일러주지 않으면 불이라는 사실을 알 수 없을 정도로 두텁고 커다란 불길이 바닥에 가득 깔려 있었던 것이다.

해가 있는 동안은 구름이 끼어 보이지 않았던 걸까 아니면 구름처럼 보인 것이 실은 연기였을까.

도쿄가 빨갛게 타오르고 있었다. 한밤에 보는 화덕 속처럼.

"아름답네."

지토세 어깨에 손을 얹고 이타루 아저씨가 중얼거렸다.

"그런 말 하지 말거라!"

어머니가 큰소리로 질타했다. 어떤 이는 그 자리에 털썩 주저앉고 어떤 이는 우두커니 서서 눈 아래 펼쳐진 어둠의 파노라마를 응시하고 있었다.

"아름다운 걸 아름답다고 말하는 게 뭐가 나쁩니까, 누님."

이타루 아저씨의 말투는 강했다. 지토세의 등에 박동이 느껴지고 피의 소용돌이마저 일었다. 가볍게 던진 농담이 아니라 뭔가 생각하는 바가 있어서 그렇게 말했을 것이라고 지토세는 믿었다.

"뭐가 나쁘다니. 도키 짱도 기요 짱도 도쿄에 있는데. 시노도 저기서 신부수업을 하고 있는걸."

"잘 압니다. 하지만 누님, 지진도 화재도 다 신령님 소관이에요. 우리가 울고불고 난리를 피운다고 뭐가 되는 것도 아닙니다. 그렇다면 최소한 인간답게 아름다운 것은 아름답다고 말하면 되는 것 아닙니까."

이타루 아저씨의 말을 지토세는 얼른 납득할 수 없었다. 하지만 그 강한 목소리에서는 가슴에 응어리진 더없이 정당한 분노가 느껴졌다.

문득 조부의 기도 소리가 그쳤다.

"이타루, 이제 그쯤 해 둬라."

할아버지는 해소할 길 없는 아들의 마음을 훤히 들여다본 것이다.

저택은 그것을 끝으로 쥐죽은 듯 조용해지고 멀리 불길만 바라보는 기나긴 밤이 찾아왔다.

*

이모는 이야기하면서 손가락을 꼽았다.

"도쿄로 시집간 도키 아주머니에 기요 아주머니. 황실 저택에 기숙하던 시노 언니. 다들 지금껏 건강해서 다행이지."

스즈키 가문은 남자가 귀하고 여자가 많은 가족이어서, 내게는 얼른 헤아릴 수도 없이 많은 할머니들과 아주머니들이 있었다.

"그럼, 그때 아무도 돌아가시지 않은 거네요. 다행이다."

한 사촌이 말했다. 늘 듣던 무서운 이야기와 결이 다른 탓인지 아이들은 모두 말똥말똥한 듯했다.

불온한 침묵이 흐른 뒤 이모는 한숨을 섞으며 말했다.

"돌아가신 아저씨가 있었다."

누군가 "이타루 씨?" 하고 물었다. 이모는 고개를 저었다. 이타루 아저씨가 언제 타계했는지는 모르지만, 대지진의 희생자가 아님은 분명했다.

"그분이 아니라 가시코 씨라는 분이다. 가시코 씨. 이타루 씨의 동생, 내 숙부님. 메이지 40년 양띠로 태어났으니 나보다 조금 연상이고 시노 언니보다는 한 살 위였지. 그래서 조카와 숙부가 손을 잡고 소학교에 다녔단다."

"이상하네" 하고 누군가 말했다. 자식을 많이 낳던 시절의 가족 관계는 아이들이 이해하기에는 난해하다.

"어? 그럼요, 이모. 그 가시코 씨가 신주가 되어야 하는 거 아닌가요?"

동갑내기 사촌이 말했다. 이모의 그림자가 끄떡하고 수긍했다.

"이타루 씨를 포기하고 데릴사위를 들인 뒤에야 가시코 씨가 태어난 거야. 흰 수염 할아버지도 할머니도 마흔 넘어 얻은 자식이라 조금 부끄러웠겠지. 신도회 손님들은 손자인 줄 알았지만, 그렇게 생각하게 놔두는 게 편하긴 했을 거야."

장남 이타루 씨는 몸이 허약하여 신직을 물려줄 수 없고 막내 가시코 씨는 기대도 하지 않던 아들이었다. 일찌감치 들인 데릴사위는 가문을 존속시키고자 하는 든든한 방책이었지만, 양자인 조부는 설 자리를 잃은 두 의형제가 얼마나 신경 쓰였을까.

"이타루 씨와 가시코 씨는 띠동갑이라고 할 만큼 나이 차이가 많이 나는 형제였지만, 아주 많이 닮았단다. 어느 쪽이나 머리가 좋고 잘생겼고——,"

그리고 이모의 이야기는 문득 산을 내려가 엉뚱한 방향으로 향했다.

*

가시코는 도쿄의 친척 집에 기숙하며 부립중학교를 졸업했다.

누이가 데릴사위와 결혼했으니 자립해야만 했다. 그러면 형 이타루와 마찬가지로 고교와 대학을 졸업하고 공무원이 되거나 든든한 직장을 잡아야 할 텐데, 도쿄에서 지내는 동안 꿈이 생겼다.

일본이 구미 열강과 어깨를 견주는 강국이 된 그 즈음, 양복 재단사는 특별한 직업이 되어 있었다. 중학교에서 돌아오는 길에, 혹은 휴일에 외출할 때면 늘 양복점을 지나게 되는데, 창문 너머로 아무리 들여다봐도 질리지 않을 만큼 가시코는 재단 일에 끌렸다.

주위에서도 반대는 없었다. 반대는커녕 신도회 총무의 알선으로 요코하마 야마시타초의 양복점에 도제로 취직했다.

잔심부름이나 하는 사환이 분명하지만 업무상 양복 한 벌도 받았다. 중학교 졸업도 훌륭한 학력이었다.

산골에서 나고 자랐지만 예의가 바르고 피부가 희고 외모도 좋은 가시코는 양복점의 인기 점원이 되었다. 야무진 손끝은 스즈키 가문의 내력이었고 영어도 능숙했으므로 무슨 일에나 귀하게 쓰였다.

16세 가시코는 나름대로 앞날이 밝다고 할 수 있었다.

그런데 지토세의 기억으로는, 9월 1일 대지진이 왔을 때 가시코를 걱정하는 사람은 없었다.

거기에는 미타케산에 사는 사람들의 기묘한 착각이 있었다.

저택의 뒤쪽 복도에 서면 도쿄는 한눈에 바라다보이지만 정동향에 우뚝 솟은 히노데야마 때문에 요코하마 시가지와 항구는 보이지 않았다. 왼쪽으로는 도쿄, 오른쪽으로는 에노지마까지 보이지만 요코하마 지역을 보려면 신사 가람까지 올라가거나 히노데야마 정상에 올라가야 했다. 그래서 사람들은 어찌된 일인지 도쿄에서 멀리 떨어진 에노지마보다 요코하마가 더 먼 곳인 줄 알고 있었다.

그 착각에는 요코하마라는 지역이 지닌 이국적인 정서도 가세했을 것이고 군항으로 유명한 요코스카와 혼동하는 사람도 있었는지 모른다.

지진이 일어난 아침, 관측을 위해 히노데야마까지 올라간 사람이 내려와 알려주었다. 요코하마가 전부 불타버렸다고. 히노데야마 전망대에서는 요코하마의 대화재가 똑똑히 보였던 것이다.

그제야 사람들은 가시코가 무사하기를 빌기 시작했다.

그러나 산꼭대기에는 여전히 이렇다 할 정보가 들려오지 않았다. 평소와 다름없이 가을매미가 울고 가끔 숲을 소란케 하며 산이 흔들릴 뿐, 모두들 장님에 귀머거리 상태로 하릴없이 시간만 보냈다.

마침내 9월 2일 해질 무렵이 되어서야 산 아래에서 사람이 급하게 올라왔다.

정작 지진 때는 미처 치지도 못했던 비상종이 울려퍼졌다. 그 급한 박자에는 대궁사 저택으로 즉시 모이라는 신호가 담겨 있었다.

대형 객실에서 신관들이 기다린 사람은 면사무소 호적계라는 젊은 관리와 오래전에 은퇴한 노순사였다. 신관 복장을 한 서른 명이나 되는 신관에 둘러싸인 것만으로 두 사람은 꿔다 놓은 고양이처럼 주눅이 들고 말았다. 공무원이고 경찰이고 이리 뛰고 저리 뛰느라 명백히 인원이 부족했다.

인사를 하는 둥 마는 둥 하더니 젊은 관리가 수첩을 펴고 말했다.

"금일 14시, 도쿄시 및 산하 5개 군에 계엄령이 포고되었습니다. 내일은 여기 미타케산을 비롯한 산하 전 지역도 계엄에 들어간다는 예보가 있으니 양지하시기 바랍니다."

신관들이 웅성거렸다. 천황의 명으로 일시적인 군정이 실시된다는 것이다.

그리고 관리는 뚝뚝 떨어지는 땀을 허리에 찬 수건으로 열심히 닦으며 도쿄가 대지진과 화재로 괴멸 상태라는 점, 군에 동원령이 떨어져 피재민 구조와 치안 유지에 나섰다는 점을 간결하게 말했다. 아니, 간결이나마나 관리의 표정만 봐도 상세한 사항은 전혀 알지 못하고 있음을 누구나 알 수 있었다.

그래서 이야기는 젊은 관리에서 노순사로 넘어갔다. 사와이 주재소에 근무한 적도 있는 노순사는 신관들도 잘 아는 얼굴이었다. 그런 인연 때문에 비록 은퇴한 몸이지만 낡은 제복을 끄집어내 입고 노구에 채찍질을 하여 산을 올라온 터였다.

노순사는 어떤 신관도 생각하지 못한 이야기를 불쑥 꺼냈다.

"천재지변이니 어쩔 수 없다고 하지만 실은 매우 심각한 사태가 일어나고 있습니다. 지진의 혼란을 틈타 불령선인이 폭동을 일으켜 여기저기 불을 지르고 폭탄을 던지고 우물에 독약을 탄다는 겁니다."

대형 객실이 다시 웅성거렸다. '불령선인'이란 일본으로부터 독립을 원하는 조선인을 뜻하는데, 당시는 무정부주의자나 공산주의자와 싸잡아 국가 전복을 꾀하는 위험한 분자로 치부하고 있었다. 따라서 괘씸하고 뻔뻔하다는 뜻으로 '불령$_{不逞}$'이라고 불렀다.

하필 그때 강한 여진이 와서 대궁사의 훌륭한 저택이 삐거덕거리며 흔들렸다.

노순사는 여진이 가라앉기를 기다렸다가 이야기를 계속했다.

"폭동은 가와사키 부근에서 시작되어, 절반은 요코하마를 습격하여 마음껏 난동을 부리고 절반은 다마가와를 넘어 가마타, 오오모리 근방으로 오고 있다고 합니다."

"이거 큰일이군."

신주 한 사람이 굵은 목소리로 말했다.

"계엄령은 그놈들 때문이군요. 지진 자체가 아니라 불령선인의 폭동을 진압하기 위한 거네요."

"뭐, 그런 것 같은데, 이야기는 이게 다가 아닙니다."

노순사의 목소리는 지친 기색이 역력했다. 두 시간이나 산을 올라왔으니 전대미문의 대사건을 전달할 기운이 남아 있지 않은 듯했다.

그러자 젊은 관리가 한쪽 무릎을 세우고 양손으로 사람들을 진정시키며 이야기를 이어받았다.

"불령선인의 일부는 다마가와 제방을 따라 이동해서 후추의 오오쿠니타마大國魂 신사를 불태운 뒤 여기 미타케산으로 향하고 있습니다."

말이 끝나기도 전에 경악하는 소리가 터지고, 너무나 큰 충격에 엉거주춤 일어서는 사람도 있었다.

"그런 얘기라면 빨리 말했어야지! 한가롭게 앉아 있을 계제가 아니잖아."

노성을 지르며 뛰어나가는 사람도 있었다. 오오쿠니타마 신사는 무사시 지방의 총사總社 일정 지역의 여러 신을 한자리에 모아 제사를 지내는 신사로 지정된 신사이고 다마가와의 상류와 하류라는 지연도 있어서 무사시미타케 신사와 인연이 깊었다.

관리는 손나팔을 만들고 새된 목소리로 외쳤다.

"조용히 좀 해주세요! 사태가 심각하지만 군도 경찰도 인원이 부족합니다. 이곳은 대궁사님 이하 신관 여러분이 마음을 하나로 모아서 미타케 신사를 지켜주십시오."

즉 주민이 단결해서 불령선인을 격퇴하라는 말이었다.

누구도 이상하다는 생각을 하지 않았다. 잿더미로 변해가는 도쿄를 잠 한숨 못 자며 눈 아래로 바라봐야 했던 사람들이고, 더구나 그 불바다 속에는 어느 가문이나 가족 한두 명이 있었을 것이다.

"로쿠쇼노미야六所宮가 불탄 것은 언제입니까?"

질문이 날아들었다. 로쿠쇼노미야는 오오쿠니타마 신사의 별칭이다. 관리는 노순사와 뭐라고 귀엣말을 나눈 뒤 대답했다.

"자세한 시각은 경찰도 모르지만, 어제였습니다."

오우메까지 철도가 부설된 때는 메이지 27년이어서, 그때까지는 어디로 가더라도 걸어야 했다. 히노데야마를 내려가 이쓰카이치와 하치오지를 경유하면 후추의 로쿠쇼노미야까지 하루 거리라는 사실 정도는 연장자라면 누구나 알고 있었다.

"그게 어제오늘의 사태라면 언제 이곳에 쳐들어올지 알 수 없는 거 아니오."

"이렇게 앉아 있을 수 없소. 신사를 지킵시다."

저마다 그렇게 말하며 신관들이 모두 일어서려고 할 때, 기다렸다는 듯이 목소리가 들렸다.

"말도 안 됩니다. 있을 수 없어요, 이건 흑색선전이 틀림없습니다. 여러분, 침착하세요."

대형 객실의 복도에 까마귀천구 같은 검은 마스크를 한 장발의 남자가 서 있었다.

"모르는 사람인데, 누구시오?"

노순사가 수상쩍어하며 물었다.

"아, 예. 스즈키 집안의 이타루라고 합니다."

오래도록 만나지 못한 사람도 있었는지 여기저기 웅성거리는 소리가 퍼졌다.

"도쿄의 대학에서 공부하신 선생이야" 하는 소리가 들리자 이타루는, "아뇨, 아닙니다, 그리 대단한 사람은 아닙니다" 하고 마스크를 벗더니 풍성한 머리를 그러올렸다.

그 손으로 젊은 관리를 가리키며 이타루는 뜻밖의 말을 했다.

"이보시오, 당신도 안 믿잖아요. 유언비어라고 생각하고 있겠죠. 그렇다면 자기 생각을 솔직히 말해야죠."

관리는 대답을 못하고 이타루의 시선을 외면했다. 그러고는 두꺼운 근시안경을 벗으며 땀을 닦았다.

허약해서 신직을 물려받지 못했지만 이타루에게는 아버지에게 물려받은 신통력이 있었다. 이때도 인간이 아닌 무엇인가가 이타루의 손을 잡아 대궁사의 저택으로 인도하고, 복도 구석에서 소식을 들으며 인간이 아닌 존재의 목소리로 속삭여주었던 것이다.

저자도 자기가 하는 말을 믿지 않아. 위에서 내려온 지시에 거스를 수 없을 뿐이야, 라고.

대형 객실에 앉아 있던 의형이 뒤를 돌아보며 꾸짖었다.

"이타루 씨, 무례하게 무슨 짓인가. 많이 배웠다고 우쭐대지 말게. 관리도 순사님도 신사가 무사하기를 바라고 달려와 준 거 아닌가."

두 사람의 관계를 모르는 사람은 없었다. 산꼭대기의 주민들과 노순사는 물론이고 면사무소 호적계라면 지방 명사인 산꼭대기 마을의 신관과 그 가족관계 정도는 파악하고 있을 터였다. 하물며 이타루를 대신하여 데릴사위로 들어온 사람의 본가는 마을의 세금을 혼자 납부할 정도로 부유한 가문이었다.

노순사가 무릎걸음으로 다가가 물었다.

"스즈키 선생. 설마 아니겠지만 이타루 씨가 도쿄의 대학에 다니다가 나쁜 바람을 쐰 건 아니겠지요?"

"그래서 가슴병을 앓았지요."

"아뇨, 그게 아니라, 왜 있잖습니까, 무정부주의니 사회주의니 하는 골치 아픈 사상에 물든 게 아니냐는 겁니다."

"아, 그런 건 아닙니다. 지극히 건전하게 칸트니 데카르트니 하는 난해한 학문을 했지요."

인품이 온후한 의형이 매섭게 꾸짖은 게 뜻밖이었는지 이타루도 잠시 침묵하고 있다가 이윽고 목소리를 조금 바꾸어 말했다.

"여러분도 잘 생각해보십시오. 폭동이라는 것은 미리 긴밀하게 연락하며 계획하지 않으면 일으킬 수가 없습니다. 안 그러면 러일 전쟁 뒤에 일어난 히비야 방화사건1905년 러일전쟁 강화조약인 포츠머스 조약을 반대하는 히비야 공원의 집회가 폭동으로 발전하여 관청, 언론사, 경찰서 등 13개소가 불탄 사건처럼 커다란 집회가 우발적으로 폭발하거나, 그 둘 중에 하나겠죠. 지진의 혼란에 편승해서 불령선인이 폭동을 일으켰다면 그들이 대지진을 예상하고 있었다는 말이 되지 않습니까. 그래서 제가 그런 일은 있을 수 없다고 하는 겁니다. 흑색선전이 뻔합니다."

단숨에 이야기하고 나서 이타루는 괴로운 듯 숨을 몰아쉬었다.

"그렇다면 이타루 씨, 어째서 그런 흑색선전이 퍼지는 거요?"

신관 하나가 물었다.

"천재지변은 어느 누구의 탓도 아니기 때문입니다. 하지만 누군가의 탓으로 돌리지 않으면 분이 풀리지 않겠죠. 신령님 탓이라고 한다면 신사가 불타더라도 어쩔 수 없겠지요."

이 한 마디는 역시 흘려들을 수 없었다. 신관들이 흥분하여 저마다 이타루를 비난했다.

"뭐라고? 다시 한 번 말해봐!"

"신관의 아들이면 부끄러운 줄 알아야지!"

"밥이나 축내는 녀석!"

"대학에서 뭘 배우고 온 거야!"

그러나 이타루는 주눅 들지 않았다. 고쿠라하카마에 손가락을 찔러 넣고 마치 메이지 시대의 장사처럼 큰 소리로 말했다.

"조선인 탓으로 돌리느니 차라리 신령님 탓으로 돌리는 게 낫습니다. 아닙니까!"

심신이 지칠 대로 지쳐 있던 사람들은 이타루가 내놓은 주장의 정당성을 이해하지 못했다.

만약 그때 이타루가 격하게 기침하며 각혈을 하지 않았다면 몰매를 맞아 죽었을 것이다.

의형이 사람들을 밀어내며 달려와 피범벅이 되는 것도 마다하지 않고 이타루를 안았다.

"보시는 바와 같이 병 때문에 이런 겁니다. 부디 용서해주십시오."

그 말을 신호 삼아 사람들은 서둘러 대궁사의 저택을 나갔다. 스진천황 이후로 2천여 년의 내력이 있는 무사시미타케 신사는 태곳적부터 신령님을 모셔온 그들이 스스로 지켜내야 했다.

"심하게 말해서 미안했네. 그렇게라도 말하지 않으면 저 흥분한 사람들을 말릴 수 없을 것 같아서."

"미안합니다, 형님" 하고 이타루는 기둥에 등을 기댄 채 간신히 말했다.

"이타루 씨 목소리는 신령님의 목소리였네. 잘 말해주었어."

복도에 떨어진 피를 닦으며 그렇게 말하는 의형의 목소리야말로 신령님의 목소리였다.

*

"보고 온 것처럼 말하지만 나도 나중에 들은 이야기란다. 나는 너희 할아버지의 부축을 받으며 돌아온 피투성이 이타루 아저씨를 간병했을 뿐이야. 아저씨는 조카에게 폐병을 옮기지나 않을까 하는 걱정뿐이었지. 가까이 오지 마라, 저리 가렴, 그 말뿐이었단다."

지토세 이모는 무엇이 떠올랐는지 고개를 숙이고 콧물을 훌쩍였다. 이야기는 멈추고 말았지만 재촉하는 아이는 없었다.

우리는 매해 투베르쿨린 검사를 할 때마다 결핵이라는 병이 얼마나 무서운지를 배웠다. 아니, 배울 것까지도 없는 것이, 당시는 어느 집에나 결핵으로 죽은 사람이 있었다. 스트렙토마이신이라는 약이 등장하기까지는 불치병으로 알려져 있었다는 사실도 알았다. 예전에는 난치병이기 이전에 너무나 친근한 병이었기 때문에 지토세 이모도 이타루 씨 간병을 마다하지 않았을 것이다.

그러므로 당시 이타루 씨와 가족 간의 대화를 일상에서 죽음을 완전히 배제하고 생활하는 우리가 온전히 이해할 수는 없었다. 그리고 실은 관동대지진으로 죽은 10만 명의 목숨도, 흑색선전으로 살해된 6천 명이 넘는다고도 하는 목숨도 역시 우리가 온전히 이해할 수 있는 것이 아니다. 그러나 역사란 아무리 이해가 쉽지 않아도 생각해봐야 하는 것이다.

잠시 후 이모는 검은 옷을 입은 허리를 똑바로 폈다.

"해가 있을 때 다시 비상종이 울려서 도리이 앞 광으로 나가보니 청년단 사람들이 전투 복장으로 모여 있었단다. 칼을 차고 창을 꼬나들고 엽총을 메고 개중에는 집안에 내려오는 갑옷을 입은 사람도 있더구나. 너희도 보았지? 히노데마쓰리에서 여러 사람이 갑옷을 입고 행진했잖니. 신사가 있어야 미타케산도 있는 거라고 생각하니까, 이타루 아저씨가 한 말은 아무도 신경 쓰지 않았단다."

어둠 속에서 저요, 하고 손이 올라갔다. 이모가 학교 교사처럼 지명해서 아이들을 웃겼다.

"근데, 왜 조선인이 쳐들어오죠?"

이모는 잠시 단어를 고르는 듯했다.

"약한 아이를 괴롭히는 짓궂은 아이는 보복이 두렵게 마련이지. 너희도 약한 아이를 괴롭히면 안 돼. 뒤탈이 두려울 것이고 잘못되면 심각한 일이 벌어질지도 몰라."

아이들도 왠지 모르게 납득했다. 누구나 형들에게 조선인에 대한 험담을 듣고 있었기 때문이다. 그런 시절이었던 만큼 이모의 비유는 적절했다.

조선인이 쳐들어온다.

지토세 이모의 회고담을 들으며 우리가 느낀 동요는 40년 전대지진 당시의 일본인이 품었던 공포심과 같은 것이었는지도 모른다.

*

9월 3일 이른 아침, 이타루 씨는 주위의 만류를 뿌리치고 저택을 나섰다.

하녀 오키쿠가 뒤따르고 지토세도 따라갔다.

미타케산은 짙은 안개에 싸여 있었다. 도리이 너머로 올려다보이는 수신문의 빨간색도 희미하게만 보이고 광장에는 화톳불이 타고 있었다.

"누구냐!" 하는 목소리가 들려서 이타루 씨가 이름을 댔다. 안개 속에서 나타난 사람은 몸통만 갑옷을 두르고 창을 들고 있었다.

예전에 미타케산 신관은 도쿠가와 막부로부터 오쿠타마 가도를 경호하라는 임무를 받았으므로 어느 집에나 갑옷이 있었고, 봄의 큰제사 때는 각 집안의 당주가 무사 차림으로 행진에 참가했다.

군축이 이루어진 다이소 시대여서 병역에 임하는 젊은이는 없었지만, 연장자 층에는 러일전쟁에 동원된 사람도 있었다. 여기저기 흙부대로 쌓아둔 진지도 그 사람들이 지도했을 것이다.

이타루 씨는 그런 진지를 돌아보고 조선인의 습격은 결코 없을 테니 집에 돌아가 쉬라고 설득했다. 진지는 수신문 밑에도 설치되었고, 돌계단을 올라가 보니 정상의 본전으로 가는 참도 여기저기에도 구축되어 있었다. 하룻밤 새 용케 이렇게 여러 개나 쌓았구나 싶은데도, 작업은 여전히 계속되었다.

단 한 명의 설득에 귀를 기울이는 사람은 없었다. 보다 못한 오키쿠가 말했다.

"이타루 씨, 말해 봐야 소용없어요, 습격이 없다면 없는 대로 좋은 일이잖아요."

그러나 이타루 씨는 여윈 턱을 저었다.

"그건 아니지, 키쿠 짱. 오느냐 마느냐의 문제가 아니야. 의심하는 것부터가 잘못이라는 거야. 그러니 이런 일을 해서는 안 돼. 그리고 누가 들어주지 않아도 나는 말해야 해."

짙은 안개 너머에서 야마토타케루노미코토가 그렇게 말씀하시는 것 같았다.

그리고 이타루 씨는 신사 뒤 수원지로 올라갔다. 산에서 나는 물을 모아 숙방에 공급하는 연못을 늠름한 젊은이들이 지키고 있었다. 조선인이 우물에 독을 탄다는 소문 탓이다.

그들의 수하 소리에 이타루 씨가 이름을 밝혔다. 그러자 칼을 빼들고 있던 젊은이가 덤비면 베겠다는 태세로 다가왔다. 오키쿠와 지토세가 이타루 씨 앞으로 나서서 가로막았다.

"아하. 당신인가? 신관 선생이 숨겨주고 있다는 빨갱이가."

전혀 면식이 없는 얼굴인 것으로 보아 산 아래에서 합류한 사람 같았다. 모르는 사람이 소문만 듣고 행동하는 것만큼 위험한 일도 없다.

그래도 이타루 씨는 열심히 설득하기 시작했다. 모든 것이 유언비어이며, 조선인이 미타케산을 쳐들어올 만한 원한 따위는 전혀 없다고.

젊은이들은 제대로 들으려고도 하지 않고 마침내는 칼끝을 이타루 씨에게 겨누었다.

"사람들 투지를 꺾는 소리는 하지도 마라. 환자면 환자답게 집에 돌아가 누워 있어. 이 쓸모없는 인간아."

이타루 씨는 오키쿠와 지토세에게 양쪽에서 부축을 받으며 비칠비칠 걷는 형편이었다. 그래도 저택으로 돌아가려고 하지 않았다. 대체 무엇 때문에 이토록 아저씨가 안간힘을 쓸까. 이래 봐야 아저씨에게 득 될 것은 아무것도 없고 그저 목숨만 단축하고 있을 뿐인걸. 그렇다면 아저씨는 오랜 병으로 자포자기 한 것은 아닐까, 하고 지토세는 생각했다.

도리이 아래쪽에 있는 토산품점은 빈지문이 닫혀 있고 인기척도 없었다. 그곳에서 꺾어져 산에서 제일 가파른 고개를 내려가면 신대 느티나무가 우뚝 서 있는 갈림길이다. 찻집 앞에는 한층 커다란 진지가 쌓여 있었다. 요충을 지키는 사람들이 급한 내리막길을 비틀거리며 내려오는 이타루 씨를 입을 멍하니 벌린 채 올려다보고 있었다.

산꼭대기에서 하얀 비단을 풀어헤쳐놓은 듯 안개가 흘러내려와 화톳불과 창날과 술통을 휘감은 뒤 높이 쌓인 흙부대를 넘어 갔다.

기진맥진한 이타루 씨가 울면서 말했다.

"이보시오, 잘 좀 생각해보시오. 이 흑색선전은 너무 악질적이란 말입니다. 진리는 인원의 많고 적음에 달린 게 아니오. 자기 자신에게 물어서 판단해야 합니다."

격분한 사람들로부터 이타루 씨를 지켜준 이는 동갑내기 신관이었다. 그는 어릴 적 동무를 들쳐 업고 스즈키 저택으로 데려다주었다.

대문 앞에는 조부가 흰 수염을 쓰다듬으며 기다리고 있었다.

"이타루. 이제 직성이 풀렸느냐."

산간에 메아리가 들릴 것 같은 맑은 목소리로 조부는 말했다.

*

"이번 이야기는 이것으로 끝났다."

네에? 하고 아이들이 불만스러운 소리를 냈다.

"아무 일도 일어나지 않았으니 더 할 얘기가 없지. 그날도 다음 날도 또 그다음날도 조선인은 나타나지 않았다."

에이 뭐야, 하고 아이들이 다시 실망했다. 그러자 지토세 이모는, "에이 뭐야라니" 하고 아이들을 나무랐다.

"아무 일도 일어나지 않았으니 아주 다행스러운 일이지. 너희 역시 아무 일도 일어나지 않았다고 실망해서는 안 돼. 그야말로 신령님께 감사해야 할 일이지. 알겠니? 신령님께 뭔가를 받아서 은총이 아냐. 아무 일도 일어나지 않는 것이야말로 은총이지. 앞으로 공부 열심히 하고 건강도 다져서 훌륭한 사람이 되려무나."

지토세 이모는 그 뒤로도 오랫동안 아이들을 지켜보듯 말없이 앉아 있었다. 그리고 몇몇 아이들이 잠이 들어 색색 숨소리를 내자 이미 끝났다던 이야기를 이어나갔다.

어린아이들이 잠들고 나이가 조금 있는 아이들만 남았을 때를 기다리고 있었는지도 모른다.

다이쇼 대지진에도 깨지지 않았던 유리창은 해저의 빛깔로 일그러져서 슬픈 이야기를 더욱 창백한 슬픔으로 물들였다.

*

이타루 씨는 그해 12월 초에 타계했다.

폐병 환자가 숨을 거둘 때는 세균이 몸 밖으로 퍼진다고 알려져 있어서, 임종하는 자리를 맹장지로 구획해 두었다. 가족들은 그 옆방에 모이고 이타루 씨의 베개맡에는 전날 밤부터 숙박하며 대기하던 의사와 하녀 오키쿠가 자청하여 앉아 있었다.

임종은 이른 아침이었다. 의사가 맥을 짚으며 그렇게 고하기도 전에 조부가 가족에게 돌아앉아 "하늘로 돌아간다"라고 고했다.

그리고 조부는 기색忌色 옷으로 갈아입고 신전에 앉아 승령昇靈

의 제문을 외우기 시작했다. 아버지는 시신의 발치에 앉아 고개를 떨어뜨린 채 움직이지 않았다.

눈과 입을 조금 벌린 사안死顏이 사뭇 원통해 보여서 지토세는 차마 똑바로 쳐다볼 수 없었지만, 유일하게 오키쿠는 사안을 쓰다듬어주며, 저러다 어떻게 되는 것은 아닐까 싶을 정도로 깊이 슬퍼했다.

양생을 하던 작은 문간방은 빈틈없는 이타루 씨답게 말끔하게 정돈되어 있었지만, 오키쿠가 평소 정리해주고 있었기 때문임을 나중에야 알았다.

그리고 보니 매월 한 번 와세다의 하숙을 찾아가 금품을 전하고 청소나 바느질을 해주는 일은 늘 오키쿠의 몫이었다. 두 사람이 주종 간의 거리를 넘어 정을 통하고 있었는지 어떤지는 지토세도 알지 못한다. 물론 주종관계이기에 탐색도 풍문도 금기였다. 그러므로 오키쿠의 심상치 않은 슬픔을 보면서도 위로해주는 사람은 없었다.

그 이후의 오키쿠에 대해서는 기억이 없다. 지토세가 신부수업을 시작한 이듬해 봄에는 이미 저택에 없었던 것 같다.

승령의 밤도 깊었을 즈음, 신사의 북이 저절로 둥, 하고 한 번 울렸다. 신관이 숨을 거두는 밤에는 북이 저절로 울린다는 전설대로였다. 이타루 씨는 신주가 될 수 없었지만, 신령님 같은 사람이었으므로 북이 울었을 거라고 지토세는 생각했다.

또 한 가지 이상한 일이 있었다.

활짝 갠 겨울 아침, 뒤쪽 복도의 빈지문을 두껍닫이에 집어넣고 있는데, 눈앞을 새하얀 새가 휙 스쳐지나갔다. 하녀들은 해오라기라고 했지만, 지토세는 아무래도 백조처럼 보였다. 이타루 씨의 혼이 거대한 백조「고사기」에 야마토타케루가 죽자 그 영혼이 거대한 흰 새가 되었다고 나온다가 되어 다카마가하라로 올라간 거라고 생각했다. 관동평야는 아무 일도 없는 듯 조용하고 하늘의 푸른색은 눈이 부실 정도였다.

이타루 씨의 장례를 마친 직후 또 하나의 부음이 전해졌다.

연말이 돼서야 어렵게 복구가 끝난 신사 사무소에 가시코 씨의 불행을 전하는 전화가 걸려온 것이다.

대지진 후 조부와 아버지는 번갈아 요코하마로 가서 가시코의 흔적을 찾아보았지만 행방은 여전히 묘연했다.

고용주도 지배인도 사망했고, 생존한 점원에 따르면 그랜드호텔에 묵고 있는 외국인에게 완성된 양복을 배달하러 나간 뒤로 행방을 알 수 없게 되었다고 한다.

요코하마는 시가지의 6할이 불타고 2만 3천 명이 목숨을 잃었다. 그나마 야마노테는 무사했던 도쿄가 덜 비참해 보일 정도였고, 특히 항구와 가까운 산자락 지역은 도망칠 곳도 없는 생지옥이었다고 들었다.

부음이라고 해도 시신이 발견되지는 않았다. 대지진으로부터 세 달이나 지나서 더 이상 생존 가능성이 없으므로 연내에 서류

절차를 마치기 바란다는 요코하마 관청의 연락이었다. 상의가 아니라 명령이고 공식 사망 선고였다. 따라서 '부음'이고 '불행'이었다.

조부는 홀로 요코하마로 가서 그랜드호텔의 벽돌조각을 유골함에 담아서 돌아왔다. 쓰러져 우는 가족들을 바라보며 "마흔에 얻은 늦둥이가 열여섯 나이로 떠나고 말았구나"라고 말했다. 조부의 흉중을 생각해서 가족들은 울음을 그쳤다.

조부는 목욕재계하고 사망신고서를 작성했다. 조부는 12월 28일 종무일까지 제출하지 않으면 불행을 매듭지을 수 없다고 생각했을 것이다. 두 아들을 모두 여읜 그해에 모든 흉사를 가두어두자고 생각했음이 분명했다.

지토세는 조부 곁에서 먹을 갈면서 어떤 제문보다 아름다운 조부의 필적을 지켜보았다.

아마 조부는 친아들 두 명이 모두 단명하리라 예지하여 아버지를 데릴사위로 들였을 거라고 지토세는 생각했다.

스즈키 가시코
메이지 40년 3월 19일 출생
다이쇼 20년 1월 정오 12시
요코하마시 야마시타초 165번지에서 사망
호주 스즈키 가즈미야가 신고함

요코하마시 야마시타초 165번지라는 가시코 숙부의 마지막 자리가 기숙하며 일하던 양복점인지, 양복을 배달한 그랜드호텔인지를 지토세는 차마 조부에게 묻지 못했다.

*

"이번에는 정말로 끝이다."
지토세 이모는 아이들의 이불깃을 매만져주고 옷자락 스치는 소리를 남기고 나갔다.
숲에 에워싸인 비좁은 별 하늘을 잠결에 바라보면서 문득 생각했다.
미타케산의 잠자리 옛날이야기는 예로부터 내려온 관례여서, 지토세 이모가 어릴 적에는 다른 이야기꾼이 있었고, 또 그 사람이 어린 시절에는 또 그 윗세대 노파가 옛날이야기를 들려주었던 것은 아닐까 하고.
그렇다면 이야기는 시대와 함께 잇달아 발화되고 사라져갈 테지만, 그러면 또 다른 이야기가 연이어 생겨나 당대의 아이들 귀를 쫑긋 세우게 했을 것이 틀림없다.
졸음과 씨름하며 두 사람의 할아버지를 몽상했다. 문명의 이기와 거리가 있는 산꼭대기여서 다이쇼 시대를 살았던 두 사람의 사진은 없다. 그래서 나의 내면에서 이타루 할아버지는 야마토타케루노미코토의 화신으로, 가시코 할아버지는 헌팅모자와 양복 차림으로 요코하마 거리를 달리는 요정이 되었다.

  그리고 왕성하게 상상을 펼치며 새삼 그분들과의 피의 연결을 느꼈다. 그것이야말로 지토세 이모가 들려준 이야기의 깊은 곳에서 기려지고 있던 가장 중요한 부분이라고 느꼈다.

  밤바람이 불어 태곳적 나무들이 휘청거리고 산이 흔들린 것 같기도 했지만 나의 몽상을 방해하지는 않았다.

  신이 깃든 산은 아무 일 없이 깊어갔다.

11장

긴 후기 혹은 하늘로 돌아가신 여러 사람의 이야기

미타케산의 조부는 기억에 없다.

뇌졸중으로 돌아가신 쇼와 28년 정월 초, 부음을 접한 어머니는 급하게 옷을 챙겨 입고 형의 손을 잡고 나는 들쳐 업고 친정으로 달려갔다.

나카노의 집을 나설 때는 화창한 날씨였지만 오우메센을 달릴 때부터 하늘이 흐려지더니 미타케 역에 내릴 때는 뜻밖에 폭설이 내리고 있었다. 케이블카를 내려서부터는 상복 자락을 걷어잡고 조리는 벗어서 품에 안고 버선발로 걸어 올라갔다고 한다.

조부는 손주를 18명이나 보았다. 어미가 어린 자식을 한시도 품에서 놓지 않던 시절이므로 저택은 보육원 같은 풍경이 되었다. 부모들은 쩔쩔맸고 아기들 얼굴이 비슷비슷해서 대체 누가 누구의 자식인지 알 수 없었다.

그래서 누구 자식인지가 무에 중요해, 모두 할아버지의 손주인걸, 하며 아무나 손이 비는 사람이 우는 아기에게 주저 없이 젖을 물렸다고 한다.

또래 사촌들이 너나없이 할머니 할아버지가 된 지금도 여전히 우리는 형제자매처럼 닮았다. 얼굴만이 아니라 키와 체구도 비슷하다.

그것은 아마도 아득한 옛날부터 거듭되어 온 근친혼의 결과일 것이다. 장가들고 시집가는 상대 집안이 몇몇 유지 가문으로 한정되어 있었고 내 세대에서도 그런 사례가 많았다. 그 결과 가계도가 너무 복잡해서 표로 그려볼 엄두가 나지 않는다.

어머니 세대까지도 그 관례에 충실했기 때문에 유전자가 겹치는 사촌들은 다들 비슷하게 생겼다.

어머니는 웃지도 않고 농담을 날리는 사람이었다. 조부의 장례 때 얼마나 정신없었는지를 입버릇처럼 말하곤 했는데, 결말은 늘 정해져 있었다.

"그러니까 너는 내 아들이 아닐지도 몰라."

귀를 틀어막고 싶은 농담이었다. 다리 밑에서 데려왔다는 얘기와는 차원이 달랐다. 조부의 장례라는 의심할 수 없는 디테일 뒤에 그런 말을 들으면 미스터리 소설의 놀라운 반전을 읽는 듯해서 전율을 금할 수 없었다.

어쩌면 영화배우처럼 분방하고 화려한 인생을 보낸 어머니는 남들과 같은 모성을 결여하고 있었는지도 모른다. 혹은 당신의 인생에는 필요치 않은 모성을 스스로 배제하고 있었던 거라고 생각할 수도 있겠다.

슬프게도 어머니는 모범으로 삼을 만한 모친의 기억을 가지고 있지 못했다. 이쓰 외할머니는 마치 건국신화의 여신처럼 많은 자식을 낳고 타계했다. 끝에서 두 번째인 어머니는 당신의 어머니를 알지 못했다.

매우 검소한 분이었는지 할머니 사진은 영정으로 썼다는 사진 한 장밖에 보지 못했다.

직감에 의지하여 모성을 익히려던 어머니는 끝내 익히지 못하고, 황천으로 간 어머니가 그립다고 보채는 스사노오_{일본 신화에서 일본 열도를 낳았다는 이자나미의 아들이며 태양신 아마테라스의 형제이다}처럼 눈물로 세월을 보내다가, 에라 모르겠다 하며 도망쳐버린 사람처럼 보인다. 그 뒤 어머니는 평생토록 미모를 잃지 않은 고귀하고도 거친 신이었다.

조모를 앞세운 조부는 20년 세월을 독신으로 살았다.

언제 적 일인지는 모르지만 재혼 이야기도 있었다. 상대는 가마쿠라의 저명한 고찰의 주지 집안이었다고 한다. 신주와 주지의 딸이 어울리기나 하나 싶겠지만, 메이지 시대의 신불분리령이 나오기 전에는 미타케산에도 조동종의 별당사_{신불습합이 허용되던 에도 시대에 신사 경내에 둔 불교 사찰}가 있었으므로 그리 기이한 인연은 아니었을 것이다.

그 혼담이 깨지게 된 경위는 알 수 없다. 아마 어린 자식이 있는 홀아비를 보다 못한 주위 사람들이 주선했겠지만 고지식한 본인이 받아들이지 않았으리라.

조부모는 금실이 좋았다니 지조를 지키려고 했던 것 같고, 데릴사위라는 처지를 고려한 것 같기도 하다.

다른 이유는 생각할 수 없는 게, 혼담이 깨진 뒤에도 그 고찰 측과 가족 단위로 교류가 계속되었기 때문이다.

이쪽에서는 그분을 '가마쿠라 아주머니'라고 불렀다. 나도 한번 만나본 기억이 있는데, 미타케산에서 마주쳤는지 내가 어머니를 따라 가마쿠라의 사찰을 방문했던 것인지 분명하지 않다.

다만 아주 조용하고 정갈한 안쪽 객실에서 매우 귀티 나는 노년의 여성이 불상 같은 미소를 짓고 나에게 말을 건넨 장면은 분명히 기억하고 있다.

'어디어디 아주머니'라고 부르는 사람은 매우 많았으므로 나는 제법 나이가 들 때까지 가마쿠라에도 친척이 있구나, 라고만 생각했다.

아마도 그 사람은 혼담이 깨진 뒤에도 상처한 남자나 어미 없이 크는 아이들을 걱정해 주었던 모양이다. 두 집안은 조부가 타계한 뒤에도 교류가 계속되었으므로 그 사람도 평생 독신으로 보낸 셈이다.

신령님의 결벽과 부처님의 자비는 애초에 어울릴 수 없었던 것일까.

'가마쿠라 아주머니'의 정체를 알았을 때, 만약 조부가 혼담을 받아들였다면 어머니 인생도 달라졌을 거라고 생각했다.

미타케산 저택에는 '요헤이 씨'라 불리는 일꾼이 있었다.

성조차 알 수 없었다. 나이는 아마 예순이 넘어 보였지만, 한여름에 반라의 몸으로 산일을 하고 돌아오는 모습을 보면 기골이 단단한 장년의 사내였다. 내가 철들 무렵부터 성인이 될 때까지도 그 인상은 시간을 붙들어 놓은 듯 조금도 달라지지 않았다.

신도회의 등산이 활발했던 시절에는 저택에 남녀 일꾼이 많았다고 한다. 미타케 신사는 관폐대사라는 격이 높은 신사여서 빈객을 위해 숙수와 요리사까지 기숙하고 있었다.

요헤이 씨는 아마도 당시의 잘나가던 시절을 거쳐 온 일꾼인 듯했다.

저택 북쪽에 툭 치면 쓰러져버릴 것 같은 오두막이 그의 주거였다. 일그러진 유리창으로 안을 들여다보니 바닥이 일어난 마루방에 이로리가 있고 밤낮으로 깔아 두는 이부자리 너머에 가파른 사다리가 세워져 있었다.

그 오두막은 아마 예전에 많은 일꾼들이 기거하던 곳이었다가, 세월이 흘러 홀로 남은 요헤이 씨가 혼자 쓰고 있었을 것이다.

두 채의 창고와 문간방, 천장 위의 잠실과 요헤이 씨의 오두막은 아이들이 멋대로 들어가서는 안 되는 곳이었다. 사실 누가 금기라고 가르친 적은 없지만, 신이 깃든 본채의 청정함에 비해 그런 장소는 어린 마음에도 더럽혀진 곳처럼 보였기 때문이다.

요헤이 씨는 애꾸눈이었다. 안광이 날카로워서 산적처럼 험악해 보였다. 하지만 그는 감정을 전혀 드러내지 않았다. 그런 사람이어서 아이들은 그를 일꾼이라고 생각하지 않고 저택 내의 움직이는 풍경처럼 여겼다.

동도 트지 않은 이른 아침에 요헤이 씨는 부엌 통용문 안 마루턱에 앉아 있곤 했다. 특별히 무엇을 하는 것도 아니고 그저 언제까지나 그러고 앉아 있는 것이다.

그러다가 손이 빈 하녀가 고봉 사발밥에 국 하나 찬 하나를 놓은 하코젠을 차려주면 요헤이 씨는 식사를 얼른 마치고 살담배를 한 대 피우고 나서 유유히 산에 들어간다.

점심식사도 마찬가지였다. 끼니때가 되면 저택으로 돌아와 하녀가 하코젠에 차려주는 대로 밥을 먹고 담배 한 대 피우고 산으로 돌아간다.

산일이 어떤 일인지는 모르지만 요헤이 씨는 맨손으로 돌아오는 법이 없었다. 지게에 장작을 지고 내려오기도 하고 산채나 석이버섯을 바구니 가득 지고 돌아오기도 했다. 능선의 묘소에 가까운 작은 밭에서 호박이나 감자를 수확해서 가져오는 일도 있었다.

저녁 하코젠에는 고기나 생선이 올랐고 반드시 데운 술 한 홉도 곁들였다. 요헤이 씨는 조금 시간을 들이며 맛나게 술을 마셨다. 밥을 더 달라는 경우도 없고 술을 한 홉 더 바라는 일도 없었다. 그렇게 식사를 마치면 다시 낡은 담뱃대로 한 대 피우고 나서 뒤쪽의 오두막으로 돌아가는 것이다.

차별이니 뭐니 하는 이야기를 하려는 게 아니다. 저택에 남은 최후의 일꾼이 먼 옛날부터 내려온 관례를 답습하고 있었을 뿐이다.

어느 시대에 만들어졌는지 알 수 없는 하코젠에는 요헤이 씨 식기와 젓가락과 술병이 들어 있었다. 알아서 차려주면 먹고, 먹고 나면 알아서 치워주므로 흡사 제단에 신주와 신찬을 공양하고 물리는 과정과 같았다.

이렇게 식사 사정까지 세세하게 기억하는 까닭은 내가 요헤이 씨에게 그만큼 흥미를 품고 있었기 때문일 테다. 호기심 강한 내가 부엌 마루턱에 앉아 내내 관찰하고 있었는지도 모르겠다. 하지만 말수 없는 요헤이 씨와 대화를 나눈 기억은 없고 아침저녁으로 인사하는 일도 없었다.

내가 철들고 어른이 되기까지 저택의 면면은 상당히 바뀌었지만 요헤이 씨의 일상에는 아무런 변화도 없었다.

조부에 얽힌 설화가 있다.

스즈키 저택에 전해 내려오는 이야기가 아니라 산 아래에 있는 조부의 본가에 내려오는 이야기라고 한다.

옛날 옛날 그 집에는 성씨를 쓰고 칼 차는 것을 허락받은 마음씨 좋은 주인이 살았다. 주인과 일꾼들이 한자리에서 밥상을 받는다는 생각은 하지도 못할 시절이었지만 섣달 그믐날만은 주종의 구분 없이 이로리에 둘러앉아 즐겁게 식사하는 것이 그 저택의 관례였다.

올 한 해는 정말 열심히 일해 주었네, 오늘 저녁은 주인이고 안주인이고 머슴이고 하녀고 없으니 즐겁게 놀아보세, 라는 것이다.

풍년이 든 해였는지 산에서 벌채를 하는 해였는지 그날 저녁 연회는 전에 없이 호화로웠다.

이윽고 밤이 깊어지자 만취하여 쓰러지는 자도 나오고 해서 주인은 "음식과 술을 그냥 놔둬도 좋으니 그만 자게"라고 일러두고 방에 들어가 잤다.

일꾼들은 주인 말대로 모두 난로 옆에서 잠들고 말았는데, 한 머슴이 한밤중에 목이 타서 눈을 떠보니 누군가 빈지문을 열고 슬금슬금 들어오는 것이었다.

다른 날도 아니고 섣달 그믐날 도둑질을 하려는 괘씸한 자가 있다니, 하며 뛰는 가슴을 누르고 잠시 상황을 지켜보자, 상대는 사람이 아니라 개나 고양이만한 짐승이었다. 마침내 눈이 어둠에 익으니 한 무리의 너구리들이 보였다.

들킨 줄 알면 해코지할까 걱정이 된 머슴은 잠든 척하기로 작정했다.

너구리들은 멈춰 서서 잠시 여기저기를 주뼛주뼛 살펴보다가 곧 마음을 놓은 듯했다. 그 중에 제일 늙은 너구리가 인간의 목소리로 이렇게 말했다.

"이 집 주인은 과연 덕이 있구나. 우리를 위해 이렇게 진수성찬을 마련해주셨다. 이보게들, 주저하지 말고 맛나게 먹게."

늙은 너구리가 상좌에 의젓하게 앉아 손짓하니 먼저 마누라로 보이는 암너구리가 옆에 앉고 자식들도 서열대로 얌전히 앉았다.

짐승에게도 상하 신분이 있는지 아까 일꾼들이 먹던 밥상에는 역시 그 정도 지위로 보이는 너구리들이 예의 바르게 앉았다.

그 모습이 하도 기특하여 머슴은 타는 목도 잊고 홀린 듯이 바라보았다.

"자, 자, 여러분. 올해도 열심히 일해 주었네. 여기 너그러운 주인장이 한 턱 내셨으니 실컷 드시게."

열심히 먹고 마시기 시작한 너구리들의 배가 곧 불룩해졌다. 연거푸 술잔을 기울여 기분이 좋아진 너구리들은 불룩해진 배를 북처럼 두드리며 떠들썩하게 놀았다.

"한데 이런 진수성찬을 얻어먹고 그냥 산으로 돌아가기도 미안하군. 우리가 잘하는 너구리춤이라도 한바탕 추어서 보답하기로 하세."

늙은 너구리가 일어나 먼저 춤을 추니 다른 너구리들도 둥글게 늘어서서 즐겁게 춤을 추었다.

"덩더쿵 덩더쿵" 하고 늙은 너구리가 노래하면 다른 너구리들이 "똥또동 똥또동"하며 배를 북처럼 두드리며 박자를 맞추었다. 그러자 "덩더쿵 덩더쿵" "똥또동 똥또동"에 이어 "짜랑짜랑 빰빠밤"하는 묘한 소리도 가세했다.

한바탕 춤을 추고 난 뒤 늙은 너구리가 "그럼 이만 물러갈까. 이제 이 집안은 자손 대대로 번영하겠구나"라고 말하자 다른 너구리들이 소리를 모아 "잘 먹었습니다"라고 기특하게 절을 하고 저택을 떠났다.

그렇게 떠들썩하게 노는데도 아무도 깨어나지 않았으니 필시 내가 혼자 꿈을 꾼 게로구나, 라고 생각한 머슴은 일단 물을 마셔서 정신을 차리려고 일어났다.

그때 발밑에 뭔가가 밟혔다. 하나를 집어 들고 희미한 사방등 불빛에 비춰보니 반짝반짝거리는 고반1냥짜리 타원형 금화이 아닌가. 깜짝 놀라 주위를 둘러보니 고반과 고쓰부고반의 4분의 1 가치를 지닌 금화가 마루방 바닥이 안 보일 정도로 듬뿍 뿌려져 있었다.

게다가 꿈이 아닌 것이, 여기저기 매화꽃 같은 발자국이 보였다.

머슴이 두드려 깨워 잠에서 깨어난 일꾼들은 뭐가 뭔지 알 수 없는 광경에 눈이 휘둥그레졌다가 각자의 소매나 품에서도 고반과 고쓰부가 쏟아져 나와 소스라치게 놀랐다.

왜 이렇게 소란스럽나, 하며 주인도 일어나 나왔다. 머슴이 여차저차해서 보시는 바와 같이 되었다고 하니 어지간해서는 당황하지 않는 주인도 엄청난 보물더미에 눈이 휘둥그레졌다.

일꾼들은 모두 정직한 사람들이어서 소매나 품에 있는 고반 고쓰부를 하나도 남김없이 내놓았다.

"아니네, 그건 하늘이 자네들에게 내려준 보물이니 각자 챙겨두게."

이리하여 저택과 일꾼이 모두 유복해졌는데, 감탄스럽게도 천성이 부지런한 일꾼들은 그 행운을 한때의 복으로 여기고 지금까지 해왔던 대로 몸을 아끼지 않고 성실하게 일했다. 일터를 떠나는 자도 없고 재산을 탕진한 자도 없었다.

그러자 곧 목재 가격이 폭등하고 생사生絲 값이 뛰고 소와 말은 새끼를 풍풍 낳고 매년 풍년이 드는 등 저택은 하는 일마다 잘 풀려서 재산이 쑥쑥 불어났다——.

그야말로 '경사났네 경사났어'였던 것이다.

'덩더쿵 갑부'라 불린 그 집안에서 태어나 사위로 들어온 조부가 자식과 손주를 많이 얻은 것도 어쩌면 너구리가 가져다준 복이었는지 모른다. 하지만 한편으로는 아내를 일찍 여의었고 패전으로 국가신도가 몰락하여 가문의 쇠퇴를 피할 수 없었다. 조부는 스러져가는 가문을 안간힘으로 지탱해야 하는 고단한 인생이기도 했다.

조부가 타계하고 얼마 후 고도경제성장의 시대가 되었다. 그러나 미타케산은 무엇 하나 달라지지 않았다. 산중에 흩어져 있는

30여 채의 신관 저택은 참배객을 위한 숙방이었고 그 저택의 당주들은 변함없이 신을 받들며 살았기 때문이다.

자연풍광이 빼어난 어머니의 고향은 문명에 뒤처지고 말았다. 주변 현상들이 하나하나 해명되고 정체가 밝혀지며 시시한 것으로 추락해갔지만 나에게 미타케산은 여전히 신비 자체였다.

육체가 크는 만큼 세계는 작아지고 지식을 얻은 만큼 불가사의는 사라지게 마련이지만, 미타케산에서는 이런 당연한 원리조차 전혀 통하지 않았다. 그래서 요헤이 씨나 가마쿠라 아주머니나 덩더쿵 갑부의 설화나 저택에 얽힌 온갖 이야기나, 내가 듣고 보았던 모든 일화는 시제를 결여한 채 뒤범벅으로 기억되었다.

생사관을 바탕에 둔 불교에는 시제가 있지만 애초에 생명이란 개념과 인연이 없는 신도에는 과거도 현재도 미래도 없다. 내가 어릴 때부터 그곳에서 체감한 '신들의 편만', 즉 어느 한 곳 예외 없이 신이 깃들어 있다는 공기는 결국 그런 것이었다.

요헤이 씨에게는 날짜라는 개념이 없었다.

비가 오는 날이라야 산일을 쉬었다. 누가 시키는 것도 아니다. 쉬는 날이면 오두막에서 잠을 자거나 앞쪽 복도 구석에 앉아 하루 종일 멍하니 비를 바라보았다.

지카타비왜버선 모양에 고무창을 댄 작업화를 벗고 본채에 들어오는 일은 없었다. 그것이 머슴의 처신이라고 생각했을까. 식사를 하는 부엌 마루턱에, 혹은 비 오는 날 앞쪽 복도 구석에 주종 간의 결계라도 쳐져 있는 것 같았다.

멍하니 비를 바라보고 있다가도 끼니때가 되면 본채 바깥을 멀리 에돌아 와서 부엌 통용문 안 마루턱에 앉는다.

요헤이 씨는 두드러지게 현실미가 결여되어 보였다. 어쩌면 나 말고 다른 사람 눈에는 보이지 않는 게 아닐까 생각한 적도 있었다.

나와 요헤이 씨 사이의 결계가 풀린 것은 장맛비 내리는 여름 방학의 어느 날이었다.

종형제들과 방 안에서 노는 데 진력이 나서 앞쪽 복도로 나가 보니 저쪽 두껍닫이 옆에 요헤이 씨가 혼자 장기를 두고 있었다.

친할아버지에게 장기를 배우던 나는 마침 잘 만났다는 듯이 복도를 달려가 요헤이 씨 맞은편에 앉았다.

──하사미쇼기 상대방의 장기짝을 양쪽에서 끼워서 따먹는 놀이 하게?

요헤이 씨가 애꾸눈으로 쳐다보며 말했다. 정식 장기 둘 줄 알아요, 라고 내가 대답했다. 그렇게 전혀 뜻하지 않게 결계가 풀렸다.

친할아버지와 둘 때는 차포를 떼어줘도 이길 수 없었다. 하지만 요헤이 씨는 그런 나보다도 하수였다.

일부러 봐주거나 어린 아이를 상대로 장난을 치는 줄 알았다.

"진짜로 둬보세요."

어이없게 한 판을 이긴 나는 장기짝을 새로 늘어놓으며 말했다.

──진짜로 둔 거야.

요헤이 씨가 대답했다.

두 번째 판도 다르지 않았다. 처음부터 진로를 뚫어 놓으려고 하지도 않고 '망루'도 짜지 않았다. 그저 장기짝을 앞으로 밀기만 할 뿐이었다. 승패 따위는 애초부터 염두에 없이 그저 장기짝만 움직이는 모양새로 보였다. 그러면서도 상당한 장고파였다.

두 번째 판도 내가 이겼다.

──사람과 둬본 적이 없어.

요헤이 씨는 묘한 변명을 했다. 늘 혼자 둔다는 말일까 아니면 인간이 아닌 존재를 상대한다는 말일까, 하고 나는 생각했다.

장기짝 움직이는 규칙만 알 뿐 누가 가르친 적도 없고 스스로 배운 적도 없어서 이렇게밖에 못 두나? 혹은 신령님을 상대로 허울뿐인 장기 시합을 봉납하는 것일까?

이리저리 생각하다 보니 두려워졌다. 비가 삼나무 숲에 쏴아아 소리를 내며 계속 내리고, 요헤이 씨의 헝클어진 반백머리도, 장고하며 장기짝을 만지작거리는 거무튀튀한 손가락도 내가 관여해서는 안 되는 이계의 것처럼 보이기 시작했던 것이다.

몇 판인가를 두고 난 뒤 나는 장기짝을 던져버리고 도망쳤다.

그러나 곤혹스럽게도 그 이후 비 내리는 날마다 요헤이 씨가 나를 찾게 되었다.

어느 시대의 물건인지도 모르는 무거운 장기판을 가슴 앞에 번쩍 들고 앞쪽 복도 처마 밑을 왔다갔다 하면서 내 이름을 불렀다.

그렇게까지 나를 찾으니 거부할 수도 없어서, 싫더라도 상대해주는 수밖에 없었다.

뭔가 재미난 옛날이야기라도 들려준다면 지루한 장기도 견딜 수 있겠지만, 요헤이 씨는 내가 언질을 주어도 반응이 없었다. 오래 전부터 저택에서 지내온 그에게 내가 들을 수 있었던 이야기는 하나도 없었다.

비 오는 날이면 요헤이 씨는 식사 말고는 따로 할 일이 없어, 말없이 장기 상대를 해주다가는 언제 풀려날지 알 수 없었다. 도저히 견딜 수 없으면 승부가 났든 말든 틈을 봐서 얼른 도망쳤다. 그럴 때 요헤이 씨는 내리는 비를 바라보며 내가 돌아오기를 기다렸지만, 한참을 기다려도 내가 안 나타나면 체념하고 장기짝을 정리한 뒤 다시 혼자 장기를 두기 시작했다.

그런 요헤이 씨 모습을 기억하는 이유는 참지 못하고 도망쳤다는 미안함이 나에게 남아 있어서일 텐데, 어쩌면 나는 앞쪽 복도 구석이 보이는 어딘가에 숨어서 몰래 지켜보고 있었는지도 모르겠다.

장기를 두고 싶어 나를 찾아다니던 요헤이 씨는 자신도 얼마간 진력이 났는지 아니면 적당히 만족한 것인지, 묘하게도 더는 내 이름을 부르지 않았다.

조부가 뇌졸중으로 졸지에 타계한 뒤 가독을 물려받은 외삼촌도 10년 남짓 만에 급사하고 말았다.

증조부나 조부나 당시로서는 장수했던 데다 외삼촌은 군대에서 체력을 단련한 사람이었기 때문에 외삼촌의 급사는 누구에게나 뜻밖이었다.

고쿠가쿠인 대학 신도학과에서 공부하던 사촌형이 중퇴하고 가업을 물려받았다. 그런 학력은 신직의 등급에 유리할 텐데도 중퇴한 것을 보면 부모가 타계한 경우 즉시 세습해야 한다는 규정이 있었을까.

성인식을 치르기 전이던 사촌형이 당주가 되자 새삼 변할 일도 없을 것 같던 저택의 공기가 확연히 바뀌었다. 특히 요헤이 씨는 머슴으로 일하는 사람이라기보다 저택에 존재하는 하나의 기정사실로 굳어졌다.

나도 방학이 시작되면 어김없이 숙제할 거리를 배낭에 넣어 미타케산으로 향했다. 솔직히 말하면 잔소리가 만만치 않던 외삼촌에게 훈계 들을 일이 없어진 만큼 지내기가 수월한 장소였다.

그러나 한편으로 어머니는 외삼촌의 죽음 이후로 미타케산의 친정에 가지 않게 되었다. 조카가 당주가 되었으니 친정의 문턱도 높아지는 것이 당연하겠지만, 역시 어머니에게는 당신의 이혼이 스트레스가 되어 외삼촌의 목숨을 줄이고 말았다는 자책감이 있었다. 그 즈음 어머니는 두 아들을 데리고 도쿄의 밤을 떠도는 듯한 존재였다.

여름방학의 어느 날이었던 것 같다.

해가 저물어 안개가 내려오는 시각이 되도록 요헤이 씨가 저택에 돌아오지 않았다. 그래서 사촌형의 지시로 내가 찾으러 나섰다.

묘소에 가까운 작은 밭에서 일하고 있을 거라고 했다. 능선 길은 외길인지라 어차피 중간 어디쯤에서 만나게 될 거라고 쉽게 생각했지만, 안개 속을 걷다 보니 겁이 났다.

요헤이 씨가 호박을 짊어진 채 어디에 쓰러져 있는 건 아닐까 하는 생각이 스쳤기 때문이다. 정확히 말하면 요헤이 씨를 걱정하기보다 그런 사태에 맞닥뜨리는 상황이 두려웠다.

요헤이 씨는 묘소에서 잡초를 뽑고 있었다. ㄷ자형 묘소 입구에 있는 바구니에는 산꼭대기의 서늘한 기온에 제대로 크지 못한 주먹만 한 호박이 가득 담겨 있었다.

감정을 얼굴에 드러내지 않는 사람의 슬픔이 문득 가슴을 옥죄어 나는 차마 말을 건네지 못했다. 요헤이 씨는 안개 속을 기어 다니며 잡초를 뽑고 있었다.

묘표가 아직 새것 상태로 서 있는 외삼촌의 무덤에는 하얗고 앙증맞은 들꽃이 공양되어 있었다. 나를 알아채고도 요헤이 씨는 일손을 멈추지 않았다.

"해가 저물겠어요."

정체 모를 슬픔을 떨치며 가까스로 그렇게 말했지만 요헤이 씨는 답이 없었다.

그 대신 잡초를 뽑으며 뜻밖의 말을 했다.

——어머니는 건강하시냐?

나는 얼른 대답하지 못했다. 요헤이 씨가 여느 사람처럼 뭔가 질문하는 상황이 뜻밖이었고 어머니는 병약했기 때문이다.

"건강하세요. 엄청 바쁘시지만."

죄가 되지 않는 선에서 거짓말을 했다. 그러자 요헤이 씨는 그 대답이 사뭇 마음에 걸렸는지 몸을 일으키며 후우, 하고 숨을 토했다.

대화는 그게 전부였다. 요헤이 씨는 작은 호박이 가득 담긴 바구니를 메고 땅에 떨어진 호박 하나를 외삼촌 묘표에 공양하더니 합장도 없이 묘소를 떠났다.

나이치고는 건장한 등을 쳐다보며 따라갈 때 내 가슴에 떠오른 풍경이 있었다.

해가 완전히 저문 산길을 어린 자매가 손을 잡고 올라온다. 젊은 머슴이 등롱을 들고 자매의 발밑을 비춰준다. 토해내는 숨이 하얗다.

산을 오르내리며 사와이의 소학교에 통학하는 일이 얼마나 고됐는지는 어머니에게 들었다. 겨울이면 해 뜨기 전에 나서고, 컴컴해진 뒤에야 귀가했다고 한다.

하지만 요헤이 씨가 송영해준 사실은 몰랐다. 아마 어머니가 언급하기를 잊은 것이 아니라 예전 아이들도 우리와 마찬가지로 요헤이 씨를 인간이 아닌 풍경처럼 파악하고 있어서일 것이다.

슬프게도 요헤이 씨는 기억을 잃었는지 아니면 마음을 닫아버렸는지, 그 한 조각 말고는 전해져오는 풍경은 없었다.

외삼촌이 타계한 뒤 한 번도 산을 찾지 않는 어머니를 요헤이 씨는 걱정해주었던 것이다.

그날 이후 나는 요헤이 씨와 두는 지루한 장기에서 내빼는 짓을 그만두었다.

중학 3학년 때 어머니와 헤어졌다.

일단 아버지가 우리를 데려갔지만, 젊은 후처가 아기를 낳은 뒤로는 그 집에서 지내기가 불편해져서 이듬해부터 내 멋대로 혼자 지내기 시작했다.

방학 때마다 미타케산에 간 이유는 달리 갈 곳이 없었기 때문이다. 산꼭대기의 관습도 저택 풍경도 무엇 하나 변하지 않았다. 오히려 발달하는 교통망에서 뒤처진 탓에 행정구역상 도쿄에 속하는데도 미타케산을 찾는 사람은 줄었다. 신도회의 면면도 세대가 바뀌어 예전과 같은 단체 참배는 많이 줄어들었다.

요헤이 씨는 변함없이 저택 북쪽의 오두막에서 기거했다. 나이가 대체 몇 살이나 되었는지 모르지만, 신기하게도 그 풍모는 조금도 변하지 않았다. 생활하는 모습도 전혀 달라지지 않아서 세 끼 식사를 부엌 통용문 앞 마루턱에 앉아서 먹고 저녁이면 데운 술 한 홉을 맛나게 마셨다.

비 오는 날이면 예전처럼 자주는 아니지만 가끔 장기를 두었다. 실력은 향상되기는커녕 나이가 든 만큼 퇴행해 있었다. 가끔 장고하다가 꾸벅꾸벅 졸기도 했다.

그러나 나는 어릴 때처럼 고역으로 느끼지 않았다. 앞쪽 복도 구석에서 요헤이 씨와 장기를 두고 있으면 증오니 질투니 열등감이니 하는 온갖 부정적인 감정이 잠시나마 사라졌다. 특히 승패에 전혀 연연하지 않는 요헤이 씨의 장기는 내게 안식이었다. 나는 멋대로 말을 건네고 요헤이 씨는 아무 대답이 없었다.

미타케산은 변함이 없고, 그 불변의 핵인 보이지 않는 신령님이 한 머슴을 빌어 거기 있는 것 같다는 기분도 들었다.

그렇게 또 몇 년이 흘렀다. 정월 휴가 때였다. 사촌들도 다 장성하여 어릴 때처럼 미타케산에 모이지는 않게 되었다.

특히 그해는 직장 사정으로 정월도 중순에 접어들어서야 어렵게 휴가를 낼 수 있어서, 산에 놀러온 스즈키 집안의 사촌들은 나와 자리바꿈하듯 산에서 내려가고 말았다.

사실 스무 살이 되었으니 산꼭대기에 무슨 놀 거리가 있는 것도 아니었다. 오히려 신년 첫 참배도 일단락되어서 한 해 중에 가장 조용한 계절을 마음껏 나태하게 지낼 수 있는 점이 좋았다.

그러나 직장 생활에 적응해버린 탓인지 늦잠을 자지는 못했다. 6시면 눈이 떠져서 평소처럼 옷을 갈아입고 저택에서 뛰어나갔다.

히노데야마日の出山는 미타케산 동쪽에 우뚝 솟은 외봉우리로, '일출'이라는 이름대로 아침 해가 관동평야를 붉게 물들이며 히노데야마 정상 위로 떠오른다.

미타케산을 뛰어 내려가 동쪽 능선을 타고 달리다가 히노데야마를 뛰어오른다. 달리기라면 자신이 있어서, 조반 전에 크로스컨트리와 같은 코스를 왕복 두 시간쯤 달리는 정도는 식은 죽 먹기였다.

사실 체력을 타고난 편은 아니다. 기분전환을 위해 운동을 하다 보니 괜찮은 근육이 붙었을 뿐이다. 당시 자위대라는 직장은 세상의 호경기하고도 혈연의 굴레하고도 학생운동하고도 인연이 없는 완전히 세상을 등진 곳이었다.

히노데야마에서 돌아오는 길에 지게에 장작을 지고 가는 사람을 따라잡았다. 고꾸라질 듯 한쪽 발을 벋디디는 걸음을 보고 요헤이 씨임을 알았다. 아니, 걸음걸이가 아니라도 그 즈음에는 산일을 하는 머슴이란 존재가 다른 곳에는 한 명도 없었다.

왜 장작을 져나를까. 예전에는 석탄과 장작을 열원으로 하던 산꼭대기도 프로판가스와 전기로 바뀐 지 오래였다.

만약 여전히 장작을 쓰는 곳이 있다면 요헤이 씨가 기거하는 북쪽 오두막의 이로리밖에 없을 것이다. 아마도 산일을 시작하기 전에 먼저 자신이 쓸 장작을 모아서 오두막에 가져다 두려는 거라고 생각했다.

나는 달리기를 멈추었다. 철들 무렵부터 고향 풍경의 일부로만 여기던 요헤이 씨지만, 지금은 젊음과 하체가 이끄는 대로 추월해 가고 싶지 않았다.

설사 그 옆을 달려서 지나가도 요헤이 씨는 별 생각이 없을 것이다. 안녕하세요, 라고 인사해도 대답은 없으리라. 그래도 나는 요헤이 씨라는 인격이 아니라 그 고유하고 신성한 시간을 추월해 갈 용기가 나지 않았다.

요헤이 씨는 걸음이 느려서 내가 아무리 천천히 걸어도 간격은 좁혀져 갔다. 마침내 능선 길이 태곳적 삼나무에 덮인 오르막으로 접어들자 요헤이 씨는 종종 걸음을 멈추고 숨을 골랐다.

서릿발 밟는 소리를 들었는지 요헤이 씨가 고개를 돌려 나를 보았다. 애꾸눈의 시선에 나는 걸음을 멈추었다.

불쑥 꾸짖는 듯한 목소리로 요헤이 씨가 말했다.

――왜 군대 같은 델 간 거야.

나는 대답할 말을 찾지 못해 딴청을 피우듯 주위를 둘러보았다. 아침의 새들이 여기저기서 한가롭게 지저귀고 서광에 밀려 자빠진 나무그림자들이 능선 길을 여러 토막으로 가르고 있었다.

한 풍경이 생생하게 떠올랐다.

'경축 출정' 깃발이 펄럭이는 도리이 앞 광장에 많은 사람들이 모여 있다. 청년이었던 외삼촌이 돌계단에서 수신문을 등지고 서서 경례를 붙였다.

예복을 입은 조부가 백발을 늘어뜨리며 고개를 숙이고 그 발밑에는 버들고리를 지게에 진 요헤이 씨가 애꾸눈을 수건으로 누르고 웅크리고 있었다.

이미 제대한 신주를 재소집할 지경이면 이 전쟁도 오래가기는 틀렸구나, 하며 조부는 환호성에 지워지는 나지막한 소리로 한탄했다.

험악한 시대를 목격한 요헤이 씨는 군대에 자원해 나가는 젊은 이를 용서하지 못하는 어떤 사정이 있었을 것이다.

환영을 떨치고 현실로 돌아오니 장작 지게를 진 요헤이 씨가 아무 말 없이 능선 길을 오르기 시작했다.

그 너머에 우뚝 솟은 미타케산은 정상에 있는 신사의 붉은 칠이 다 녹아내린 듯한 쓸쓸한 모습으로 아침 햇살을 받고 있었다.

그로부터 몇 년 뒤인지, 나이가 들면서 걸음이 뜸했던 미타케산을 오래간만에 찾아가 보니 요헤이 씨가 보이지 않았다.

무엇이 달라진 것도 아닌데 눈에 익은 풍경의 어딘가가 결여된 듯이 느껴졌다. 빠진 게 뭘까 이리저리 생각하다가 요헤이 씨가 없음을 알았다.

사촌이 들려준 전말은 참으로 뜻밖이었다.

요헤이 씨는 고령이 되자 산일을 제대로 할 수 없게 되었다. 치매 기운도 생겼다. 북쪽 오두막에서 한 걸음도 나가지 못하고 이로리 옆에서 멍하니 시간을 때우는 날이 많아졌다.

그러자 식솔들도 계속 모른 척하고 있을 수 없었다. 불러도 내려오지 않을 때는 오두막까지 하코젠을 가져다주고, 혹시 불이라도 나지 않을까 해서 자주 찾아가 살펴보았다.

조부 대부터 머슴으로 일한 요헤이 씨에 대하여 사촌은 아무것도 알지 못했다. 특별히 냉담해서가 아니라, 사촌이 태어나기 전부터 정해져 있던 사실을 그저 물려받았을 뿐이다.

고용관계라는 말도 어울리지 않는다. 주종관계라면 주종관계라고 할 수 있지만 이것도 요즘은 사어가 된 지 오래다. 침식은 해오던 대로 하고 옷은 당주나 식솔이 입던 옷을 내주었다.

매달 급료 같은 것은 있었지만 물론 일반적인 임금은 아니었다. 의식주가 해결되고 명절 용돈이라도 나오면 감지덕지라는 것이 오래 전부터 내려온 관례였다.

"어떻게든 바꿔보려 해도 이제 와서 마땅한 방법도 없고 바뀔 것 같지도 않고."

라고 사촌은 이야기했다. 참으로 잘 표현한 말이고, 달리 표현할 길이 없다.

우리가 알고 있는 사실은 '모리야 요헤이'라는 이름과 쥐띠라는 정보뿐이었다. '모리야'라는 성은 다마 지역에 많다고 한다. 그 지역에는 예로부터 신도회가 있었으니 아마 그런 우지코 출신이었을 거라고 사촌은 말했다.

간지로 나이를 짐작하기는 어렵지 않았다. 우리 아버지가 다이쇼 13년 쥐띠이고, 미타케산 외삼촌이 거의 위로 띠 동갑인 다이쇼 2년 소띠였다.

설마 우리 아버지와 동갑은 아닐 테니까, 다이쇼 원년 쥐띠라면 당시 거의 일흔 살이었을 것이고, 힘겨운 산일을 감당하기 힘든 나이였다.

예전에 내 마음에 떠올랐던 환영의 풍경을 회상했다. 어머니가 사와이의 소학교를 다닐 때 요헤이 씨는 이십대였을 것이고, 외삼촌이 재소집될 때는 서른이 조금 넘었을 테니 아귀가 맞는다.

이름과 나이는 이렇게 알 수 있었다.

"군대에는 가지 않았나요?"

내가 문득 생각이 나서 물었다. 자위대에서는 대원이 신상을 세세하게 보고할 의무가 있다. 물론 허위 여부도 조사할 것이다. 병역법이 존재하던 예전 군대라면 더욱 상세한 자료를 작성했을 테고, 그렇다면 지금도 알아볼 방법이 있지 않을까.

문제는 애꾸눈이었다. 징병검사 전에 한쪽 눈을 잃은 거라면 병역에 응할 수 없었을 것이다.

하지만 요헤이 씨의 인생에 세간의 상식은 통하지 않았다.

"아니, 그 이전에 호적이 없더군."

나는 숨을 삼켰다. 호적이 없다니, 그럴 수도 있나?

사촌은 수고를 아끼지 않았다. 대체 어디가 나쁜지도 알 수 없어서, 싫다는 요헤이 씨를 들것에 싣고 억지로 오우메 병원에 데려갔다.

그때까지 큰 병이나 큰 부상이 없었던 요헤이 씨는 알고 보니 건강보험증이 없었다. 제법 액수가 되는 자기부담금을 번번이 낼 수는 없으므로 관청에 상의했다. 그런데 샅샅이 뒤져 봐도 다이쇼 원년에 태어난 모리야 요헤이라는 인물은 존재하지 않았다.

외삼촌은 지역 민생위원을 역임한 사람이어서 관청에는 아직 연줄이 많았고, 그들을 통해 꼼꼼하게 조사했다. 하지만 아무래도 요헤이 씨의 출신을 알 수 없었다.

결론은 두 가지밖에 없었다. 뭔가 사정이 있어 실명을 감추고 있거나, 그게 아니라면——애초부터 호적이 없거나.

요헤이 씨는 거짓말을 하는 사람이 아니라고 나는 생각했다.

다이쇼 원년이라는 시대는 너무 오래 전이라 상상이 미치지 않았다. 대체 요헤이 씨가 어떤 사정으로 미타케산에 왔는지를 보여주는 환영은 떠오르지 않았다.

그래서 이렇게 생각하기로 했다.

요헤이 씨는 덩더쿵 갑부의 저택에서 일하던 머슴으로, 저 섣달 그믐날 너구리 춤을 보았던 거라고. 그리고 데릴사위로 들어온 조부를 따라 산에 올라왔고, 너구리가 준 복으로 병 한 번 앓지 않고 평온한 인생을 보냈던 거라고.

그렇게라도 생각하지 않고는 요헤이 씨의 고유하고 불변하고 신성한 인생을 해석할 길이 없었다.

해볼 수 있는 데까지는 해봐야지, 하고 사촌은 부친을 꼭 닮은 신관의 목소리로 말했다.

어머니와 나는 각자 정말로 자유롭게 살았다.

모자지간이 분명하지만 간섭도 속박도 하지 않는다는 불문율은 상당히 편리했다.

가끔 만나도 대화는 형식적이었고, 서로 서먹해지지 않도록 고심했다.

어머니는 몇 살이 되어도 대략 10년은 젊어 보였고 나는 나이보다 늙어 보였으니 남들 눈에는 말 못할 사정이 있는 남녀처럼 비쳤을지도 모른다.

그런 모호한 모자지간이라면 차라리 연을 끊어버리면 좋을지 모르지만, 그렇게도 할 수 없는 것이 혈연이라는 마물인 것 같다.

어머니는 정말로 필요할 때가 아니면 고향에 가지 않았다. 그러나 나는 변함없이 시간을 내서 미타케산에 드나들었다.

결혼하고 나서는 아내를 데리고, 아이가 태어나면 아이를 데리고 미타케산에 갔다. 그래서 가족들은 그곳이 내 고향인 줄 안다. 미타케산으로 향할 때면 마치 간만에 휴가를 얻어서 고향으로 달려가는 도제처럼 늘 들떠 있었기 때문이다.

그런데 공교롭게도 내 핏줄에 있는 신통력 비슷한 것은 몇 살이 되어도 사라지지 않았다.

사람의 마음을 읽고 생사 문제를 예감하거나 뭔가 간사한 짐승이 씌었음을 알아내는 능력이 얼핏 좋아 보이겠지만 득 될 것은 전혀 없었다. 무엇보다 나 자신이 못 견디게 두려워, 그런 것이 보이는 순간 세차게 도리질을 해서 떨쳐냈다.

그러므로 어머니가 갑자기 생을 마치는 때가 몇 날 몇 시인지도 이미 알고 있었다. 알면서도 여행에 나선 까닭은 임종을 견딜 수 없을 것 같았기 때문이다. 애도가 나의 몫일지라도 그것만은 피하고 싶었다. 내가 예상한 대로 외국에서 돌아오는 하늘 위에서 어머니의 죽음을 느꼈다.

자유롭고 화려했던 인생에 걸맞은 장례식을 마친 뒤 고인이 살던 집을 정리했다. 거실도 주방도 마치 꿈 많은 소녀의 살림처럼 잘 정돈되어 있었지만, 내가 들여다본 적도 없는 6첩짜리 북향 방만은 어질러져 있었다.

그 방에는 그림도 꽃도 비껴드는 빛도 없고, 차마 버리지 못한 기억들만 아무렇게나 쌓여 있었다.

신령님의 산에서 신령님을 받드는 집안에 태어난 어머니에게는 교리도 철학도 없고, 오로지 청정하고 간결한 생활을 지향했던 것 같다. 그러나 살아 있는 인간이 그것을 지향하려면 온갖 정념을 넣어둘 방 하나가 필요했다.

어머니는 일흔이 넘어서도 간명하고 사랑스러운 한 명의 무녀였다.

요헤이 씨의 그 뒤 소식은 알지 못한다.

굳이 말할 일도 아니고 물어볼 일도 아니었다.

미타케산 저택이 개축될 예정이라는 소식에, 마지막으로 봐두자, 라고 친척들이 서로 연락해서 산에 올라갔다.

도시의 무더위가 거짓말인 듯 선선한 한여름이었다. 저택을 둘러싼 삼나무 숲에서는 낮부터 쓰르라미가 뀌뀌뀌뀌 울고 있었다.

이제는 신도회를 위한 숙방도 아니니 관광객을 위한 여관으로 개조한다고 했다. 아쉬운 마음도 들지만, 사실 50평이 넘는 대형 객실은 이제 쓸모를 다했고, 맹장지 하나로 구획된 객실을 좋아할 손님은 없었다.

문간방도, 두 채의 창고건물도, 시키다이가 딸린 현관도, 동서로 뻗은 남쪽 복도와 북쪽 복도도 없어질 거라고 했다. 저택에 얽힌 많은 이야기에 등장하는 큰 계단과 중앙 기둥을 남기는 것이 그나마 다행이었다.

여우에 씐 소녀도 범죄자도 큰 계단에 앉아 마당을 내다보았다. 관동대지진 당시 산이 굉음을 낼 때는 증조부가 식솔들과 손님을 전부 중앙 기둥 아래 모으고 누구 하나 밖으로 내보내지 않았다고 한다.

그런 대대적 개축이므로 일찍이 요헤이 씨가 기거하던 상태 그대로 황폐해져버린 북쪽 오두막 같은 곳은 관심 밖이었다.

넓은 저택에는 내가 여전히 들어가 보지 않은 장소가 있었고, 요헤이 씨의 오두막도 그 가운데 하나였다. 아니, 정확하게 말하면 수십 년을 그곳에 있었어도 머슴을 가족으로 여기지 않는 것처럼 그 오두막도 저택의 일부로 여겨지지는 않았다.

나는 문득 생각이 나서 북쪽 오두막을 찾아갔다. 호기심이라고까지 할 정도는 아니다. 다만 저택의 일부로 인정받지 못하고 쓰러져가는 오두막이 어쩐지 가련했다.

대궁사 저택의 띠지붕이 내려다보이는 북쪽 부지는 많이 좁아진 것 같았다. 위험하게도 큰비가 내릴 때마다 조금씩 허물어진 것이다. 삼나무나 노송나무의 뿌리가 비탈을 간신히 지탱하고 있었다.

오두막은 그 비탈 위에 그야말로 툭 밀면 굴러 떨어질 것처럼 기울어 있었다. 설사 저택은 개축을 하지 않더라도 이 상태만은 어떻게든 빨리 해결해야 했을 것이다.

삼나무 부엽토에 푹푹 빠지며 비뚤어진 유리창으로 다가섰다.

어릴 적에 조심스럽게 들여다본 적이 있었다. 이로리 옆에서 불을 쬐던 요헤이 씨의 애꾸눈과 시선이 마주치는 바람에 비명을 지르며 도망쳤었다.

쓰러져가는 오두막이지만 출입문은 어렵지 않게 열 수 있었다. 문이 열리는 순간 그리운 장작 연기 냄새가 풍겨왔다.

예전에 저택을 감싸던 고향의 냄새였다. 신대 느티나무 밑동을 돌아 저택 현관으로 올라가는 오솔길에 들어서면 화덕이나 욕실에서 새어나오는 그 냄새가 보이지 않는 신령님의 소매처럼 나를 감싸주었던 것이다.

폐가에는 그 그리운 냄새가 배어 있었다.

마루방은 먼지가 쌓여 있지만 신발로 들어서기가 민망하여 신을 벗었다. 숙방이 성황일 때는 일꾼도 여러 명 기거했던 그곳은 겉에서는 작아 보여도 막상 들어서 보니 뜻밖일 정도로 넓게 느껴졌다.

짚방석과 이로리만으로 용케 산꼭대기의 추위를 이겨냈구나 싶었다. 넓기만 한 게 아니라 동쪽 벽 위쪽에는 이로리의 연기를 빼는 좁고 긴 틈새가 있어서 처마 너머 삼나무 숲이 내다보였다. 그곳에서 비바람이 들이쳤는지 마루방에는 물방울 자국이 하얗게 남아 있고 여기저기 흩어진 나뭇잎은 메말라 있었다.

그래도 요헤이 씨가 기거한 마루방에는 신역神域에 있는 사니와 沙庭 고대 신도의 제사에서 신탁을 받아 해석하고 전하는 사람를 보는 듯한 청정함이 있었다.

설마, 하는 마음에 가파른 사다리를 올라갔다. 두꺼운 널판을 질러놓았을 뿐인 천장 위에 무엇을 넣어 두었는지 알 수 없는 고리짝이나 상자, 바구니 따위가 많이 쌓여 있었다.

그걸 보자마자 얼른 사다리를 뛰어내려왔다. 그리고 다시 한 번 청정한 방을 바라보았다.

요헤이 씨에 대해서는 아무것도 모른다. 언제 어디서 태어나 언제 어떻게 죽었는지도 모른다. 하지만 그는 미처 버리지 못한 기억이나 씻어내지 못한 정념을 천장 위에 쟁여두고 한없이 간명하게 살았던 거라고 생각했다.

교리도 철학도 없는 자연 그 자체인 신을 따르는 사람으로서 참으로 올바른 방법이 틀림없었다.

일그러진 유리창 너머에서는 삼나무에서 흘러내리는 여름 햇살이, 나뭇잎에 살랑거리는 바람을 따라 흔들리고 있었다. 쓰르라미 소리가 나뭇잎 스치는 소리와 어우러졌.

그것들은 영롱하여 부자연스러움이 전혀 없었다.

편집자 후기

"세상에서 제일 사랑하는 고로 씨. 아무도 없는 사이에 살짝 편지 쓰고 있습니다. 서투른 글씨 미안합니다. 나는 죽습니다. 이렇게 죽는 여자들 많이 봤으니까 나는 압니다. 열심히 일해서 돈 갚으면 고로 씨하고 만날 수 있을까. 고로 씨와 함께 살 수 있을까. 그런 생각으로 열심히 일했습니다. 그러나 이제 안 됩니다. 고로 씨 항상 벙실벙실 웃고 있습니다. 일하면서 고로 씨 잊지 않습니다. 진짜입니다. 내가 죽으면 고로 씨 만나러 와줍니까. 고로 씨 덕분에 일 많이 했습니다. 고향 집에 돈 많이 부쳤습니다. 죽는 것 무섭지만 아프지만 괴롭지만 참습니다. 바닷소리 들립니다.

비 옵니다. 아주 캄캄합니다. 서투른 글씨 미안합니다. 고로 씨가 정말 좋습니다. 세상에서 제일, 누구보다 고로 씨가 좋습니다. 고로 씨에게 드리는 거 아무것도 없어서 미안합니다. 그래서 말만, 서투른 글씨로, 미안합니다. 안녕."

영화 〈파이란〉 보셨는지. 거기에 동네 건달 '강재(최민식)'가 이 편지를 읽다가 갑자기 오열하는 장면이 나옵니다. 몇 분 동안 내내 울어요. 대사도 없이. 그 장면을 몇 번이나 봤습니다. 영화관에서 볼 때는 저도 울었습니다. 〈파이란〉의 원작이 아사다 지로의 '러브레터'라는 걸 알고 소설도 찾아서 열심히 읽었습니다. 영화도 좋았지만 소설은 더 좋았습니다. '러브레터'의 주인공 이름은 '고로 씨'입니다. 불법 제작한 포르노를 팔아서 겨우 먹고사는 건달인데, 돈 몇 푼 받고 위장 결혼을 해준 중국 여성의 이름이 '파이란'이에요. 파이란은 고로와 '만난 적'이 없어서 늘 고로의 (벙실벙실 웃고 있는) 사진을 보며 '편지'를 씁니다. 그래서 제목이 '러브레터'. 건달, 양아치, 조폭은 아사다 지로의 소설에 자주 등장하는 직업군입니다. 때문에 '아사다 지로가 소설가로 데뷔하기 전에 조직폭력배로 활동했다'는 소문도 돌았는데 실제로는 전혀 그렇지 않습니다.

1951년생인 아사다 지로는 부잣집에서 태어났지만 아버지의 사업 실패로 가난한 어린 시절을 보냈다고 합니다. 아사다 지로의 할머니는 결혼 전에 게이샤였다더군요. 가와타케 모쿠아미(가부키 극작가)의 연극을 좋아한 할머니를 따라 가부키를 자주 보러 갔던 경험이 훗날 작가로 데뷔하게 된 계기가 되었던 걸지도 모르겠습니다. 초등 시절부터 도서관에서 빌린 책은 그날 반드시 읽고 다음 날 반납하는 패턴으로 하루 한 권의 책을 독파했던 아사다 지로는 "그날 빌린 책을 다 읽지 못하면 잠을 포기했다"고 할 만큼 책 읽기를 좋아했습니다. 집안의 몰락으로 불량 청소년의 길을 걷는 동안 나쁜 짓도 제법 했고, 주위에 건달이나 야쿠자 생활을 하는 이들도 많았던 모양입니다. 그때의 경험으로 소설에 건달, 양아치, 조폭을 자주 등장시킨 것이겠지요. 고교를 졸업한 후에는 자위대에 입대하였고 제대 후에는 여성복 매장을 운영하며 옷을 팔았습니다. '소설가가 되기까지 다양한 직업을 거쳤다'는 프로필도 있는데, 이에 대해서는 다음과 같이 말한 적이 있습니다.

"이것은 강조하고 싶은데 '다양한 직업을 거쳐'라는 말은 데뷔하고 『프리즌 호텔』을 출간할 때 편집자가 붙여준 카피입니다. 제가 제대 후에 가졌던 직업은 여성복 영업, 하나뿐이에요. 아르바이트는 다양하게 했지만, '다양한 직업'을 거쳐 온 것은 아닙니다. 애초에 금방 질려서 직장을 옮기는 사람은 소설가가 될 수 없어요. 집요하고, 가만히 책상에 앉아 있는 것을 두려워하지 않는, 끈기가 있는 사람이 소설가가 되는 거니까. 다만 호기심은 강한

편이죠. 저는 말하는 것도 좋아하지만, 사실 남의 이야기 듣는 걸 더 좋아해요. 담당 편집자를 비롯해 누구에게나 이것저것 물어보는 편입니다. 원래부터 캐묻는 걸 좋아하고요. 저는 여러 소설을 쓰고 있지만, 내가 직접 생각한 것보다 남에게 들은 스토리가 더 많은 이야기를 하곤 해요. 소설은 누구나 그렇겠지만, 작품의 바탕이 되는 것은 당연히 제 삶입니다. 다른 사람의 경험과 내 경험, 그것들을 어떻게 엮어내는지가 중요한 거예요."

이 '호기심'이 그를 '읽는 사람'에서 '쓰는 사람'으로 만들었습니다. 그러고 보니 아사다 지로는 중학 시절에 명작이라 불리는 문학 작품을 '멋대로 개작'하는 게 취미였는데, 가와바타 야스나리가 쓴 단편「이즈의 무희」를 '개작'하여 학교에서 돌려 읽게 한 적이 있었다네요. 그때 읽고 극찬한 친구가 훗날 슈에이샤(드래곤볼, 원피스, 슬램덩크 등을 출간한 대형 출판사)의 상무가 되어 "내가 네 가장 오래된 독자다"라고 했다는 에피소드가 떠오르네요. 노벨문학상을 수상하기도 했던 가와바타 야스나리는 아사다 지로의 최애 작가였는데, 어느 날 "몰락한 명문가의 아이가 소설가가 되는 경우가 많다"는 가와바타 야스나리의 소설 속 문장을 읽고 소설가가 되기로 결심했다는 일화는 유명하지요. 그리하여 마침내 1991년 『빼앗기고 참는가!』로 데뷔하게 됩니다. 그의 나이 서른아홉. 이후 첫 번째 장편 『지하철』(이 작품은 MBC 베스트극장에서 〈천국까지 100마일〉이라는 제목으로 방영)로 요시카와 에이지 문학 신인상을, 『철도원』으로 나오키 상을 수상하며 일약 베스트셀러 작가의 반열에 오릅니다.

영화로 만들어져 한국에서도 상영된 바 있는 소설 「철도원」은 유령 이야기지요. 아사다 지로는 한국에도 번역된 적 있는 『슬프고 무섭고 아련한』이라든지, 산 자와 죽은 자의 교류를 그린 『강령회의 밤』 등 꾸준히 괴담을 집필해 왔습니다. 저는 『철도원』을 처음 읽고 완전히 반해서 아사다 지로의 작품을 몽땅 다 찾아서 읽었습니다. 그러고는 '언젠가 한 번쯤 아사다 지로의 소설을 직접 만들어보고 싶다'는 꿈이 있었는데, 작년(2024년)에 그 바람이 이루어졌어요. 일본에 갔다가 들른 서점에서 『完本 神坐す山の物語』라는 제목의 소설을 발견하고 집어 든 것이 계기였습니다. '완본 신이 깃든 산 이야기' 정도로 번역할 수 있을 텐데, 여기서 '완본'이라는 게 뭘까 궁금해져서요. 띠지에는 '아사다 소설의 원점'이라고 적혀 있어서 더욱 흥미가 동했습니다. 그 얘기를 좀 해볼까 해요.

도쿄 서쪽 가장자리에 위치한 오쿠타마에는 태곳적부터 신을 모셔온 영산 미타케산이 있습니다. 이곳 산속에 있는 신관저택은, 실제로 아사다 지로 어머니의 친정집이에요. 부모의 이혼으로 작가는 미타케산의 신관저택에서 어린 시절을 보냈다고 합니다. 밤마다 이모가 들려주는 괴담 같은 잠자리 옛날이야기는 일종의 자장가였지요. 그 자장가는 신비로우면서도 매혹적인 내용으로 가득했고, 소년 아사다 지로의 상상력을 강하게 키워주었다고 작가는 술회하고 있습니다. "미타케산에서의 생활이 없었다면 나는 소설가가 되지 못했을 것이다"라고 얘기할 정도였지요.

『신이 깃든 산 이야기』가 일본에서 출간된 건 2014년입니다. 하지만 아사다 지로가 최초로 쓴 미타케산 이야기는 「붉은 끈」과 「여우귀신 이야기」이며 이 2편은 2006년에 발표한 『슬프고 무섭고 아련한』에 실려 있지요. 각각의 이야기는 신문에 연재되었는데 중간에 텀이 벌어지는 바람에, 앞에 쓴 '미타케산 이야기(「붉은 끈」과 「여우귀신 이야기」)'와 뒤에 쓴 '미타케산 이야기(『신이 깃든 산 이야기』)'가 각각 다른 단행본에 묶이게 된 것입니다. 당시에는 어쩔 수 없었겠지만 시간이 지나고 돌아보니 아무래도 후회가 되었던 모양이에요. 그리하여 「산이 흔들리다」와 「긴 후기 혹은 하늘로 돌아가신 여러 사람의 이야기」라는 제목의 신작 2편을 새롭게 집필하고, 「붉은 끈」과 「여우귀신 이야기」를 합쳐서 2024년에 『완본 신이 깃든 산 이야기』라는 제목으로 출간하게 된 것이죠.

"옛날의 미타케산 등산은 단순한 산행이 아니라 신을 참배하러 가는 여정이었습니다. 산에 올라 참배하려는 사람들이 묵을 숙소는 기도사(신자를 안내하고 숙박 등을 돌보는 신직)가 제공해 주었죠. 그래서 어머니의 친정집에는 수십 명이 한꺼번에 묵을 수 있을 정도로 큰 방이 있었어요. 저는 어렸을 때부터 매년 여름과 겨울을 그곳에서 보냈습니다. 그때 어머니의 언니인 이모가 밤마다 잠자리 이야기를 들려줬는데, 요상하고 기묘한 이야기가 많았지요. 지나치게 넓은 방에서 듣는 괴담 이야기는 정말 무서웠어요. 평소 도쿄 시내에 사는 아이에게 낡고 큰 저택만큼 무서운 것은 없으니까요(웃음). 하지만 저는 그런 신비한 이야기들을 정말 좋아했습니다. 그래서 기억을 바탕으로 단편 몇 편을 써서 호평을 받았는데, 관련 작품이 여러 문고에 분산되어 수록되어 있었지요. 미타케산 관련 소설들을 모두 한 권으로 묶는 것은 제 꿈이었습니다. 그래서 이번 기회에 한 권으로 묶어 다시 한 번 집필을 추가하여 출간하게 되었습니다."

그렇습니다. 작가가 어린 시절 미타케산에서 들었던 괴담이 바로 아사다 지로 소설의 원점이었던 것입니다. 소녀에게 빙의한 여우귀신과 신통력을 가진 증조부의 공방전, '보이지 않는 것이 보이는' 소년을 찾아온 혼백을 통해 가장 먼저 알게 된 삼촌의 부고 소식. 여름 초승달 저녁에 나타난 수도자의 100일을 묘사한 이야기. 훈련 중 길을 잃은 보병을 찾는 부대의 이야기는 괴담으로서의 완성도도 높지만 일급의 미스터리 같은 뒷맛을 선사해 주지요.

그중에서 제가 가장 인상적으로 읽은 이야기는 이 책을 위해 새롭게 집필한 「산이 흔들리다」였습니다.

관동대지진 당시 조선인들이 소란을 틈타 우물에 독을 넣는 등 폭동을 일으켰다, 불순분자 가운데 일부는 미타케산을 목표로 하고 있다는 유언비어가 퍼져나갔을 때, 그런 일은 있을 수 없다, 흑색선전이라고 외친 사람은 와세다 대학에서 철학을 공부하던 이타루 씨였지요. 그는 "천재지변은 어느 누구의 탓도 아니기 때문입니다. 하지만 누군가의 탓으로 돌리지 않으면 분이 풀리지 않겠죠", "조선인 탓으로 돌리느니 차라리 신령님 탓으로 돌리는 게 낫습니다"라고 말하며 마을 사람들을 설득하지만 돌아온 건 비아냥과 폭력. 이 이야기의 공포는 이타루 씨의 주장에 대한 마을 사람들의 반응일 겁니다. 그럼에도 이타루 씨는 결코 멈추지 않습니다.

노골적인 재일동포 혐오 발언을 쏟아내는 정치인이 선거에서 이기는 게 당연시되는 최근 일본 사회의 우경화 분위기 속에서, 이런 작품을 쓰는 것이 결코 쉽지 않았을 텐데. 동조압력(소수의 의견이 주류가 되어 다른 견해를 가진 이들에 대해 같은 의견에 따르도록 암묵적으로 강제하는 것)이 작용하는 곳에서도 입을 다물지 않고 일본의 군국주의화에 대해 꾸준히 발언해 온 아사다 지로답다고 생각했습니다. 자연의 괴이함과 더불어 인간의 마음 속 괴이함에 대해서도 새삼 환기시켜 준 소설『신이 깃든 산 이야기』를 제 손으로 만들 수 있어서 영광이었습니다. 이 글을 마주하고 있는 형제자매님들도 즐겨주시길. 부디.

"『신이 깃든 산 이야기』에 나오는 신관 할아버지나 이모는 엄청나게 늙으신 분으로 읽히지만, 실제 나이는 지금의 저보다 젊어요. 노인도, 세상도, 많이 변했습니다. 하지만 신의 영역으로서의 산의 존재 방식을 바꾸어서는 안 돼요. 함부로 나무를 베어서는 안 됩니다. 인간은 자연과 함께 살아야 합니다. 그런 의미에서 산에 신이 깃들어 있다는 관념은 앞으로도 계속 지켜나가야 할, 대체할 수 없는 문화라고 생각합니다."

한 번쯤 아사다 지로의 소설을 내 손으로 만들어보고 싶다는 꿈을 이룬 게 아직도 꿈만 같아서 믿기지 않는,

삼송 김 사장 드림.

신이 깃든 산 이야기

초판 1쇄 발행 2025년 9월 12일

지은이   아사다 지로
옮긴이   이규원

발행편집인	김홍민 · 최내현
책임편집	조미희
편집	김하나
표지디자인	이혜경디자인
마케터	마리
용지	한승
출력(CTP)	블루엔
인쇄 제본	대원문화사

펴낸곳   도서출판 북스피어
출판등록   2005년 6월 18일 제105-90-91700호
주소   (10595) 경기도 고양시 덕양구 동송로 23-28 305동 2201호
전화   02) 518-0427
팩스   02) 701-0428
홈페이지   https://blog.naver.com/hongminkkk
전자우편   editor@booksfear.com

ISBN 979-11-92313-79-5 (04080)
      979-11-91253-37-5 (세트)

책값은 뒤표지에 있습니다.
파본은 구입하신 곳에서 교환해 드립니다